ERICA GEORGE

Lady in Pink

GOLDMANN

Erica George

Lady in Pink

Roman

Aus dem Englischen
von Hanna Hesse

GOLDMANN

Die amerikanische Originalausgabe erschien 2024 unter dem Titel
»Witty in Pink« bei Hodder Children's Books.

FSC www.fsc.org MIX Papier | Fördert gute Waldnutzung FSC® C014496

Penguin Random House Verlagsgruppe FSC® N001967

1. Auflage
Originalausgabe Februar 2025

in der Penguin Random House Verlagsgruppe GmbH,
Neumarkter Str. 28, 81673 München
produktsicherheit@penguinrandomhouse.de
(Vorstehende Angaben sind zugleich Pflichtinformationen nach GPSR)

Die Veröffentlichung dieses Werkes erfolgt auf Vermittlung von Entangled
Publishing, LLC through RightsMix LLC.
Umschlaggestaltung: UNO Werbeagentur, München
Umschlagmotiv: © Nach einem Coverdesign von Elizabeth Turner Stokes
Redaktion: Lisa Scheiber
ES · Herstellung: ik
Satz: KCFG – Medienagentur, Neuss
Druck und Bindung: GGP Media GmbH, Pößneck
Printed in Germany
ISBN: 978-3-442-49566-5

www.goldmann-verlag.de

Kapitel 1

Blythe

Wrexford Park
Frühsommer 1812

Sich in einer Welt, die einem nichts schenkt, zu einem funktionstüchtigen menschlichen Wesen zu entwickeln, ist nicht nur eine Frage der Zeit, sondern auch eine des Willens. Und als ich Briggs Goswick das letzte Mal sah, befand er sich auf dem allerbesten Wege, ein nichtsnutziger Kindskopf zu werden.

Ich kann nur vermuten, dass er das in den fünf Jahren, die seitdem vergangen sind, erreicht hat. Er muss unerträglich geworden sein – und ist es ganz sicher nicht wert, dass sich meine gesamte Familie den Kopf darüber zerbricht, welchen Nachtisch man beim Abendessen zu seinen Ehren, das furchtbar zu werden verspricht, servieren solle.

Ich sitze nun schon seit geschlagenen dreiunddreißig Minuten in Onkel Henrys lila Salon in Wrexford Park und muss mir anhören, wie er und Cousine Charlotte über die Vor- und Nachteile von Schokoladendesserts diskutieren, und darüber, ob die Boysenbeere aus der Mode gekommen ist. Briggs Goswick hat die letzten Monate in London verbracht, um sich um die geschäftlichen Angelegenheiten seines verstorbenen Vaters zu kümmern, und nun muss zur Feier seiner Heimkehr nach Brumbury als Herr von Mistlethrush Hall nicht weniger als das perfekte Abendessen aufgetischt werden.

Morgen ist es so weit.

Na großartig.

Anscheinend bin ich jedoch die Einzige, die sich nicht darauf freut. Meine Mutter schlägt Charlotte vom anderen Ende des Zimmers aus ein Gericht nach dem nächsten vor. Meine Schwester Amy hört gar nicht mehr auf zu fragen, was Mr Goswick alles erlebt hat, seit wir ihn zuletzt gesehen haben. Und mein Cousin Julian bespricht mit der von seinen Kenntnissen in Sachen heimischer Flora sichtlich beeindruckten Haushälterin Mrs Sullivan den Blumenschmuck.

Die Grimasse, die er hinter Mrs Sullivans Rücken schneidet, soll andeuten, dass ihn ihr Blumengeschmack in den Wahnsinn treibt, doch ich weiß, wie gerne er nach Wrexford Park kommt, sogar noch lieber als Amy. Wrexford Park ist für uns alle eine willkommene Ablenkung von den Problemen zu Hause in Awendown House.

Wie schön wäre es gewesen, wenn Vater mitgekommen wäre, anstatt zurückzubleiben und sich in Sorgen über unseren unaufhaltsam wachsenden Schuldenberg zu ergehen.

»Wie wäre es mit einem Trifle?«, schlägt Charlotte vor. Ein Nicken geht durch die Reihen, zustimmendes Gemurmel, als allen das Wasser im Mund zusammenläuft. Doch welche Art von Trifle, um Himmels willen?

Ich kann nicht länger Teil dieses Schauspiels sein.

Ich stehe leise auf, um bloß keine Aufmerksamkeit auf mich und meine bevorstehende Flucht zu lenken, doch ich spüre sehr wohl, wie mich die strafenden Blicke meiner Vorfahren, die goldgerahmt an den Wänden hängen, durchbohren.

Was Falsches gegessen, Großtante Frances?

»Blythe, magst du Trifle?«, wendet sich Charlotte an mich.

»Sosehr ich Trifle schätze«, antworte ich und bewege mich langsam und scheinbar ganz in den Anblick meiner verstorbenen Ahnen vertieft zur Tür, »sollten wir uns doch vielmehr die Frage stellen, wie es um Mr *Goswicks* Einstellung zu Trifle steht. Ist ihm ein gutes Trifle am Ende über? Hat er womöglich in London nichts anderes als Trifle gegessen und wünscht sich nun nicht nur einen Ortswechsel, sondern auch einen kulinarischen Neuanfang? Was dann, frage ich euch?«

»Oh, Blythe, welch scharfsinniger Einwand«, ruft Charlotte kopfschüttelnd aus. »Vater, wir haben uns nie Gedanken darüber gemacht, was Mr Goswick am liebsten wäre, dabei ist es doch sein Abend. Wie konnten wir nur!«

»Aber woher sollen wir wissen, was er in London zu sich genommen hat?«, fragt Onkel Henry leicht panisch. »Wie sollen wir an solche Informationen herankommen? Ist es schon zu spät? Ich sagte doch, dass wir mit den Vorbereitungen früher hätten beginnen sollen, Charlotte. Nun können wir noch einmal ganz von vorn beginnen!«

Langsam und leise bewege ich mich rückwärts zur Tür und angele mit der Rechten nach meinem Buch, das auf der Fensterbank liegt. Kaum in der Halle, ihre schwarz-weißen Fliesen unter den Füßen, sause ich in die Küche, klaue mir einen der Äpfel, die die Köchin für heute Abend beiseitegelegt hat, und schon lasse ich mit einem Hauch von Zimt und Zucker in der Nase Wrexford Park hinter mir und springe befreit hinaus in den herrlichen Sonnenschein. Ich schließe die Augen und halte lächelnd das Gesicht in die Sommersonne. Endlich frei.

Ich schlängele mich durch den Ziergarten, lasse die gestutzten Hecken hinter mir, und weiter geht es über die grünen Hügel zum Weidegrund, wo sich meine Röcke im hohen Gras verfangen.

Einige grasende Braune blicken kurz auf, als ich mich im Schatten einer uralten Eiche niederlasse. Ich öffne mein Buch dort, wo ich am Abend zuvor stehen geblieben war, lege es auf meinen Schoß, lehne mich gegen den breiten Baumstamm und genieße beim Lesen die göttliche Stille um mich herum.

Charlotte hat mir das Buch empfohlen. Sie habe es auf ihrer letzten Reise ans Meer nicht aus den Händen legen können, sagte sie, und ich weiß sofort, warum. Edle Ritter auf starken Pferden, die sich bei Nacht und Nebel durch hügelige Moorlandschaften kämpfen, um die Ehre ihrer Herzensdamen zu verteidigen, sind genau ihre Sache. Natürlich bin auch ich ganz gefangen, doch zugeben würde ich das nie, das geht weder meine Cousine noch sonst wen etwas an. Denn als das sehnsüchtige junge Mädchen, das ich einst war, von der Liebe übermannt wurde, bekam es auch gleich ihre Schattenseiten zu spüren. Also vertiefe ich mich lieber im Geheimen in Liebesgeschichten, nicht, dass jemand auf die Idee kommen könnte, ich hätte im echten Leben nicht schon längst damit abgeschlossen.

Seufzend beiße ich in meinen knackigen Apfel. Immerhin habe ich Sir Garrett, der mir den Nachmittag versüßen wird, und er ist deutlich unkomplizierter als alle Männer, die mir bisher im echten Leben begegnet sind, Briggs Goswick etwa. Es geht mir einfach nicht in den Kopf: Da bin ich nach einem Jahr endlich einmal wieder in Wrexford Park, und dann muss ausgerechnet er auftauchen. Doch ich werde mir von seiner dräuenden Ankunft nicht den Tag vermiesen lassen. Um ihn kümmere ich mich, wenn es so weit ist.

Einige Minuten lang genieße ich das friedvolle Ambiente, die zwitschernden Vögel, die aus der Baumkrone über mir zum nah gelegenen Waldrand fliegen, das gutmütige Schnauben der Pferde und das Blätterrauschen, wenn sich ein leichter Wind in den Ästen verfängt. Alle Sorgen und Nöte, die Ankunft meines Erzfeindes und die Geldprobleme meines Vaters, sind wie weggeblasen. Dann versinke ich in der Geschichte. Und wüsste ich es nicht besser, könnte ich schwören, Sir Garretts edles Ross mit donnernden Huftritten herannahen zu hören.

Ich werfe meinen tierischen Kameraden einen kurzen Blick zu, doch sie grasen nach wie vor friedlich vor sich hin und schnauben ab und an zufrieden.

Und dennoch, da ist etwas. Ich lege mein Buch aufgeschlagen neben mich, klopfe mir den Dreck und Staub von den Röcken und schirme die Augen ab, um besser sehen zu können. Da kommt ein wunderschöner Apfelschimmel herangaloppiert, näher und näher, und hält auf den hölzernen Lattenzaun zu, der zwei Wiesen voneinander trennt. Sein Reiter hat sich entschlossen nach vorne gebeugt und feuert das Pferd an, doch vor dem Zaun bremst es abrupt ab – und der Reiter fliegt in hohem Bogen ins Gras.

»Oh!« Ich raffe die Röcke und renne mit klopfendem Herzen zu dem Mann, der diesseits des Zauns auf dem Boden liegt. Hastig knie ich mich neben ihn. »Geht es Ihnen gut? Können Sie mich hören?« Ich traue mich nicht, ihn zu berühren. Was, wenn er schwer verletzt ist?

Er liegt reglos da. Seine Augen sind geschlossen, die vollen Lippen geöffnet, und seine Brust hebt und senkt sich angestrengt. Sein Gesichtsausdruck ist ernst, die Wangenknochen sind scharf konturiert, er hat ein kantiges Kinn und einen weichen, sanften Zug um die Augen. Eine einzelne Locke dunkelbraunen Haars fällt ihm in die Stirn. Kleidung: tadellos. Perfekt polierte Stiefel. Er ist unbestreitbar der attraktivste Mann, der mir je untergekommen ist, und unbestreitbar ist leider Gottes auch, dass es sich bei ihm um Briggs Goswick handelt.

Kapitel 2

Blythe

Verflucht. Selbst ohnmächtig sieht er schwindelerregend gut aus.

Plötzlich schlägt Briggs Goswick seine leuchtend grünen Augen auf und starrt in den blauen Himmel über uns.

»Geht es Ihnen gut?«, frage ich sanft und lege ihm die Hand auf die Schulter.

»Verflucht sei dieses Pferd«, schimpft er, kommt hoch und ist schon wieder auf den Beinen, als wäre er nicht gerade in hohem Bogen heruntergeflogen, sondern eigenständig abgestiegen. Doch ich weiß es natürlich besser und kann ein leichtes Grinsen nicht unterdrücken. »Egal, wie oft wir üben, es bringt nichts. Er will einfach nicht springen.« Er geht händeringend zu seinem Pferd, das freundlich wiehernd am Zaun steht.

»Weil es ein Jagdpferd ist, kein Springpferd«, erkläre ich ihm.

Immer noch außer Atem, die Hände in die Hüfte gestemmt, starrt Briggs mich an. »Verzeihen Sie bitte«, sagt er dann sanft. Sein Gesichtsausdruck entspannt sich, und er räuspert sich. »Ich habe mich unmöglich benommen. Mein Name ist Briggs Goswick von Mistlethrush Hall.« Er verbeugt sich. »Und mit wem habe ich das Vergnügen?«

Ich muss mir irgendeine passende Antwort überlegen. Er erkennt mich eindeutig nicht wieder, und mir ist es ganz recht, unser sicherlich nicht gerade angenehmes richtiges Wiedersehen so lange wie möglich hinauszuzögern. »Nun, wäre Ihnen an einer ernst gemeinten Entschuldigung für Ihr rüpelhaftes Verhalten gelegen, wären Sie der Tatsache gewahr, dass wir einander noch nicht offiziell vorgestellt wurden.« Ein angedeuteter Knicks, dann gehe ich zu meinem Buch unter dem Baum zurück.

»Mitten in der Natur kann man doch wohl auf die Form ein wenig verzichten«, sagt er und folgt mir. Natürlich folgt er mir. Er deutet auf die Landschaft um uns herum, dann fährt er sich durch das verdammt dichte, glänzende Haar. »Zumal Sie sicherlich in der Nähe wohnen. Und wir uns im Laufe des Sommers mit hoher Wahrscheinlichkeit wieder begegnen werden.«

»Und wenn es so weit ist«, sage ich und hebe mein Buch und das, was von meinem Apfel übrig geblieben ist, auf, »wird uns eine gemeinsame Bekanntschaft einander vorstellen können. Zumal wir uns wohl kaum mitten in der Natur befinden, das hier ist Weideland.«

Jetzt steht er direkt vor mir und grinst angesichts meiner Widerspenstigkeit. Briggs Goswick, der immer das kriegt, was er will, fühlt sich von meinem barschen Ton nicht abgewiesen, sondern besitzt tatsächlich die Frechheit, sich daran zu erfreuen.

Ich reiße mich vom Anblick seines unglaublich schönen Mundes los. »Ich muss los.«

»Bitte nicht«, sagt er und hält mich am Handgelenk fest. »Ich habe das Gefühl, dass wir uns schon einmal begegnet sind. Wenn Sie mir sagen, bei wem Sie logieren, kann ich es vielleicht erraten.« Wieder grinst er und beißt sich auf die Unterlippe. »Ich spiele gerne.«

Ich werde rot, und mein ganzer Körper fängt an zu kribbeln. Interessant. »Ich muss jetzt wirklich los«, sage ich und gehe zum Zaun. Ich steige mit gerafften Röcken auf die untere Latte und will mein Bein über den Zaun schwingen, doch bevor ich oben bin, ist Briggs schon neben mir und stützt mich am Ellenbogen.

»D-Danke«, sage ich leise, lande auf der anderen Seite und werfe mein kastanienbraunes Haar über die Schulter.

»Ah, ich glaube, ich habe einen Weg gefunden, Ihre Identität herauszubekommen«, sagt er. »Schauen Sie, wer dort kommt. Mr Fitzgibbons!«, ruft er.

Hinter mir quert der Wildhüter meines Onkels die untere Wiese. Er winkt, als er Briggs sieht. Na wunderbar. Jetzt ist alles vorbei.

»Mr Fitzgibbons«, sagt Briggs, als er in Hörweite ist. »Kennen Sie diese junge Dame?«

Der Wildhüter blickt zwischen mir, die er schon als kleines Mädchen aus den Pferdeställen scheuchen musste, und Briggs hin und her und sieht nicht, dass ich so unauffällig wie möglich und doch auffällig genug, damit er es bemerkt, den Kopf schüttele. »Das … Ja, Sir, das tue ich.«

»Wären Sie so freundlich, uns einander vorzustellen? Denn, sehen Sie, wir haben es hier mit einer Dame zu tun, und ich bin ein echter Gentleman.«

»Ich?«, fragt Fitzgibbons und zeigt auf sich. »*Ich* soll Sie vorstellen?«

»Das wäre sehr freundlich.«

Fitzgibbons zuckt leicht verwirrt, aber nicht unwillig die Achseln. »Wenn Sie wollen, Sir. Mr Briggs Goswick, dies ist Miss Blythe Rowley, die Nichte Mr Barlows. Sie ist zu Besuch in Wrexford Park.«

»Ich danke Ihnen, Mr Fitzgibbons«, sagt Briggs ruhig und fixiert mich nach wie vor grinsend. »Das wäre alles.«

»Schönen Tag noch, Mr Goswick. Miss Rowley.« Fitzgibbons tippt sich an den Hut.

Ich recke das Kinn und versuche, das bisschen Würde, das mir noch geblieben ist, zu behalten.

»Da soll mich doch einer in den Arm kneifen«, sagt Briggs, eine Hand in die Hüfte gestemmt, die Gerte in der anderen. »Miss Blythe Rowley ist erwachsen geworden. Und noch dazu kein schlechter Anblick.«

Ich schnalze mit der Zunge. »Ah, da ist ja der alte Briggs Goswick. Ich hatte schon Angst bekommen, Sie könnten in meiner Abwesenheit Manieren gelernt haben. Aber gut zu wissen, dass man sich in dieser Hinsicht auf Sie verlassen kann.«

Er kann sich ein selbstgefälliges Lächeln nicht verkneifen. »Ich bin mit Sicherheit ein ebensolcher Gentleman, wie ich es immer schon war – so hat man mich erzogen. Sie hingegen sind eine erfreuliche Überraschung. Kaum Dreck, der an ihnen klebt, ein hübsches Kleid, die Haare gekämmt und frisiert, sogar nach der neuesten Mode. Man könnte fast meinen, eine richtige Lady vor sich zu haben.« Er steigt über den Zaun und umkreist mich. »Sie sprechen sogar wie eine Lady. Aber reicht das aus, um tatsächlich eine zu sein?«

Ich ziehe eine Augenbraue hoch, und mir wird heiß, als er mich genüsslich taxiert. *Lieber Gott, lass mich bitte nicht schon wieder rot werden.* »Sie mögen zwar wie ein Gentleman aussehen, und wenn ich es nicht besser wüsste, wäre ich fast geneigt zu sagen, Sie sprechen auch wie einer.«

Er lacht.

»Aber reiten können Sie ganz offensichtlich nicht, also doch kein Gentleman, und nun verabschiede ich mich von Ihnen, Mr Goswick.« Ich knickse tief und dramatisch.

»So früh, Miss Rowley? Wir lernen uns doch gerade erst wieder kennen.«

»Ich habe zu tun«, antworte ich, klemme mir mein Buch unter den Arm und beiße ein letztes Mal in meinen Apfel. »Ich werde in Wrexford gebraucht.«

»Wie lange bleiben Sie?«, fragt Briggs, der jetzt rückwärts vor mir herläuft, um mit mir Schritt zu halten und im Weg zu sein. Natürlich doch.

»Bis Ende der Woche«, antworte ich.

»Nicht den ganzen Sommer?«

»Gott bewahre, nein.«

»Sie klingen nicht gerade begeistert.«

Ich bleibe stehen. »Mr Goswick, bitte tun Sie nicht so, als wüssten Sie, was ich denke. Wir haben uns vor mehr als einem halben Jahrzehnt das letzte Mal gesehen und seitdem ist zumindest eine von uns erwachsen geworden.«

»Bissig wie immer, Miss Rowley.«

Ich laufe leichtfüßig einen Hügel hinab, und schon erscheint das Uhrtürmchen Wrexfords in Sichtweite. »Sie verwechseln Unhöflichkeit mit Pflichtgefühl. Wie ich schon sagte, man braucht mich in Wrexford Park. Anscheinend steht ein größeres Abendessen an.«

»Zu meinen Ehren natürlich.«

»So sagt man.«

»*Sie* richten es also aus? Wie außerordentlich freundlich von Ihnen, Miss Rowley, ich fühle mich geehrt.«

Bei der Buchsbaumhecke, hinter der der Garten beginnt, bleibe ich stehen, schließe die Augen und lasse die Schultern locker, auch wenn ich immer noch die Zähne zusammenbeiße. »Ich helfe meiner Cousine, die den Abend ausrichtet.«

»Wie immer schaffen Sie es, ein Rätsel zu bleiben.«

»Ein Rätsel!«, rufe ich aus und spüre den altbekannten Ärger in mir aufsteigen. Noch keine fünf Minuten sind vergangen, und schon raubt mir Briggs Goswick den letzten Nerv. »Ich habe mich klar und deutlich ausgedrückt, Mr Goswick. Ich sagte bereits mehrfach, dass meine Cousine bei der Vorbereitung Ihres Abendessens meine Hilfe benötigt. Wenn Sie mich also entschuldigen würden.« Ich knickse erneut.

Einige Schritte lang höre ich nichts mehr von ihm, ich scheine ihn endlich losgeworden zu sein.

Das Wiedersehen mit Briggs Goswick hätte unangenehmer verlaufen können. Er war anmaßend, keine Frage, aber da habe ich schon Schlimmeres erlebt.

Bis er mir etwas hinterherruft. »Wird es vielleicht Schwein geben?«

Ich drehe mich langsam um und betrachte ihn, wie er mit der Gerte in der einen und seinem Hut in der anderen Hand dasteht. Es macht mich wahnsinnig, wie gut er aussieht. Zielgerichtet schleudere ich ihm das Gehäuse meines Apfels zwischen die Augen.

»Ah«, sagt Briggs blinzelnd. »Hervorragend. Wir machen also dort weiter, wo wir aufgehört haben.«

Kapitel 3

Blythe

Entschlossen, keine weitere Sekunde meiner kostbaren Zeit an Briggs Goswick zu verschwenden, verschwinde ich hinter der Hecke. Ein bisschen kindisch war mein Verhalten vielleicht schon. Jemandem einen Apfel an den Kopf zu werfen, ist eigentlich unter meiner Würde, außerdem weiß Mr Goswick jetzt genau, wie er mich zur Weißglut bringen kann.

Trotzdem: Lieber rede ich stundenlang mit meiner Familie über Desserts.

Doch der Salon ist leer. Charlottes Buch fest an die Brust gepresst, ziehe ich mich in die Stille meines Schlafzimmers zurück, lasse mich rückwärts auf mein Bett fallen und starre an die Decke.

Es fing doch alles so unschuldig an mit uns und unseren kleinen Streitereien. Zumindest empfinde ich das so.

Es war Sommer, ich war zehn und in Wrexford Park zu Besuch, und die Goswicks hatten ein Gartenfest veranstaltet, wo ich mit Amy und August Goswick unter einem Spalier voller Blumen hindurchspaziert war, in dem es vor Bienen summte.

Ich war schon immer von Bienen fasziniert gewesen. Und ich hatte gerade begonnen zu erzählen, dass sie von bestimmten Blumenarten, wie denen auf dem Spalier, besonders angezogen werden, da tauchte Briggs Goswick scheinbar aus dem Nichts auf, verdrehte die Augen und sagte herablassend: »Nein, Blythe, das ist Unsinn.« Bienen würden angeblich jede Blumenart mögen.

Zunächst versuchte ich es (allerdings nicht sehr lange) auf die freundliche Art, doch Briggs war schon immer ein unangenehmer Zeitgenosse und sagte, er gehe nun zur Schule und wisse deswegen alles selbstverständlich viel besser als jedes Mädchen.

Ich fühlte mich natürlich herausgefordert und begann Briggs, wann immer ich konnte, zu verbessern. Vor seinem Bruder, vor unseren Familien, sogar dann, wenn er Freunde zu Besuch hatte. Zugegebenermaßen war das kein reifes Verhalten, doch er hatte meinen Stolz verletzt. Ich wollte mich als Mädchen behaupten.

Und es gab so viele Gelegenheiten, ihn vorzuführen. Amy und ich waren oft in Wrexford, und Briggs Goswick hatte oft unrecht.

Natürlich ließ Briggs das nicht auf sich sitzen, und eigentlich hätte ich, die ich nun wahrlich nicht auf den Kopf gefallen war, voraussehen müssen, dass er mir etwas entgegensetzen würde. Nicht mit Worten, dafür war er nicht clever genug, sondern mit Streichen.

Und ich gebe gerne zu, dass auch ich einem guten Scherz nicht abgeneigt bin. Es begann mit Fröschen, die er in unserem Picknickkorb versteckte, was Charlotte viel mehr entsetzte als mich. Ich legte ihm im Gegenzug welke Kohlblätter unter die Bettdecke. Solche Dinge. Unschuldige Kindereien. Nur wurden sie immer größer und ausgefeilter. Einmal brachte er einer Katze bei, jedes Mal, wenn ich mich zum Singen ans Klavier setzte, zu maunzen. Und ich verschüttete absichtlich beim Abendessen ein Glas Wasser auf seinem Schoß, sodass es aussah, als hätte er sich in die Hose gemacht.

Den Höhepunkt erreichte das Ganze an Weihnachten, ich war dreizehn. In dem Jahr verbrachten wir zwei Wochen in Wrexford, und als Briggs vom Internat nach Hause kam, stand ich mit irgendeinem Scherz bereit. Ich weiß schon gar nicht mehr, was ich mir ausgedacht hatte.

Ganz genau weiß ich hingegen noch, wie er die schwarz-weiß geflieste Eingangshalle Wrexford Parks betrat. Er war groß geworden, sportlich. Attraktiv. Seine gut sitzende Kleidung betonte seine breiten Schultern. Er war nun sechzehn und nicht mehr der kleine Junge, der im Wettstreit mit der Cousine seiner Nachbarin alberne Streiche ausheckte. Und ich war dreizehn und merkte, dass auch ich nicht mehr die gleichen Spiele mit Briggs spielen wollte. Was ich stattdessen von ihm wollte, war mir nicht klar, doch plötzlich blieb mir jeder freche Spruch im Halse stecken. Überhaupt fiel es mir plötzlich schwer, in seiner Gegenwart etwas zu sagen, und als er auf mich zuging, wurde ich feuerrot, was mich unglaublich ärgerte.

Er blieb mit hinter dem Rücken verschränkten Händen vor Charlotte und mir stehen, sein allzu bekanntes Schmunzeln auf den Lippen, und ich konnte plötzlich den Blick nicht mehr von ihm abwenden. Ich wartete, dass etwas, irgendwas passierte, doch er verbeugte sich nur elegant und sagte: »Miss Rowley.«

Miss Rowley. *Miss Rowley.* Es war das erste Mal, dass er mich förmlich ansprach, und auf irgendeine Weise, die ich nicht in Worte fassen konnte, fühlte es sich wie ein Verlust an.

Von diesem Moment an setzte ich den ganzen Urlaub über alles daran, Briggs Goswicks Aufmerksamkeit zu erlangen, und es fühlte sich tatsächlich so an, als hätte ich Erfolg. Wann immer wir (natürlich rein zufällig) beim Abendessen nebeneinandersaßen, lächelte er mich an und reichte mir alle Gerichte. Er klatschte höflich, wenn ich vor Publikum sang, und nach einer besonders mitreißenden Darbietung von »God Rest Ye Merry, Gentlemen« sagte er mir sogar im Vertrauen, dass ich die mit Abstand begabteste junge Dame in seinem Bekanntenkreis sei. Mit dreizehn! Ein wahres Genie, und ich war mir sicher, dass Briggs mir in Kürze ganz offiziell den Hof machen würde.

Endlich stand die alljährliche Weihnachtsfeier in Mistlethrush Hall an, und ich hatte mein bestes Kleid dafür ausgesucht – es war aus wunderschöner pinker Seide mit Schleifen an den Ellenbogen. Mama hatte es selbst genäht, und als Charlotte, Amy und ich uns fertig machten, drehte ich mich vor dem Spiegel und bewunderte den filigranen Stoff.

An diesem Abend würde ich Briggs Goswicks Herz gewinnen. Da war ich mir sicher.

In der Kutsche auf dem Weg nach Mistlethrush nahm Charlotte mich an der Hand und flüsterte: »Du siehst heute *so* hübsch aus, Blythe.«

»Findest du?«, fragte ich atemlos und schwitzte vor Aufregung, obwohl es draußen kalt war und leicht schneite.

Unsere Kutsche drosselte vor Mistlethrush Hall ihre Fahrt, die Tür wurde geöffnet und wir von einem jovialen Mr Frank Goswick begrüßt. Briggs' Vater war laut und einladend, ein attraktiver und kultivierter Mann, der einem immer das Gefühl gab, willkommen zu sein.

»Miss Rowley«, sagte er, als er mir aus der Kutsche half, »ich muss schon sagen, Sie sehen heute ganz wunderbar aus, meine Liebe.«

»Ich danke Ihnen, Mr Goswick«, erwiderte ich mit einem Knicks.

Mistlethrush sah märchenhaft aus. Girlanden aus Schnittgrün und roten Beeren schmückten die Balken an der Decke des Salons, und im Kamin brannte ein Feuer. Ganz Brumbury hatte sich hier versammelt, die Gäste tranken Rotwein und unterhielten sich lachend. Und Briggs war überraschenderweise von einer Gruppe gleichaltriger Jungen umgeben.

Er sah umwerfend aus. Mein Herz hüpfte, als er mich ansah, und ich wusste vor Nervosität nicht, wohin mit meinen Händen.

»Unsere Gesellschaft ist heute etwas größer«, sagte Mr Goswick von hinten zu Charlotte und mir. »Briggs hat einige Klassenkameraden eingeladen.«

Kein Problem, sagte ich mir. Am heutigen Abend würde nichts zwischen Briggs und mich kommen. Wir waren für einander bestimmt.

Und tatsächlich hätte der Abend anfangs kaum besser laufen können. Briggs stellte mich gleich seinen Freunden vor. Er bestand darauf, dass ich nach dem Abendessen etwas am Klavier sang, und sobald ich ein leeres Glas in den Händen hielt, stand er bereit, mir ein volles zu bringen. Endlich sah er mich. Schätzte mich. Hatte eingesehen, dass ich ihm nicht nur ebenbürtig war, sondern seine ganze Aufmerksamkeit und Bewunderung verdiente.

Der Abend ging seinem Ende entgegen, und Charlotte und ich saßen am Kamin, um äußerst wichtige Dinge zu besprechen, als Briggs neben uns auftauchte.

»Dürfte ich Sie kurz unter vier Augen sprechen, Miss Rowley?« Seine grün glänzenden Augen leuchteten im Schein des Feuers. Es war so weit.

»Natürlich. Wenn du mich kurz entschuldigen würdest, Charlotte.«

Briggs führte mich zur Tür und blickte sich um, als wolle er sichergehen, von niemandem gehört zu werden. »Bitte entschuldigen Sie, sollte ich zu forsch sein, Miss Rowley …«

Ich wuchs innerlich um einige Zentimeter und hielt erwartungsvoll die Luft an.

»… aber ich habe eben erfahren, dass der Hund eines unserer Pächter auf dem Heuboden Junge bekommen hat.«

»Oh«, rief ich aus und klatschte erfreut in die Hände. Briggs Goswicks Liebesgeständnis … *und* Hundewelpen – besser ging es nicht.

»Hätten Sie Lust, sie sich mit mir anzuschauen?«

Ich nickte begeistert. »Große Lust.«

Briggs lächelte erleichtert. »Wunderbar. Lassen Sie uns Ihren Umhang holen.«

»Jetzt gleich?«, fragte ich und sah mich um. Mama und Papa waren in eine Unterhaltung mit Mr Goswick und Briggs' Onkel Richard vertieft. Onkel Henry war am Kaminfeuer eingeschlafen, und Charlotte und Amy beobachteten mich mit großen Augen. Ich konnte jetzt keinen Rückzieher mehr machen. Außerdem war ich mir sicher, dass niemand es mitbekommen würde, wenn ich mit Briggs hinausging, ein bisschen mit den Welpen spielte und dann, im allerbesten Falle, den romantischsten Schneegestöber-Kuss aller Zeiten bekäme.

Draußen verschlug es einem vor Kälte den Atem, doch Briggs nahm mich bei der Hand, hielt in der anderen eine Laterne und führte mich zu den Feldern hinter dem Haus. Weiter hinten stand eine Backsteinscheune mit einer Leiter, die auf den Heuboden führte.

»Warten Sie hier«, sagte er. »Sie können nicht alleine hoch, nicht ohne mich. Ich werde vorgehen, weil die Mutter mich kennt. Ich will nicht, dass wir ihr Angst einjagen.«

»Natürlich«, pflichtete ich ihm bei. »Nie ohne Sie.« Wie aufmerksam und rücksichtsvoll er doch war.

Briggs verschwand auf dem Heuboden, während ich in der Dunkelheit unten wartete, ich fröstelte, doch Vorfreude wärmte mich von innen. Endlich kam sein Kopf zum Vorschein. »Sie können jetzt kommen!«, flüsterte er mir zu. »Ganz langsam. Es ist ein Wurf von fünf.«

Lächelnd erklomm ich die Leiter und folgte ihm. Oben auf dem Heuboden war es bis auf das schwache Licht von Briggs' Laterne dunkel, und ich sah, dass er hinter einem großen Heuballen kauerte.

»Hier drüben«, sagte er. »Aber gehen Sie langsam. Wir wollen sie nicht ängstigen.«

Vorsichtig ging ich auf ihn zu. »Schlafen sie?«, fragte ich.

»Sie sind gerade aufgewacht.«

Ich tat noch einen Schritt.

»Warten Sie. Die Mutter wird etwas unruhig.«

»In Ordnung«, antwortete ich und blieb wie angewurzelt stehen.

Da öffnete sich ohne Vorwarnung der Boden unter meinen Füßen, ich stürzte einige Meter hinab in den Schweinestall und landete auf einem dreckigen Haufen Mist und Stroh. Der Mund blieb mir offen stehen, ich rang nach Luft, und mir wurde schwindelig. Es dauerte, bis ich überhaupt verstand, was hier eben passiert war, und hätte das Schwein, das ich anscheinend aus dem Tiefschlaf gerissen hatte, nicht laut gequiekt, hätte ich womöglich noch länger gebraucht.

Mir blieb der Atem weg. Ich war voller Mist. Mein wunderschönes pinkes Kleid zerstört. Ich schaute zum Heuboden hinauf und erblickte dort Briggs' Freunde, die sich vor Lachen bogen. Briggs selbst versuchte natürlich, keine Miene zu verziehen, doch je länger ich dort unten saß, desto schwerer fiel es ihm, sich zusammenzureißen.

Ich fühlte mich schwach, mein ganzer Körper kribbelte, und ich warf eine Handvoll schmutzigen Heus in Briggs' Richtung, doch das stachelte sie nur noch mehr an.

»Was gibt's, Miss Rowley?«, rief mir einer von ihnen zu. »Keine schlagfertige Entgegnung für Goswick übrig?«

Seine Freunde konnten sich vor Lachen kaum halten.

Es gab nichts schönzureden, nichts zu leugnen. Es war glasklar: Alles, was ich gedacht, alles, was ich gehofft hatte, war eine Farce. Ein Witz, über den er und seine Freunde laut lachten. Das alberne Mädchen, das allen Ernstes dachte, Briggs Goswick hätte sich in es verliebt. Tränen traten mir in die Augen, und ich versuchte, mein Schluchzen zu unterdrücken.

Schweigend und schäumend vor Wut ging ich zurück nach Mistlethrush Hall. Ich merkte kaum, dass Briggs mir folgte.

»Warte, Blythe«, rief er.

Ich blieb mitten auf dem Feld stehen und drehte mich hocherhobenen Hauptes zu ihm um. »Für Sie bin ich Miss Rowley.«

Er stolperte mir entgegen und keuchte, weil er sich beeilt hatte, mich einzuholen. »Ja, Miss Rowley, selbstverständlich.«

Ich betrat verschmutzt, wie ich war, den Salon in Mistlethrush, und die Augen Frank Goswicks wanderten von mir zu Briggs, der knapp hinter mir im Türrahmen stehen geblieben war.

»Briggs Goswick!«, donnerte er.

Briggs versuchte gar nicht erst, sich zu verteidigen, und egal, wie seine Strafe aussah, ich sah ihn während dieses Urlaubs nicht wieder.

Ich sah ihn fünf Jahre lang nicht wieder.

Und angesichts dessen, was heute passiert ist, scheint meine Wut all die Jahre in mir gegärt zu haben. Schon wieder hat seine bloße Anwesenheit gereicht, um mich aufzuregen – was wäre es schön, einen Welpen zum Kuscheln zu haben. Von mir aus auch ein Schwein.

Kapitel 4

Briggs

Die Strafe dafür, dass ich Blythe Rowley hereingelegt und in den Schweinestall hatte fallen lassen, war die Verachtung meines Vaters.

Das klingt nach wenig, doch ich verehrte meinen Vater, und wenn er sauer war, lag mir nichts mehr am Herzen, als mich mit ihm zu versöhnen. Und so sauer wie damals hatte ich ihn noch nie gesehen.

»Was hast du dir nur dabei gedacht, Briggs?«, fragte er.

Er saß am Schreibtisch in seinem Arbeitszimmer, ich stand davor, und während in seinem Rücken ein Feuer im Kamin loderte, fielen vor dem Fenster die letzten Flocken des Schneesturms vom Vorabend zu Boden.

»Vater, ich versichere dir, dass ich nichts davon beabsichtigt hatte. Jack Stirling hat das Ganze ohne mich geplant …«

Vater lehnte sich zurück und trommelte mit den Fingern auf der Schreibtischplatte. »Wenn es nicht deine Absicht war, sie im Schweinestall landen zu lassen, was war dann deine Absicht?«

Ich ließ die Schultern hängen, als ich merkte, dass ich ihm die ungeschminkte Wahrheit sagen musste und selbst dann vielleicht nicht um eine ordentliche Tracht Prügel herumkäme.

»Meine Freunde und ich hatten mitbekommen, wie Miss Rowley und Miss Barley darüber redeten, ob ich Miss Rowley noch vor meiner Rückkehr ins Internat einen Kuss geben würde«, murmelte ich verschämt. »Aber, Vater, sie ist ja erst dreizehn. Im

Grunde noch ein kleines Mädchen. Also … wollte ich so tun, als würde ich sie küssen wollen, und wenn sie dann die Augen geschlossen und sich vorgebeugt hätte, wäre da ein Hund statt meiner gewesen.«

Vater schnaubte. »Du wolltest das Wissen um ihre Zuneigung nutzen, um sie zu beschämen? Wer ist hier das Kind?«

Ich versuchte, mich herauszureden, aber es ging nicht. Er hatte recht. Mein Verhalten war kindisch gewesen.

Er stand auf, beugte sich vor und sagte mit gefurchter Stirn und einem Blick, in dem Abscheu und Unglaube lagen und unter dem ich mich wie der letzte Idiot fühlte: »Ich schäme mich für dich, Briggs, und ich bin entsetzt, dass der Hass, den du für ein Mädchen empfindest, dich zu solchen Taten treibt.«

»Nein«, antwortete ich. »Ich hasse Miss Rowley nicht. Nicht wirklich. Sich gegenseitig hereinzulegen, war einfach schon immer unser Ding.«

Vater seufzte. »Briggs, sie ist die Tochter eines Gentlemans, und ich hatte immer gedacht, dass auch du zu einem Gentleman heranreifst. Wenn du eine junge Dame wertschätzt, solltest du niemals ihr Vertrauen missbrauchen. Versteht du das?«

Ich nickte.

Vater setzte sich wieder und wedelte mit der Hand. »Geh jetzt bitte, Briggs. Geh in dein Zimmer und denk über deine Taten nach.«

Schlussendlich verzieh er mir.

Blythe Rowley wohl eher nicht.

Und welch unerwartet schöne Ablenkung sie an diesem nicht gerade angenehmen Tag gewesen war, trotz des Apfels zwischen meinen Augen.

Es gab wohl eine Zeit in meinem Leben, da hätte ich nicht einmal meinem ärgsten Feind ein Treffen mit Blythe Rowley gewünscht, mitten im Nirgendwo und bewaffnet mit nichts als dem eigenen Charme, doch das Schicksal zeigt sich neuerdings erstaunlich direkt.

Hätte ich vorher über ein Wiedersehen mit Miss Rowley nachgedacht, hätte ich bestimmt eine Entschuldigung eingeplant. Zumindest hoffe ich, ein solcher Gentleman zu sein – einer, auf den mein Vater stolz wäre. Doch ihr Anblick hat mich umgehauen. Die alte, selbstgerechte und furchterregend schlaue Blythe zu ärgern, war mir nicht schwergefallen. Doch diese Blythe? Na ja, selbstgerecht und furchterregend schlau ist sie immer noch, doch zusätzlich auch noch … hübsch. Viel zu hübsch. *Gefährlich* hübsch, als würde man zu lang in die Sonne starren. Und diesen drei Eigenschaften zusammengenommen bin ich nicht gewachsen. Selbstbewusstsein, Köpfchen *und* wahre Schönheit? Darauf war ich nicht vorbereitet und tat dementsprechend, was jeder tun würde, um seine eigene Haut zu retten. Ich provozierte sie.

Eine Blythe, die auf mich wütend ist, ist mir lieber als eine Blythe, die mich nicht beachtet.

Ich greife in die Jackentasche und berühre kurz das Taschentuch, das dort seit gut zehn Jahren ruht. Trotz dieser Begegnung spendet es mir Trost.

Ich führe mein Pferd Apollo den ausgetretenen Pfad zwischen den Feldern entlang, und es stupst mich gelegentlich mit der Schnauze an. Ich ziehe meine Jacke aus, lege sie über den Sattel und starre stumm vor mich hin, als Mistlethrush Hall in Sichtweite kommt. Ich kann meine Ankunft nicht länger hinauszögern, auch wenn ich recht gut darin bin, bedenkt man, dass ich bereits gestern Abend aus London wiederkam und Mutter und Bruder bisher ahnungslos sind.

Erst als ich in Brumbury, wo ich die Zeit totschlug, Westley traf, spürte ich, wie sehr die Bürde der Rückkehr auf mir lastete.

Ich bin seit sechs Monaten, seit dem Begräbnis meines Vaters, nicht zu Hause gewesen. In dieser Zeit wohnte ich bei meinem Onkel in London und versuchte, die Finanzen meines Vaters in Ordnung zu bringen.

Nein, das ist gelogen. Es ging schnell, sie in Ordnung zu bringen, da kaum etwas von ihnen übrig war. Ich verbrachte meine Zeit stattdessen damit, herauszufinden, was mit dem Geld meiner Familie passiert war und warum ich, der Erbe von Mistlethrush Hall, nur noch genau 452 Pfund und einen Schilling besitze. Die Gründe: die Spielsucht meines Vaters und die Geliebte meines Vaters.

Ich brachte es bisher nicht über mich, meine Erkenntnisse mit meiner Familie zu teilen. Ich dachte wohl, dass es einfacher werden würde, je länger ich mich absentierte, doch nun stehe ich hier. Vor Mistlethrush Hall, Heimat der Goswicks seit 1584, und ringe um Worte, mit denen ich erklären kann, warum wir unseren Familiensitz verkaufen müssen – ohne dabei das falsche Spiel meines Vaters zu erwähnen.

Denn das kann ich nicht. Ich könnte alles ertragen, nur das nicht.

Unser Anwalt hat mich darüber informiert, dass unser Geld aktuell noch bis Herbst reicht, dann müssen wir über einen Verkauf nachdenken. Und sei es nur, um unseren vielen Pächtern, deren Familien unser Land ernährt, Sicherheit zu bieten. Wenn ich bis dahin eine Möglichkeit finde, Mistlethrush zu halten, ist alles gut. Ich sollte mir also dringend etwas einfallen lassen.

Einer der Stalljungen nimmt mir Apollo ab, und ich reibe mir über die Stirn, als hätte mich Blythes Apfel eben erst erwischt.

»Briggs!«, höre ich meine Mutter rufen. Sie steht im Türrahmen des östlichen Salons, und als sie durch den Garten zu mir eilt, bringt sie den Duft von Geißblatt und Waldhyazinthen mit.

Bevor ich etwas sagen kann, hat sie mich umarmt und mit Wangenküssen übersät. »Sieh dich nur an! So stattlich, so erwachsen. Mein lieber Junge.«

Ich fühle mich gleich wieder schuldig. Ein Teil von mir, der Teil, der immer ihr lieber Junge sein wird, will ihr alles erzählen. Sie ins Vertrauen ziehen und von ihr hören, dass alles gut werden wird. Doch ich bin nicht mehr dieser Junge. Ich kann nicht mehr dieser Junge sein. Ich bin jetzt der Herr von Mistlethrush Hall, und meine Familie verlässt sich auf mich. »Guten Tag, Mutter.« Ich umarme sie fest und hoffe, dass meine Stimme mich nicht verrät, denn meine Mutter ist sehr gut darin, noch die leisesten Zwischentöne herauszuhören.

Sie hakt sich bei mir ein und führt mich ins Haus. »Ich dachte, du würdest kurz nach Westley ankommen, doch bei seiner Ankunft gestern erzählte er mir von deinem lahmenden Pferd.«

Gepriesen seien Westley und seine ausgeklügelten Lügen. Er ist nicht ohne Grund seit dem Internat mein bester Freund.

»Und er hat seine Stiefschwester mitgebracht, wusstest du das schon?«, fährt meine Mutter fort. »Miss Sabrina Dixon. Kennst du sie?«

»Nein, ich habe sie noch nicht kennengelernt.«

Mutter beugt sich zu mir und flüstert: »Sie ist recht hübsch, allerdings eher zurückhaltend.«

Meine Mutter liebt es zu klatschen und hält sich für eine begabte Heiratsvermittlerin. Natürlich will sie auch mich mit ihrem Talent beglücken, doch eine Hochzeit steht derzeit wahrlich nicht auf meiner Agenda.

Ich öffne die Tür, lasse meiner Mutter den Vortritt, und dort sitzen mein Bruder, der in seine Lektüre vertieft am Fenster sitzt, Westley, der mit einer Tasse Tee in der Hand dasteht, und die Dame, die Miss Sabrina Dixon sein muss, auf dem Sofa.

Sie ist hübsch, das muss ich zugeben. Tadellos gekleidet, das lange strohblonde Haar nach neuester Mode hochgesteckt, zwei große blaue Augen, die mich ansehen.

»Da bist du ja, Briggs. Deinem Pferd geht es hoffentlich besser?«, begrüßt mich Westley.

»Ja, danke.«

Miss Dixon erhebt sich zu einem kleinen Knicks.

Westley räuspert sich. »Darf ich dir meine Stiefschwester, Miss Sabrina Dixon, vorstellen?«

Ich verbeuge mich. »Miss Dixon, es freut mich, Sie kennenzulernen.«

Ein winziges Lächeln umspielt ihren Mund, doch dann setzt sie sich rasch wieder hin und legt die Hände fein säuberlich in den Schoß.

Eine Dame ohne Worte? Erfrischend, angesichts meines Nachmittags, doch meins ist es nicht.

»Nun gut.« Ich gehe zum nächsten über. »August«, sage ich zu meinem Bruder.

Tief in seinen Sessel vergraben, blickt er zumindest kurz von seinem Buch auf. »Briggs.«

Mehr kann ich von ihm nicht erwarten, schließlich störe ich ihn bei der Lektüre.

Westley steht hinter dem Sofa und zeigt auf den Tisch mit Tee und Erfrischungen, wortlos geselle ich mich zu ihm. Als wäre er der Herr von Mistlethrush und ich nur ein Gast. Sollte dieses neue Gefühl mit meinem fehlenden Vermögen zusammenhängen, sollte ich mich wohl daran gewöhnen.

»Ist alles in Ordnung?«, fragt er und reicht mir eine Tasse Tee. »Ich habe dich auf den Feldern aus den Augen verloren, dachte mir aber, dass du ein wenig Zeit gebrauchen könntest, um dich zu sammeln.«

Ich führe die Tasse zum Mund und rufe mir wieder vor Augen, wie ich rücklings im Gras liege, sich nach dem Sturz alles dreht, ich die Augen öffne und sich Blythe Rowley über mich beugt. Es ist albern, mich von einem – wenn es nicht gerade wutverzerrt ist, zugegebenermaßen sehr hübschen – Gesicht ablenken zu lassen, wo doch so viel anderes meiner Aufmerksamkeit bedarf.

Statt direkt zu antworten, weiche ich aus. »Deine Stiefschwester ist ein wenig …«

»… zurückhaltend?«, hilft Westley nach.

»Sie scheint nicht gerade begeistert zu sein von ihrem Aufenthalt hier. Warum ist sie mitgekommen?«

»Sie benötige einen Tapetenwechsel, sagte sie mir. Dass in Brompton Place während der Flitterwochen meines Vaters und ihrer Mutter kein Platz für sie sei.«

»Die junge Dame hat keinen Sinn für Romantik, was?«

Westley schnaubt belustigt und beobachtet Sabrina, die von meiner Mutter gerade alles über den örtlichen Hutmacher erfährt. »Nein, in der Tat nicht. Sie hat mir schon mehrfach gesagt, dass sie nicht danach strebt, sich zu verheiraten, und kein Problem damit hat, ihr Leben als alte Jungfer zu verbringen.«

Ich nehme einen Schluck Tee. Hut ab.

»Dass ihre Mitgift von 50 000 Pfund ausschließlich in ihren Händen verbleiben soll.«

Ich verschlucke mich, meine Tasse fällt mit einem lauten Klirren auf die Untertasse, und ich ringe nach Luft. Westley klopft mir kräftig auf den Rücken, was die Sache nur noch schlimmer macht und die Aufmerksamkeit der anderen auf mich lenkt. Ich signalisiere, dass es mir gut geht, obwohl meine Augen tränen und meine Lunge brennt.

»Alles in Ordnung?«, fragt Westley, nachdem sich alle wieder abgewendet haben.

»Sagtest du 50 000?«, bringe ich mit Mühe hervor.

»So ist es.«

»Westley, das ist ein ganzer Haufen Geld für ein so wortkarges Mädchen.«

»Sie könnte sich ihren Ehemann mit Sicherheit aussuchen, wenn sie wollte.« Westley senkt die Stimme. »Sie könnte *dich* haben.«

Ich stelle meine Tasse zurück auf die Untertasse. »Wie bitte?«

Westley dreht dem Rest der Gesellschaft den Rücken zu, sodass nur ich ihn hören kann. »Sie könnte dich haben. Du hast mir eben erst von den Schwierigkeiten erzählt, in denen du steckst, und Sabrina könnte die Lösung deiner Probleme sein.«

Ich blicke über Westleys Schulter hinweg auf das Mäuschen, das da auf dem Sofa sitzt. Sie starrt ins Leere, wer weiß, wohin, als säße sie ganz allein im Zimmer. Ein kleiner reicher Geist.

»Es könnte funktionieren«, bekräftigt Westley. »Solange du nicht auch ihr Geld zum Fenster hinauswirfst.«

Ich schneide eine Grimasse, verteidige mich aber nicht. Ich könnte Westley niemals gestehen, dass mein Vater alles verprasst hat, nicht ich, also muss ich mit dem verachtenden Gesichtsausdruck, den er jedes Mal aufsetzt, wenn wir auf das Thema zu sprechen kommen, leben.

»Ich«, wiederhole ich.

»Du«, bestätigt Westley.

Sie könnte mich haben und ich sie, und damit wären alle finanziellen Probleme, die mein Vater uns aufgebürdet hat, gelöst. Wir würden weder Mistlethrush im Herbst verkaufen noch unsere Pächter im Stich lassen müssen. Ich würde die, die mir am Herzen liegen, nicht ihrer Heimat berauben. Mutter und Bruder würden nie von der Frau in London erfahren müssen, mit der mein Vater ein Verhältnis hatte. Und vielleicht könnte ich sogar vergessen, dass der Mann, der mich großgezogen hat, dem ich nacheiferte, der mich lehrte, was richtig und was falsch ist, dass dieser Mann mich unglaublich enttäuscht hat.

Die Idee gefällt mir ganz und gar nicht, doch an mich darf ich jetzt nicht denken. Ich gehe zum Sofa. Sollte wohl mal mit ihr reden. Sicherlich eine sinnvolle Sache, wenn ich schon überlege, mich für den Rest meines Lebens an diese Fremde zu binden.

Ich überlege, ob ich noch zwischen Miss Dixon und den Kissenstapel passen würde. Doch sie hebt den Blick, als hätte sie meine Gedanken gelesen, und sollte auf meiner Stirn ein Fragezeichen gestanden haben, so antwortet ihr Körper damit, dass er den restlichen Platz auf dem Sofa auch noch einnimmt.

Das geht ja gut los.

»Weißt du, wer derzeit bei Mr Barlow zu Besuch ist, Briggs?«, höre ich die Stimme meiner Mutter.

Himmel, Mutter, ja, ich weiß es, und ich möchte über diese Dame nicht sprechen, nicht, wenn ich gerade eine 50 000 Pfund schwere andere junge Dame auf dem Sofa vor mir sitzen habe.

»Miss Blythe Rowley!«, fährt meine Mutter fort. »Die Rowleys waren schon seit über einem Jahr nicht mehr in Wrexford Park. Sir Anthony und Lady Rowley haben in letzter Zeit anscheinend sehr viel mit Awendown House zu tun, doch nichtsdestotrotz freut es mich, sie wiederzusehen. Ich gehe davon aus, dass Miss Rowley ebenfalls am Abendessen teilnehmen wird. Wir müssen Sie einander unbedingt vorstellen, Miss Dixon.«

Sabrina lächelt nur und nickt stumm. *Ich muss es trotzdem versuchen.*

»Erinnerst du dich noch, Briggs, wie ihr einander als Kinder immer geärgert habt?«

Ich hole tief Luft. »Mutter, ich denke nicht, dass …«

»Oh, ihr wart euch spinnefeind. Ihr habt euch immer Streiche gespielt und euch gegenseitig hereingelegt. Doch kürzlich, nach dem Gottesdienst, sprach ich mit ihr, und sie ist zu einer rechten Schönheit herangewachsen, muss ich sagen. Findest du nicht auch, August?«

August blättert um. »Sieht in Ordnung aus.«

Mutter macht es sich in ihrem Sessel bequem, nimmt einen Schluck Tee und sagt dann: »Du warst letzten Sonntag recht angetan von ihr, wage ich zu behaupten.«

Jetzt schlägt August sein Buch zu. »Ich war nicht angetan von ihr, Mutter. Wir besprachen Geschäftliches.«

»Geschäftliches?«, frage ich.

»Miss Rowley ist eine Expertin auf dem Feld der Bienenzucht, und ich möchte mit ihrer Hilfe ein Bienenhaus hier in Mistlethrush errichten lassen«, erklärt er.

Seine Worte lösen bei mir ein leichtes Unwohlsein aus, und ich lasse mich trotz der Tatsache, dass Miss Dixon mir eigentlich keinen Platz auf dem Sofa gelassen hat, neben sie plumpsen, was sie dazu veranlasst, hastig zur Seite zu rücken und sich gegen die Armlehne zu kauern, um nicht zu nah neben mir zu sitzen.

»Was hast du getan?«, frage ich.

»Ich habe Miss Rowley gebeten, ein Bienenhaus in Mistlethrush zu errichten«, wiederholt August irritiert. »Sie weiß sehr viel und hat mir einen vernünftigen Preis genannt.«

»Vernünftig wäre das Ganze nur, wenn sie gar nichts nähme.«

August runzelt verärgert die Stirn.

»Was ist nur los mit dir, Briggs?«, fragt meine Mutter.

»Nichts«, versichere ich ihr. »Es ist nichts. Ich würde mir nur wünschen, dass mein kleiner Bruder nicht einfach Aufträge für ein Anwesen erteilt, das nicht ihm gehört. Er hätte mich vorher konsultieren müssen.«

»Ich wusste nicht, dass ich für jede kleinste Ausgabe deine Erlaubnis einholen muss«, sagt August.

Ich springe auf. »Nun, so ist es aber! Falls du es vergessen haben solltest: Vater ist weg. Somit bin ich jetzt der Herr von Mistlethrush Hall und habe die Verantwortung. Solltest du dich statt meiner dieser schweren Aufgabe widmen wollen, nur zu.«

Aufgebracht schnappt August sich sein Buch und verlässt wortlos den Raum.

Mutter stellt ihren Tee auf dem Beistelltisch ab, erhebt sich und lädt Miss Dixon ein, es ihr gleich zu tun. »Darf ich Ihnen unseren Garten zeigen, meine Liebe? Lassen wir Mr Goswick Zeit, sich zu sammeln.«

»Es wäre mir eine Freude«, antwortet Sabrina.

Als Westley und ich alleine sind, presse ich meine Finger auf den Nasenrücken.

»Also gut«, sagt Westley. »Ich merke, dass da unter der Oberfläche etwas brodelt. Ich biete dir an, deine Probleme mit mir zu besprechen, oder aber du machst alles bitte mit dir selbst aus und lässt die anderen da raus.«

Ich lasse mich wieder aufs Sofa fallen. »Mit mir selbst.«

Kapitel 5

Blythe

Charlotte wollte schon um zwei Uhr nachmittags anfangen, sich für Briggs Goswicks Abendessen zurechtzumachen. Vollkommen absurd. Erst verdirbt er mir den Abend, und dann soll ich auch noch den herrlich sonnigen Nachmittag opfern, um mich für ihn herauszuputzen? Er ist der Letzte, für den ich mich auftakeln werde. Das habe ich schon einmal gemacht, insofern weiß ich, dass es die reinste Zeitverschwendung ist.

Also ließ ich meine Cousine allein ins Haus zurückgehen und folgte ihr erst, als es bereits vier war.

Ein großer Fehler, fragt man meine Zofe Abigail. Sie steht im verblassenden Abendlicht vor mir und versucht, meinen Haaren, für die sie nur ein missbilligendes Zungenschnalzen übrighat, eine einigermaßen ordentliche Frisur aufzuzwingen.

»Ich finde, es sieht gut aus, wie es ist«, wage ich leise zu behaupten.

Ihr Schweigen zeigt, dass sie zwar anderer Meinung ist, aber um ihre Position weiß und der Nichte ihres Herren nichts entgegensetzen kann.

Meine Mutter erscheint in der Tür, sie trägt ein blaues Kleid, ihr dichtes graublondes Haar ist bis auf eine Locke, die auf die Schulter fällt, hochgesteckt – etwas in der Art versucht Abigail auch bei mir. »Du bist noch nicht fertig, Blythe?«, fragt sie sanft.

»Fast«, antworte ich. »Abigail tut, was sie kann.«

»Ja, Miss, das stimmt. Aber wäre mehr Zeit gewesen, hätte ich ganz anders gekonnt!« Abigail geht immer wieder um mich herum, schaut sich ihr Werk im Spiegel an, tritt zurück, betrachtet mich ohne Spiegel.

Meine Mutter nimmt ihr die Bürste ab. »Ich werde es versuchen, Abigail. Ich habe jahrelange Übung mit den Haaren dieses Mädchens.«

Erleichtert händigt Abigail Mama das Folterwerkzeug aus, und wir bleiben allein zurück, die Stille im Zimmer wird nur durch die regelmäßigen Bürstenstriche und das gedämpfte Gelächter der Dienstboten unterbrochen, die direkt unter meinem Fenster die Fackeln in der Einfahrt anzünden und alles vorbereiten.

»Du bist viel sanfter als Abigail«, sage ich.

»Nun, wie ich schon sagte. Ich weiß, dass ich mit deinen Haaren zusammenarbeiten muss, wenn sie das tun sollen, was ich will, es bringt nichts, sie zu zwingen.« Sie lächelt. »Gleiches gilt übrigens für ihre Besitzerin.«

Ich hole tief Luft, als Mama beginnt, meine Haare hochzustecken.

»Was ist los?«, fragt sie.

Ich zucke die Achseln. »Ich freue mich nicht auf den Abend.«

Mama schweigt und fixierte eine einzelne Strähne.

»Ich wünschte, ich müsste nicht teilnehmen. Es fühlt sich so an, als müsste ich vorgeben, jemand zu sein, der ich einfach nicht bin. Wrexford Park ist so anders als Awendown House.«

Mein Zuhause, Awendown, ist alt. Wrexford Park auch. Doch im Unterschied zu uns hat Onkel Henry genug Geld, jederzeit Dinge zu erneuern. Alles reparieren zu lassen. Das Haus in Schuss zu halten. Awendown ist so, wie es schon immer war, und dafür liebe ich es, trotz des undichten Daches, der abgetretenen Teppiche und der zugigen Fenster.

Mama nickt. »Ich bin in Wrexford aufgewachsen«, sagt sie schließlich nachdenklich und lässt die Bürste erneut durch mein Haar gleiten. »Und ich liebte die Feiern und die feinen Abendessen und die Bälle und meine teuren Kleider und die Reisen nach London. Ich liebte das alles so sehr, dass ich mir nicht im Traum vorstellen konnte, jemals woanders zu leben.« Sie legt die Bürste auf den Frisiertisch. »Bis ich deinen Vater heiratete und nach Awendown House zog. Und nun wohnt mein Herz dort.«

»Ich weiß!«, sage ich und drehe mich zu ihr um. »Meines auch.«

»Du hast mich, glaube ich, falsch verstanden, mein Kind.« Sie kniet sich neben mich. »Das Leben in Wrexford war das einzige Leben, das ich kannte, und alles, was außerhalb dessen lag, was ich nicht kannte, ängstigte mich. Das geht jedem so. Doch wir können nur dann wachsen und etwas erreichen, wenn wir unser gemütliches Nest irgendwann verlassen, Blythe.«

Ich verstehe, was sie meint, doch vielleicht würde sie ihre Meinung ändern, wenn sie von meinen Plänen, in das Bienengeschäft einzusteigen, wüsste. Davon, dass mich Mr August Goswick beauftragt hat, ein Bienenhaus in Mistlethrush Hall, einem der traditionsreichsten Anwesen unserer Gegend, zu errichten.

»Abgesehen davon«, Mama ist aufgestanden und setzt sich jetzt auf mein Bett, »wann hast du zum letzten Mal getanzt? Du bist viel zu hübsch, um nur zu Hause in Awendown herumzusitzen.«

Ich mache mir nicht die Mühe, meiner Mutter zu erklären, dass mein Aussehen für meine Version der Zukunft irrelevant ist. Ich bin mir sicher, dass sie sich für mich ein Leben als Ehefrau vorstellt, die zu Hause sitzt, die Strümpfe ihres Mannes ausbessert und darauf wartet, dass er irgendwann nach Hause kommt.

»Ich möchte nicht tanzen«, sage ich und drehe mich zu ihr um. Ich senke die Stimme und hoffe, dass meine Cousine nicht bereits vor der Tür auf uns wartet. »Ich will kein eitler Pfau wie Charlotte sein, dem nur schöne Kleider und die Aussicht auf einen wohlhabenden Ehemann wichtig sind. Ich mache mich gerne nützlich. Ich werde gerne gebraucht.«

»Und das wirst du auch.« Sie schließt kurz die Augen. »Doch dein Vater und ich haben uns darüber Gedanken gemacht, wie du den Sommer verbringen solltest, und wir glauben, es wäre das Beste, wenn du hier in Wrexford Park bliebest, mit Charlotte und Onkel Henry.«

Mir verschlägt es die Sprache, und ich starre Mama trotzig und herausfordernd an.

Und prompt wiederholt sie, was sie eben gesagt hat. »Du kannst den ganzen nächsten Monat hier verbringen.«

»Mama, das ist ein Scherz, oder?« Mein Herz macht einen Satz, so ungerecht ist das alles. »Warum sollte ich hierbleiben? Und was ist mit meinen Bienen? Wie um alles in der Welt soll ich mich um sie kümmern, wenn ich hier in diesem goldenen Käfig sitzen und herumstolzieren muss wie ein, ein …«

»… den eitlen Pfau hattest du schon.«

»Das weiß ich!«, rufe ich mit schriller Stimme.

Mama steht auf und legt mir die Hände auf die Schultern. »Deine Bienenzucht ist eine ganz wunderbare Freizeitbeschäftigung, Blythe, aber sie fesselt dich an Awendown, und das geht nicht.« Sie dreht sich weg und weicht dem Blick aus, den ich ihr durch den Spiegel zuwerfe.

»Was ist los?«, bohre ich nach.

»Dein Vater und ich haben darüber gesprochen, deine Bienenstöcke abzuschaffen, Blythe. Sie machen zu viel Arbeit, nehmen zu viel Zeit ein.«

Die Ungerechtigkeit dieser Worte zieht mir den Boden unter den Füßen weg. Meine Bienenstöcke abschaffen? Meine Leidenschaft, mein Ein und Alles? Ich liebe meine Bienen. Sie haben es nicht verdient, zu leiden, nur weil meine Mutter kein Vertrauen in mein Lebenswerk hat. »Das könnt ihr nicht tun, mir meine Bienen wegnehmen.«

»Wenn sie dich davon abhalten, dein Leben zu leben, schon. Du bist achtzehn Jahre alt und hast die Gelegenheit, deiner Familie, unserem Zuhause, eine große Hilfe zu sein, und ich bin mir nicht sicher, ob du es dir leisten kannst, diese Gelegenheit ungenutzt verstreichen zu lassen.«

Ich starre sie ungläubig an. »Welche Gelegenheit?«

»Hier in Wrexford Park wirst du mit anderen guten Familien in Kontakt kommen. Mit Gentlemen, die aus guten Familien stammen. Du hättest die Möglichkeit, dir einen Ehemann zu sichern, einen, der dir mehr bieten kann als …«, sie deutet zur Tür.

»Als?«, dränge ich in sie.

»… als deine Bienen in Awendown!« Sie lacht ein bitteres Lachen. »Ich liebe deinen Vater, und ich liebe dich und Amy, doch manchmal, Blythe, manchmal bin ich unglaublich müde.« Ihre Stimme bricht, sie verstummt und wischt sich eine Träne aus dem Auge. »Ich möchte, dass du es besser hast. Besser als ich, und das kannst du. Schränke dich nicht künstlich ein.«

»Du glaubst, ich kann es nur dann besser haben, wenn ich einen reichen Mann heirate?«, frage ich. »Das ist alles, was zählt? Ist es egal, ob ich ihn liebe, ob er dreißig Jahre älter ist?«

Sie zögert kurz, bleibt aber bei dem, was sie gesagt hat. »Wir hatten vier Jahre hintereinander eine schlechte Ernte. Und seit zwei Jahren benötigen wir ein neues Dach. Wenn du eine gute Partie machst, wird auch Amy die Chance haben, gut zu heiraten, und dann macht es nichts, dass Awendown an deinen Cousin geht.«

»Julian würde uns niemals rauswerfen, das weißt du.«

»Mach es uns nicht noch schwerer, Blythe.«

Doch es ist mir wichtig, dass sie mich versteht. »Ich habe Pläne mit meinen Bienen. Ich will mehr als nur Honig und Kerzen verkaufen, ich will ein richtiges Geschäft aufziehen, Bienenhäuser für große Anwesen anbieten, und Julian hat sich bereit erklärt, mir zu helfen. Das sind realistische Pläne, Mama, und sie könnten Awendown helfen. Ich muss nur Vater dazu kriegen …«

Doch meine Mutter bleibt hart. »Dein Vater wird nie verstehen, warum seine wunderschöne Tochter Bienenhäuser bauen will, statt gut zu heiraten.«

»Überlege dir, was das heißt!« Ich stehe auf, bin angespannt und wünschte, meine Stimme wäre ruhiger. Ich will nicht wie ein trotziges Kind klingen, doch sie lässt keine vernünftigen Argumente zu, war ja selbst nicht einmal vernünftig. Ich will, dass sie weiß, welche Konsequenzen ihre Worte haben.

»Das habe ich«, sagt Mama entschieden.

***

»Du siehst hübsch aus«, sagt meine Cousine, als wir vom Treppenabsatz aus die ankommenden Gäste beobachten.

»Du auch.« Ich schenke ihr ein Lächeln und drücke ihre Hand.

Obwohl ich weiß, dass der ganze Abend ihm gewidmet ist, bin ich überrascht, als ich Briggs Goswick eintreten sehe. Er trägt einen schwarzen Rock und eine cremefarbene Weste, rückt Manschetten und Krawatte zurecht und lässt dann den Blick durch den Raum und schließlich über das Treppenhaus bis zu mir schweifen. Entschlossen, Mr Goswick nicht zu beachten, ignoriere ich meinen stockenden Atem und wende mich einem Diener zu, der Erfrischungen anbietet. Dann folge ich meiner Cousine die Treppe hinab, und wir gesellen uns zu meiner Schwester und meinem Cousin Julian.

»Ah, da bist du ja, Blythe«, sagt Amy. Ihr braunes Haar fällt ihr in Wellen auf die Schultern. Obwohl sie zwei Jahre jünger ist, sehen wir uns so ähnlich, dass mein Vater immer scherzt, wir hätten eigentlich als Zwillinge zur Welt kommen müssen. Sie hat sich genau wie ich für den Abend ein traumhaftes Kleid von Charlotte ausgeliehen, grün wie Meeresschaum, und wirkt entschlossen, mit jedem zu tanzen, der nicht bei drei auf den Bäumen ist. »Dieses helle Lila steht dir sehr gut«, sagt sie, nimmt meine Hand und zieht mich zu sich.

»Danke«, erwidere ich leise.

Ich bewundere, wie leichtfüßig sich Julian, der zwischen Amy und Charlotte steht, in unterschiedlichen Welten bewegen kann. Die meiste Zeit hilft er meinem Vater mit Eifer bei der Arbeit in Awendown, das später einmal ihm gehören wird. Außerdem ist er mein Geschäftspartner und verkauft, trotz seiner Angst vor Bienen, Honig und Kerzen auf dem Markt. Ich wüsste nicht, was ich ohne seinen jovialen Humor und seine einnehmende Art tun würde. Doch sich von Zeit zu Zeit schick zu machen und formelle Abendveranstaltungen zu genießen, gelingt ihm ebenso gut. Wie er da steht und zusieht, wie mehr und mehr wohlhabende Menschen in Onkel Henrys Haus strömen, ist er ganz in seinem Element.

»Was ist los?« Julian sieht mich mit zusammengekniffenen Augen an. Ich kann nichts vor ihm verbergen. »Ist es wegen Mr Dormer?«

»Wem?«, frage ich.

»Mr Dormer«, wiederholt Julian. »Anscheinend bist du ihm am Sonntag in der Kirche aufgefallen und hast ihn nachhaltig beeindruckt. Er sagte deiner Mutter, dass er dich gerne näher kennenlernen würde.«

Ich presse die Lippen zusammen, und das Herz sackt mir in die Hose. Natürlich, noch bevor sie mich informiert hat, dass ich den Sommer in Wrexford verbringen werde, hat meine Mutter bereits alles in die Wege geleitet. »Soso«, murmele ich und versuche herauszufinden, welcher der Gentlemen im Raum mich ein bisschen zu lange ansieht.

»Hast du gerade Mr Dormer gesagt?«, fragt Charlotte, nachdem sie ein älteres Ehepaar begrüßt hat.

Julian nickt.

»Du kannst Mr Dormer nicht heiraten.« Charlotte blickt sich um, dann beugt sie sich verschwörerisch näher und flüstert: »Er ist ein seltsamer kleiner Mann, der ganz allein in einem riesigen Haus außerhalb Brumburys lebt. Er sammelt Falter.«

»Falter?«, wiederhole ich.

»*Tote* Falter«, präzisiert Charlotte.

Ich verziehe angewidert das Gesicht, während vor meinem inneren Auge das Bild eines Hauses voller toter Falter auftaucht – Falter, die sich wie Staub in jeder Ecke des Hauses sammeln, Falter, die überall aufgespießt sind. Ich schüttele mich.

»Das passt doch perfekt, Blythe.« Meine Schwester grinst. »Du sammelst Bienen, er sammelt Falter. Auf Mama ist einfach immer Verlass.«

Ich zwicke sie, und sie weicht kichernd aus, bis ich Ruhe gebe.

»Blythe«, sagt Charlotte plötzlich ernst. »Verschwinde, schnell!«

Alarmiert schaue ich mich um, vor wem sie mich gewarnt haben könnte. Immer noch kommen laufend neue Gäste an, stehen in kleineren und größeren Gruppen herum, begrüßen einander. »Aber warum denn? Was ist los?«

»Mr Dormer kommt gerade auf uns zu und möchte dir bestimmt vorgestellt werden, und als Dame des Hauses ist es meine Pflicht …«

Zu spät. Hätte ich mal auf meine Cousine gehört, denn nun steht ein kleiner älterer Herr mit einem seltsam aufgesetzten Lächeln vor uns. »Miss Barlow«, sagt er. »Wie schön, Sie wiederzusehen. Zusammen mit ihren reizenden Cousinen, nehme ich an?« Sein Blick wandert zwischen Amy und mir hin und her, während er darauf wartet, uns vorgestellt zu werden, Julian ist für ihn nicht von Interesse.

Charlotte räuspert sich. »So ist es, Mr Dormer. Darf ich Ihnen meine Cousinen vorstellen, Miss Blythe Rowley und Miss Amy Rowley, sowie ihren Cousin, Mr Julian Browning?«

Amy und ich machen einen Knicks, Julian verbeugt sich, und Mr Dormer atmet so tief ein, dass man fast Angst bekommt, er könne gleich platzen. »Wunderschön«, haucht er, den Blick auf mich gerichtet. »›Der verborgene Mensch des Herzens unverrückt mit sanftem und stillem Geiste, das ist köstlich vor Gott.‹«

Einen Moment lang verschlägt es mir die Sprache angesichts dessen, was ich da eben gehört habe. »War das …« Ich schließe die Augen und verlagere mein Gewicht von einem Fuß auf den anderen. »War das ein Bibelzitat?«

»Korrekt, Miss Rowley! Darf ich mir am Ende gar zu hoffen erlauben, dass auch Sie sich des Nachts in das Buch der Bücher vertiefen, wo Sie den Vers gleich als solchen erkannt haben?«

»Könnte man meinen.« Ich brauche dringend eine Ausrede, um aus dieser Situation herauszukommen. Irgendetwas. Ganz egal, was. Ein verstauchter Fuß, ein neues Glas Wein. Ich bin kurz davor, »Feuer!« zu rufen.

»Miss Rowley!«

Na gut, August Goswick tut es auch. Er schlängelt sich durch die Menschenmenge, ein Glas in der Hand und, wenn ich es recht sehe, ein Buch unter dem Arm.

»Miss Rowley, da sind Sie ja.« Er verbeugt sich leicht. Welch Glück. Gepriesen seien die fehlenden Antennen dieses unbeholfenen Goswicks, der sich direkt vor Mr Dormer pflanzt, ohne zu merken, dass wir mitten im Gespräch sind. Genau das brauche ich jetzt.

Seine Begeisterung entlockt mir ein Lächeln. »Mr August, wie schön, Sie zu sehen. Erinnern Sie sich an meine Schwester, Miss Amy Rowley?«

Amy macht einen Knicks. »Es freut mich, Sie …«

»Aber ja doch.« August wendet sich gleich wieder zu mir und überhört den überraschten Ausruf meiner Schwester. »Miss Rowley, ich hoffe, Ihnen ein paar Minuten stehlen zu dürfen, damit Sie mit meinem Bruder sprechen können. Er ist von den Vorteilen eines Bienenvolkes für Mistlethrush Hall noch nicht überzeugt.«

Ich muss mich sehr zurückhalten, nicht empört zu schnauben. »Ist das so?«

Charlotte räuspert sich, und ihr Griff um meine Hand wird fester.

»Ich fürchte, er ist nicht ganz so fortschrittlich wie Sie und ich«, sagt August.

»Da werden Sie wohl recht haben. Schließlich kennen Sie Ihren Bruder am besten.«

»Vergiss bitte nicht«, raunt Charlotte mir zu, »dass dieser Abend zu Ehren von Briggs Goswick stattfindet, wir möchten ihn ihm nicht verderben.«

»Dein Abend wird ein Erfolg sein, das verspreche ich.« Ich recke den Hals und sehe, dass Mr Dormer immer noch hinter August steht. »Bitte entschuldigen Sie mich. Man verlangt nach mir, das werden Sie sicherlich verstehen.«

Bevor er Einspruch erheben kann, schnappe ich mir ein Glas Wein, kräftige mich mit einem großen Schluck und folge dann dem jüngeren Goswick durch die Eingangshalle. Briggs ist heute zwar nicht die Ursache meines Ärgers, abbekommen wird er ihn trotzdem.

»Mr Westley Parker, Miss Sabrina Dixon«, stellt August uns einander vor, als ich zu ihnen stoße. »Dies ist Miss Blythe Rowley, die Nichte Mr Barlows.«

»Sie sehen heute entzückend aus, meine Liebe«, sagt Mrs Goswick und berührt mich am Arm.

»Freut mich, dass Sie sich für mich vorzeigbar gemacht haben«, sagt Briggs.

Seine Mutter macht große Augen. »Briggs!«

Briggs versucht, nicht mit den Augen zu rollen, streckt den Rücken durch und murmelt: »Ja, Sie sehen heute sehr hübsch aus.«

»Sie müssen heute Abend natürlich neben Briggs sitzen«, sagt August. »So haben Sie alle Zeit der Welt, ihm Ihr Wissen über Bienen zukommen zu lassen, ohne dass er fliehen kann.« Er blickt über die Schulter ins Esszimmer zu Onkel Henry, der die Gäste bereits bittet, ihre Plätze einzunehmen, damit die Suppe nicht kalt wird. »Wissen Sie was? Ich werde lieber selbst auf Nummer sicher gehen, dass Sie nebeneinandersitzen.«

»Oh, Mr August, es ist wirklich nicht nötig, dass Sie …« Doch schon ist er weg. Ich vermeide es, Briggs in die Augen zu sehen, und nippe stattdessen lieber an meinem Wein. Das wird schon. Ich werde es schaffen, einen Abend lang neben Briggs Goswick zu sitzen. Er mag zwar ein eingebildeter Dummkopf sein, aber immerhin ein attraktiver eingebildeter Dummkopf. Und Augusts Unterstützung ist wichtiger als meine Abneigung gegen Briggs.

»Sie führen Ihre eigenen Geschäfte, Miss Rowley?« Mrs Goswick steht neben mir. Sie ist eine elegante, durch und durch höfliche Frau, doch wäre ich ihre Tochter, würde sie so etwas ganz sicher nicht goutieren. Ihr Interesse scheint jedoch echt zu sein. »Ich bewundere Frauen, die sich nicht auf der gesellschaftlichen Stellung ihres Ehemannes ausruhen.« Sie hakt mich unter und führt mich ins Esszimmer. »Ich würde mich freuen, mich von Ihnen über Bienen unterrichten zu lassen, wenn Mr Goswick nicht möchte.«

»Ich ebenso«, schaltet Sabrina Dixon sich leise ein.

»Wer sagt denn, dass ich nicht zuhören möchte?«, fragt Briggs, der uns folgt und dabei möglichst unbeteiligt zu wirken versucht. Ich habe seinen wunden Punkt entdeckt, so viel steht fest, und er trägt den Namen Miss Sabrina Dixon. Ich kann es ihm nicht verübeln, sie ist hübsch. Ob sie jedoch jemals Interesse an diesem aufgeblasenen Schwätzer haben wird, der viel zu selbstverliebt ist, um echte Bindungen zu anderen Menschen eingehen zu können, wird sich noch zeigen.

Im Esszimmer eilt August von Stuhl zu Stuhl und tauscht fleißig Tischkärtchen um.

»Da sind ja alle«, sagt Onkel Henry hinter uns. Er ist ein großer, friedvoller Mann, für den es allerdings wichtig ist, dass die Dinge eine gewisse Ordnung haben. »August, du hast doch nicht gerade die Sitzordnung verändert, oder?«

August grinst. »Natürlich nicht, Mr Barlow. Ich würde Ihr Urteil diesbezüglich niemals infrage stellen.«

»Recht so, mein Junge«, sagt Onkel Henry. Er setzt sich an den Kopf der Tafel, Charlotte zu seiner Linken, daneben sitze ich, und dann, natürlich, Briggs Goswick.

Uns gegenüber nimmt ein zufrieden grinsender August zwischen Amy und Miss Dixon Platz. »Nur zu, Miss Rowley, fangen Sie an«, ermuntert er mich.

Briggs atmet hörbar ein und setzt sich aufrecht hin, dann streicht er sich seine rebellische Locke aus der Stirn, die immer aus der Reihe tanzt. »August, hab Erbarmen mit Miss Rowley. Und auch mit dem Rest von uns, Himmel noch eins! Es gibt bestimmt interessantere Themen als Bienen und ihre Behausungen, nicht wahr?«

Ich greife langsam zum Weinglas, das vor mir steht, führe es zum Mund und nehme einen Schluck, dabei lasse ich Briggs Goswick nicht aus den Augen. Ich erreiche damit genau das, was ich möchte. Er windet sich, steckt sich verlegen räuspernd seine Serviette in den Kragen und versucht zu überspielen, dass seine Behauptung, das Thema sei langweilig, bei mir nicht gut ankommt. Von mir aus kann er von Bienen halten, was immer er möchte, doch dies ist meine Chance, meiner Mutter zu beweisen, dass meine Bienenhauspläne realistisch und machbar sind. Ich werde nicht zulassen, dass Briggs Goswick meine Pläne durchkreuzt.

»Ich stimme Ihrem Bruder zu, Mr August«, sage ich. »Man sollte in der Tat Erbarmen mit ihm haben. Wer mit dem Verstand eines Mistkäfers gesegnet ist, hat Schwierigkeiten, bei so einem Thema am Ball zu bleiben.«

Lächelnd greift auch Briggs zu seinem Wein. »Sie werden verstehen, Miss Rowley, dass ich Ihrem Wortschwall manchmal einfach Einhalt gebieten muss, sonst sitzen wir morgen noch hier und hören uns Ihre Vorträge an.«

Amy und August starren uns mit großen Augen an, Mrs Goswick aber versucht dazwischenzugrätschen. »Miss Rowley, was hat Sie dazu veranlasst, diesen Geschäftszweig aufzunehmen? Ein nicht ganz unriskantes Unternehmen für eine so junge Dame, möchte man meinen. Ich muss zugeben, dass ich beeindruckt bin.«

»Wir hatten in Awendown House nie Bienen, dann aber habe ich in einige Bienenkörbe investiert«, antworte ich. »Doch es war eine solche Verschwendung, die Bienen töten zu müssen, um an ihren Honig zu gelangen, also las ich mich ein und entwickelte eine Kiste mit herausnehmbaren Rahmen, an die die Bienen ihre Waben bauen können. Dadurch kann man leichter den Honig ernten, und ich erkenne gleich, ob der Stock von Erregern befallen ist.«

»Ein wahres Wunder«, sagt August. »Und jetzt möchte sie diese fortschrittlichen Bienenhäuser überall errichten.«

»Und ich wünsche Miss Rowley alles erdenklich Gute für ihr Vorhaben.« Briggs weigert sich, seinem Bruder seinen Segen zu geben.

»Erzählen Sie meinem Bruder, wie gut Bienen für die Ernte sind, Miss Rowley«, versucht August es erneut.

»Nun«, sage ich und tauche meinen Löffel in die Suppe, »Bienen sind oft ...«

»Darüber brauche ich keinen Vortrag«, unterbricht Briggs mich. »Ich bin durchaus in der Lage, mir mittels entsprechender Fachliteratur meine eigene Meinung zu bilden. Und offen gesagt, unsere alten Bienenkörbe funktionieren tadellos, und ich sehe derzeit keinen Grund, sie zu ersetzen. Bitte nicht persönlich nehmen, Miss Rowley.«

Ich mahle mit dem Kiefer und zwinge mir ein Lächeln auf, obwohl ich ihm die Pest an den Hals wünsche. »Tue ich nicht, Mr Goswick. Ich bin mir nur nicht sicher, ob die Lektüre eines Buches mit den vielen Stunden gleichgesetzt werden kann, die ich in die Beobachtung von Bienenvölkern investiert habe.«

»Dass Sie es vorziehen, Ihre Freizeit mit Insekten zu verbringen, ist Ihre Sache«, fährt er fort. »Doch ich bitte Sie zu verstehen, Miss Rowley, dass ich Ihnen zwar alles Gute für Ihr Geschäft mit den Bienenhäusern wünsche, Mistlethrush Hall jedoch nicht der Ort sein wird, an dem Sie Ihr Experiment beginnen. Ich hoffe, ich habe mich klar ausgedrückt.«

Inzwischen sind fast alle Augen auf uns gerichtet, auch mein Onkel hört uns zu, und gespannt warten die Gäste auf meine Reaktion. Alle außer Mama. Sie hat den Blick abgewendet. Wahrscheinlich, weil sie fast immer recht hat. Damit, dass ich den Sommer hier in Wrexford verbringen, mir einen wohlhabenden Ehemann sichern und meine Bienen vergessen sollte, denn das ist es, was ich brauche, einen Gentleman, und Gentlemen – so wie dieses Exemplar hier – erlauben es Damen nun mal nicht, sich in Männergeschäfte einzumischen.

Ich schiebe meinen Stuhl zurück, schmeiße meine Serviette auf den Tisch und werfe Briggs Goswick einen vernichtenden Blick zu. »Sie hätten sich zumindest bemühen können, mir Ihre Meinung unter vier Augen mitzuteilen.« Mit gerafften Röcken stolziere ich aus dem Zimmer und sehe aus den Augenwinkeln, wie sich ein gewisses Bedauern in Briggs' Blick mischt.

Kapitel 6

Briggs

Meine Gedanken rasen, doch dann höre ich, wie etwas auf dem Parkett landet. Ich beuge mich hinunter und finde einen der Perlmuttknöpfe von Blythes Kleid.

Alle blicken mich an, als sei ich der Schurke. Und selbst ich empfinde es so, auch wenn ich es noch nicht gleich wahrhaben möchte. Natürlich weiß niemand, dass ich aus Notwendigkeit gehandelt habe. Wir können uns Miss Rowley nicht leisten. Aber vielleicht hätte ich netter sein sollen.

Blythes Schwester will ihr nacheilen, doch ich komme ihr zuvor.

»Lassen Sie mich gehen«, bitte ich Miss Amy.

»Und lassen Sie uns alle essen«, lenkt Mr Barlow die Aufmerksamkeit der Gäste auf die Speisen zurück. »Wir wollen doch nicht, dass die Suppe erkaltet. Stellen Sie sich nur vor, eine kalte Suppe verdauen zu müssen, die im Magen gerinnt. Wie grässlich!«

»Verderben wir unseren Gästen nicht den Appetit, Vater«, höre ich Charlotte noch sagen, dann betrete ich die schwarz-weiß geflieste Halle und lasse alle Geräusche hinter mir.

Blythe Rowley ist verschwunden. Ich frage mich, ob sie sich auf ihr Zimmer zurückgezogen hat, und fühle mich schuldig, doch dann höre ich, wie ein Kleid raschelt und sich die Gartentür schließt, und nehme die Fährte auf.

Ich greife in die Brusttasche meines Rocks und hole das Taschentuch heraus, das ich immer bei mir trage. Ich lege den

Perlmuttknopf hinein, falte das Taschentuch ordentlich und verstaue es wieder in meiner Brusttasche.

Draußen, unter dem lilafarbenen Abendhimmel, hat das Mädchen im farblich passenden Kleid die Arme um sich geschlungen und starrt auf sein verschwommenes Spiegelbild in einem der vielen Brunnen.

»Miss Rowley« sage ich leise, um sie nicht zu erschrecken.

»Halten Sie sich fern von mir«, sagt sie scharf. Zugegeben, eine solche Antwort habe ich durchaus verdient.

»Ich bin hier, um mich zu entschuldigen.«

Blythe dreht sich abrupt zu mir um, und die plötzliche Bewegung trägt ihren Duft in meine Richtung – den süßen, flüchtigen Duft blühender Apfelbäume. »Sie wollen sich entschuldigen?«, fragt sie. »Wofür genau?«

»Für meine Worte. Ich wollte Sie nicht verletzen.«

»Das war Ihnen doch ganz egal. Es ist Ihnen nur jetzt nicht mehr egal, weil Sie durch das, was Sie sagten, die Aufmerksamkeit aller Gäste auf sich zogen, Gäste, die sich Ihretwegen hier versammelt haben, und weil ich die Nichte des Gastgebers bin, eines hochgeachteten Gentlemans. Seien Sie ehrlich, Mr Goswick. Das ist es, was Ihnen leidtut.«

»Sie sind wirklich unerträglich«, sage ich leise, schüttele den Kopf und spüre, wie ich anfange, mich aufzuregen. »Sie denken, Sie wissen ganz genau, wer ich bin und was ich denke, und rücken selbst dann nicht von Ihrer Meinung ab, wenn ich Ihnen das Gegenteil beweise.«

»Mein Bienenhausgeschäft bedeutet mir alles«, sagt sie und geht auf mich zu. »Alles. Und nur das Wort eines Gentlemans in Ihrer Position kann alles zerstören. Sie haben keine Vorstellung davon, wie einflussreich Sie sind, und Sie gehen mit Ihrer Macht beunruhigend sorglos um. Vielleicht hätten an diesem Abend noch andere Gäste mit mir ins Geschäft kommen wollen, doch nun haben alle gesehen, dass Mr Briggs Goswick, ein Gentleman, der aus einer der ältesten, angesehensten Familien der Gegend stammt, ja sogar des Landes – dass dieser Briggs Goswick sich nicht mit meinen Ideen abgeben will. Und das auch noch in nur einem Satz kundtut …« Ihre Stimme wird brüchig.

Zum ersten Mal seit Langem bleibt mir die Sprache weg. Ich war so damit beschäftigt, meine eigene Haut zu retten, zu verschleiern, dass es mir schlicht an Geld für ein Bienenhaus mangelt, dass mir nicht in den Sinn gekommen war, was das für das Mädchen neben mir bedeuten könnte.

»Miss Rowley, ich …« Ich fahre mir mit der Hand durch das Haar und weiß nicht, was ich sagen soll.

Plötzlich versteift sie sich, ihr Atem geht schneller, und sie blickt suchend über meine Schulter hinweg.

»Was ist los?«, frage ich.

»Still«, flüstert Blythe plötzlich. »Ich glaube, da kommt wer.«

»Und?«

»Pst!«

»Miss Rowley?«, ertönt da eine Stimme aus dem Garten. »Miss Rowley, sind Sie hier irgendwo?«

Sie zuckt zusammen und presst sich die Hand an die Stirn. »Du liebe Güte, es ist Mr Dormer.«

»Mr *Dormer*? Was zum Teufel will dieser seltsame kleine Mann hier?«

»Mich«, antwortet Blythe. »Er will mich. Anscheinend hat meine Mutter ihm letzten Sonntag in der Kirche Hoffnungen gemacht, dass ich seinen Avancen nicht ablehnend gegenüberstehen würde, und nun folgt er mir auf Schritt und Tritt.«

Ich verkneife mir ein Lachen, schließlich habe ich meine Verfehlungen Blythe gegenüber noch nicht wiedergutgemacht.

»Das ist nicht lustig«, sagt sie niedergeschlagen. »Sie müssen mir helfen.«

»Helfen?«

»Bitte, Mr Goswick, ich bitte Sie. Sie haben meine Geschäftsidee vor versammelter Gesellschaft niedergemacht, Sie sind mir also etwas schuldig. Das ist das Mindeste, was Sie tun können.«

»Miss Rowley? Ich weiß, dass Sie hier sind und mit mir spielen«, hört man wieder Mr Dormer.

»Das ist in der Tat ziemlich widerwärtig«, gebe ich zu. »Was soll ich tun?«

»So tun, als seien Sie in mich verliebt«, schlägt Blythe vor.

»Verliebt? Wie sollte das denn überhaupt aussehen?«

»Sie wissen schon«, sagt sie.

»Nein.«

»Tun Sie das, was Verliebte tun würden. Lassen Sie sich etwas einfallen. Irgendetwas, das Mr Dormer von mir fernhält. Ich bitte Sie inständig.«

Ich spüre, wie verzweifelt sie ist, geradezu außer sich. Und während ich darüber nachdenke, was ich bisher tat, um Mädchen meine Gefühle zu zeigen, wird mir klar, dass es mir nicht schwerfallen wird, eines dieser Szenarien mit Blythe Rowley durchzuspielen. Doch gute Güte, warum Blythe Rowley? Das Mädchen, dem ich nur zu gern lauter verletzende Worte an den Kopf werfen möchte. Und doch zieht mich dieser Mund magisch an, und als sie schließlich spricht, bin ich mir nicht sicher, ob ich träume.

»Küssen Sie mich!«, raunt sie mir zu.

Ich kann es kaum glauben. »Wie bitte?«

Sie schiebt ihre Hand in meine. Ihre Haut ist warm und weich, und ich bin mir sehr bewusst, dass meine Hände gerade recht feucht sind. »Küssen Sie mich«, wiederholt sie und blickt mit ihren großen hellbraunen, von langen Wimpern umkränzten Augen zu mir auf, und ich werde einen Teufel tun, eine Dame ein drittes Mal darum bitten zu lassen.

Mit meiner freien Hand streife ich sanft ihre Wange, fahre mit den Fingern durch die Löckchen an ihrem Nackenansatz und führe ihren Mund, *diesen Mund*, an meinen, darf endlich diese Lippen probieren, die mich schon so oft beleidigt haben. Sie atmet scharf ein, und ihr Körper versteift sich und für einen kurzen Moment fürchte ich, etwas falsch gemacht zu haben. Doch dann lässt sie locker, neigt ihren Kopf leicht zurück und stöhnt leise, was meinen Körper in Flammen versetzt. Während ich noch ihre rechte Hand halte, greift sie sich mit der Linken mein Revers und zieht mich an sich, bis ihre Körperwärme mir das Gefühl gibt, ich müsse aus meiner Haut kriechen, um ihr zu entkommen.

Doch entkommen will ich ihr auf gar keinen Fall, im Gegenteil.

Erst knirschende Schritte auf dem Kies unterbrechen unseren Kuss. Mit geschwollenen Lippen, die sich nach Blythes sehnen, drehe ich mich zu dem Mann um, der hinter mir steht.

»Oh, ich …«, stammelt Mr Dormer mit rotem Pfannkuchengesicht. »Ich hatte ja keine Ahnung. Bitte entschuldigen Sie.«

Ich drehe mich wieder zu Blythe, die ihm mit den Augen folgt, bis er im Haus verschwunden ist. Dann löst sie sich heftig atmend von mir, starrt auf den Boden und berührt mit den Fingern ihre Unterlippe, als versuche sie, herauszufinden, was da gerade passiert ist. Als sie gewahr wird, wo wir sind und wer ich bin, wirft sie mir einen solch tödlichen Blick zu, dass ich nach hinten taumele.

»Ich meinte meine Hand, Sie Wüstling!« Und weg ist sie.

Kapitel 7

Blythe

Ich habe gestern Nacht kein Auge zugetan. Unmöglich. Mir gingen viel zu viele Gedanken durch den Kopf. Da war zum einen, natürlich, Mr Goswick, wie er an einem Tisch voll wohlhabender Gleichgesinnter meine Bienen, mein Lebenswerk herabwürdigte. Oder Mr Goswick, wie er sich draußen im Garten zu viel herausnahm und meinen guten Ruf zerstörte. Letzteres wird Mama ganz besonders freuen.

Und dann waren da noch Mr Goswicks Lippen auf meinen.

Seine Augen, die mich verschlangen.

Seine Hand auf meinem Rücken, die mich an ihn presste und …

»Blythe?«

Ich blinzele. Charlotte sitzt etwas weiter entfernt mit ihrer Staffelei vor einer Nymphe, die Wasser aus einem Krug in einen Brunnen kippt. Sie hat besorgt die Stirn gerunzelt.

»Geht es dir gut?«

»Aber ja«, versichere ich ihr. »Mir geht es bestens.«

Hinter mir sitzt Amy an einem runden Tisch, der ihr gerade genug Platz bietet, um in ihrem Notizbuch weiter an ihrem neuesten Werk zu arbeiten, neben ihr hat Julian es sich gemütlich gemacht. Sobald sie eine Seite fertig geschrieben hat, darf er sie lesen. Sie hat sogar mir erlaubt, ein paar Seiten zu lesen, und dieser Herzog, ihr Protagonist, hat für meinen Geschmack ein bisschen zu viel Ähnlichkeit mit Briggs Goswick.

»Ich finde es unmöglich, dass ausgerechnet jetzt, wo wir bald fahren, alle in hellster Aufregung sind, weil Blythe irgendetwas mit Mr Goswick im Garten angestellt hat«, sagt Amy zu Julian.

»Ja, es sieht ihnen ähnlich, immer wollen sie im Mittelpunkt stehen«, stimmt Julian ihr zu.

»Julian«, sage ich mit einem warnenden Blick über die Schulter.

»Komm schon«, sagt er und blättert in Amys Manuskript. »Kaum treffen du und Mr Goswick aufeinander, passiert etwas Skandalöses. Vielleicht solltet ihr beide einfach zugeben, dass euch das, was ihr im Garten angestellt habt, ziemlich glücklich gemacht hat.«

»Ich habe gar nichts mit Mr Goswick im Garten angestellt«, entgegne ich scharf.

Amy legt vielsagend den Kopf zur Seite. »Natürlich nicht. Die Leute zerreißen sich das Maul darüber, dass ihr gemeinsam Blumen gepflückt habt.«

Julian kichert, wohingegen Charlotte sich räuspert. »Ich bin mir sicher, dass Mr Goswick alles zu einem guten Ende bringen wird«, sagt sie.

»Wie denn?«, fragen Amy und ich gleichzeitig.

Charlotte fügt ihrem Himmel ein leichtes Gelb hinzu und lächelt zufrieden. »Er wird dir natürlich einen Antrag machen.«

Amy jauchzt begeistert, ich hingegen muss mich zusammenreißen, nicht zu würgen. »Ich habe kein Interesse daran, Briggs Goswick zu heiraten«, antworte ich.

»Und warum hast du ihn dann geküsst?«, fragt Julian, lehnt sich vor und blinzelt in die Sonne.

»Ich habe ihn nicht geküsst, er hat *mich* geküsst.«

»Und warum hat er dich geküsst?«

Ich strecke den Rücken durch und widme mich wieder dem Rosenbusch auf meiner Leinwand. »Weil ich ihn darum gebeten habe.«

Charlotte muss losprusten, fängt sich aber schnell.

»Das klingt anders, als es war, glaubt mir. Ich wollte es nur so aussehen lassen, als sei Mr Goswick an mir interessiert, um den Avancen Mr Dormers zu entgehen.«

»Nun, das kann ich dir nicht verübeln«, pflichtet Amy mir bei und wendet sich mit gezücktem Bleistift wieder ihrem Roman zu. »Andere Männer haben keine Chance gegen Mr Goswick, schon gar nicht solche wie Mr Dormer.«

»Dann solltest *du* ihn vielleicht heiraten«, schlage ich vor.

»Ich verstehe nicht, warum du das so furchtbar fändest.« Julian schlägt die Beine übereinander. »Bist du ihm immer noch böse, weil er dir damals diesen furchtbaren Streich spielte?«

»Oh!«, ruft Charlotte. »Die Sache mit dem Schwein. Das war in der Tat furchtbar!«

»Ja«, sage ich und beende damit die Diskussion, »es war furchtbar. Und jetzt möchte ich malen.«

Murrend folgen alle meiner Bitte und wenden sich wieder ihrer Arbeit zu.

Für eine Weile ist es still, und ich bin dankbar für die Gelegenheit, malen zu können, anstatt immer wieder jede schreckliche Sekunde des gestrigen Abends durchleben zu müssen. Hoffentlich bleibt es jetzt so, und ich werde keinen Gedanken mehr an diesen scheinheiligen Wichtigtuer verschwenden. Oder daran, wie er mit dem Kiefer mahlt, wenn er überlegt, was er tun soll. Oder an diese dämliche Locke, die ihm immer in die Stirn fällt.

»Oh, Blythe, sieh nur«, sagt Amy plötzlich. Sie ist aufgestanden und zeigt über die Wiesen. »Ich glaube, da kommen Mr Goswick und Mr Parker.«

Zwei gut angezogene Gentlemen, einer auf einer braunen Stute, der andere auf einem Apfelschimmelwallach, kommen langsam herangetrottet und versetzen meine Begleiter in kopflose Panik.

Sie springen auf, werfen mir vielsagende Blicke zu und sammeln hastig ihre Sachen zusammen, als wollten sie den Anschein erwecken, nie hier gewesen zu sein.

»Blythe, komm her, zeig, wie du aussiehst«, sagt Charlotte.

»Wie ich aussehe? Weshalb?«

»Mr Goswick ist sicherlich hier, um dir einen Antrag zu machen. Er hat dich im Garten geküsst, und es gab Zeugen.«

»Einen!«, rufe ich. »Es gab genau einen Zeugen, und Mr Dormers Gerede interessiert niemanden!«

Ungeachtet dessen zieht mich Charlotte zu sich, wickelt meine Locken um ihre Finger, damit sie schön fallen, und zwickt mir dann in die Wangen. »Männer mögen ein bisschen Farbe im Gesicht.«

»Es ist mir egal, was Mr Goswick mag, Charlotte.«

»So, mehr kann ich in dieser kurzen Zeit nicht tun«, schnaubt sie. »Amy und ich sind gleich nebenan im Salon, solltest du uns brauchen.«

»Brauchen? Wofür? Was passiert hier gerade?«

Ohne ein weiteres Wort zu verlieren, wirbelt sie mich herum, und da kommen schon Mr Parker und Mr Goswick auf mich zu.

»Miss Rowley«, sagt Mr Parker, zieht den Hut und fährt sich durch die blonden Wuschellocken. Er verbeugt sich und lächelt. »Es freut mich, Sie in guter Verfassung anzutreffen. Ist Miss Barlow zu Hause? Ich muss mir unbedingt das Rezept für dieses Dessert von ihrer Köchin geben lassen. Eine wahre Gaumenfreude.« Er geht direkt an mir vorbei in den Salon.

Langsam drehe ich mich zu demjenigen um, der übrig geblieben ist. Er traut sich was, heute Morgen auf diese Weise aufzukreuzen. Zurechtgemacht und umwerfend attraktiv und in der Lage, mir nur mit einer sanften Berührung seiner Lippen Laute zu entlocken, die mich im Boden versinken lassen. Allein die Erinnerung daran lässt mich erröten.

»Miss Rowley«, sagt Briggs leise, zieht den Hut und verbeugt sich.

Ich knickse, kann ihm aber kaum in die Augen sehen. »Mr Goswick.«

»Sie sehen heute besonders gesund aus. Welch rosige Wangen.«

Ich wische mir über das Gesicht. »Bitte, Mr Goswick, lassen wir das Geplänkel. Warum sind Sie hier?« Mit geballten Fäusten warte ich auf die unvermeidliche Frage. Die Frage, deretwegen er laut Charlotte und Amy hier ist. Die Frage, vor der es mir graust, doch je länger wie hier schweigend stehen, desto mehr frage ich mich, ob es denn wirklich so schlimm wäre, sie zu hören. Ich würde ihm natürlich einen Korb geben, aber hätte es nicht sogar etwas, wenn er fragte?

»Miss Rowley, es ist mir vollkommen bewusst, dass das, was gestern Abend passierte, mir niemals so viel Schaden zufügen kann wie Ihnen.«

Korrekt, denke ich und bin angenehm überrascht, dass er das zugibt.

»Und so wie ich Sie kenne, weiß ich, dass es Sie nicht freuen wird, was ich Ihnen jetzt sage. Sagen muss.«

Ich bin äußerst überrascht. Anscheinend kennt er mich besser, als ich dachte, wenn er weiß, dass ich nicht heiraten möchte.

»Miss Rowley?« Er blickt mir in die Augen und geht einen Schritt auf mich zu.

Ich tue das Gleiche, das Blut rauscht mir in den Ohren. »Ja?«

Er nimmt meine Hand und senkt die Stimme. »Ich kann Sie nicht heiraten.«

Es dauert, bis ich wieder einen klaren Gedanken fassen kann, dann aber ziehe ich meine Hand weg. »Wie bitte?«

Briggs schnaubt und tritt einen Schritt zurück. »Ich weiß, dass Ihnen das nicht gefällt.«

»Nicht gefällt?«, frage ich ruhig. »Sie denken, das gefällt mir nicht?«

»Nein? Ich habe Sie gestern geküsst, und jemand hat uns gesehen. Ich ging fest davon aus, dass Sie heute einen Heiratsantrag erwarten.«

Oh, dieser Mann. Dieser unverfrorene Mann! »Ich bin mir sicher, dass das bei vielen Frauen in der Tat so wäre, doch es tut mir leid, ich gehöre nicht dazu.«

Er ist perplex. »Sie hätten also nicht Ja gesagt?«

»Ich würde Sie *niemals* heiraten, Mr Goswick!«

Verärgert lässt er sich auf Amys Stuhl fallen. »Verflucht. Ich hätte mich wie ein Gentleman verhalten und um Ihre Hand anhalten sollen, jetzt stehe ich wie ein Esel da.«

Ich muss schmunzeln. »Kein Widerspruch.«

Er stützt den Ellenbogen auf den Tisch und blinzelt in die spätmorgendliche Sonne. »Und jetzt? Soll ich nach Hause gehen? Oder hierbleiben und Ihnen beim Malen zusehen?«

Ich nehme meine Palette zur Hand und drehe mich wieder zur Leinwand, versuche, die Blumen vor mir möglichst lebendig abzubilden, doch meine Gedanken rasen. »Oh nein, Briggs Goswick. Sie sind mir noch etwas schuldig.«

»Wenn Sie das so sagen, werde ich das Gefühl nicht los, es wäre doch besser, Sie einfach zu heiraten und meine Ruhe zu haben.«

Ich kichere. »Zuerst müssen Sie mir erklären, warum Sie mich nicht heiraten können. Denn das erschließt sich mir nicht wirklich. Sie sind ein Gentleman, ich bin die Tochter eines Gentlemans, und Sie haben mich geküsst, als wir allein im Garten waren. Die Leute werden uns für verliebt halten, wenn das rauskommt, und wenn ich den wahren Grund für meine ausbleibende Ehrenrettung nicht kenne, kann ich mir auch keinen falschen ausdenken.«

Briggs stützt sich jetzt mit beiden Ellenbogen auf dem Tisch ab, senkt leicht den Kopf und reibt sich die Augen. »Es ist kompliziert.«

»So kompliziert kann es nun auch nicht sein.«

»Ach nein?«

Ich verdrehe lachend die Augen. »Ich bin ungern so direkt Mr Goswick …«

»Ist das so?« Er legt den Kopf schief und furcht seine verdammt schöne Stirn.

Ich ignoriere seinen Einwand. »Aber Ihnen fehlt es an Tiefe. Es kann nicht kompliziert sein, weil *Sie* nicht kompliziert sind. Sie sind einfältig.«

Briggs lehnt sich zurück und schlägt die Beine übereinander, um lässig mit dem Fuß zu wippen und dabei eine mühelose Selbstbeherrschung auszustrahlen. »Ah, natürlich doch. Ich danke Ihnen, Miss Rowley. Was sollte ich bloß ohne Ihre klaren Analysen machen.«

»Sie sind in Miss Dixon verliebt?«, rate ich.

»Na gut, allzu kompliziert bin ich wohl doch nicht. Nein, ich bin nicht in Miss Dixon verliebt, würde sie aber gerne heiraten.«

»Wegen ihrer Mitgift, nehme ich an«, sage ich von oben herab und drehe mich zu ihm um.

»Oh, schauen Sie mich nicht so an. Es gibt ehrenwerte Gründe, weshalb ich es auf ihre Mitgift abgesehen habe, ob Sie es glauben oder nicht.«

»Natürlich. Die gibt es immer, wenn ein Gentleman hinter dem Geld einer jungen Dame her ist. Da sind Sie bestimmt keine Ausnahme.«

»Miss Rowley, bitte, haben Sie ein wenig Vertrauen zu mir.«

Kopfschüttelnd tunke ich den Pinsel in den blauen Farbklecks auf meiner Palette und beginne den Brunnen auf der Leinwand zu verzieren. »Das hatte ich früher einmal, und eine schlechtere Entscheidung hätte ich nicht treffen können.«

Er seufzt. »Wissen Sie, Miss Rowley, jede weitere Minute, die wir miteinander verbringen, zeigt mir, dass eine Ehe zwischen uns in vielerlei Hinsicht eine furchtbar schlechte Entscheidung wäre.«

»In welcher Hinsicht genau?«

»Sie weigern sich, Ihre Meinung über mich zu ändern, eine Meinung, die Sie sich bildeten, als wir beide jung waren und dumme Fehler machten.«

Ich begutachte die bunten Rosensträucher hinter dem Brunnen und murmele: »Und jetzt sind wir älter, doch einer von uns macht immer noch dumme Fehler.«

»Da haben wir es.« Er verdreht die Augen und blickt kopfschüttelnd zum Himmel. »Und zweitens kann ich Sie nicht heiraten, weil ich, verzeihen Sie, wenn ich das jetzt so offen sage, eine vorteilhafte Ehe eingehen muss und Ihre Mitgift, nun ja, nicht die größte ist.«

»Bitte?« Ich gebe mich verletzt, doch natürlich weiß Briggs um die finanzielle Situation meines Vaters. Mein Vater ist zwar ein Gentleman mit Landbesitz, aber so reich wie Onkel Henry oder die Goswicks war er nie und wird es nie sein.

»Es tut mir leid, aber so ist es nun einmal.«

»Sie wollen mir also sagen, dass Sie mich zum einen unerträglich finden und dass zum anderen mein fehlender Wohlstand den Namen Ihrer Familie beschmutzen würde, sollten wir eine Verbindung eingehen. So ist das also.«

»Nein, so ist das ganz und gar nicht.« Er fährt sich durch das Haar und streckt die Beine von sich, dann sagt er mit einem leisen Seufzer: »Die Wahrheit ist die: Wenn ich nicht bald für neues Geld sorge, werde ich Mistlethrush Hall verkaufen müssen. Im September, um genau zu sein. Meine Familie und ich werden uns dann ein neues Zuhause suchen müssen, und ich bin mir nicht sicher, ob ich es ertragen kann, als der Goswick in die Annalen einzugehen, der den Familiensitz verloren hat.«

Als ich sein trauriges Gesicht sehe, erlaube ich meinem Herzen für einen kurzen Moment, sich ein klein wenig zu öffnen. »Und deswegen lassen Sie mich das Bienenhaus in Mistlethrush nicht bauen?«, frage ich leise. »Weil Sie mich nicht bezahlen können?«

»Genau.« Er sieht einem Distelfink nach, der über unsere Köpfe hinwegfliegt, dann wendet er sich mit einem undurchdringlichen Gesichtsausdruck zu mir.

Doch irgendetwas passt da noch nicht. Das ist nicht der Briggs, den ich kenne. »Wie kommt es, dass Sie plötzlich kein Geld mehr haben, Mr Goswick?«

Er windet sich in seinem Stuhl, findet keine bequeme Sitzhaltung mehr und steht auf. »Ich, äh … Ich habe alles verspielt.«

»Alles?« Das klingt härter, als ich wollte, aber ich bin nicht dumm. Die Goswicks sind eine jahrhundertealte Adelsfamilie und müssen ein unglaublich großes Vermögen besessen haben. »Warum überrascht mich das nicht?«

Dieser Briggs Goswick ist so leichtsinnig, so egoistisch, so fahrlässig, sein gesamtes Vermögen in nur sechs Monaten im wahrsten Sinne des Wortes zu verspielen? Was für ein verworfener Mensch. Ich kann nicht glauben, wie falsch das alles ist, wie ungerecht seiner Familie gegenüber, seinen *Pächtern* gegenüber.

Er zuckt die Achseln. »Den Großteil.«

»Ich muss sagen, ich bin froh, dass ich Sie nicht heiraten muss.«

»Freut mich für Sie, Miss Rowley.«

Er schlendert zu meiner Staffelei, stellt sich mit verschränkten Armen dicht hinter mich und bewundert mein Kunstwerk. Er riecht nach Seife und einem Hauch von Schweiß und Gras, und ich erlaube mir, so tief einzuatmen, wie ich kann, ohne dass es auffällt.

»Aber ich habe einen Plan«, sagt er leise, seine Lippen dicht an meinem Ohr. Ich kriege eine Gänsehaut, als sein Atmen meine Ohrmuschel streift.

»Und wie sieht der aus?«

»Nennen wir ihn eine Entschuldigung. Dafür, dass ich an nur einem Abend Ihre Geschäftsidee und Ihr Ansehen zerstört habe. Allerdings brauche ich Ihre Hilfe, damit er funktioniert.«

Ich wirble herum. »Machen Sie das mit Absicht, so unsensibel sein?«

»Lassen Sie es mich erklären, Miss Rowley.« Er nimmt seinen Hut vom Tisch und lässt ihn in der Hand kreisen. »Sie wollen mit Ihren Bienenhäusern Erfolg haben, nicht wahr?«

»Ja«, antworte ich unwirsch.

»Und ich will Miss Dixon heiraten.«

»So sagten Sie.«

»So sagte ich. Wenn ich Ihnen mit Ihrem Geschäft helfe, Sie wohlhabenden Gentlemen vorstelle, die sich für Ihre Bienen interessieren werden, den Namen und Einfluss meiner Familie nutze, um für Sie zu werben, dann …«

»… dann«, ermuntere ich ihn.

»… dann helfen Sie mir im Gegenzug, Miss Dixon den Hof zu machen.«

Ich hole tief Luft. Jemanden wie Briggs Goswick an meiner Seite zu haben, der wohlhabenden Landbesitzern mein Geschäft schmackhaft macht, könnte womöglich der einzige Weg sein, meine Eltern davon abzuhalten, mir meine Bienen dauerhaft wegzunehmen. Ich könnte ihnen ein für alle Mal beweisen, dass mein Geschäftsmodell funktioniert. Sein Plan ist gar nicht so absurd, doch er verlangt viel von mir. »Ich möchte nicht gleich all Ihre Hoffnungen zerstören, Mr Goswick, doch Miss Dixon scheint alles andere als interessiert an Ihnen zu sein. Mir scheint, sie ist an niemandem interessiert.«

»Oh, das weiß ich, glauben Sie mir. Doch genau dafür brauche ich Sie. Frauen besprechen Dinge miteinander, die ein Gentleman niemals zu hören bekommen würde. Sie könnten herausfinden, was sie mag, womit sie sich beschäftigt. Und immer wieder ein gutes Wort für mich einlegen. Ich schaffe es nicht, sie besser kennenzulernen, doch Sie könnten meine …«

»… Spionin sein?«

»Etwas in der Art, ja.« Er steht wieder neben mir und nimmt mit großen, bettelnden Augen meine freie Hand in seine. »Bitte, Miss Rowley. Ich weiß, dass ich nicht in der Position bin, Sie um etwas zu bitten, doch mir bleibt nichts anderes übrig. Ich kann meiner Familie nicht erzählen, wie es um unsere Finanzen steht. Ich muss Mistlethrush Hall halten.«

Ich wünschte, er würde mich nicht berühren. Denn wenn er so einnehmend ist, fällt es mir schwer, mich über ihn lustig zu machen. Doch ich nehme an, dass genau das sein Ziel ist, mich für ihn einzunehmen. Er braucht mich und meine Fähigkeiten als Heiratsvermittlerin, um den Schaden zu beheben, den er durch sein unreifes und ungehöriges Verhalten verursacht hat. Ich ziehe mit stockendem Atem meine Hand weg. »Na gut. Ich werde Ihnen helfen. Doch um zu beweisen, dass Sie es ernst meinen, müssen Sie sich zuallererst um Mr Dormer kümmern.«

Er legt verwirrt den Kopf schief. »Mr Dormer ist immer noch ein Thema?«

»Ja, immer noch.« Ich schnappe mir wieder meinen Pinsel und tupfe ein paar pinke Blüten an meinen Rosenbusch, auch wenn ich dabei leicht zittere. »Meine Mutter hat Mr Dormer anscheinend Hoffnungen gemacht, und ich möchte ungern, dass er das, was er gestern Abend gesehen hat, nutzt, um mich zu erpressen.«

»Verstehe.« Briggs nickt. »Über Mr Dormer brauchen Sie sich keine Gedanken mehr zu machen. Ich kümmere mich darum.«

Es fühlt sich gut an, Briggs auf meiner Seite zu haben, auch wenn ich das ihm gegenüber niemals zugeben würde, er nimmt sich auch so schon viel zu wichtig. Trotzdem bin ich mir unsicher, ob ich mich wirklich auf ihn verlassen kann, und habe einen Kloß im Hals. »Danke«, sage ich.

Er setzt seinen Hut auf und lächelt. »Ein freundliches Wort aus Ihrem Munde. War gar nicht so schlimm, oder?«

Kapitel 8

Briggs

»Passt der blaue Rock zum Anlass?« Westley steht vor dem Spiegel, fummelt an seinem Kragen herum, macht sich an seinen Knöpfen zu schaffen und dreht sich hin und her. Himmel, ich will einfach nur etwas zwischen die Kiemen bekommen.

»In dieser abartigen Hitze passt überhaupt kein Rock«, murmele ich.

»Bitte, Briggs.« Westley dreht sich zu mir um. »Konzentrier dich.«

Ich schlage ein Bein über das andere und lasse mich in den Sessel mit Brokatbezug sinken, der in der Ecke des Salons steht. Ich bin seit genau einer halben Stunde fertig. Denn da hätten wir laut Westley losreiten sollen, um pünktlich zu Miss Barlows Picknick zu erscheinen. Seitdem sitze ich hier. Ich starre den Stuck an der Decke an.

»Also, welcher soll es sein?«, will Westley wissen.

»Welcher was?«

»Welcher Rock, Briggs! Hör mir doch bitte mal zu!« Er sieht sich weiter im Spiegel an und fragt dann: »Wird Mr Browning, Miss Rowleys Cousin, auch da sein?«

»Wahrscheinlich«, antworte ich. »Ich glaube, er ist noch hier. Warum? Hast du Angst, er könnte die gleiche Farbe wie du tragen?«

Westley verdreht die Augen.

Ich schlage stöhnend die Hände vors Gesicht. Dann wende ich mich an meinen kleinen Bruder, auch er ist anwesend, theoretisch, doch in ein Buch vertieft. »Was sagst du, August?«

»Wozu?«, fragt er, ohne den Blick zu heben. Er liest etwas über Insekten, soweit ich weiß. Ameisen, um ganz genau zu sein.

»Welchen Rock soll Westley anziehen? Den grünen oder den blauen?«

»Mir egal«, antwortet August und blättert um.

Westley wendet sich wieder seinem Spiegelbild zu. »Den grünen, glaube ich. Meinst du nicht auch?«

In seinem grünen Rock sieht er aus wie ein Pfau. Ich finde, das passt. »Ja, den grünen.«

»Sagst du das nur, damit ich Ruhe gebe?« Er betrachtet sich unverändert im Spiegel und fährt sich mit den Händen durch das strubbelige blonde Haar.

»Ja.«

»Aha.« Er schlüpft aus dem grünen Rock und wieder in den blauen. »Lasst uns gehen.«

»Sehr gerne.« Ich springe auf, laufe schnellen Schrittes durch das Wohnzimmer in den Flur, gebe meiner Mutter in der Eingangshalle einen Kuss auf die Wange und trete aus der Tür, um auf mein Pferd zu steigen, das in der Einfahrt auf mich wartet.

»August!«, rufe ich von Apollo hinab.

Mein Bruder taucht unwillig im Türrahmen auf, er bummelt. »Ich will nicht picknicken«, sagt er, »es ist zu heiß, und mein Buch ist gerade so spannend.«

Ich ziehe eine Augenbraue hoch. »Das Buch über Ameisen?«

Er sieht mich böse an. »Ja, das Buch über Ameisen, und mir gefällt dein Ton nicht, Briggs.«

»Es geht um einen einzigen Nachmittag, August. Miss Barlow erwartet uns.«

»Und deswegen müssen wir alle um sie herumscharwenzeln und sie bei Laune halten«, murmelt er und streichelt sein Pferd. Dann wird ihm plötzlich etwas klar. »Oder vielleicht geht es gar nicht um Miss Barlow.«

Jetzt kommt es.

»Vielleicht ist es Miss Rowley, die uns erwartet, und trotz deiner großen Abwehr ist sie eigentlich diejenige, die du nicht enttäuschen möchtest.«

»Steig jetzt auf, verflucht noch mal, August.« Sobald er im Sattel sitzt, greife ich mir seine Zügel und ziehe sein Pferd zu mir heran. »Und wehe, du sagst heute irgendetwas, das Miss Rowley unangenehm sein könnte.«

August kichert und schlägt meine Hand weg. »Ich soll etwas sagen, das Miss Rowley unangenehm sein könnte? Das ist doch dein Spezialgebiet, Briggs, ich würde niemals in deine absurd großen Fußstapfen treten, was das angeht.«

Ich werfe die Hände in die Luft und schnaube verächtlich, doch August reitet bereits vorneweg, und Westley und ich folgen ihm.

Als wir in Wrexford Park ankommen, wartet Miss Barlow bereits mit Miss Amy in der Kutsche ihres Vaters und schirmt ihre Augen gegen die Sonne ab. Als sie uns kommen hört, dreht sie sich um und seufzt aufgebracht.

»Meine Cousine lässt sich beim Ankleiden sehr viel Zeit, und ich fürchte, wir werden zu spät zum Picknick kommen«, sagt sie. »Was sollen die Gäste nur denken, wenn die Gastgeberin als Letzte ankommt?« Sie macht eine kurze Pause, erwartet aber keine Antwort von mir. »Dass ich mich nicht ordentlich vorbereitet habe, Mr Goswick!«

»In der Tat, Miss Barlow«, antworte ich. »Lassen Sie mich Miss Rowley holen.«

»Gute Idee, sie wird sich bestimmt beeilen, wenn Briggs ihr sagt, sie solle schneller machen«, sagt August ausdruckslos.

Ich steige von Apollo ab, tätschele ihm den Hals und werfe meinem Bruder einen schneidenden Blick zu.

»Gehen Sie behutsam vor, Mr Goswick«, sagt Mr Browning, der auf einer kastanienbraunen Stute zu Westley reitet und grüßend an seinen Hut tippt. »Aber seien Sie zugleich unnachgiebig. Ich habe Blythe schon den ganzen Morgen antreiben müssen.«

»Ich werde all meine Überzeugungskraft aufbringen«, antworte ich und betrete die schattige Eingangshalle Wrexford Parks. Ich atme die kalte Luft ein, froh, der Sonne entkommen zu sein, die Miss Barlow so viel Ungemach bereitet, und jetzt, wo ich hier bin, wird mir klar, dass ich nicht weiß, was ich sagen soll, ohne dabei herablassend zu klingen. Ich bin heute Morgen mit dem festen Entschluss aufgewacht, mich Miss Rowley gegenüber tadellos zu verhalten.

Doch es stellt sich heraus, dass ich gar nichts zu sagen brauche. Denn schon taucht Blythe oben an der Treppe auf und streicht den geblümten Rock ihres Kleids glatt. Um die Taille trägt sie eine pfirsichfarbene Schärpe, die die gleiche Farbe wie das Band ihres Strohhuts hat, und sie atmet ein paarmal zittrig ein und aus, bis sie mich bemerkt.

»Was machen Sie denn hier?«, fragt sie mit gerunzelter Stirn.

»Und auch Ihnen einen schönen Guten Morgen«, entgegne ich. »Ihre Cousine bat mich, nach Ihnen zu schauen.«

»Mir geht es gut. Außerdem schadet es ihr nicht, ein bisschen an der frischen Luft zu sein.«

Sie steigt mit gerafftem Rock die Treppe hinab, und ich erhasche einen Blick auf ihre wunderschönen Fesseln. Fesseln, die bestimmt zu perfekt geformten Waden führen, runden Knien und weichen Oberschenkeln. Ich schüttle den Kopf, um diese Tagträume so schnell wie möglich loszuwerden, und schon schwebt sie an mir vorbei, und der Duft von Äpfeln folgt ihr.

»Kommen Sie?«, fragt sie im Türrahmen.

Ich blinzele, versuche, mich zu erinnern, warum ich überhaupt hier bin, und bringe nicht mehr als ein heiseres »Ja« heraus.

Ich hole sie vor der Kutsche ein und will ihr beim Einsteigen behilflich zu sein.

Sie blickt kurz auf meine dargebotene Hand, dann in meine Augen. »Das schaffe ich allein.« Sie will sich hochziehen, doch trotz ihrer Beteuerungen rutscht sie ab, und ich halte sie an der Taille fest, damit sie nicht nach hinten fällt. Sie erstarrt in meinen Armen und atmet schnell, hält sich aber an mir fest, und ich gebe ihr die Zeit, die sie braucht.

»Ich habe Sie«, sage ich leise.

Sie nickt und umklammert meine Arme. »Danke«, murmelt sie schließlich.

»Jederzeit«, sage ich mit einem sanften Lächeln. Ich schiebe sie vorsichtig nach vorn, sodass sie wieder auf ihren eigenen Füßen steht, und reiche ihr erneut meine Hand. Diesmal schlägt sie meine Hilfe nicht aus, und ich halte ihre Hand so lange in meiner, bis sie sich ihrer Cousine gegenüber hingesetzt hat.

»Sind wir jetzt so weit?« Miss Barlow dreht sich fragend zu Westley, August und mir um. »Wir sind zwar viel zu spät, aber du siehst hübsch aus, Blythe. Die Farbe steht dir.«

»Findest du?«, fragt sie und blickt an sich herunter.

Ja, will ich rufen, *ja, sie steht dir. Natürlich steht sie dir. Alles steht dir!* Doch ich lächle nur, und die Kutsche setzt sich in Bewegung.

Wir lassen sowohl Mistlethrush als auch Wrexford hinter uns und reiten an hübschen Wildblumenwiesen und grünen Koppeln mit grasenden Pferden vorbei, schließlich kommt unser Ziel in

Sicht: ein Hügel mit Blick auf einen kleinen See. Die Damen unterhalten sich über Brumburys neuen Hutmacher, und Westley erzählt Mr Browning und mir von seinen Renovierungsplänen für sein Anwesen Brompton Place. August trottet schmollend hinter uns her. Einige unserer Nachbarn sind bereits da, als wir ankommen, unter ihnen Reverend Knox und seine neue Frau sowie seine Schwester, Miss Abigail Knox. Genauso hatte ich es geplant. Miss Barlow hatte mich gebeten, die Gäste einzuladen, doch bitte nur solche, die interessant seien, sagte sie. Keine Langweiler. Ich habe mich daran gehalten.

Na ja, fast.

Wir steigen ab und führen unsere Pferde unter einen schattigen Baum, danach helfen wir den Damen, auszusteigen. Charlotte Barlow nimmt bereitwillig meine Hand, doch dann hält sie plötzlich inne und drückt sie fest.

»Mr Goswick«, sagt sie und starrt die versammelten Picknickgäste an. »Bitte sagen Sie mir, dass Sie nicht Mr Dormer eingeladen haben.«

Ich suche die Gruppe mit zusammengekniffenen Augen ab. Ah, da ist er ja. Klein und gedrungen, seine Halbglatze glänzt in der Sonne, als er bei Blythes Ankunft den Hut zieht, der Bart ist schütter, und er hat einen Buckel.

»Ich fürchte, das ist nicht möglich, Miss Barlow.«

Sie gibt mir einen Klaps auf die Schulter. »Wie konnten Sie nur? Wenn Blythe das sieht, wird sie …«

Bevor Miss Barlow ihren Satz beenden kann, ist Blythe von der anderen Seite an mich herangetreten und verpasst meiner anderen Schulter einen Schlag.

»Au.« Ich reibe mir über die Stelle, auf die ihre Knöchel trafen. »Wissen Sie, es mag zwar nicht den Anschein haben, aber ich bin ein feinfühliger Mann.«

»Ich hasse Sie«, sagt Blythe und versucht, sich hinter August zu verstecken, um Mr Dormer von sich fernzuhalten.

»Sie sagten, ich solle mich um die Sache kümmern«, erinnere ich sie.

»Und so sieht es aus, wenn Sie sich kümmern?«, raunt sie mir zu.

»Vertrauen Sie mir, Miss Rowley. Es läuft alles ganz nach Plan.«

»Miss Rowley, Sie sind doch nicht etwa schüchtern?«, ruft Mr Dormer uns von der Picknickdecke aus zu. »Ich habe Ihnen direkt neben mir einen Platz reserviert.«

»Direkt neben ihm!«, sage ich grinsend. »Ist das nicht aufmerksam, Miss Rowley?« Ich biete ihr meinen Arm, doch sie stößt ihn weg und stapft zu Mr Dormer, der den Platz neben sich tätschelt.

»Das Wetter hätte nicht besser sein können«, sagt Westley und hievt zusammen mit Mr Browning einen der Picknickkörbe aus der Kutsche.

»Regen wäre schön gewesen«, murmelt August.

»Nun kommen Sie schon, Mr August«, sagt Miss Barlow und nimmt unter ihrem Sonnenschirm auf der Decke Platz. »Ich lasse mir von Ihnen den Tag heute nicht vermiesen. Außerdem habe ich für Ihr Lieblingsessen gesorgt. Eingelegte Rote Bete.«

Das muss man Miss Barlow lassen: Sie weiß, wie sie August herumkriegt, damit er nicht dauerhaft schlechte Laune verbreitet. Ich setze mich neben Blythe und ernte einen vernichtenden Blick. Na gut, vielleicht ist August nicht der Einzige mit dauerhaft schlechter Laune. Und ich verstehe Blythe ja. Ich war für die Gästeliste zuständig, und prompt lade ich ausgerechnet denjenigen ein, dem sie mit aller Macht aus dem Weg gehen will. Sie weiß eben noch nicht, dass hinter meinem scheinbar verrückten Verhalten ein ausgeklügelter Plan steckt, doch das wird sich in Kürze ändern.

Neben mir holt Blythe tief Luft, als Mr Dormer ihr verzagte Blicke zuwirft. Die Situation ist für alle äußerst unangenehm, und selbst ich fühle mich inzwischen nicht mehr wohl in meiner Haut.

»Wir sollten etwas essen«, schlägt Miss Barlow vor und legt die Hände in den Schoß. »Mr Parker, seien Sie so gut und helfen Sie mir, die Teller zu verteilen?«

Während Westley sich beeilt, dem Wunsch seiner Gastgeberin nachzukommen, vertieft Blythe sich in ein Buch.

»Ah, Sie lesen gerne?«, fragt Mr Dormer und beugt sich zu ihr. »Ich bewundere es, wenn eine Dame liest. Ihren Geisteshorizont erweitern will.« Er macht eine Kunstpause und richtet sich ein wenig auf. »›Wer weise ist, der hört zu und bessert sich …‹«

Natürlich, ein Bibelzitat. Genau wie geplant.

Mr Dormer zieht die Augenbrauen hoch und wartet darauf, dass Blythe das Zitat vervollständigt.

Doch es ist die Stimme von Miss Knox, die ertönt, kaum hörbar, von der anderen Seite der Picknickdecke: »›… und wer verständig ist, der lässt sich raten.‹«

Sofort blickt Mr Dormer auf. »Ja, genau! Miss …? Du liebe Güte, bitte entschuldigen Sie, Ihr Name ist mir entfallen.«

»Knox«, helfe ich eifrig nach und beuge mich vor. »Miss Abigail Knox. Ich freue mich, Sie mit Mr Dormer bekannt machen zu dürfen. Einem großen Freund der Bibel.« Ich blicke mit hochgezogenen Augenbrauen zu Blythe. Komm schon, Blythe. Du musst zugeben, dass das ziemlich gut war.

Sie steckt die Nase wieder in ihr Buch, doch vorher erhasche ich einen verstohlenen Blick und einen Hauch von ihrem Lächeln.

»Darf ich fragen, welcher Bibelvers Sie am meisten berührt?«, fragt Mr Dormer.

Miss Knox kann kaum an sich halten. »Die Sprüche«, antwortet sie.

»Kapitel 31?«, schlägt Mr Dormer vor.

»Vers zehn!«, rufen sie gleichzeitig.

»Sieh an, eine Gemeinsamkeit, wie nett. Hühnchen, irgendwer?« Miss Barlow reicht die Platte herum.

»Miss Knox«, sagt Mr Dormer, »würden Sie mir die Ehre erweisen, mit mir nach dem Essen eine Runde um den See zu spazieren? Ich habe das Gefühl, dass wir einiges gemein haben.«

»Es wäre mir eine Freude« antwortet Miss Knox und errötet bis in die Haarspitzen.

»Hm«, sage ich leise zu Blythe. Um uns herum unterhalten sich alle. »Sieht ganz so aus, als hätte ich kupplerische Fähigkeiten. Am Ende benötige ich bei Miss Dixon gar keine Hilfe mehr.« Ich ziehe mein linkes Knie an und stütze mich mit dem Ellenbogen auf.

Blythe blättert schnaubend um. »Wo ist Miss Dixon überhaupt?«

»Sie ist in Mistlethrush geblieben. Sie hat sich erkältet.« Ich nehme mir etwas von dem Hühnchen.

»Erkältet!«, ruft Blythe aus.

Alle Köpfe drehen sich zu uns.

»Es gibt eine Decke in der Kutsche, sollte dir kalt sein, Blythe«, sagt Miss Barlow. Äußerlich ist sie die Freundlichkeit in Person, doch ihre Augen sind auf mich gerichtet und ein drohender Unterton warnt mich, gewisse Grenzen nicht zu überschreiten.

»Oh, mir geht es gut, danke«, sagt Blythe. Sie dreht den Kopf kaum wahrnehmbar in meine Richtung, und als die anderen zu ihren Gesprächen zurückgekehrt sind, nimmt sie den Faden wieder auf. »Hut ab, Mr Goswick. Manches Mal bin ich erstaunt, wie findig Sie sind. Die Sache mit Mr Dormer und Miss Knox etwa hätte ich Ihnen nie zugetraut. Ein Geniestreich. Doch das? Das ist absurd.« Sie nippt an ihrem Tee und wiederholt: »Sie ist erkältet!«

»So ist es.« Ich beiße in mein Hühnchen und tupfe mir den Mund mit der Serviette ab.

»Und Sie haben sie allein gelassen?«

»Hätte ich sie mitnehmen sollen?«, frage ich. »Sie aus dem Bett zerren, in Kleider stecken und sie mit einem extragroßen Vorrat an Taschentüchern in eine Kutsche verfrachten sollen?«

Blythe verdreht die Augen. »Nein, Sie Trottel. Sie hätten bei ihr bleiben sollen. Ihr zu verstehen geben, dass Sie auf keinen Fall an diesem Picknick teilnehmen werden, sondern da sind, wenn sie etwas braucht oder Gott behüte sich ihr Zustand verschlechtert. Sie hätten laut und deutlich sagen müssen, dass Sie den heutigen Tag ohne Miss Dixon niemals genießen könnten.«

Schmollend nehme ich ihr das Buch aus dem Schoß. »Was lesen Sie überhaupt?«

Sie reißt es mir aus der Hand, schlägt es zu und versteckt es hinter ihrem Rücken. »Sie wissen, dass ich recht habe.«

»Vielleicht, doch warum sind Sie so wütend? Sie gaben mir den Auftrag, mich um Mr Dormer zu kümmern, und ich kümmerte mich um Mr Dormer.«

Sie schaut kopfschüttelnd in den Himmel. »Natürlich. Jetzt ergibt alles einen Sinn. Sie hatten zwei Aufgaben, doch Sie sind nicht fähig, mehrere Dinge gleichzeitig zu tun.« Mitleidig schnalzt sie mit der Zunge und tätschelt mein Knie. »Bitte entschuldigen Sie. Ich habe Sie überschätzt, das soll nicht wieder vorkommen.«

»Wie freundlich von Ihnen, Miss Rowley. Ihre Liebenswürdigkeit kennt keine Grenzen.«

Sie nimmt sich eine Erdbeere, lässt sie in ihrem Mund verschwinden, schließt die Lippen und kaut, und seltsamerweise kann ich mich daran nicht sattsehen. Sie überlegt eine Weile, dann sagt sie schließlich: »Wenn Sie heute Abend wieder zu Hause sind, werden Sie Folgendes tun.«

»Moment, ich muss mein Notizbuch holen.« Ich tue so, als suchte ich nach Papier und Stift, doch Blythe ignoriert mich.

»Sie werden die Köchin anweisen, Miss Dixon eine heiße Brühe und einen Tee mit Zitrone und Honig zu machen. Wenn wir wieder in Wrexford sind, gebe ich Ihnen eines meiner besten Gläser Honig mit. Sie selbst werden ihr das Tablett bringen und sich nach ihrem Befinden erkundigen. Aber bleiben Sie nicht zu lang, sonst erwecken Sie noch den Eindruck eines bettelnden Hündchens.«

»Natürlich.«

»Werden Sie es schaffen, all diesen Anweisungen Folge zu leisten?«, fragt sie mit aufgesetztem Schmollmund.

Ich kneife die Augen zusammen und antworte mit einer Grimasse: »Ihre Hilfsbereitschaft erstaunt mich, Miss Rowley.«

Blythe zuckt die Achseln und schnappt sich eine weitere Erdbeere. »Na ja«, sagt sie. »Sie haben Ihr Versprechen gehalten, also will auch ich meines halten. Abgemacht?« Sie streckt mir ihre Hand hin.

»Abgemacht.« Wir besiegeln unseren Pakt mit einem Handschlag.

Kapitel 9

Briggs

Seit unserer Kindheit haben August und ich eine Abmachung bei Kartenspielen. Er ist ein genialer Spieler und gewinnt immer. Also erlaube ich ihm, mitzukommen, wenn ich mich mit meinen Freunden treffe, und im Gegenzug teilen wir uns am Ende des Abends die Beute. In der Regel ist die Hälfte seines Gewinns immer noch mehr als das, was ich verloren habe, sodass wir an diesem unfehlbaren System nicht rütteln.

An diesem Abend sitzt er mir mit undurchdringlicher Miene gegenüber, und ich weiß, dass es in seinem Kopf unaufhörlich rattert, er jeden Zug voraussieht. Es ist voll im Hearth and Hound. Verschwitzte Männer bevölkern die schummerige Stube, trinken Bier, lachen schallend und unterhalten sich über Haus und Hof, und ich habe große Mühe, mich auf mein Blatt zu konzentrieren. Ich habe bereits beschlossen, dass alles, was August heute gewinnt, dem Bienenhaus, das er sich so sehnlich wünscht, zugutekommen wird. Zwei Fliegen mit einer Klappe.

Westley ist am Zug und haut eine Karte auf den Tisch. Lord Drummond nickt beeindruckt. Er ist ein Freund von Westley aus Cambridge, und wir kommen gut miteinander aus, doch auf einer Wellenlänge sind wir nicht. Beim Abendessen in Wrexford Park hatte er Charlotte Barlow recht deutlich den Hof gemacht. Seitdem fühle ich mich seltsamerweise ein wenig wie ein großer Bruder, dem er sich erst einmal beweisen muss.

August schnaubt verächtlich und lenkt meine Aufmerksamkeit wieder auf das Spiel.

»Was?«, fragt Westley und lässt die Schultern hängen.

»Nun, da musst du schon selbst drauf kommen.« August legt zwei Karten und lacht gackernd. »Gewonnen!« Er sammelt das Geld ein und stopft es sich in die Brusttasche seines Rocks.

Westley seufzt und kippelt mit dem Stuhl. »Er gewinnt immer. Warum spielen wir überhaupt mit ihm?«

Ich lege meine Karten ab und reibe mir mit dem Handballen über die Augen. »Weil ich Ärger mit Mutter bekäme, würde ich meinen kleinen Bruder nicht mitspielen lassen.«

August tritt mir unter dem Tisch gegen das Schienbein und zieht, bevor ich mich revanchieren kann, seine Beine weg.

»Leider hat Briggs nicht den Mumm, der Wahrheit ins Auge zu blicken«, sagt er, »denn egal, was mir mein Bruder beibringt, ich überflügele ihn immer. Kartenspielen, Bogenschießen.«

»Boxen?«, fragt Lord Drummond.

August windet sich. »Damit habe ich eben erst begonnen. Briggs und ich hatten gerade einmal drei Stunden, aber natürlich bin ich ein Naturtalent.«

»Natürlich«, pflichte ich ihm bei. Doch als mein Bruder nicht hinsieht, muss ich grinsen. »Naturtalent« trifft es nicht ganz. August war noch nie ein guter Sportler, doch seit Vaters Tod hat er sich in den Kopf gesetzt, boxen zu lernen. Als wolle er jetzt wiedergutmachen, dass er immer ablehnte, wenn Vater ihm vorschlug, mit mir zu trainieren. Nun ja, besser spät als nie.

»Erzähl es ihnen ruhig«, fordert August mich auf, »du sagtest, ich sei ein absolutes Wunderkind.«

»Ein bisschen anders war es, glaube ich, schon.«

Drummond schüttelnd kichernd den Kopf. »Du solltest nach London kommen, August, ein paar Stunden bei Sebastian Lambert nehmen. Er wäre bestimmt außer sich, einen solch außergewöhnlichen Schüler zu bekommen.«

»Nicht nötig«, versichert August ihm. »Ich brauche keinen Unterricht mehr. Die Grundtechniken kenne ich jetzt, und ich fühle mich bereits sehr sicher. Wenn ich mich einer Sache mit Haut und Haar widme, bin ich ein exzellenter Schüler. Ich lerne unglaublich schnell.«

»Ich brauche noch was zu trinken«, werfe ich mit einem Seufzen ein und schiebe meinen Stuhl zurück.

»Ich mach das.« August steht auf. Er ist groß und schlaksig. »Die Runde geht auf mich, meine Herren.«

»Ein Mann, ein Wort«, sagt Drummond und prostet ihm mit seinem leeren Bierkrug zu.

Als August weg ist, beugt sich Westley zu Drummond und mir. »Aber jetzt mal im Ernst, Briggs, er gewinnt wirklich immer. Beim Kartenspielen ist er tatsächlich ein Wunderkind. So richtig Spaß macht es nicht, beim Spielen so viel Geld zu verlieren. Mit dem Betrag heute hätte ich mir schon fast ein kleines Anwesen in Dorset zulegen können.«

»Wer will denn schon ein kleines Anwesen in Dorset besitzen?«, frage ich.

Westley zieht eine Augenbraue hoch.

»Ich weiß, ich weiß«, lenke ich ein. »Setz beim nächsten Mal eben nicht so viel ein. Darüber, was du aus deiner Brieftasche zauberst, kannst du schließlich selbst bestimmen.«

Drummond trommelt mit den Fingern auf dem Tisch. »Also, ich hätte nichts gegen ein kleines Anwesen in Dorset«, überlegt er. »Die Küste ist wunderschön.«

»Miss Barlow würde nicht nach Dorset ziehen«, sagt Westley sachlich. Und damit hat er recht.

»Stimmt«, gibt Drummond zu. »Und was ist mit Miss Rowley?«

»Beide können Sie nicht haben«, sage ich. Wahrscheinlich zu schnell.

Drummond grinst. »Das wollte ich damit auch nicht sagen. Aber was immer zwischen Ihnen im Garten passiert ist, muss wohl stimmen, wenn ich Sie mir so anschaue.«

Ich atme tief ein und wische mir mit der Hand über das Gesicht. »Das war alles ein Missverständnis, und ich arbeite daran, meinen Fehler wiedergutzumachen.«

Westley klopft mir aufmunternd auf die Schulter, dann räuspert er sich. Zwei Männer, ein älterer und ein jüngerer Gentleman, kommen mit finsteren Blicken auf uns zu. »Sieht ganz so aus, als müsstest du zunächst noch andere Fehler wiedergutmachen, Goswick.«

Die Familie Walker ist seit Generationen einer unserer Pächter, und James Walker zollte meinem Vater immer großen Respekt. Mir nicht so sehr, und so wie Mr Walker mich gerade ansieht, bin ich während meiner Abwesenheit in seiner Gunst noch einmal gesunken. Ich greife in die Rocktasche, und das Taschentuch dort gibt mir Kraft.

»Gentlemen«, ich stehe auf und begrüße Mr Walker und seinen stämmigen Sohn Thomas. »Welcher Anlass führt Sie heute Abend hierher?«

»Holz«, antwortet Mr Walker.

Seine Direktheit freut mich, doch ein paar Details könnten nicht schaden. »Holz wofür?«

»Den Zaun. Ich hab Ihnen schon letzte Woche gesagt, dass die Schafe ausgerissen sind und das Jungholz zerstört haben, aber seitdem haben wir nichts von Ihnen gehört. Und der alte Zaun fault in der Sommersonne.«

»Holzfäule, natürlich.« Ich tue so, als wüsste ich genau, wovon er spricht. »Nun, in Kürze sollen Sie Ihr neues Holz haben.« Ich lächele, doch sie machen keine Anstalten, zu gehen. »Gibt es noch etwas?«, frage ich.

»Wollen Sie nicht wissen, wie viel Holz wir brauchen?«

Ich werde rot, und selbst Westley und Drummond grinsen hinter vorgehaltener Hand. Darauf hätte ich nun wirklich selbst kommen können. »Doch, natürlich. Wie viel brauchen Sie denn?«

»Ich weiß nicht genau, um ehrlich zu sein«, sagt Walker und krault sich die grau-weiß melierten Stoppeln am Kinn. »Wir dachten, Sie kommen mal vorbei und sehen es sich selbst an. Dann können wir gemeinsam entscheiden. Wir brauchen Ihre Meinung. Ihre Hilfe.«

»Meine *Hilfe*?«, frage ich. Er muss doch wissen, dass ich noch nie in meinem Leben einen Zaun repariert habe und nur im Weg stehen würde.

»Thomas hier und ich, wir schaffen das alleine nicht«, sagt Walter und zeigt auf seinen Sohn. Der Junge ist breit und steht voll im Saft, und wenn ich mir seine Unterarme ansehe, kann ich mir nicht vorstellen, dass es irgendetwas gibt, das er nicht schafft.

»Nun, Gentlemen, ich werde Ihnen auf jeden Fall das Holz besorgen, das Sie für die Reparatur des Zauns benötigen, und was den Rest angeht … kümmere ich mich auch«, füge ich nicht sehr überzeugend hinzu. »Das verspreche ich Ihnen. Sie können sich auf mich verlassen.«

Trotz der Zweifel in seinem Blick wendet sich Mr Walker zum Gehen. »Das glaube ich erst, wenn ich es sehe, Sir.«

Der Rüffel sitzt, und ganz unrecht hat er nicht.

Da kommt August zurück. Er versucht, alle vier Getränke auf einmal zu tragen, doch Thomas Walker geht so dicht an ihm vorbei, dass er ihn mit seinen breiten Schultern streift und sich alle vier Krüge über August ergießen – eine zugegebenermaßen plumpe, aber effektive Art, einen Gentleman zu blamieren.

»Da ist Ihnen wohl was ausgekippt, Sir«, sagt Thomas mit unschuldigen Augen zu August, der sich weigert, seinen Blick zu erwidern, und wie ein begossener Pudel dasteht.

»Ja, danke«, antwortet er schmallippig und kommt wutentbrannt und knallrot zu uns an den Tisch zurück.

»Ich hol uns was«, sagt Westley und berührt ihn am Arm. »Lass du erst mal alles trocknen.«

»Warum zeigen Sie nicht ein paar Ihrer Schläge, die Briggs Ihnen beigebracht hat, um den Jungen in seine Schranken zu weisen?«, schlägt Drummond vor. Er lehnt sich mit hinter dem Kopf verschränkten Armen zurück, als wolle er damit sagen, dass das ja wohl die offensichtlichste Lösung sei.

Ich halte lieber den Mund. Mein Bruder wurde heute Abend schon genug blamiert.

»Ich gehe Westley helfen«, sagt August schließlich, steht auf und eilt zum Tresen zurück.

Lord Drummond lässt sich wieder nach vorne fallen, sammelt alle Karten auf und beginnt zu mischen. »Das bringt uns wohl wieder zurück zu Miss Rowley und der unglücklichen Begegnung mit Mr Dormer.«

Ich schweige, habe kein Interesse daran, dieses Thema ausführlich mit einem Mann zu besprechen, den ich kaum kenne und dem ich noch nicht genug vertraue. Ich habe Miss Rowleys Namen schon zweimal beschmutzt und möchte sie keiner weiteren Kritik aussetzen.

»Das habe ich bereits alles geregelt«, versichere ich ihm und versuche, so zuversichtlich wie möglich zu lächeln.

Westley taucht mit unseren Getränken auf und verteilt sie. »So, bitte. Nachschub für alle. Nur Briggs kriegt nichts, weil er nicht weiß, wie man einen Zaun repariert. August, was ist mit dir?«

Ich knuffe Westley in die Schulter und schnappe mir meinen

Krug, da fällt mir auf, dass August nicht mit zurückgekommen ist. Ich recke den Hals und suche den Raum nach ihm ab. »Wo ist mein Bruder?«, frage ich.

Sowohl Westley als auch Drummond blicken sich um, doch auch sie sehen ihn nicht.

Also teilen wir uns auf und suchen das Gasthaus ab. Es ist nicht sonderlich groß, er müsste leicht zu finden sein.

»Goswick!«, ruft Drummond quer durch den Raum.

Er zeigt aus dem Fenster.

»Er ist draußen mit ein paar anderen Jungs. Gereckte Fäuste.«

»Du lieber Himmel.« Ich schließe die Augen und werfe den Kopf in den Nacken.

»Er wird es doch nicht mit einem von denen aufnehmen wollen?«, fragt Westley.

»Oh doch, das wird er«, antworte ich und laufe zur Tür. Mir wird schlecht bei dem Gedanken, dass man aus meinem Bruder gleich Kleinholz machen wird. »Und müsste ich eine Wette abschließen, würde ich all mein Geld auf Thomas Walker setzen.«

Westley und ich versuchen gleichzeitig, uns durch die Tür zu quetschen, ich schaffe es zuerst. Hinter dem Gasthaus hat sich ein Kreis junger Männer um meinen Bruder und den Gegner seiner Wahl gebildet. Thomas Walker. Ich wusste es. Hätte ich August doch bloß keinen Boxunterricht gegeben.

»Er muss den Verstand verloren haben.« Drummond ist neben uns aufgetaucht. »Walker ist doppelt so breit!«

»Das ist typisch für meinen Bruder«, antworte ich. »Er muss immer der Beste sein. Immer alles besser wissen. Und deswegen ist er natürlich nach ein, zwei Boxstunden ein Experte und wird gegen Thomas Walker gewinnen.«

»Wird er das?«, fragt Drummond.

»Mit *den* Armen? Natürlich nicht.«

»Wir sollten ihn da rausholen, bevor er sich verletzt«, sagt Westley.

»Das kann ich nicht machen«, sage ich. »Das wäre eine noch größere Blamage für ihn. Niemand will wegen Verletzungsgefahr von seinem großen Bruder aus einem Kampf gezogen werden.«

»Wir könnten ihn von der Seite aus anleiten«, sagt Drummond. Er schlägt uns eine Schneise durch die Zuschauermenge, bis wir direkt hinter August stehen und einen unverstellten Blick auf den Kampf haben. »Gut so, August«, ruft Drummond, als mein Bruder Thomas' erstem Schlag ausweicht und ihn dann in den Magen trifft. »Du machst das gut. Weiter so.«

Doch danach geht alles nur noch bergab. Thomas weiß um die Schwächen seines Gegners, und der Sohn meines Pächters kennt keine Gnade.

»Das ist alles andere als gut«, sagt Drummond. August muss einige Schläge gegen den Oberkörper einstecken, schafft es aber zum Erstaunen aller, auf den Beinen zu bleiben. Er schwankt nur leicht, und Drummond ruft: »August, pass auf deinen …« Doch da hört man schon das unangenehme Geräusch zerberstenden Knorpels in Augusts Nase. »… Kopf auf«, beendet Drummond seinen Satz trotzdem und verzieht das Gesicht.

Mein kleiner Bruder sackt blutüberströmt zusammen.

»Mutter wird mich umbringen«, murmele ich.

***

»August«, sage ich leise und öffne die Tür zu seinem Zimmer einen Spaltbreit.

Er liegt hochgelagert im Bett und döst, öffnet aber ein geschwollenes Auge. »Lass mich in Ruhe.«

»Das kann ich leider nicht«, antworte ich und stelle ein Tablett auf seinen Nachttisch.

Seit Blythes Rat bin ich ziemlich gut darin geworden, Tabletts für die Kranken und Leidenden in meinem Haus zusammenzustellen. Und während Miss Dixon aufschrie, als ich versuchte, ihr eine Suppe zu bringen, und mich inständig bat, sofort zu verschwinden, ich solle sie nicht in diesem Zustand sehen, kann mein Bruder mir mit so etwas nicht kommen.

»Du hast die ganze Nacht und den halben Morgen geschlafen, und ich dachte, ich könnte dich dazu bringen, etwas zu essen.«

Ich setze mich neben ihn aufs Bett, nehme den Suppenteller mit der Brühe in die Hand und fächele ihm etwas von dem aufsteigenden Duft zu. »Es wird dir guttun.«

»Ich möchte lieber hier liegen bleiben und sterben.«

»Unsinn, du wirst wieder auf die Beine kommen.« Ich tunke den Löffel in die Brühe und führe ihn zu seinem Mund. Widerwillig öffnet er die Lippen und nimmt einen Schluck. »Aber lass es dir eine Lektion sein: Fordere keine Jungen heraus, die viel größer sind als du.«

»Der Kerl ist unbesiegbar«, sagt August.

»Nein«, antworte ich. »Du hast gerade erst angefangen zu boxen. Du hättest nicht versuchen sollen, es mit jemandem aufzunehmen, der mehr weiß als du.«

August verzieht das Gesicht. »Ich glaube kaum, dass er in irgendeiner Hinsicht mehr weiß als ich. Es geht einfach nur um brachiale Stärke. Ich bin ihm nur deswegen unterlegen, weil seine Fäuste schneller waren als mein Kopf, und das ist *faszinierend.*«

»Was auch immer für dich am besten funktioniert, Bruder.«

Er beugt sich vor und nimmt einen weiteren Löffel Brühe. »Ich dachte, ich würde gewinnen«, sagt er nach einer Weile.

»Das habe ich gemerkt.« Er nimmt noch einen Löffel, und obwohl ich weiß, dass mein Freund mich dafür lynchen wird, möchte ich ihm ein Angebot unterbreiten. »Westley und ich reisen in zwei Tagen zu Onkel Richard nach London. Möchtest du mitkommen? Ich könnte dich Sebastian vorstellen, und du könntest richtigen Boxunterricht nehmen.«

»Du gönnst einem wirklich keine Pause, Bruder, oder? Ich habe eben erst einen Schlag ins Gesicht bekommen. Ich habe Kopfschmerzen. Und möchte jetzt schlafen.«

Ich stehe vorsichtig auf. »Wie du magst, August. Wenn du mich brauchst, dann weißt du, wo du mich findest.«

Kurz bevor ich entschwinde, höre ich ihn sagen: »Ich überlege es mir vielleicht.«

Ich schließe lächelnd die Tür hinter mir.

Kapitel 10

Blythe

Das Wochenende verbrachten wir größtenteils damit, für meine Eltern, Amy und Julian zu packen, die nach Awendown zurückkehren würden. Als sie weg waren, blies ich einen ganzen Abend lang Trübsal in meinem Zimmer und beklagte, in Wrexford Park bleiben zu müssen. Doch am nächsten Morgen hatte ich mich in mein Schicksal gefügt, ein gutes Buch gefunden und es mir damit im Sonnenschein, der strahlend durch das Fenster fiel, gemütlich gemacht. Gerne wäre ich noch länger so geblieben, wäre nicht Charlotte hereingeplatzt, um mich daran zu erinnern, dass wir in weniger als einer halben Stunde in der Kirche sein müssten.

An alles Weitere kann ich mich nur noch schemenhaft erinnern.

Das ruhige Summen nach dem Gottesdienst, wenn die Leute wie in Zeitlupe dem Pfarrer die Hand schütteln und im Schneckentempo die Kirche verlassen, macht mich nervös. Ich habe immer das höchst unangenehme Gefühl, dringend irgendwo sein zu müssen und aufgehalten zu werden. Eigentlich wollte ich nach der Kirche einen ausgedehnten Spaziergang machen, um nach weiteren Besitztümern in der näheren Umgebung Ausschau zu halten, die von meinen Bienen profitieren könnten. Doch jetzt klaut mir dieser trödelnde Pfarrer meine Zeit.

»Meine Güte, macht nur weiter in diesem Tempo, es ist ja nicht so, als wollten wir heute noch die Kirche verlassen«, höre ich eine tiefe Stimme hinter mir murmeln.

Neugierig werfe ich einen Blick über die Schulter und sehe Briggs. Er zieht die Augenbrauen hoch, ich verdrehe die Augen und drehe mich weg. Ihn merken zu lassen, dass ich seine Äußerung komisch finde, gönne ich ihm nicht.

»Auch Ihnen einen wunderschönen sonnigen Guten Morgen, Miss Rowley.«

Ich werde mich nicht von ihm ärgern lassen, erst recht nicht ohne ein Mittagessen im Bauch. Ich konzentriere mich auf diejenigen, die vor mir stehen, und bin hocherfreut, als ich sehe, wie Mr Dormer Miss Knox am Arm zum Ausgang führt, sie haben die Köpfe zusammengesteckt und unterhalten sich bestens. Plötzlich verspüre ich ein Brennen in der Brust.

War es der verbrannte Toast heute Morgen? Zu viel Kaffee? Zumindest das Zucken meines Augenlids ist auf zu viel Koffein zurückzuführen – und auf die Anwesenheit Briggs Goswicks.

Und dann fällt es mir wie Schuppen von den Augen. Ich bin eifersüchtig. Nicht auf Miss Knox, natürlich nicht. Doch es ist einfach schön, wenn zwei Menschen sich gegenseitig glücklich machen und sich miteinander wohlfühlen. Ich drehe mich wieder zu Briggs um.

»Was ist los?«, fragt er, und es juckt mir in den Fingern, ihm seine widerspenstige Locke aus der Stirn zu streichen.

»Woher wussten Sie es?«

Er verdreht die Augen und beugt sich zu mir. »Es ist zu früh für Rätsel.«

»Woher wussten Sie, dass Mr Dormer und Miss Knox gut zueinanderpassen würden? Mit so etwas kennen Sie sich doch eigentlich gar nicht aus.«

Briggs faltet schulterzuckend die Hände vor dem Bauch. »Neulich besuchte ich Pfarrer Knox, und bei ihm in der Pfarrei hingen lauter Stickmustertücher an der Wohnzimmerwand. Alles Bibelverse. Da fragte ich ihn, von wem sie stammten. Natürlich nur aus Höflichkeit. Und er sagte, von seiner Schwester. Und da dachte ich mir, dass ein Mann wie Mr Dormer, der mit Vorliebe aus der Bibel zitiert, für eine Dame, die Bibelverse mit der Nadel festhält, sicherlich etwas übrighaben wird.«

»Und dennoch benötigen Sie meine Hilfe mit Miss Dixon?«

»Oh, ich gehöre einer ganz anderen Spezies an als Miss Dixon, Miss Rowley.« Ein breites Grinsen lässt ihn auf geradezu verbotene Weise strahlen. »Ich bin an einem Punkt angelangt, wo ich jede Hilfe brauchen kann.«

»Hmm«, schnaufe ich, »keine Einwände meinerseits.«

Als ich es endlich erfolgreich nach draußen geschafft habe, wende ich mich zu meiner Cousine und meinem Onkel. »Ich denke, ich werde vor dem Mittagessen noch einen Spaziergang machen«, sage ich und verrenke mich, um über Charlottes Schulter hinweg einen Blick auf Briggs und seine Familie zu erhaschen, die mit Westley und seiner Stiefschwester im Schlepptau gerade die Kirche verlassen.

»Bist du sicher?«, fragt Onkel Henry. »Es ist recht windig, Blythe. Nicht, dass du dir eine Erkältung zuziehst.«

»Ein strammer Schritt wird jede Erkältung verhindern«, versichere ich ihm. Ich will losgehen, will mich bewegen.

»Gerade dann ist man besonders anfällig!«, ruft er mir hinterher, doch ich winke nur. Bewegung ist der Schlüssel, um Onkel Henry loszuwerden. Denn hinterherrennen wird er mir nicht. Ich öffne das Tor zum Friedhof, will zu den Feldern hinter Wrexford Park abkürzen.

»Miss Rowley?«

Mein Mund wird trocken, als ich Briggs' Stimme höre.

Er steht ungelenk in der Gegend herum und sucht anscheinend nach einem passenden Gesprächsthema. »Was bringt Sie hierher?«

Ich habe keine gute Begründung zur Hand und würde lieber sterben, als ihm zu gestehen, dass ich mich mit einem Spaziergang von dem unguten Gefühl befreien will, das *Mr Dormer* in mir hervorgerufen hat. »Ich statte den Verstorbenen einen Besuch ab. Es ist so schön friedlich hier.«

»Ah«, sagt er und dreht den Hut in den Händen. »Und mit wem haben wir es hier zu tun?« Er zeigt auf das Grab vor uns.

Er versucht, Konversation zu machen, und es gibt für mich keinen Grund, unfreundlich zu sein, auch wenn er es verdient hätte. »Ich kenne ihn nicht. Doch der Gedanke, von dieser Erde zu gehen und niemanden zu haben, der je zu Besuch kommt, macht mich traurig. Gab es jemanden, der seinen Tod betrauert hat? Vielleicht war er sein ganzes irdisches Leben lang allein und hat nun auch noch ein einsames Leben nach dem Tod.«

»Womöglich«, sagt Briggs, hockt sich hin und schiebt ein paar Blumen zur Seite, um den Grabstein besser sehen zu können. »Bartholomew Atwell«, liest er und überlegt kurz. »Der Name kommt mir bekannt vor. War das nicht der Mann, der seine Frau, seine Schwiegermutter und seine drei Schwägerinnen auf einen Schlag ermordete, weil sie ihm angeblich den Schlaf raubten?«

Nun. Das lässt alles in einem anderen Licht erscheinen.

»Oh.« Ich räuspere mich und versuche, meine roten Wangen zu verbergen. »Dann, äh, wird es ihm wohl gerade recht sein, keinen Besuch zu bekommen.«

»Es ist der Gedanke, der zählt«, versichert er mir grinsend.

»Nun, ein eher unangenehmer Gedanke, angesichts dieser Enthüllungen. Ich wünsche Ihnen noch einen schönen Tag, Mr Goswick.« Ich gehe zum Tor zurück. Jetzt reicht es mit der Höflichkeit, ich muss nicht ewig mit ihm plauschen. Schließlich kam ich hierher, um allein zu sein, nicht um vorgeben zu müssen, mich in seiner Gegenwart wohlzufühlen.

»Ich will Sie nicht aufhalten«, ruft er mir nach, »doch Lord Drummond wird wieder wie jedes Jahr sein siebentägiges Sommerfest feiern. Sie und die Barlows sind natürlich eingeladen, und obwohl ich weiß, dass Sie sich nicht gerne mit Snobs, wie Sie sie nennen, abgeben …«

»In der Tat.«

»… würde ich Ihnen dringend raten, in diesem Fall eine Ausnahme zu machen.«

Ich bleibe stehen und drehe mich zu ihm um. So, wie er dort zwischen den Gräbern steht, inmitten all dieser Zeichen der Vergänglichkeit, ist er der Inbegriff blühender Jugend. Seine sonnengebräunte Haut lässt die moosgrünen Augen noch mehr leuchten als sonst, und er hat sich, den Hut in den Händen, zur Seite gelehnt. Sein verführerischer Mund leistet ganze Arbeit.

»Lord Drummonds Gartenparty ist der perfekte Ort, um unseren Plan in die Tat umzusetzen«, erklärt er mir und geht auf mich zu, obwohl ich doch Abstand von ihm suchte. »Miss Dixon wird da sein, ebenso eine ganze Reihe an wohlhabenden Landbesitzern, die womöglich Interesse daran haben könnten, in eine einzigartige Geschäftsidee zu investieren. Wohlhabende Landbesitzer, die ich zu überzeugen weiß.«

Dem kann ich natürlich nichts entgegensetzen, also nestle ich an meiner Kleidung herum und versuche, zumindest unbeeindruckt zu wirken, was mir nicht recht gelingen will. »Tja, dann habe ich wohl keine Wahl.«

»Gut«, sagt Briggs. »Das Fest findet in weniger als zwei Wochen statt. In der Zwischenzeit muss ich mit meinem Onkel in London einige geschäftliche Angelegenheiten klären.«

»Ich nehme an, dass es sich bei diesen ›geschäftlichen Angelegenheiten‹ wie immer ums Spielen und Zechen handelt«, murmele ich.

Er verzieht das Gesicht, und plötzlich bereue ich, was ich gesagt habe. »Ich mache nie den gleichen Fehler zweimal«, sagt er leise. Dann setzt er sich den Hut auf seinen schön geformten Kopf. »Sie brauchen ein paar neue Kleider. Fragen Sie Ihre Cousine, ob es nicht Zeit für einen Besuch bei der Schneiderin ist. Sie können nicht in …« Er deutet auf das unauffällige sandfarbene Kleid, das ich heute trage. »… na ja, in so etwas kommen.«

Zugegeben, ich benötige schon seit einer Weile ein paar neue Kleider, trotzdem steigt Verbitterung in mir auf. Ich kann nicht nach neuen Kleidern verlangen, nur weil meine alten nicht fein oder modisch genug sind. Nicht, wenn Awendown ein neues Dach benötigt. Nicht, wenn unsere Pächter ihre Familien kaum noch ernähren können.

»Verstehe. Ich bin nicht gut genug, um mit Ihnen in Verbindung gebracht zu werden?«, frage ich.

»Darum geht es nicht«, sagt er. Er steht jetzt neben mir und starrt auf den Boden. Seine Stimme ist weich und rau zugleich. »Doch wenn Sie wollen, dass reiche Gentlemen auf Sie aufmerksam werden, müssen Sie sich so kleiden, als gehörten Sie dazu. Ich stelle nicht die Regeln auf und bin auch nicht der Meinung, dass sie gut sind. Ich weise Sie nur darauf hin, Miss Rowley.«

»Glauben Sie mir«, versichere ich ihm, »ich bin mir der Regeln sehr bewusst.«

»Gut.« Er hebt den Blick, und ich muss wieder einmal schmerzlich feststellen, welch unglaubliche Augen er hat und dass ich mich stets für einen kurzen Augenblick frage, was er in mir sieht, wenn er mich so anschaut. »Dann sehen wir uns in zwei Wochen, Miss Rowley.«

»In zwei Wochen«, antworte ich.

Als er weg ist, frage ich mich, wie ich diese Zeit ohne ihn und unsere Schlagabtausche herumbekommen soll.

Kapitel 11

Briggs

London, eine Woche später

»Los jetzt, Goswick, zeig, was du kannst!« So früh am Morgen ist die Stimme meines Lehrers besonders laut und prägnant, erst recht, wenn er direkt vor mir steht.

Meine behandschuhten Fäuste treffen immer und immer wieder auf seine, auch ohne, dass er mich anfeuert. Wir sind erst seit einer guten halben Stunde im Ring, doch mein weißes Leinenhemd klebt bereits schweißdurchtränkt an meinem Oberkörper.

»So ist es recht, gut so«, sagt Sebastian. »Nicht so forsch. Sonst bin ich gleich fix und alle!«

Doch ich mache weiter, Schlag auf Schlag, bis Sebastian schließlich die Fäuste senkt, sich wegduckt und meine Faust gegen die Wand donnert.

»Hey«, sagt er und zieht sich die Boxhandschuhe aus, während ich keuchend die Stirn an die Wand lehne. »Was ist los, Goswick? Du gibst gerade alles, und ich habe nicht das Gefühl, dass es dir dabei darum geht, ein besserer Faustkämpfer zu werden.«

Ich atme schwer und drehe mich um, sodass ich jetzt mit den Schultern an der Wand lehne. Ich wische mir mit meinem feuchten Ärmel über das nasse Gesicht, was nichts bringt. »Da hat sich wohl einiges an Energie bei mir aufgestaut.«

Er zieht die Augenbrauen hoch. Sebastian Lambert wird in etwa so alt sein wie ich, doch wir müssen in unserer Kindheit sehr unterschiedliche Erfahrungen gemacht haben. Bestimmt hatte er es nicht leicht als junger Schwarzer in London, der etwas aus sich machen wollte. Bevor ich ihn kennenlernte, hatte er sich ein bescheidenes Leben als Advokat aufgebaut, doch dann erbte er den Boxclub seines Onkels inklusive aller Mitglieder, und seitdem floriert das Geschäft. Er trainiert Männer aus allen Schichten, zeigt Gentlemen wie Adligen, wie man ein guter Kämpfer wird. Außerdem kriege ich bei ihm immer einen ordentlichen Whiskey und fühle mich sicher, ich kann loswerden, was mir auf dem Herzen liegt. Niemand außer Westley ist mir so nah.

»Da ist noch mehr, Goswick. Ich kenne dich zu gut.«

Ich atme immer noch heftig, und meine Lunge hat Mühe, sich wieder mit Luft zu füllen. Kopfschüttelnd ziehe ich meine Boxhandschuhe aus. »Es geht um etwas, das ich getan habe.« Ich überlege kurz. »Mit jemand anderem. Das mich überrascht hat. Und dann habe ich sie etwas von mir denken lassen, was nicht gerade meinem Wesen entspricht. Und es geht mir seitdem nicht aus dem Kopf … sie geht mir seitdem nicht aus dem Kopf.«

Sebastian zieht eine Grimasse. »Ich bin immer wieder begeistert von deiner verständlichen Ausdrucksweise.«

»In meinem Kopf geht es leider auch nicht verständlicher zu.« Ich werfe meine Handschuhe zu Boden und nehme das Glas Wasser, das er mir anbietet.

»Wenn du nicht deutlicher wirst, werde ich meinen neuesten Schüler auf dich hetzen.« Er zeigt auf einen Jungen, der nicht älter als sechzehn sein kann und so flink und beweglich ist, so gut gebaut, so unglaublich gut mit seinen Fäusten umzugehen weiß, dass mir vor Staunen der Mund offen stehen bleibt.

Sebastian hat neben mir die Hände in die Hüfte gestemmt. »Er wird von Viscount Drummond protegiert. Wenn er so weitermacht, hat er bald keine ernsthafte Konkurrenz mehr.«

»Drummond also, ja?« Ich reibe mir die Augen.

»Er zahlt gerne dafür, jemand anderen in den Ring zu schicken. Selbst traut er sich nicht.«

Ich muss lachen.

»Also«, sagt Sebastian und klopft mir auf die Schulter. »Wer ist das Mädchen?«

Ich erstarre. »Welches Mädchen?«

»Du weißt schon, das Mädchen, mit dem du etwas angestellt hast, was dich überrascht hat, und das dir jetzt nicht mehr aus dem Kopf geht.« Er sieht mich auffordernd an.

Ich setze mich seufzend hin und tausche mein schweißdurchtränktes Hemd gegen ein neues, das mir Sebastian reicht. »Ich fürchte, dass sie nicht ganz so angenehm überrascht war wie ich.«

»Und jetzt hat sie keine Gefühle mehr für dich?«

Ich zucke die Achseln. »Um ehrlich zu sein: Sollte es überhaupt Gefühle ihrerseits gegeben haben, habe ich sie endgültig zerstört.«

»Und es wäre dir ganz recht, wenn sie Gefühle für dich hätte.«

»Das habe ich nicht gesagt«, ich ziehe mir das frische Hemd über den Kopf.

»Und warum hast du mich dort dann eben fast umgebracht?« Er zeigt auf den Ring.

»Weil sie der anstrengendste Mensch ist, den ich je getroffen habe, und ich noch nie so hart kämpfen musste, um von jemandem anerkannt zu werden.«

»Und ihre Anerkennung ist dir wichtig, weil du sie magst.«

»Bist du meine Mutter?«, frage ich.

Sebastian legt grinsend den Kopf zur Seite. »Mag deine Mutter sie?«

»Ich glaube nicht, dass sie sie gut genug kennt, um sich eine Meinung bilden zu können.«

»Sie muss sehr hübsch sein«, sagt er träumerisch.

»Bash«, sage ich mit gesenkter Stimme und gesenktem Kopf. »Seit wann bist du denn ein Experte in Liebesangelegenheiten?«

Sebastian gießt sich schulterzuckend ein Glas Wasser ein. »Ich war auch schon mal verliebt«, sagt er.

»Wie oft?«, frage ich grinsend.

Doch warum auch immer, mein Freund bleibt ernst. »Nur einmal«, antwortet er. Er blickt zur Decke und seufzt kaum hörbar. »Sie war … sie war alles für mich. Doch das Schicksal wendete sich gegen uns und unsere Liebe.«

Ich stelle mein Wasser ab und betrachte Sebastian. Er erwähnt fast nie irgendwelche Frauen, selbst dann nicht, wenn ich ihn penetrant löchere. Der Verlust dieses Mädchens, wer auch immer es war, muss ihm viel Leid zugefügt haben, das sehe ich. »Es tut mir leid, Bash. Das wusste ich nicht.«

»Ach.« Er winkt ab und senkt lächelnd den Blick. »Deine Riesenprobleme sind ohnehin viel interessanter. Und es kommen immer neue hinzu.«

»Bitte, Bash.« Ich ziehe frische Strümpfe an, dann die Stiefel.

»Stell dir dein Mädchen als Baum vor. Was wäre sie?«

Ich schnaube, als mich die Erinnerung an Blythes zarten Duft in der Nase kitzelt, während ich in meine Stiefel schlüpfe. »Das ist einfach. Ein Apfelbaum.«

Sebastian schaut grinsend zu mir herab. Er lacht mich aus! »Wenn du erst mal weißt, was für ein Baum sie wäre, gibt es keinen Weg zurück, Goswick.«

Ich reiße mir den Stiefel vom Fuß und schmeiße ihn in Sebastians Richtung, doch er wehrt ihn ab und lacht schallend.

Ich stehe auf und gehe zu Drummonds jungem Schützling, der an der Fensterwand trainiert. Er ist jung und deutlich kleiner als ich, aber kompakter, und die Sache mit Sebastian hat mir gezeigt, dass ich noch nicht genug Dampf abgelassen habe.

»He, du«, sagte ich zu dem Jungen. »Ich bin Briggs Goswick, und du?«

Er schaut seinen Lehrer an, der die Achseln zuckt. »Ich bin Will Jones.«

»Freut mich, Will Jones. Wärst du für eine Runde mit mir zu haben? Ich habe viel trainiert und möchte sehen, wie gut ich bin. Man hat mir gesagt, dass kaum jemand es mit dir aufnehmen kann.«

»Goswick.« Sebastian hat sich hinter mich gestellt. »Lass gut sein. Du kannst es noch nicht mit Will aufnehmen.«

»Und wie ich das kann«, fauche ich über die Schulter hinweg. »Du hast dich eben über mich lustig gemacht. Und die Gefühle, über die ich mir gerade klar zu werden versuche, sind viel zu kompliziert für einen so frühen Mittwochmorgen. Und deswegen möchte ich mich jetzt mit Mr Will Jones messen.«

»Goswick, bitte«, setzt Sebastian erneut an.

Will zuckt die Achseln. »Von mir aus.«

»Hervorragend!«

»Zieh dir zumindest Boxhandschuhe an, Goswick«, sagt Sebastian und will sie mir reichen.

»Ach was«, entgegne ich und winke ab. »Wir machen das mit unseren bloßen Fäusten. Wie die Profis.«

»Gute Güte, Goswick, du bist kein Profi!«

Will und ich umkreisen einander mit erhobenen Fäusten und zurückgelehnten Körpern, beobachten einander, tasten uns vor, suchen nach Schwächen, der Achillessehne des anderen, und dann …

Um ehrlich zu sein, ist das alles, woran ich mich erinnern kann, bevor mir schwarz vor Augen wird.

***

Onkel Richard und ich sitzen uns in seinem Wohnzimmer in Mayfair gegenüber, er hat den Kopf in die Hand gestützt und taxiert mich. Er ist der jüngere Bruder meines Vaters und geht auf die fünfzig zu, hat eine große Nase und kleine wachsame Augen. »Briggs, mein Junge, du bist unbelehrbar«, sagt er und seufzt.

Neben mir hält Westley ein rohes Stück Fleisch in der Hand und ist sich unsicher, wo genau er es platzieren soll. »Wird's heute noch was, Parker?«, raunze ich ihn an.

»Entschuldige bitte, aber dein Gesicht ist so zerschunden, dass ich mich frage, ob dieses Stück Fleisch überhaupt ausreicht.«

»Mein Gott, gib her«, sage ich, schnappe mir das Fleisch und haue es mir auf mein linkes Auge. Es kühlt und tut meiner spannenden Haut gut. Ich richte mein gesundes Auge auf Onkel Richard. »Was soll das heißen, ich bin unbelehrbar? Was gibt es da zu lernen? Ich habe einen Boxkampf verloren.«

»Natürlich, du bist jung. Und fühlst dich unbesiegbar.« Er steht auf und gießt uns drei Whiskeys ein. »Doch lass es dir von einem alten Mann gesagt sein. Das stimmt nicht.« Er reicht erst mir, dann Westley ein Glas. »Mr Parker hat mir berichtet, dass du nicht weißt, wie du mit den Forderungen deiner Pächter umgehen sollst.«

Ich werfe Westley einen giftigen Blick zu, doch böse dreinzuschauen schmerzt zu sehr. Also atme ich stattdessen scharf ein, trommle mit den Fingern auf der Armlehne meines Sessels und drehe mich weg. »Das nennst du Freundschaft? Hinter meinem Rücken Gerüchte streuen?«

»Tatsachen sind keine Gerüchte«, sagt Westley, nimmt einen Schluck Whiskey, steht auf und wendet sich zum Gehen. »So oder so, ich habe heute Abend noch etwas vor.«

Ich schaue überrascht zu ihm auf. Seit unserer Kindheit lassen wir uns immer an unseren Plänen teilhaben. Ich mache Anstalten, aufzustehen. »Warte auf mich, dann komme ich mit.«

»Nein«, sagt Westley schnell. »Nein, bleib lieber hier. Ruh dich aus. Außerdem – wer will schon jemandem schöne Augen machen, der ein Stück Fleisch im Gesicht trägt?« Er lächelt, will die Tatsache, dass er mich nicht dabeihaben möchte, abmildern.

»Na ja, das Fleisch würde ich in dem Fall zu Hause lassen.« Ich lasse mich wieder in meinen Sessel fallen. »Aber ich verstehe, was du meinst.«

Als er fort ist, drehe ich mich zu meinem Onkel um. »Er hätte mich wenigstens einladen können.« Ich fühle mich zurückgesetzt. Wobei könnte ich Westley denn bitte schön stören? Wenn mein Onkel im Bett ist, werde ich das Fleisch Fleisch sein lassen und mich auf die Suche nach meinem Freund begeben, beschließe ich.

»Ich bin auch der Meinung, dass du heute zu Hause bleiben solltest, Briggs. Ich glaube, ein wenig Ruhe und Zeit, deine Gedanken zu ordnen, täten dir gut«, antwortet er, macht es sich in seinem Sessel bequem und nippt an seinem Whiskey. »Mr Parker hat mir erzählt, dass dir seine Stiefschwester recht gut gefällt.«

Ich versinke tief in meinem Sessel, die eine Hand fest auf meinem Stück Fleisch, mit der anderen genehmige ich mir einen großen Schluck Whiskey.

»Und dass sie eine Mitgift von 50 000 Pfund ihr Eigen nennt.«

»Eine beachtliche Summe«, sage ich mit geschlossenen Augen.

»Eine, die dich überzeugen sollte, die Dame zu mögen«, sagt Onkel Richard. »50 000 Pfund sind mehr als genug, um die Schulden deines Vaters zu begleichen und …«

»Du kennst Sabrina Dixon nicht«, brumme ich.

»Ist sie hübsch?«, fragt er.

Ich überlege. Hübsch ist Sabrina schon, mit ihren dunkelblonden Haaren und den leuchtend blauen Augen. Doch sobald ihr Bild vor meinem inneren Auge auftaucht, wird es von Blythe Rowley verdrängt, ihren wilden dunklen Locken, den bernsteinfarbenen Augen. Ein koketter Blick über die Schulter, ihr weißes Kleid weht im Wind, dann beißt sie in einen Apfel …

»Nun?«, insistiert mein Onkel.

»Ja«, sage ich. »Sabrina ist hübsch.«

»Und wo liegt dann der Haken?«

»Es gibt keinen«, sage ich. »Keine Sorge, ich bin dran, auch wenn es denkbar mühselig ist, Sabrina Dixon auch nur einen Satz zu entlocken. Doch wenn du der Meinung bist, dass allein Geld und ein hübsches Gesicht eine gute Ehe ausmachen, liegst du falsch.« Ich versinke fast in meinem Sessel, als ich plötzlich von Erinnerungen an meine streitenden Eltern heimgesucht werde, an knallende Türen, und an August und mich, wie wir Schach spielen, um uns abzulenken. Der pulsierende Schmerz in meinem Kopf wird immer stärker, ich kann meine Verletzungen nicht länger ignorieren.

»Von Eheglück war nicht die Rede«, sagt mein Onkel verächtlich. »Du wirst reich sein und einigermaßen ansehnliche Kinder in die Welt setzen, was willst du mehr? Sei nicht so egoistisch und habgierig, Junge.«

Das Wohnzimmer wird plötzlich immer enger. »Wenn du mich bitte entschuldigen würdest, Onkel, ich muss mich zurückziehen. Ich bin auf einmal recht erschöpft.« Ich will mich an ihm vorbeischlängeln, doch bevor ich dieser Unterhaltung entrinnen kann, hat er mich am Arm gepackt und zwingt mich, stehen zu bleiben.

»Ich war mir nicht sicher, wie ich es ansprechen soll«, sagt er leise und schafft es nicht, mir in die Augen zu blicken. »Und bitte glaube mir, dass ich keine Freude daran habe, das zu sagen, was ich jetzt sagen muss.«

Mein Onkel ist selten um Worte verlegen, und der Ernst in seiner Stimme lässt mich wanken. »Was ist los?«

Er räuspert sich. »Ich habe vor Kurzem mit der Geliebten deines Vaters gesprochen, und sie würde sich gerne mit dir treffen.«

Ich werde rot und mir bricht der Schweiß aus, meine Hände ballen sich zu Fäusten, ohne dass ich etwas dagegen tun kann. Ich kann nicht glauben, was er da gerade gesagt hat, ich kann nicht glauben, dass diese Frau, diese Hyäne, ernsthaft hofft, ich würde mich mit ihr treffen. »Was um alles in der Welt will sie von mir? Wenn sie noch mehr Geld meiner Familie in den Rachen geworfen haben möchte …«

»Briggs, sie braucht kein Geld, und ich weiß mit Gewissheit, dass sie nicht der Grund für die Schulden deines Vaters ist. Sie war diejenige, die deiner Tante als Erste von ihren Sorgen um ihn berichtete, als er immer mehr spielte.«

»Selbst wenn. Ich habe kein Bedürfnis, sie zu sehen.« Meine Stimme wird brüchig. »Jetzt nicht und auch später nicht. Sag ihr, dass ihre Verbindungen mit der Goswick-Familie hiermit zu einem Ende gekommen sind und ich sie niemals zu Gesicht bekommen möchte.«

Onkel Richard starrt in das flackernde Kaminfeuer. »Wie du meinst.«

Ich verlasse den Raum und laufe hoch in mein Schlafzimmer. Als ich die Tür fest hinter mir geschlossen habe, öffne ich das Fenster und schmeiße das Stück Fleisch auf die Straße. Ich wasche mein Gesicht gründlich und betrachte mich im Spiegel.

Der Anblick ist würdelos. Ich spüre es förmlich, wie die Äderchen in meinem Gesicht platzen, außerdem pocht es in meiner Stirn. Ich möchte keinen einzigen Gedanken mehr an die Geliebte meines Vaters verschwenden, wer auch immer sie war, und Schlaf erscheint mir derzeit der einzig gangbare Weg zu sein, dies zu erreichen. Ich will an nichts mehr denken müssen.

Vielleicht ist es in der Tat besser, wenn Westley heute Abend ohne mich unterwegs ist.

***

Die Uhr in der Halle schlägt viermal. Draußen auf der Straße ist es ruhig, friedlich. Ich setze mich auf und reibe mir die Augen – ein großer Fehler. Ich schließe sie schnell und will aufschreien, doch der Schmerz raubt mir die Stimme.

Als meine Augen nicht mehr tränen, gieße ich mir aus der Karaffe auf meinem Nachttisch ein Glas Wasser ein, stille meinen Durst und höre dann, dass sich zwei Gentlemen direkt unter meinem Fenster unterhalten.

Ganz schön spät für einen kleinen Plausch. Können sie ihre Angelegenheiten nicht auch am Morgen klären? Hier versuchen Menschen zu schlafen, herrje.

Ich ziehe meine Hose an, die ich am Vorabend achtlos auf den Boden geworfen habe, dann zünde ich eine Kerze an und gehe auf Zehenspitzen in den Flur, um nachzusehen, ob noch jemand im Haus auf die Männer vor dem Hauseingang aufmerksam geworden ist. Ich linse in das Schlafzimmer von Onkel Richard und Tante Phyliss, er schnarcht selbstvergessen, und sie schläft mit einem Kissen auf den Ohren. Na, dann träumt mal schön. Anscheinend sind Geld und ein hübsches Gesicht noch nicht einmal Garanten für eine *erträgliche* Ehe.

Ich schleiche die Treppe hinunter, um einen Blick auf diese halben Eindringlinge zu erhaschen, doch mehr als zwei allem Anschein nach ordentlich aussehende dunkle Figuren, die nah beieinanderstehen und leise miteinander sprechen, kann ich nicht ausmachen.

Der, der weiter entfernt steht, dreht sich zur Seite, und ich hebe meine Kerze, um besser sehen zu können, auch wenn das nichts bringt. Als der zweite Gentleman den Kopf hebt und sein Gesicht von der Straßenlaterne vor den Eingangsstufen beleuchtet wird, sehe ich, dass es Westley ist, und mein Herz fängt an zu rasen.

Westley greift nach der Hand seines Bekannten, und sie verschränken die Finger. Er lächelt schüchtern und senkt den Blick, doch der andere hebt sanft Westleys Kinn an. Und schaut direkt auf meine Kerze im Fenster.

Mist. Mist, Mist, Mist. Haben sie mich gesehen? Ich weiche zurück, doch es ist zu spät. Westleys Blick folgt dem seines Bekannten, und als er mich hinter der Fensterscheibe sieht, erstarrt er.

Der fremde Gentleman tritt zurück, tippt mit den Fingern kurz an seine Hutkrempe, dann ist er verschwunden. Doch Westley rührt sich nicht von der Stelle, es wirkt fast so, als weigere er sich, hineinzukommen und sich mir zu stellen, sich zu erklären. Aber was soll er auch sagen? Was gibt es da noch zu erklären? Ich habe genug eigene Schäferstündchen erlebt, um zu wissen, was das eben war.

Ich gehe zur Haustür und lege nervös und zögerlich die Hand an den Türgriff, als stünde ein Fremder vor dem Haus und nicht mein bester Freund seit Kindheitstagen. Ich rufe mich zur Ordnung. Das ist doch absurd. Es geht hier um Westley. Keiner kennt mich besser als er. Er würde niemals über mich urteilen, also werde ich es auch nicht tun.

Draußen umschließt uns die Nacht, und dichter Nebel kündigt den Tagesanbruch an. Westley sieht mich nicht an. Ich räuspere mich.

»Spuck's aus, Briggs«, murmelt er mit gesenktem Blick, nimmt den Hut ab und fährt sich durch das wirre blonde Haar.

»Was?«, frage ich.

»Das, was du unbedingt loswerden möchtest, denn ich weiß, was du gesehen hast.«

Ich blicke kopfschüttelnd zu Boden. »Westley, ich …«

Mit schnellen Schritten steigt er die Stufen zum Eingang hinauf und baut sich wütend und drohend vor mir auf. Er ist aufgebracht, und seine Wangen glühen. »Das ist mein Leben«, sagt er leise. »Ganz allein meines. Und du hättest das nie sehen sollen.«

»Habe ich aber«, sage ich.

»Und was jetzt?«, stichelt er.

»Gar nichts«, erwidere ich. Es ist mir wichtig, dass er mich versteht. »Es ist nicht an mir, dir zu sagen, wie du dein Leben leben sollst. Ich wünsche dir nichts weiter, als dass du glücklich bist.« Ich bin aufgewühlt und mache mir Sorgen und werde deshalb laut. »Es ist nur … Du weißt, was passieren wird, wenn das jemand herausfindet.«

Westley sieht mich mit einem Gesichtsausdruck an, den ich nicht deuten kann. Ist es Abscheu? »*Jemand* hat es eben herausgefunden.« Er stürmt an mir vorbei ins Haus. »Das alles geht dich nichts an, Briggs«, sagt er in der Tür. »Das hat nichts mit dir zu tun. Wenn wir nächste Woche nach Mistlethrush zurückkehren, wird sich nichts geändert haben. Ich bin immer noch derselbe wie vorher.«

»Das weiß ich doch, Westley, natürlich …« Ich eile hinter ihm her und schließe die Haustür so leise wie möglich. »Aber …«

»Gute Nacht.«

Er verschwindet nach oben. Ich lasse seufzend den Kopf hängen.

Ich weiß, dass er recht hat. Nichts hat sich geändert. Und warum fühlt es sich dann so an, als sei alles anders?

Kapitel 12

Blythe

Seit Mr Goswick weg ist, ziehen sich die Tage. Ich kann mich mit niemandem streiten. Mich über niemanden aufregen. Niemanden zur Weißglut bringen. Meine einzige richtige Gesellschaft ist Charlotte, und obwohl sie immer freundlich ist und unheimlich gerne mit mir redet, sind unsere Gespräche meist eher oberflächlich. Weswegen ich nicht gerade begeistert bin, als sie mir eröffnet, einige junge Damen aus der Nachbarschaft zum Tee eingeladen zu haben, und mich bittet, mit ihr zusammen als Gastgeberin aufzutreten.

Ich versuche, mir meine Verstimmung nicht anmerken zu lassen. Wenn ich es mit meinem Geschäft wirklich ernst meine, muss ich offen und zugänglich sein. »Es wäre mir eine Freude, Charlotte«, sage ich freundlich und stehe auf.

Kaum hat sich auf ihrem Gesicht ein entspanntes Lächeln ausgebreitet, kündigt einer der Dienstboten die Ankunft der Gäste an.

Charlotte grinst. »Der perfekte Zeitpunkt! Möchtest du dich noch umziehen? Soll ich meine Zofe zu dir hochschicken?«

Das bringt mich in eine unangenehme Lage. Ich habe meine besten Kleider auf dieser Reise bereits alle getragen und versuche jetzt, sie für wichtigere Anlässe aufzuheben. Ich blicke an mir hinab. Mein ausgeblichenes grünes Kleid ist eine Idee zu klein, doch das fällt nur mir auf. Im besten Falle gehen die anderen davon aus, dass meine Ärmel bewusst die Handgelenke frei lassen. »Ich denke, ich bleibe, wie ich bin«, antworte ich. »Dieses Kleid ist bequem. Ich kann mich darin gut bewegen.« Ich drehe mich hin und her, um Charlotte von der flatterigen Leichtigkeit meiner Röcke zu überzeugen, bezweifle aber, dass sie sonderlich beeindruckt ist.

»Hübsch«, sagt sie wenig überzeugt. »Nun, dann lass uns gehen. Wir wollen unsere Gäste nicht warten lassen.«

Als ich Charlotte hinaus in den Garten folge, wo man einen kleinen Tisch und vier Stühle zwischen den leuchtenden Rosensträuchern platziert hat, kommen uns auf dem Kiesweg zwei Damen in unserem Alter entgegen, ihre Sonnenschirme und Kleider sind so luftig wie Sahnebaisers. Die eine trägt ein Modell in einem weichen Lavendelton mit raffinierten Schleifchen und feinen Stickereien an den Ärmeln, die andere ein Kleid in den süßesten Cremetönen mit butterig gelben Streifen. Ich zwirbele meine Haare zusammen und werfe sie mir über die Schulter, dann verschränke ich die Arme vor der Brust.

»Miss Corbyn, Mrs Young!«, ruft Charlotte und winkt ihren Gästen zu. »Wie schön, dass Sie es geschafft haben. Darf ich Ihnen meine Cousine vorstellen?« Sie strahlt mich an. »Miss Blythe Rowley.«

Ich knickse höflich, die anderen ebenso. Doch gleichzeitig lässt Mrs Young ihren Blick von meinem Kleid über meine Schuhe bis zurück zu meinem Gesicht schweifen. »Wie schön, Sie kennenzulernen, Miss Rowley.«

»Die Freude ist ganz meinerseits«, antworte ich und kneife die Augen in der blendenden Sonne zusammen.

»Oh, schaut!«, ruft Charlotte und winkt jemandem zu, der hinter mir den Weg entlanggelaufen kommt.

Ich drehe mich um und entdecke erfreut, dass es sich um Miss Sabrina Dixon handelt. So kann ich in Mr Goswicks Abwesenheit wenigstens an unserer kleinen Abmachung arbeiten. Sie hat die

Hände vor dem Körper verschränkt und winkt zögernd, als versuche sie, meine Cousine nachzuahmen, ohne deren Begeisterungsfähigkeit zu besitzen. Zu ihrer Verteidigung muss gesagt werden, dass niemand es in dieser Hinsicht mit Charlotte aufnehmen kann.

Wahrscheinlich kennt Sabrina die anderen Damen auch nicht, und wenn ich es schaffe, sie jetzt zur Freundin, zur Komplizin zu machen, wird sie mir später Glauben schenken, wenn ich von Briggs Goswicks Vorzügen schwärme. Welche Vorzüge Briggs Goswick überhaupt hat, muss ich mir noch überlegen.

Wir setzen uns an den Tisch, und der Tee wird serviert.

»Bleiben Sie den ganzen Sommer?«, fragt Mrs Young, eine hübsche junge Frau, die einen wunderschönen Hut aus Leinen und Seide trägt, der zu ihrem Kleid passt.

»Ja«, antworte ich. »Charlotte musste ihre ganze Überzeugungskraft aufwenden, doch jetzt bin ich hier.«

»Ja, so etwas«, sagt Miss Corbyn. »Dann muss Ihr Anwesen ja noch beeindruckender sein als Wrexford Park!« Sie verrührt Zucker in ihrem Tee und nippt an ihrer Tasse.

Ich lächele. »Nein, Awendown House ist vergleichsweise bescheiden, aber sind wir nicht alle voreingenommen, wenn es um unsere Elternhäuser geht?«

»Ich nicht«, sagt Miss Corbyn von oben herab. »Und Sie, Miss Dixon?« Sie wendet sich an Sabrina. »Sie logieren mit Ihrem Stiefbruder in Mistlethrush?«

Wir warten alle darauf, dass Sabrina etwas sagt, doch sie lächelt nur leise und nickt. An dieser Freundschaft werde ich hart arbeiten müssen.

Doch Miss Corbyn lässt sich nicht abschrecken. Sie antwortet für Sabrina. »Mistlethrush ist *so* ein schönes Anwesen. Es muss traumhaft sein, seine Tage dort verbringen zu dürfen.«

»Die Goswicks sind in der Tat gut situiert«, sagt Charlotte. Sie reicht die Kekse herum. Ich nehme zwei, was Miss Corbyn mit einer hochgezogenen Augenbraue quittiert.

»Ich bin erstaunt, dass Mr Goswick nach Mistlethrush zurückgekommen ist«, sagt Mrs Young. »Sie wissen ja. Briggs Goswick lässt nichts anbrennen. Verrückte Scherze, schnelle Pferde, hübsche Frauen. Ich hörte, dass seine Frankreichreise ein wahrer Skandal gewesen sein muss. Ich nehme an, dass seine Rückkehr nach Mistlethrush bedeutet, dass er sich niederlassen möchte.«

Mrs Young stupst Miss Corbyn sanft am Arm, doch statt schüchtern zu erröten, lächelt Miss Corbyn wissend, als sei es nur eine Frage der Zeit, wann Briggs ihr einen Heiratsantrag mache.

Ich lache in mich hinein. Miss Corbyn ist hübsch, doch ihre Familie hat ein – freundlich ausgedrückt – bescheidenes Einkommen. Ihre Mitgift würde für Mistlethrush Hall niemals reichen. Und selbst wenn Briggs nicht auf eine hohe Mitgift angewiesen wäre, würde er sich niemals in eine solche Langweilerin vergucken. Da bin ich mir sicher. Doch ich lasse sie in ihrem Glauben.

»Ich gehe davon aus, dass der Tod seines Vaters der Grund für Mr Goswicks Rückkehr ist«, sagt Charlotte.

»Aber ja doch, natürlich«, beeilt sich Mrs Young zu sagen. »Das sollte man meinen.«

»So tragisch.« Miss Corbyn seufzt, zieht eine Schnute und blickt zu Sabrina, um ihr eine ähnliche Reaktion zu entlocken. Doch Sabrina führt ihre Tasse zum Mund und nimmt manierlich einen Schluck Tee zu sich.

Ich lehne mich zurück, was mir verächtliche Blicke von Mrs Young und Miss Corbyn einhandelt, woraufhin ich mich wieder gerade aufrichte. »Ich habe erst vor Kurzem mitbekommen, dass Mr Goswicks Vater gestorben ist. Warum war sein Tod tragisch?«, frage ich.

»Er wurde krank, als Mr Goswick im Ausland war«, unterrichtet Charlotte mich. »Mr Goswick schaffte es nicht mehr, sich von seinem Vater zu verabschieden. Als er in Mistlethrush ankam, war er bereits begraben.«

Mein Herz zieht sich zusammen, als ich daran denke, wie der Sohn alles daransetzt, rechtzeitig nach Hause zu kommen, nur um seinen Vater schon unter der Erde vorzufinden. Es ist komisch, wie die Menschen mit ihren Geschichten umgehen. Oder eben auch nicht umgehen. Als wir uns kürzlich zum ersten Mal wiedersahen, wäre ich nie auf die Idee gekommen, dass Briggs Goswick um seinen verstorbenen Vater trauert. Da war nur dieser attraktive, selbstgewisse Gentleman, und darauf aus, mich zu reizen. Mit Erfolg.

»Miss Rowley?«

Ich blicke auf. Mrs Young wartet anscheinend auf eine Antwort von mir. »Ja?«

»Ich fragte, ob Sie malen.«

»Oh«, sage ich. Ich greife nach meiner Tasse, mache mir aber nicht die Mühe, sie am Henkel zu nehmen. Stattdessen umschließe ich sie mit beiden Händen. »Manchmal, aber das Zeichnen liegt mir mehr.«

»Und lieben Sie die Musik?«, fragt Miss Corbyn.

»Äh, ja«, antworte ich unsicher, ich weiß nicht recht, worauf die beiden hinauswollen. »Ich spiele Klavier und singe.«

Miss Corbyn verzieht das Gesicht, als empfinde sie Mitleid mit mir. »Nun, wenigstens etwas.«

Mrs Young kichert verhalten, während ich versuche, mir nicht anmerken zu lassen, wie wütend ich bin.

Sabrina räuspert sich. »Miss Barlow, diese Scones sind köstlich.«

»Oh ja«, schließt sich Mrs Young an. »Ihre Köchin muss meiner unbedingt das Rezept geben. Eine wahre Sünde.«

Charlotte lächelt stolz. »Ob Sie es glauben oder nicht, Blythe hat sie gebacken. Sie ist einfach unglaublich!«

»Sie haben sie gemacht?«, fragt Miss Corbyn. »Müssen Sie in Awendown oft in der Küche stehen?«

»Oh, Louisa, du bist einfach unmöglich«, ruft Mrs Young und gibt ihrer Freundin einen kleinen Klaps auf die Hand, ohne große Anstalten zu machen, ihre Schadenfreude zu verstecken.

Am liebsten würde ich jetzt losschreien. Miss Corbyn um die Ohren hauen, dass ich nicht oft koche, aber wenn, dann mit Freude. Dass ich sehr wohl einiges kann, nur hat sie sich nicht die Mühe gemacht, mich danach zu fragen. Plötzlich fühlt sich mein Kleid viel zu eng an, der lose Faden am Ärmel viel zu offensichtlich. Ich fühle mich nackt.

»Oh, meine Damen«, ruft Charlotte da, als sei ihr eben erst etwas eingefallen. Ich bin genervt *und* erleichtert. »Bitte vergessen Sie nicht, dass wir diesen Donnerstag zu einer Führung durch unseren Garten einladen, um Spenden für den neuen Versammlungssaal einzuwerben.«

»Natürlich nicht!«, sagt Mrs Young. »Ich habe Mr Young bereits instruiert, dass er sich den Termin freihalten soll.«

»Da fällt mir ein«, sage ich, rücke meinen Stuhl zur Seite und schenke der Runde ein Lächeln, das nicht nur auf mich unecht wirken muss, »dass ich noch meiner Schwester schreiben muss. Es wird sie freuen, zu hören, wie schön der Garten inzwischen blüht, und vielleicht wird sie es sogar schaffen zu kommen.«

»Was für eine schöne Idee«, sagt Charlotte.

»Vergessen Sie nicht, sie daran zu erinnern, dass es sich um eine formelle Veranstaltung handelt«, sagt Miss Corbyn. »Wir wollen doch nicht, dass sie die falsche Kleidung einpackt.« Lächelnd schenkt sie mir über den Rand ihrer Teetasse hinweg einen unschuldigen Augenaufschlag.

Vielleicht würden Miss Corbyn und Mr Goswick doch gut zueinanderpassen. Schließlich äußern sie sich beide gern abfällig über meinen Kleidungsstil.

Ich stehe auf und knickse kurz, dann ziehe ich mich in die schattigen Räume Wrexfords zurück. Der lila Salon mit seinen kühlen Farbtönen und ruhigen Landschaftsbildern hat eigentlich eine beruhigende Wirkung auf mich. Trotzdem tigere ich unruhig hin und her und höre auch dann nicht auf, als Charlotte in der Tür steht; ich schaffe es nicht einmal, ihr in die Augen zu schauen.

»Blythe«, sagt sie leise.

»Nein«, sage ich mit gerecktem Finger. »Nein. Du hast keine Ahnung, wie sich das anfühlt, Charlotte. Nur aufgrund der eigenen Kleidung beurteilt zu werden, als könne man daraus ablesen, wie viel ich als Person wert sei. Ich bin so müde …«, setze ich an. Doch die Worte bleiben mir im Halse stecken. Der Gedanke ist immer derselbe: Wenn wir nur mehr Geld hätten, angesehener wären, wenn ich die gleiche Kleidung wie Charlotte trüge und mir nicht über so vieles den Kopf zerbrechen müsste, dann, ja dann wäre ich vielleicht glücklich.

Doch ich verscheuche ihn. Ich will nicht so empfinden, denn ich weiß, dass es nicht stimmt. Mehr Geld würde es nicht einfacher machen, mich um meine Bienen zu kümmern, und befriedigender wäre es auch nicht. Und auch ohne viel Geld weiß ich um meinen Wert und den Wert meiner Unabhängigkeit. Außerdem würden diese furchtbaren Frauen mich auch im edelsten Ballkleid nicht in ihre Kreise aufnehmen. Wobei ich zugeben muss, dass ein schönes Kleid schon etwas Feines wäre. Nicht für sie, sondern für *mich*.

»Es tut mir leid«, sagt Charlotte und macht ein Gesicht wie drei Tage Regenwetter. »Sehr. Ich hatte keine Ahnung, dass sie sich so aufführen würden.«

»Es ist nicht deine Schuld.« Ich gehe zu ihr. Sie hat ein sehr gutes Herz, und ich möchte nicht, dass sie sich schlecht fühlt, weder wegen ihres kleinen Teekränzchens noch meinetwegen. Ich berühre sie am Arm. »Wahrscheinlich hätte ich einfach gern mal ein Kleid, das widerspiegelt, wie ich mich fühle«, sage ich lächelnd.

Charlotte ist ganz Ohr. »Ist das so?«, fragt sie, und ich sehe, wie es in ihrem Kopf rattert. Sie geht im Zimmer umher. »Was für ein Kleid? Für welchen Anlass? Für vormittags? Einen Ball? Ein Gartenfest?«

Ich betrachte sie einen Moment lang und frage mich, ob die Zeit reif ist, meine Cousine in meine Pläne einzuweihen. Sie würde mich niemals verraten oder schlecht über meine unkonventionelle Abmachung mit Briggs Goswick denken.

»Charlotte« sage ich langsam. »Ich muss dir etwas gestehen.«

Sie sieht mich mit großen Augen an, kommt aber sofort näher und nimmt meine Hände in ihre. »Alles.«

»Oh.« Ihr plötzlicher Eifer überrascht mich ein wenig. »Also gut. Das kommt jetzt eher unvermutet, aber ich bin dabei, mit Cousin Julian ein Geschäft aufzubauen.«

»Mit den Bienen«, sie nickt wissend. »Ihr verkauft Honig und Kerzen.«

»In Wahrheit«, ich presse die Lippen zusammen und blicke zur Tür, »geht es um mehr als das. Wir wollen im ganzen Land große Anwesen mit Bienenhäusern bestücken, so wie ich es gerade für Wrexford plane. Und ich habe eine recht unheilige Allianz geschlossen mit …« Meine Güte, ich bringe seinen Namen kaum über die Lippen, so peinlich ist mir das. Ich räuspere mich und nehme Haltung an. »… mit Briggs Goswick.«

»Mr Goswick«, wiederholt Charlotte und sieht mich verwundert an. Also erzähle ich ihr alles.

»Ich wage zu behaupten, dass du die schwerere Aufgabe von euch beiden hast, Blythe.« Nachdenklich trommelt sie mit den Fingern an ihr Kinn. »Oh, aber du hast ...«

»... nichts zum Anziehen für dieses Gartenfest, ich weiß.«

»Ich habe sehr viele Kleider, wie du weißt«, sagt sie. »Manche trage ich gar nicht mehr, weil sie mir zu klein geworden sind, doch du hast weniger Oberweite.«

Sie greift prüfend nach meinen Brüsten, und ich weiche überrascht zurück. »Charlotte, also wirklich!«, rufe ich.

»Sie sind perfekt«, urteilt sie.

Ich blicke an mir hinab. »Na ja, sie sind mir durchaus ans Herz gewachsen.«

»Blythe, hättest du etwas dagegen, dir einige meiner Kleider auszuleihen?«, fragt sie. »Für die besonders festlichen Anlässe können wir natürlich neue Kleider schneidern lassen. Ich möchte den anderen zeigen, wer du wirklich bist. Lass mich das tun, was ich am besten kann.«

Ich bewundere das gewiefte Glitzern in ihren Augen. Ich hatte keine Ahnung, dass Charlotte so für etwas brennen kann. Da werde ich wohl kaum Nein sagen können.

Schritte in der Halle machen uns auf Miss Sabrina Dixon aufmerksam, die mit immer noch artig vor dem Körper verschränkten Händen plötzlich in der Tür steht.

»Entschuldigen Sie bitte«, sagt sie. »Es ist nur so, dass ich ganz allein dort draußen saß und mich fragte, ob ich mich zu Ihnen gesellen könnte?« Sie lächelt schüchtern. Ich habe sie noch nie so viele Worte auf einmal sprechen hören.

»Allein?«, fragt Charlotte. »Wo sind denn Mrs Young und Miss Corbyn?«

»Nun, möglicherweise habe ich ein wenig danebengegossen, als ich Miss Corbyn einschenken wollte, und leider landete der kochend heiße Tee in ihrem Schoß statt in der Tasse. Sie ist nach Hause gefahren, und Mrs Young hat sie begleitet.« Sabrina zuckt die Achseln. »Hupps.«

Charlotte und ich stehen da, dann brechen wir in schallendes Gelächter aus, und sogar Miss Dixon muss über ihre verwegene Tat kichern.

Vielleicht wird es doch nicht so schwer wie gedacht, sich mit ihr anzufreunden.

Kapitel 13

Blythe

Ich habe Briggs Goswick seit fünfzehn Tagen und vier Stunden nicht mehr gesehen. Ich habe gezählt. Nicht, weil ich es kaum erwarten kann, ihn wiederzusehen, natürlich nicht. Sondern weil meine Geschichte hier und jetzt ihren Anfang nehmen wird: auf Lord Drummonds Gartenparty. Alles hängt an dieser Woche und daran, wie Briggs mir zu helfen gedenkt.

Ich sollte voller Ideen und Pläne stecken. Stattdessen denke ich hauptsächlich darüber nach, wie Briggs bei unserem Wiedersehen wohl aussehen wird. Gut angezogen und selbstsicher, ein schiefes Grinsen im Gesicht. Mit diesen grünen Augen, die, egal, mit wem er sich gerade unterhält, zu mir wandern, wenn ich den Raum betrete. Und der widerspenstigen Locke, die einfach nicht gehorchen will. Ich bin unglaublich angespannt und wische meine feuchten Hände an dem Kleid ab, das Charlotte für mich hat schneidern lassen. Zum Glück hat es niemand in der Kutsche bemerkt, Onkel Henry und Charlotte sind abgelenkt.

Lange Kutschfahrten mit Onkel Henry sind nicht sonderlich angenehm, selbst wenn alles reibungslos verläuft. Seine ständigen Sorgen, auf die Charlotte dauernd eingeht, sind auf so engem Raum nur schwer zu ertragen, und so kann ich es kaum erwarten, die Kutsche zu verlassen, als wir endlich Hemington Manor erreichen, das riesige Anwesen Viscount Drummonds, Schauplatz seines einwöchigen Sommerfests.

»Gott sei Dank, wir sind da!«, ruft Onkel Henry, als er hinter Charlotte und mir aussteigt. Er zerrt an seiner Krawatte, als wäre es in der Kutsche drückend heiß gewesen.

»Mr Barlow, Miss Barlow, Miss Rowley.« Lord Drummond steigt die von Personal gesäumten Eingangsstufen hinab und heißt uns mit ausgebreiteten Armen willkommen. Seine Kleidung ist äußerst elegant, er ist der Inbegriff eines wohlhabenden Gastgebers von höchstem Rang inmitten eines ausgesuchten Kreises, und ich habe mich noch nie so fehl am Platze gefühlt, trotz der Tatsache, dass ich mehr als angemessen gekleidet bin. Lord Drummond lässt mich links liegen und küsst die Hand meiner Cousine.

Das ist schon in Ordnung. Ich bin ja auch nicht seinetwegen hier.

»Lord Drummond, Hemington Manor steht Ihren Beschreibungen in nichts nach«, flötet Charlotte wie auswendig gelernt. Sie hakt sich bei ihm ein.

»Es freut mich, dass es Ihnen gefällt, Miss Barlow.«

Mir wird richtig schlecht. Wann wurde ich nur zu jemandem, der auf Briggs Goswick hört? Ich hasse Briggs Goswick. Briggs Goswick war bisher mein *Erzfeind*, und nun ist er plötzlich mein Geschäftspartner?

»Du trägst ein neues Kleid, wie ich sehe, meine Liebe«, sagt Onkel Henry und unterbricht meine düsteren Gedanken, als wir gemeinsam die raumgreifenden steinernen Stufen erklimmen. »Ich kann dir gar nicht sagen, wie begeistert Charlotte war, neue Kleider für dich in Auftrag geben zu dürfen. Sie hängt so sehr an dir.«

Die Türen stehen für die eintreffenden Gäste weit offen. Drinnen lassen die geöffneten Fenster den lauen Sommerwind herein, eine leichte Brise bauscht die flatternden Vorhänge auf. Ich beobachte schweigend, wie meine Cousine immer genau zum richtigen

Zeitpunkt lächelt und kichert und Lord Drummond am Arm berührt. Er ist hin und weg, das sieht man. Charlotte mit ihren rosigen Apfelbäckchen und langen blonden Haaren ist – äußerlich und vom Typ her – das genaue Gegenteil von mir und hat etwas sehr Liebenswertes an sich. Recht so. Sie ist die geborene Viscountess.

Und ich bin die geborene Geschäftsfrau, die keine Zeit hat, irgendwelchen Männern schöne Augen zu machen. Ich richte mich auf und schaue mich nach potenziellen Geldgebern für mein Bienenhausprojekt um.

»Ich nehme an, dass Sie einige meiner Gäste bereits kennen«, sagt Lord Drummond.

Das tue ich nicht, doch Lord Drummond hält sich nicht damit auf, mich jemandem vorzustellen. Ich schnappe mir ein winziges Sandwich von einem der Tabletts, die herumgereicht werden. Reichen wird das nicht. Im Nullkommanichts habe ich es verschlungen, und mein grummelnder Magen verlangt nach mehr.

Lord Drummond zeigt auf eine kleine Gruppe hinter sich. »Und diese Herrschaften kennen Sie natürlich auch schon.«

Es sind Briggs Goswick, neben ihm seine Mutter, und dazwischen, in ein Buch vertieft, August Goswick. Beide Brüder haben unansehnliche, wenn auch nicht mehr ganz frische Schwellungen im Gesicht.

Ein altvertrautes Gefühl breitet sich in meinen Fingerspitzen aus und wandert weiter in meine Magengrube, als ich Briggs sehe, und plötzlich ist mein Hunger wie weggeblasen. Ein kleines Lächeln hat sich in mein Gesicht gestohlen, und als Briggs von der Unterhaltung mit seiner Mutter aufblickt, kann er es gerade noch sehen, bevor ich es zum Teufel schicke. Er senkt grinsend den Blick.

»Ah, die Goswicks!«, ruft Onkel Henry und schreitet ihnen mit offenen Armen entgegen. »Wie schön, ein paar vertraute Gesichter in fremden Landen zu sehen.«

»Fremden Landen? Wrexford Park ist nur dreißig Kilometer von hier entfernt«, wende ich ein, doch Onkel Henry ignoriert meinen Einwand. Briggs hingegen lacht still in sich hinein.

»Mr Parker und seine Stiefschwester sollten auch in Kürze zu uns stoßen«, fährt Lord Drummond fort. Während er und Charlotte mit Mrs Goswick plaudern, löst sich der ältere Goswick-Bruder aus der Gruppe und kommt zu mir geschlendert.

»Miss Rowley«, sagt er zur Begrüßung. »Sie sehen …« Er sucht nach den richtigen Worten, und ich wappne mich für seine Kritik. Briggs blinzelt und schüttelt den Kopf. »Sie sind wunderschön.«

Ich versuche zu verbergen, wie mir das Blut in die Wangen schießt. Es ist das erste Mal, dass er mich wunderschön genannt hat, und das bringt Teile von mir zum Zittern, die sich vorher noch nie geregt hatten. »Mr Goswick«, erwidere ich mit einem leichten Knicks und versuche verzweifelt, mich zu fangen. Ich weiß nicht, was ich sagen soll, seine Worte haben mich überrumpelt, also thematisiere ich das Offensichtliche. »Sie sehen heute ein wenig lädiert aus.« Das späte Sonnenlicht, das durch die Fenster fällt, lässt seine Verletzung schimmern.

»Wenn Sie das hier schlimm finden, wollen Sie nicht wissen, wie mein Gegner aussieht.« Er nickt einem herannahenden Diener zu und nimmt sich zwei Gläser Limonade, eines davon reicht er mir.

Ich nehme es ihm mit hochgezogener Augenbraue aus der Hand. »Wollen Sie damit sagen, dass *Sie* Ihren Bruder so zugerichtet haben?«

Briggs lacht und dreht sich kurz zu August um, der immer noch in sein Buch vertieft dasitzt. »Nein. August und ich sind zuletzt als Kinder mit den Fäusten aufeinander losgegangen. Ich glaube, er hat gemerkt, dass das Boxen eines der wenigen Gebiete ist, in denen er mir nicht das Wasser reichen kann.«

»Und trotzdem haben Sie die gleiche Verletzung.«

»Ich bin mir der Ironie durchaus bewusst. Erst ermahnte ich meinen Bruder, sich nicht zu überschätzen, dann tat ich es ihm gleich.«

»Boxen ist ein brutaler Sport, wenn man es überhaupt einen Sport nennen kann. Etwas für die Straße.«

»Da muss ich widersprechen.« Briggs hat die Hände hinter dem Rücken verschränkt. »Ich entdeckte das Boxen zu einer Zeit, als ich Schwierigkeiten hatte, das, was ich empfand, mit Worten auszudrücken.«

»Sie lassen also immer Ihre Fäuste sprechen?«

»Ach, Miss Rowley.« Er schüttelt lächelnd den Kopf. »Sie urteilen gerne voreilig, besonders dann, wenn es um mich geht.«

»Ich stelle lediglich faktenbasierte Beobachtungen an«, antworte ich und recke das Kinn, um seinem Blick besser standhalten zu können. »Und Sie sind nun mal einfacher zu lesen als die meisten.«

Grummelnd trinkt er einen Schluck Limonade. »Jetzt, wo wir unsere üblichen Höflichkeiten ausgetauscht haben, können wir vielleicht anfangen, unsere Woche zu planen. Heute Abend findet der Eröffnungsball statt, und ich habe gehört, dass der Earl of Colchester unter den Gästen sein wird. Er hat weitläufige Ländereien in Hampshire, und inzwischen weiß ich, dass Sie trotz Ihres stacheligen Auftretens durchaus einnehmend sein können, wenn Sie wollen.«

»Keine der Damen wird heute einnehmender sein als ich«, verspreche ich.

»Nun, das ist unmöglich. Sie haben vergessen, dass sich auch Charlotte unter den Gästen befindet.«

Ich verdrehe die Augen und wende mich zum Gehen.

»Nicht ganz so schnell, Miss Rowley«, sagt er und hält mich am Arm zurück. »Haben Sie angemessene Kleidung für heute Abend?«

In mir verkrampft sich alles, schließlich sagt er damit, dass er seinen Teil der Abmachung nur dann einhalten kann, wenn das arme Mädchen etwas zum Anziehen hat, um die, mit denen er täglich verkehrt, täuschen zu können.

»Was ich trage, geht Sie nichts an. Ihre Aufgabe besteht darin, mich potenziellen Geldgebern vorzustellen, mehr nicht. Alles andere schaffe ich ohne Ihre Hilfe.«

Er senkt die Stimme und kommt mir ganz nah, sein Mund direkt an meinem, er duftet nach Bergamotte und Rosmarin, und mir bleibt der Atem weg. Ich muss mich zusammenreißen, meine Nase nicht an seinem Hals zu vergraben. »Und vergessen Sie Miss Dixon nicht. Lassen Sie mich im besten Licht dastehen.«

»Soll ich zum Beispiel erzählen, wie sorglos Sie sind?«, frage ich, wieder bei Sinnen, und entziehe ihm meinen Arm.

Er schnaubt empört, wird dann aber von einer Kutsche abgelenkt, die in der Einfahrt hält. Zwei Bedienstete öffnen die Tür, und niemand anderes als Sabrina Dixon steigt aus, hält mit der Rechten ihren Hut fest und legt den Kopf in den Nacken, um Hemington Manor in seiner ganzen Pracht bewundern zu können. Sie strahlt, als sie sieht, in welch ansprechender Umgebung sie gelandet ist.

Briggs redet jetzt so leise, dass nur ich ihn hören kann. »Miss Dixons Vater war ein Kaufmann, handelte mit Kohle. Dann starb er unerwartet, und ihre Mutter heiratete Westleys Vater. Sabrina wird fast nie zu Veranstaltungen der gehobenen Gesellschaft eingeladen. Sie wird sich also sehr freuen, hier sein zu dürfen.«

»Danke, ich brauche keine Zusammenfassung von Miss Dixon von Ihnen.« Ich will Briggs gerade sagen, dass es eines gewissen

Fingerspitzengefühls bedarf, ein solches Thema bei einer so schüchternen und sensiblen Person wie Miss Dixon anzuschneiden, da greift er nervös nach meinem Arm.

»Da kommt sie.« Und weg ist er, als wolle er nicht, dass Sabrina uns miteinander reden sieht. Wahrscheinlich möchte er nicht, dass sie auf den Gedanken kommt, wir könnten unter einer Decke stecken. Immerhin denkt er mit.

Draußen begrüßt Lord Drummond die neuen Gäste und lädt sie in die kühlen, schattigen Innenräume ein.

»Oh, Miss Rowley«, sagt Sabrina, als sie die Halle betritt. Wir knicksen beide, und sie nimmt meinen Arm.

»Wie war die Reise, Miss Dixon?«

»Gut«, antwortet sie.

»Mir war recht warm während der Fahrt. Sind Sie sehr erhitzt?«

Sie zuckt die Achseln. »Ein wenig vielleicht.«

»Wissen Sie«, sage ich, »Mr Goswick steht neben der Limonade. Bestimmt wäre es ihm eine Freude, Ihnen ein Glas zu bringen.«

»Vielleicht später.«

»Wahrscheinlich wollen Sie sich erst einrichten?«

Sie nickt, und ich blicke sie aufmunternd an, in der Hoffnung, ihr den ein oder anderen Satz zu entlocken.

»Und dann vielleicht mit Charlotte und mir einen Spaziergang zur Sitzgruppe draußen machen?«, fahre ich fort. »Ich habe aus dem Kutschenfenster einen Blick darauf erhaschen können. Es ist wunderschön hier.«

Sie blickt wehmütig.

»Gefällt es Ihnen hier nicht?«

»Doch«, bekräftigt sie.

Ich hole tief Luft. »Aber Sie verbringen Ihren Urlaub lieber anderswo?«

Sabrina lächelt breit. »In Brighton.«

»Brighton muss wunderschön sein, habe ich gehört.«

Dass sie nicht anfängt, mir etwas vorzuschwärmen, hätte ich mir eigentlich denken können. Stattdessen seufzt sie zufrieden und sieht sich in der Halle mit all den Gästen um.

Kurz darauf kommt Charlotte zu uns, befreit mich aus dieser einseitigen Unterhaltung, und wir lassen uns zu unseren Zimmern im zweiten Stock führen.

Charlotte und ich werden uns ein Bett teilen, was mich zunächst beunruhigte. Charlotte ist zwar meine Cousine, aber eben nicht meine Schwester, und ich weiß, ich weiß es genau, dass sie noch nie mit jemandem das Bett geteilt hat. Und ich sehe es ihr an der Nasenspitze an, dass sie eine ist, die die Decke an sich reißt. Doch jetzt, wo ich hier bin und mein Blick auf das Bett fällt, habe ich noch nie etwas so Großes gesehen.

Charlotte öffnet die Truhe mit unseren Kleidern für die Woche. Sie bestand darauf, dass wir eine große Auswahl mitnehmen, um angesichts unserer ähnlichen Konfektionsgrößen auch tauschen zu können. Es gibt hauchdünne helle Musselinkleider für morgendliche Spaziergänge im Park, raffiniertere Kleider mit passenden Sonnenhüten für den Tee oder eine flotte Pall-Mall-Partie am Nachmittag. Vielleicht werden wir sogar den Männern beim Kricketspielen zuschauen. Und dann sind da noch die Abendkleider, elegant und aufreizend. Ich hatte keine Ahnung, was mir steht, doch Charlotte und ihre Schneiderin nahmen mich während des ganzen Prozesses an die Hand, und nun besitze ich einige wunderschöne Kleider, die ich wahrscheinlich nie wieder tragen werde. Den Bienen ist es egal, was ich anhabe.

Plötzlich und wie aus dem Nichts treten mir Tränen in die Augen, und ich versuche, sie wegzublinzeln. Ich vermisse Awendown House. Meine Bienen. Doch ich rufe mir in Erinnerung, dass es einen Grund gibt, warum ich hier bin. Ich kann nur dann

Geldgeber finden, wenn ich an Veranstaltungen teilnehme, wo man auf sie trifft.

»Blythe?«, höre ich Charlotte hinter mir.

Ich drehe mich um, wische mir über die Augen und lächele sie an. »Ja.«

Vorsichtig, als wäre ich ein scheues Tier, das sie nicht aufschrecken will, nähert sie sich. »Als wir zum Maßnehmen bei der Schneiderin waren, fiel mein Blick auf einen Stoff, in den ich mich gleich verliebte«, sagt sie sanft. »Er hatte die gleiche Farbe wie Honig, und da musste ich natürlich sofort an dich denken. Also dachte ich mir, dass ich dich damit überraschen werde.«

Sie legt einen Karton auf das Bett und nimmt den Deckel ab, dann tritt sie zur Seite, um mich das Geschenk auspacken zu lassen.

Unter mehreren Schichten Seidenpapier liegt ein goldenes Ballkleid, die verschiedenen Stoffschichten sind cremefarben, darauf bronzefarbene Blumen und Ranken und zwischendurch die eine oder andere kleine gestickte Biene.

»Insgesamt sind es drei«, sagt Charlotte und berührt eine der Bienen. »Sind sie nicht hübsch?«

Wieder kommen mir die Tränen. Ich halte mir die Hand vor den Mund und nicke, dann drücke ich meine Cousine an mich und umarme sie fest.

»Oh, Blythe! Weinst du etwa?«

»Vielleicht«, schluchze ich.

»Was ist denn los? Gefällt es dir nicht?«

»Doch«, versichere ich ihr. »Es ist wunderschön. Ich habe noch nie in meinem Leben etwas so Schönes besessen.« Ich reibe mir mit den Handballen die Augen, was mich nicht gerade besser aussehen lässt. »Ich glaube, ich habe einfach ein bisschen Heimweh.«

»Nun«, sagt Charlotte und streicht mir mit dem Daumen eine

Träne von der Wange. »Die beste Medizin gegen Heimweh ist ein durchtanzter Abend.«

Ich schaffe es schon wieder zu kichern. Mama hatte recht, ich habe fast nie die Gelegenheit zu tanzen. Und ein wenig freue ich mich sogar darauf. Vor allem jetzt, wo ich weiß, dass ich dieses Kleid tragen werde.

Der Rest des Nachmittags vergeht wie im Flug, Charlotte und ich baden, werden frisiert, uns werden die Wangen rot und die Augen schwarz geschminkt. Charlotte leiht mir ihre Perlenohrringe, und dann ziehen wir endlich mithilfe unserer Zofe unsere Kleider an.

Als ich fertig eingeschnürt bin, dreht sie mich zum Spiegel, damit ich mich anschauen kann. »Sie sind so weit, Miss«, sagt sie.

Ich starre mein Spiegelbild an und frage mich, ob ich es bin, die hier zu sehen ist. Ich entscheide mich dafür. Dies ist die beste Version meiner selbst. Die selbstsicherste Version. Die Version, die die Treppe hinabschreiten wird, ohne sich von Briggs Goswick aus dem Konzept bringen zu lassen.

»Bereit?«, fragt Charlotte und tippt mir mit ihrem geschlossenen Fächer auf den Arm.

Ich nehme Haltung an. »Bereit.«

Kapitel 14

Briggs

Ich stehe vor meinem Zimmer am Ende des Flurs und grüße die Gentlemen, die einer nach dem anderen elegant und festlich gekleidet aus ihren Zimmern kommen und die Treppe hinabschreiten.

Von außen sieht es so aus, als wartete ich auf einen Freund, was auch stimmt. Natürlich stimmt das. Ich bin kein Stalker, der Westley auflauert und nur auf die richtige Gelegenheit wartet, ihn in die Ecke zu drängen, um nicht länger von ihm ignoriert zu werden. So einer bin ich nicht.

Zu meiner Linken befindet sich ein Fenster, darunter eine gepolsterte Sitzbank mit zwei blumig gemusterten Kissen mit Quasten, die sich von den gestreiften Vorhängen absetzen. Die Vorhänge sind gerade so weit aufgezogen, dass sie den Blick auf den Garten freigeben, darin Blythe Rowley in einem sich bauschenden Ballkleid aus Gold- und Cremetönen, das mit bronzefarbenen Blumen bestickt ist. Sie hält ein aufgeschlagenes Buch in der Hand und schreitet, während sie liest, vor einem rechteckigen Bassin mit einem wasserspeienden Fisch auf und ab.

Mein Gott, sie ist unglaublich. In den vergangenen fünf Jahren hat sie sich mit ihren langen Kastanienlocken und den bernsteinfarbenen Augen zur schönsten Frau gemausert, die ich je gesehen habe. Sie ist größer als die meisten Mädchen und strahlt ein Selbstbewusstsein aus, das mir so noch nie begegnet ist – ein

Selbstbewusstsein, das mich schwach macht. Und an diesem Abend, in diesem goldenen Kleid, das ihr erlaubt, heller als die Sterne zu strahlen, ist sie noch atemberaubender als am Nachmittag, als die Worte aus mir heraussprudelten. Als dürfte ich sie ihr einfach so vor die Füße legen. Als hätte ich dieses Privileg nicht schon vor langer Zeit verloren. Ganz abgesehen davon hat ihre Reaktion auf mein Kompliment deutlich gemacht, dass es ihr unangenehm war, und ich werde ganz sicher nicht wie ein wimmerndes Hündchen hinter ihr herdackeln. Nein, ich möchte niemand sein, der das Mitleid aller auf sich zieht, doch aus der Ferne darf ich sie ja wohl bewundern.

Ich weiß, was sie da unten treibt. Inzwischen merke ich, dass ich ein bisschen zu gut weiß, wie Blythe funktioniert. Sie geht diesem Ball so lang wie möglich aus dem Weg. Blythe ist nicht so wie ihre Cousine Charlotte, die Bälle mit allen Sinnen genießt. Sie ist der Überzeugung, nicht der Typ zu sein, der auf einem Ball glänzen kann, doch ich glaube, dass sie Bälle durchaus mögen könnte, würde sie ihnen nur eine Chance geben. Doch jetzt gerade würde Blythe den Festlichkeiten gerne fernbleiben.

Noch weiß sie nicht, dass ich sie mit Lord Colchester bekannt machen werde. Ich habe den Earl bereits am Nachmittag kennengelernt, und er ist der perfekte Investor für ihre Bienenhäuser. Das sollte ihre Laune heben, auch wenn sie den Ball ansonsten nur als Zeitverschwendung empfinden wird.

Von der anderen Seite des Gartens ruft Charlotte nach ihr. Widerwillig, den Kopf wie ein bockiges Kind zurückgeworfen, ergibt sich Blythe in ihr Schicksal und folgt ihr ins Haus. Ich muss kichern.

Doch dann wird meine Aufmerksamkeit auf die knarzende Tür vor mir gelenkt, sie öffnet sich, und Westley schlüpft, ohne ein Wort oder einen Blick zu verlieren, hinaus und an mir vorbei zur Treppe.

»Oh, du bist fertig«, sage ich, als ginge ich davon aus, dass wir selbstverständlich zusammen hinuntergehen. Natürlich gehe ich nicht davon aus und nehme an, dass das auch Westley klar ist. »Du siehst gut aus. Ich mag die grüne Weste. Passt zu deinen Augen.«

Westley steigt schnaubend die Stufen hinab. »Meine Augen sind blau, Goswick.«

»Natürlich«, antworte ich. »Blau. Aber du würdest doch nicht so vorhersehbar sein wollen, ausschließlich Blau zu tragen, oder? Du sähst ja aus wie ein Teich.«

Auf der letzten Stufe vor der Eingangshalle, in der die Menschen bereits Champagner trinkend beieinanderstehen, bleibt er stehen. »Ein Teich?«

»Niemand will das«, sage ich leise und fühle mich plötzlich recht albern. Ich räuspere mich und rücke meine Krawatte zurecht. »Niemand, oder?«

Westley verdreht die Augen und geht in die entgegengesetzte Richtung.

Nicht optimal. Aber ein erster Versuch. Ich habe noch die ganze Woche, um die Dinge mit ihm wieder geradezubiegen. Er braucht jetzt erst einmal Abstand.

Vielleicht habe ich im Gespräch mit Lord Colchester, meinem anderen großen Vorhaben des heutigen Abends, mehr Glück. Er steht mit Lord Drummond neben der Tür, und beide haben den Blick auf zwei Damen gerichtet, die eben aus dem Garten hereinkommen: Blythe und Charlotte.

Eine perfekte Gelegenheit für mich.

»Ah, Goswick«, ruft Drummond, als er mich bemerkt. Er bietet mir ein Glas Champagner an. »Kennst du den Earl of Colchester?«

»Wir haben uns bereits am Nachmittag kennengelernt.« Colchester und ich nicken uns zu.

»Und wer sind diese beiden jungen Damen?«, fragt Colchester, als Blythe und Charlotte die Halle durchqueren und zum Ballsaal gehen.

Ich betrachte sein Gesicht im abnehmenden Licht der sinkenden Sonne. Er ist jung. Jünger, als ich angenommen hatte, und schlecht sieht er auch nicht aus. Zumindest lässt er einen nicht zusammenzucken, wenn er den Raum betritt. Sein Kleidungsstil ist ein wenig langweilig, es wirkt, als hätte er den Kleiderschrank seines Vaters durchkämmt, um etwas Passendes für den Abend zu finden. Seine Lippen sind schmal, die Augen stehen eine Idee zu nah beieinander.

Jetzt, wo es mir aufgefallen ist, muss ich immerzu hinstarren.

All das wäre egal, wenn es nur darum ginge, ihm Blythe Rowleys Geschäftsmodell nahezulegen, doch ich bin nicht naiv. Er schaut zu, wie sie sich mit einer Gruppe junger Damen und dann mit Westley und August unterhält, und es ist offensichtlich, dass sein Interesse nicht geschäftlicher Natur ist.

»Die Dame in dem blauen Kleid ist Miss Charlotte Barlow«, sagt Lord Drummond. »Und die in dem goldenen ihre Cousine, Miss Blythe Rowley. Allerdings muss ich gleich hinzufügen, dass ich die Absicht habe, heute Abend recht viel von Miss Barlows Zeit in Anspruch zu nehmen.«

»Hervorragend«, sagt Colchester. »Miss Rowley ist mir schon vorhin aufgefallen, als ich sie im Garten habe lesen sehen.«

Nein, denke ich. *Ich habe sie gesehen. Der Moment gehörte mir.* Ein heftig aufloderndes Gefühl schnürt mir die Brust ein.

»Vielleicht wäre Mr Goswick so nett, sie mir vorzustellen. Sie ist bezaubernd.«

»Äh, ja. Ja, das kann ich tun.« Ich nehme langsam einen Schluck Champagner und lasse die Bläschen meine Nase kitzeln. »Miss Rowley ist die junge Dame, von der ich heute Nachmittag berichtete.«

»Die mit den Bienen?«

»Ja, sie hat sich mit ihrem Cousin zusammengetan, um ein Bienenhausgeschäft aufzubauen und …«

»Sehr schön.« Er klopft mir auf die Schulter. »Jetzt habe ich gleich ein Gesprächsthema parat. Danke, Goswick.«

»Ich wollte eigentlich …« Doch er ist schon weg.

Was zur Hölle ist da gerade passiert? Eben sprechen wir noch über Bienen, und plötzlich belauert Colchester Blythe, als wäre sie eine Art Trophäe, die er erobern müsse.

Ich folge ihm in den Ballsaal, wo der riesige Kronleuchter an der Decke alles in ein warmes Licht taucht. Vor allem Blythe. Sie leuchtet geradezu in ihrem goldenen Kleid, steht funkelnd zwischen Charlotte und Sabrina, und plötzlich kriege ich kaum noch Luft. Ich habe hier gerade etwas losgetreten, das ich nicht mehr aufhalten kann.

»Miss Barlow, Miss Rowley, Miss Dixon«, sage ich, als wir zu den Damen treten. »Darf ich Ihnen Lord Colchester vorstellen?«

Alle drei knicksen höflich, doch Colchester hat einzig und allein Augen für Blythe.

»Freut mich«, sagt er.

Okay, er ist nicht hässlich. Und bestimmt hat es was, wenn ein Earl mit einem flirtet. Aber muss Blythe ihm gleich solche Augen machen? Wir haben es kapiert. Du bist geschmeichelt, schon klar. *Herzlichen Glückwunsch, Blythe.*

»Wohnen Sie in der Nähe, Lord Colchester?«, fragt sie.

»Keine zwanzig Kilometer entfernt«, antwortet er. »In Longcross Abbey.«

»Oh, dort war ich schon einmal!«, ruft Sabrina.

Sowohl Blythe als auch ich wundern uns über diesen seltsamen Eifer, doch Lord Colchester hat kaum ein müdes Lächeln für sie übrig.

»Ich besitze große Ländereien«, fährt er fort, wieder nur an Blythe gewandt, als wären die zwei die einzigen beiden Menschen im Saal.

Meine Güte, ist das heiß hier. Mir bricht der Schweiß aus.

»Und mir ist zu Ohren gekommen, dass Sie ein Geschäft mit Bienenhäusern aufgebaut haben.«

Ein Lächeln breitet sich auf Blythes Gesicht aus. Sie streckt den Rücken durch, reißt die Augen auf und nickt resolut. »So ist es!«

»Das beweist Kühnheit, Miss Rowley, als junge Dame den Schritt in die Geschäftswelt zu wagen.«

»Kühn, übermütig, wer weiß das schon so recht«, murmele ich.

»Wie bitte?«, fragt Blythe.

Ich blinzele. Was habe ich da eben gesagt? Hilfreich war das nicht gerade, schließlich will ich Investoren für sie finden. »Nichts, Miss Rowley, nichts.«

»Arbeiten Sie auch selbst mit den Bienen?«, fragt Colchester.

»Ja. Ich entwerfe sogar ihre Behausung, die Beute, und helfe ihnen beim Bauen.« Sie tritt näher und verschränkt die Hände. »Ich habe sogar einen Bienenstock konstruiert, der so einzigartig ist, dass man das Bienenvolk nicht töten muss, um an den Honig zu gelangen, wodurch die Bienen weiterhin den Nutzpflanzen zugutekommen können«, erklärt sie ihm mit großen Augen. Sie buhlt um seine Aufmerksamkeit, und ich presse eifersüchtig die Zähne zusammen.

Colchester ist natürlich hin und weg. »Unglaublich. Die jungen Damen von heute sind wirklich zu allem fähig – und schaffen es trotzdem noch, am Abend auf einem Ball zu glänzen.«

Blythe errötet. Sie errötet! Wangen so rosig wie ein Frühlingsmorgen. Kein einziges meiner Komplimente wurde von Blythe Rowley jemals mit einem Erröten quittiert, nicht einmal das von heute Nachmittag, als ich sie geradeheraus wunderschön nannte.

Eine scharfe Erwiderung? Immer. Ein spöttischer Kommentar? Aber ja. Doch rote Wangen? Ich bin außer mir. Und habe mich nicht mehr unter Kontrolle.

»Hmmm«, stimme ich zu. »Wenn Miss Rowley sich ein wenig bemüht, schafft sie es durchaus, aus sich etwas zu machen.«

Jetzt regt sich mir gegenüber etwas in ihrem Gesicht. Doch als zartes Erröten würde ich es nicht bezeichnen. Eher als blanke Wut. Wie konnte ich das nur sagen? Ich habe einen Kloß im Hals und weiche ihrem Blick aus.

»Wahrlich, Mr Goswick«, sagt sie. »Je länger der Abend andauert, desto mehr freut es mich, dass Sie sich die Zeit genommen haben, zu kommen, wo es hier doch weder Glücksspiel noch Faustkämpfe gibt, ganz zu schweigen von Frauen mit fragwürdigen Moralvorstellungen.« Sie legt den Kopf schief und lächelt höflich.

»Wissen Sie«, versucht Colchester tapfer, das Thema zu wechseln, während Sabrina und Charlotte große Augen machen, »es klingt so, als würde die Tanzfläche gleich eröffnet.«

»In der Tat«, pflichtet Blythe ihm bei.

Hier läuft immer noch alles schief. Colchester sollte sich geschäftlich mit ihr verbinden. Keine Komplimente, kein Tanzen, kein *Erröten*. Nein, nicht heute Abend.

Colchester hat seinen Blick wieder auf Blythe gerichtet. »Tanzen Sie g…?«

»Wissen Sie, wer unglaublich gerne tanzt?«, unterbreche ich ihn. »Miss Barlow. Miss Barlow, niemand kann Ihnen auf der Tanzfläche das Wasser reichen.«

»Oh, ich tanze in der Tat furchtbar gern«, zwitschert Charlotte. »Es ist so schade, dass Lord Drummond den Ball mit Mrs Ryland eröffnen muss. Aber sie hat heute nun mal Geburtstag, folglich muss ich mir einen anderen Tanzpartner suchen.«

»Nun, welche gute Gelegenheit, Lord Colchester.«

Colchester blickt zwischen mir, Charlotte und Blythe hin und her. »Ja, aber natürlich doch. Miss Barlow, es wäre mir eine Ehre, wenn Sie mir den ersten Tanz schenkten.«

Charlotte klatscht in die Hände, hakt sich bei Colchester ein und lässt sich von ihm auf die Tanzfläche führen. Ich schaue mich um und merke, dass ich in dem ganzen Hin und Her Sabrina aus den Augen verloren habe und nun nur noch Blythe Rowley mit ihren tödlichen Blicken neben mir steht.

»Was ist nur los mit Ihnen, Goswick?«

»Was mit *mir* los ist?« Ich lege mir die Hand auf die Brust. »Was ist mit *Ihnen* los? Sie haben ganz offen mit Lord Colchester geflirtet. Wie wollen Sie Geschäftspartner an sich binden, wenn Sie Ihnen falsche Versprechungen machen?«

Sie wirft mir einen vernichtenden Blick zu, atmet schwer. »Ich habe *nicht* mit Lord Colchester geflirtet.«

Aus den Augenwinkeln sehe ich, wie sich Sabrina an einen Tisch mit Erfrischungen zurückgezogen hat und uns aus sicherer Entfernung beobachtet. Es sollte mir eigentlich zu denken geben, dass ich das Mädchen, dem ich eigentlich den Hof machen wollte, verjagt habe, doch der Streit, den ich mit Blythe vom Zaun gebrochen habe, nimmt mich zu sehr ein. Um uns herum steuern die Gäste paarweise in Erwartung des ersten Liedes die Tanzfläche an.

»Nun, Sie waren seiner Aufmerksamkeit auf jeden Fall nicht abgeneigt. Wie bitte schön soll ich Ihnen potenzielle Kunden zukommen lassen, wenn ich nicht weiß, ob Sie zwischen Flirten und Verhandeln unterscheiden können?«

»Vielleicht wäre es ein Anfang, mir Kunden zukommen zu lassen, denen es um meine Bienen geht und nicht um mein Aussehen. Oder meinen Sie wirklich, dass ich andere nur durch schöne Augen überzeugen kann? Denken Sie so gering von mir?«

Jede Faser meines Körpers ist angespannt. Schöne Augen. Ist

das ihr Ernst? Es macht mich rasend, dass sie tatsächlich glaubt, ich wüsste nicht, was sie außer schönen Augen noch alles zu bieten hat. Begriffe schwirren mir im Kopf herum: ihre Klugheit, ihre Wärme, ihre Sturheit, ihr Lachen, doch nichts davon kann ich zu meiner Verteidigung hervorbringen. Das Geräusch der Musiker, die ihre Instrumente stimmen, mischt sich in meine Wut, die Tänzer machen sich bereit für die ersten Takte. Ich muss hier raus, sonst explodiere ich.

Doch Blythe krallt ihre Finger in meinen Arm, als ich gehen will.

»Oh nein.« Sie hat ihren Blick fest auf mich gerichtet. »Ganz sicher nicht. Sie lassen mich hier im Ballsaal nicht einfach so ohne einen Tanzpartner stehen. Nicht beim Eröffnungstanz. Der erste Tanz bestimmt, wie der Rest des Abends laufen wird, und ich werde nicht zu den Mauerblümchen gehören.«

»Sie verstehen es in der Tat ausgezeichnet, einem Mann schöne Augen zu machen, Miss Rowley.«

Sie verzieht finster das Gesicht. »Ihr Arm, Mr Goswick. Jetzt.«

Als wäre mein Körper ihr hörig, strecke ich automatisch meinen Arm aus, damit sie sich unterhaken kann, und führe sie zur Tanzfläche. Blythe stellt sich mir gegenüber neben ihrer Cousine auf und lässt mich nicht aus den Augen.

Als die Musik beginnt, sind ihre Bewegungen abgehackt und gestelzt. Wenn es der Tanz verlangt, dass sich unsere Hände berühren, spüre ich kaum ihre Fingerspitzen an meiner Handfläche. Sie hat nicht die geringste Lust, mit mir zu tanzen, ist aber fest entschlossen, mich für ihre Zwecke zu benutzen – sie muss gesehen werden auf diesem Ball. Und währenddessen sorgt sie dafür, dass ich so wenig Spaß wie möglich habe. Mich beschleicht das ungute Gefühl, dass ich noch lange über diesen Tanz hinaus für meine Taten büßen werde.

Die Musik spielt weiter, und noch immer weigert Blythe sich, mir in die Augen zu schauen. Doch ist es absurd, miteinander zu tanzen und nicht einmal den Versuch eines Gesprächs zu starten. Ich überlege fieberhaft, was ich sagen könnte.

»Es ist recht warm dieser Tage, nicht wahr?«, frage ich, als sie wieder neben mir ist.

Sie starrt mich mit hochgezogenen Augenbrauen und offenem Mund an.

»Was?«

»Sie wollen allen Ernstes mit mir über das Wetter reden?«

»Na ja, immer noch besser, als beim Tanzen eisern zu schweigen. Sie haben doch sicherlich eine Meinung zum Wetter. Vielleicht ist Ihnen ein schneidender Winterwind lieber, Miss Rowley? Passend zu Ihrer scharfen Zunge.«

»Reden Sie nicht über meine Zunge, Mr Goswick.«

Ich richte den Blick stoisch auf eine Vase mit einem Sommerstrauß am anderen Ende des Raumes, kann nicht glauben, wie kratzbürstig sie ist. »Ich versichere Ihnen, dass mir nichts gleichgültiger ist als Ihre Zunge.«

Sie versinkt wieder in Schweigen, doch als ich sie erneut in den Armen halte und der Tanz ihr unsere Nähe aufzwingt, treffen sich unsere Blicke, und ihre Augen sind groß und wunderschön. Sie wird weich, als ich sie umschlinge, ich spüre ihre eleganten Kurven. Dieser aufblitzende Hals, die runden Hüften.

Ich werde sie nicht bewundern. Ich presse die Lippen zusammen, versuche, nicht zu atmen, doch ich halte nicht durch. Ich neige den Kopf zur Seite, erlaube es mir, tief einzuatmen, und ihr süßer Duft lässt mich schwindelig werden. Ich hätte gehen sollen, als ich es noch konnte – ich hätte diesen intimen Moment mit Blythe Rowley nicht zulassen sollen, denn ich weiß, dass ich heute Nacht, wenn mich der Schlaf im Stich lässt, an nichts anderes als sie denken werde.

Um uns herum kommen die Tänzer langsam zum Stehen, während die letzten Takte erklingen. Unwillig trete ich zurück, behalte aber ihre Hand in meiner. »Miss Rowley«, sage ich und verbeuge mich.

Sie atmet scharf ein und knickst schnell, dann verschwindet sie in der Menschenmenge, und ich verliere sie aus den Augen.

Kapitel 15

Blythe

Wenn ich auf dieser Reise eines gelernt habe, dann, dass ich mir die Mühe machen muss, das Anwesen zu verlassen, wenn ich bestimmten Veranstaltungen entgehen will. Der Garten war gestern Abend eindeutig noch zu nah, um diesem katastrophalen Ball fernbleiben zu können, also schlüpfe ich heute Morgen mithilfe unserer Zofe in ein simples, vernünftiges cremefarbenes Kleid, schnappe mir mein Buch vom Nachttisch und mache mich, während Charlotte nach einer durchtanzten Nacht noch selig schläft, auf den Weg in die wilde Natur rund um Hemington Manor.

Und es sieht so aus, als könnte mein Plan aufgehen. Ich lasse meine Hand durch das Wasser gleiten, das neben mir entlangplätschert, und bin so in meinen Roman vertieft, dass ich es kaum merke, als neben mir Zweige knacken. Erst als ich das laute Rascheln zurückschnellender Äste und einen kräftigen Fluch höre, schaue ich auf.

Wenn das Briggs Goswick ist, der mir den ganzen Weg bis hierher gefolgt ist, wo es doch eindeutig ist, dass ich – vor allem von ihm – in Ruhe gelassen werden möchte, kann ich für nichts garantieren.

Ich habe mir gestern auf dem Ball alle Mühe gegeben, wirklich. Aber »Ich bin der Schwarm aller Frauen«-Briggs musste ja alles verderben.

Ich weiß natürlich auch, warum. Das hat er sehr deutlich

gemacht. Er ist der Überzeugung, ich sei unfähig, mein Geschäft so zu führen, wie es ein Mann tun würde. Ich habe mir gestern Abend jedes Detail meiner Unterhaltung mit dem Earl of Colchester vor Augen geführt, und kein einziges Mal habe ich mit ihm geflirtet. Was immer Briggs Goswick für Flirten hielt, war schlicht meine Begeisterung für meine Arbeit. Aber klar, Briggs würde es niemals verstehen, dass es Frauen gibt, die sich für mehr als den wohlhabenden Adel und eine vielversprechende Heirat interessieren.

Und jetzt bleiben mir nur noch fünf Tage auf diesem albernen Sommerfest. Fünf Gelegenheiten, jemanden – inzwischen ist es mir schon egal, wen – zu finden, der zu investieren gewillt ist, bevor meine Eltern dem ganzen Geschäft mit den Bienen ein Ende setzen.

»Hallo?«, rufe ich, bereit, Briggs gehörig meine Meinung zu sagen. Doch statt seiner taucht Lord Colchester auf der Lichtung auf.

»Miss Rowley«, sagt er. Von der formellen Kleidung des Vorabends ist nichts mehr zu sehen. Stattdessen trägt er eine dunkelblaue Weste und bis zu den Ellenbogen hochgekrempelte Ärmel, keinen Rock, und führt eine leuchtend rotbraune Stute hinter sich her. Sonnenflecken tanzen auf ihrem warmen braunen Fell.

Doch hinter ihm verschwindet jemand im Gebüsch.

»Bitte entschuldigen Sie, dass ich Ihre Lektüre unterbreche.«

»Eine sehr willkommene Unterbrechung, versichere ich Ihnen.« Ich stütze mich mit der Linken auf und will mich erheben, doch Lord Colchester ist schneller, bietet mir beide Hände an und zieht mich mit Leichtigkeit hoch. »Danke.«

»Ich hatte gehofft, Sie hier anzutreffen«, fährt er fort und lädt mich ein, ihm auf seinem Spaziergang Gesellschaft zu leisten. »Ich habe Ihre Cousine Miss Barlow beim Pall-Mall-Spielen gesehen, und sie sagte, Sie seien wahrscheinlich irgendwo im Wald.«

Ich senke lachend den Blick. »Da hatte sie durchaus recht«, gebe ich zu.

Lord Colchester ist eigentlich noch zu jung, um solch einen gewichtigen Titel zu tragen, doch älter als Briggs, schätze ich. Und ein wenig kleiner. Bei ihm ist alles nicht so ausgeprägt wie bei Briggs. Weder das Kinn noch die Nase, und unglaublich grüne Augen hat er auch nicht. Außerdem wirken die leichten Bartstoppeln, die bei Männern durchaus erlaubt sind, in seinem Fall ein wenig ungepflegt, wohingegen Briggs damit immer bewusst verwegen aussieht.

Ich verbanne diese Gedanken aus meinem Kopf. Briggs Goswick hat mich schon viel zu oft aus dem Konzept gebracht, und ich werde nicht zulassen, dass er es selbst dann tut, wenn er gar nicht anwesend ist.

»Gestern Abend«, sagt Lord Colchester. Er fährt sich durch die glatten braunen Haare. »Ich wollte Sie nur wissen lassen, dass ich Sie gerne um den ersten Tanz gebeten hätte. Genauer genommen um irgendeinen Tanz, hätte man mich nicht so früh zum Kartenspielen gerufen. Nicht, dass ich automatisch davon ausgegangen wäre, dass Sie Ja gesagt hätten. Natürlich nicht.«

Schon wieder werde ich rot. Ich verschränke die Hände, in denen ich mein Buch halte, hinter dem Rücken und gebe vor, den kleinen Wasserlauf, der in diesem Teil des Waldes breiter ist, zu beobachten. Ein Kranich hat sich am Rand des Wassers niedergelassen und beäugt uns, als wir an ihm vorbeigehen.

»Ich hätte sehr gerne mit Ihnen getanzt, wäre mein Stolz nicht so verletzt worden«, sage ich schließlich. »Doch seien Sie gewiss, dass Sie daran keine Schuld tragen.«

»Das freut mich.« Sein Pferd stupst ihn schnaubend von hinten an der Schulter. Das Tier ist eindeutig auf der Suche nach einer Karotte, die Lord Colchester sicherlich irgendwo bereithält. »Erlauben Sie es, dass ich Ihnen heute Morgen weiterhin Gesellschaft leiste? Ich habe nicht weit weg von hier einen sehr schönen Aussichtspunkt entdeckt. Einen See mit Schwänen, einige Schafe auf dem Feld. Darf ich ihn Ihnen zeigen? Letzte Nacht kamen wir gar nicht dazu, über unser Bienenhaus zu sprechen.«

Ich weiß, dass er meine Gesellschaft nicht sucht, weil er an Bienen oder Bienenhäusern interessiert ist. Doch wenn ich ihn jetzt nicht begleite, wird er *niemals* an Bienen oder Bienenhäusern interessiert sein.

Ich hole tief Luft, hebe das Kinn und schenke ihm mein schönstes Lächeln. »Danke, Mylord, es wäre mir ein Vergnügen.«

Wir lassen den Wald hinter uns, und er führt mich einen sanften Hügel hinab, der den Blick auf den spiegelglatten See vor uns freigibt. Zwei Schwäne schwimmen gemächlich durch das Wasser und halten gelegentlich an, um einen Flügel zu heben und sich die Federn zurechtzuzupfen oder kurz miteinander zu schnäbeln.

»Sie sind wunderschön«, sage ich, gebannt von ihrer Eleganz.

»Auf meinem Anwesen wohnt auch ein Schwanenpaar«, sagt Lord Colchester und streichelt seiner Stute den Hals. Ich erwische ihn dabei, wie er mich verstohlen betrachtet, als er ihre Mähne entwirrt. »Sie sind herrlich, nicht wahr?«

»Ja, das sind sie. Bei uns zu Hause in Awendown gibt es nur ein paar aufgebrachte Gänse. Und wenn ihnen etwas nicht passt, verfolgen sie einen bis ins Haus.« Ich bücke mich und tauche meine Hand ins Wasser, wodurch sich die Wasseroberfläche bis zu den Schwänen kräuselt.

»Nun, dann sollten Sie nach Longcross kommen und mit meinem Schwanenpaar Bekanntschaft schließen.«

Ich blicke zu meinem Begleiter auf und sehe, dass seine sanften blauen Augen in Erwartung einer Antwort auf mir ruhen.

»Danke, Mylord, das wäre schön.« Er streckt den Arm aus, und ich nehme seine Hand, um mir aufhelfen zu lassen.

Plötzlich wird mir klar, dass ich auf dem besten Wege bin, eine Countess zu werden, wenn ich seine Aufmerksamkeit weiterhin so belohne. Er beginnt gerade, mich ernsthaft zu umwerben, und es bräuchte nur ein Wort von mir, um allen Problemen meiner Familie ein Ende zu bereiten: Ja. Dann müsste ich mich auch nicht mehr an diese blöde Abmachung mit Briggs-»Ich bin der Größte«-Goswick halten.

»Sollen wir dort weitermachen, wo wir gestern Abend aufhörten, als ich mich in der Pflicht sah, mit Ihrer Cousine zu tanzen?«, fährt Lord Colchester fort.

»Nun, ich kann es Ihnen nicht verübeln, sich mit ihr zusammengetan zu haben. Charlotte ist eine hervorragende Tänzerin.«

»Da haben Sie recht, es gibt wohl niemanden, der an sie heranreicht.«

»Ich zumindest nicht«, sage ich und rücke meinen Hut zurecht, sodass er mir ausreichend Schatten spendet. »Mir ist es lieber, an einem sonnigen Tag über Bienenhäuser zu sprechen. Darin bin *ich* gut.«

Wir gehen auf einen kleinen Holzsteg zu. Lord Colchester lässt sein Pferd auf der Wiese grasen und sagt: »Ich bin mir sicher, dass Sie in vielem gut sind, Miss Rowley.«

»Das stimmt«, pflichte ich ihm bei. »Nur sind das Dinge, die Gentlemen anscheinend nicht sonderlich wichtig finden.«

Er lächelt mich fast schon schüchtern an, dann kommt er zu mir auf den Steg. »Vielleicht haben Sie einfach noch nicht die richtigen Gentlemen getroffen.«

»Da könnten Sie recht haben.« Ich lege den Kopf in den Nacken und halte das Gesicht in die kühle Brise, die vom Wasser her zu uns weht. »Danke, dass Sie mir neue Wege aufgezeigt haben, Mylord.«

»Es ist mir ein Vergnügen, Miss Rowley.«

Ich wünschte, sein Lächeln würde etwas in mir auslösen – irgendein diffuses Gefühl würde reichen. Ich suche in seinem Gesicht nach einem Augenzwinkern, einem schiefen Grinsen, einem wissenden Blick, etwas, das mir das Gefühl gibt, mehr mit ihm gemein zu haben als das, was oberflächlich erkennbar ist, etwas, das mir den Atem stocken lässt. Ich möchte ihn gerne aus der Reserve locken, seine Meinung zu Themen hören, doch mir fällt nur meine Arbeit ein. »Bienen haben mich schon immer fasziniert«, lege ich los.

»Sie hatten nie Angst vor ihnen?«

Das ist doch ein Anfang. Ich mache weiter. »Nein, nie. Das merkte ich, als ich einmal zu Besuch in Wrexford Park war. Der arme Onkel Henry – er neigt dazu, sich Sorgen zu machen – war durch eine Biene beunruhigt, die sich ins Wohnzimmer verirrt hatte. Doch mir gelang es, das herumirrende Tier zu retten, indem ich es in der hohlen Hand fing und zurück in den Garten brachte.«

Lord Colchester steht da und schweigt, sein Lächeln wirkt wie angeklebt. Ich gebe ihm die Gelegenheit, sich einzubringen, Fragen zu stellen, doch er tut nichts dergleichen.

»Als ich die Biene wieder nach draußen befördert hatte, saß ich eine Weile da und beobachtete sie. Ich folgte sogar ein paar Bienen und fand ihren Bienenstock. Ich war fasziniert. Ich bat meinen Vater, mir Bücher über Bienen zu besorgen, und bettelte so lange, bis ich einen eigenen Bienenstock aufstellen durfte. Aus einem wurden vier, dann sechs, schließlich zehn, und eh ich mich versah, war ich zur Bienenzüchterin geworden. Ich *bin* Bienenzüchterin. Seitdem habe ich mich der Haltung und dem Schutz der Bienen in meinem Bienenhaus nach den neuesten und innovativsten Methoden verschrieben. Es war ein naheliegender Schritt, anderen zu helfen, Gleiches zu tun.«

Er nickt. Lächelt immer noch. Doch eine echte Unterhaltung? Fehlanzeige.

»Und damit endet meine Geschichte«, füge ich hinzu. Nur um sicherzugehen, dass er es auch wirklich mitbekommen hat.

»Faszinierend. Mögen Sie auch Hunde?«

Ich muss blinzeln. »Wie bitte?«

»Hunde«, wiederholt er. »Ich besitze vier an der Zahl.«

»Ja«, antworte ich. »Ich mag Hunde.«

»Großartig.«

»In der Tat.« Anscheinend geht es jetzt um unsere Lieblingstiere. Ich habe keine Ahnung, wie weit ich mit meinen Bienenhausplänen gekommen bin, ob ich überhaupt irgendeinen Fortschritt gemacht habe.

Lärmendes Geschrei in Lord Colchesters Rücken zerreißt die Stille, es kommt von einem Feld weiter hinten. Mehrere Gentlemen haben sich dort mit ihren Pferden versammelt, im Mittelpunkt des Geschehens steht Briggs Goswick. Er spielt sich auf, wen wundert's.

»Miss Rowley?«

»Hm?« Ich lächle und versuche zu verbergen, dass ich nicht ganz bei der Sache bin.

»Zurück zu Ihren Bienen«, sagt er und wirft einen Blick über die Schulter, um zu sehen, was mich ablenkt.

Endlich! Endlich lässt Lord Colchester sich auf meine Ideen ein, doch natürlich zum falschen Zeitpunkt. Jetzt habe ich anderes im Kopf, ich will wissen, was dort hinten vor sich geht. »Aber ja«, versuche ich es. »Nun, das Thema ist so umfassend, dass wir mindestens viereinhalb weitere Seen dafür umrunden müssten.

Wären Sie denn an Bienenhäusern auf Ihrem Grundstück interessiert, Mylord?«

Bitte sag Ja!

»Möglicherweise«, entgegnet er schulterzuckend. »Wenn Sie das dazu bringen würde, mich in Longcross zu besuchen.«

Er macht mir hier gerade eindeutig den Hof, und ich sollte sofort darauf eingehen. Doch das, was die anderen Gentlemen auf dem Feld mit ihren Pferden anstellen, lenkt mich zu sehr ab.

»Mylord, wissen Sie, was dort vor sich geht?«, frage ich endlich.

Wir sehen beide zu, wie Briggs Goswick sich auf seinen Apfelschimmel schwingt. Dasselbe Pferd, mit dem er auf dem Feld nahe Wrexford Park zu springen versucht hatte.

»Ein Wettreiten, soweit ich weiß«, antwortet mein Begleiter. »Lord Drummond hat überall auf dem Anwesen Hindernisse aufgestellt, und die Gentlemen haben Wetten abgeschlossen. Sie starten hier am See, und das Pfarrhaus ist das Ziel. Ich muss schon sagen, Mr Goswicks Tier ist beeindruckend. Dafür muss er sicherlich tief in die Tasche gegriffen haben.«

Ich furche die Stirn, und meine Hände ballen sich langsam zu Fäusten. Es ist eine Sache, dass Briggs Goswick gestern Abend die Frechheit besaß, zu behaupten, ich unterminiere meine Geschäfte durch Flirten, doch dass er ganz unverhohlen meine Versuche, Miss Dixons Zuneigung für ihn zu erlangen, durch Wetten zunichtemacht? Ohne überhaupt das Geld dafür zu besitzen? Selbst im unwahrscheinlichen Fall, dass sich Sabrina wundersamerweise über Nacht in ihn verlieben sollte, würde ihr Geld ihm überhaupt nichts nutzen, wenn er nicht aufhört, es auf diese unmögliche Weise auszugeben.

»Geht es Ihnen gut, Miss Rowley?«

»Es geht mir gut«, antworte ich, doch meine Augen sind immer noch auf die versammelten Gentlemen gerichtet. »Reiten Sie nicht, Mylord?«

»Doch, allerdings interessieren mich Wettrennen nicht.«

Wie erfrischend. Ein vernünftiger Gentleman, der sich nicht in den Vordergrund drängt.

»Mögen Sie Pferde?«, fragt er.

»Ja, sehr.« Ich wüsste nur zu gerne, wie Briggs reagieren würde, wenn er wüsste, dass ich ihm zusehe. Er ist wirklich der egoistischste Mensch, dem ich je begegnet bin. Ich wende mich wieder an meinen Begleiter. »Lord Colchester, wollen wir uns nicht das Rennen ansehen?«

»Selbstverständlich, wenn das Ihr Wunsch ist.« Er bietet mir erneut seinen Arm an, doch was immer da war, um Lord Colchester geschäftlich – oder möglicherweise sogar in anderer Hinsicht – an mich zu binden, ist verpufft und meiner Wut über die schlechten Entscheidungen Briggs Goswicks gewichen. Ich raffe die Röcke und stapfe in Richtung Briggs, Westley, Lord Drummond und einige andere Gentlemen, die immer noch mit ihren Pferden zugange sind, nicht ahnend, welch drohendes Gewitter da gerade auf sie zukommt.

Kapitel 16

Blythe

»Miss Rowley«, sagt Westley erstaunt. »Sie interessieren sich für Wettrennen?« Er lächelt freundlich, als Lord Colchester und ich auf die Gentlemen und ihre ungeduldig tänzelnden Pferden zukommen.

»Für jeden Spaß zu haben«, antworte ich und finde sofort Briggs' Blick. »So wie es aussieht, geht es darum, Mr Goswicks Pferd zu schlagen?« Ich ziehe eine Augenbraue hoch.

Briggs räuspert sich und legt seinem Pferd die Zügel über den Hals. »Danke, Miss Rowley, er ist in der Tat ein Prachtkerl, nicht wahr?«

»Aber ja doch, erst recht, wenn er über die ganzen Hindernisse springt.«

Briggs sieht mich mit zusammengekniffenen Augen und mahlendem Kiefer an, und ich verschränke die Arme vor der Brust. »Sie müssen mir vertrauen, Miss Rowley«, sagt er mit gesenkter Stimme.

»Habe ich hier etwas verpasst?«, fragt Lord Drummond hinter mir.

Ich schenke ihm mein ehrlichstes Lächeln. »Nichts, Mylord. Ich bin nur gespannt auf das Rennen.«

»Freut mich für Sie, Miss Rowley«, sagt Briggs und schwingt sich elegant in den Sattel. »Die beste Aussicht genießen Sie von dem Hügel dort drüben, am Garten vorbei, dann rechts.«

Ich werfe einen Blick über die Schulter, um zu sehen, was er meint. »In die Richtung geht es nur zum Haus.«

»Ganz genau.« Und damit trottet er mit den anderen Teilnehmern zum Startpunkt.

Schnaubend folge ich Lord Colchester zu der Zuschauergruppe, die nicht weit entfernt auf den Rennbeginn wartet, und stelle mich zu Charlotte und Sabrina.

»Na, genug Pall-Mall für heute, Char?«, frage ich und schnippe einen Käfer von ihrer Schulter.

»Ich hatte dich gesucht«, sagt sie so beiläufig wie möglich. »Und siehe da, welch eine Überraschung, dich und Lord Colchester am See entlangspazieren zu sehen. Es läuft also gut.«

Ich zucke die Achseln. »Unser Spaziergang war nett, aber kurz.«

Die Pferde vor uns stampfen frustriert, sie wollen loslaufen, doch ihre Reiter diskutieren immer noch.

»Ich dachte, die Wetteinsätze seien geklärt«, sagt Lord Drummond ärgerlich.

»Fünfzig Pfund?«, wiederholt Briggs.

»Machen wir hundert draus«, ruft ein weiter entfernt stehender Gentleman.

Briggs holt tief Luft, doch schließlich nickt er. »Einverstanden.«

Bei diesen Zahlen wird mir ganz schwindelig. Mit hundert Pfund könnten wir gleich mehrmals das Dach von Awendown House reparieren. Julian und ich könnten mit solch einem Betrag sofort in unser Geschäft einsteigen, stattdessen mühen wir uns mit der Suche nach Investoren ab. Nein, ich korrigiere: Julian sucht nach Investoren. Während ich mit einem Earl flirte, Kleider trage, die ich mir nicht leisten kann, und versuche, ein wohlhabendes, aber sehr zurückhaltendes Mädchen mit einem Gentleman zu verkuppeln, der nicht aufhören kann, Geld aus dem Fenster zu werfen.

»Gentlemen«, meldet sich Westley zu Wort. »Das Rennen führt den östlichen Hang hinab, dann am Zaun der nördlichen Weide entlang, durch das Tal, über den Bach und am Ende wieder hierher zurück, wo Miss Barlow, Miss Rowley und Miss Dixon den Sieger küren werden.«

Lord Drummond schmunzelt. »Mit Miss Rowley als Jurorin wird Goswick wohl eher auf den hinteren Plätzen landen.«

»Ich vertraue auf Miss Rowleys Ehrgefühl«, sagt Briggs, ohne mich anzusehen.

»Ich wünschte, das könnte ich auch von Ihnen behaupten«, murmele ich. »Ich denke, dass es das Beste sein wird, wenn ich von meinem Amt zurücktrete. Es wäre mir sehr unrecht, würde meine Voreingenommenheit einen Schatten auf dieses großartige Rennen werfen.«

»Wie Sie wünschen, Miss Rowley«, sagt Lord Drummond. Dann wendet er sich wieder an Westley. »Mr Parker, wann immer Sie so weit sind.«

»Auf die Plätze«, ruft Westley, »fertig, los!«

Die Pferde rasen Kopf an Kopf los, ihre Reiter beugen sich tief nach vorne, als würden sie dadurch ihren Tieren noch mehr Schwung verleihen. Bald sind sie kaum noch zu sehen, dann verschwinden sie in einem dichten Waldstück. Verächtlich wende ich mich ab.

»Das Wettreiten scheint dich ungebührlich aufzuregen, Cousine«, sagt Charlotte sanft. »Hast du moralische Bedenken?«

»Nein.« Ich verschränke die Arme vor der Brust. »Aber dass Mr Goswick sein Geld verwettet, zeigt erneut, dass er keine guten Entscheidungen treffen kann.«

»Und für Mr Parker oder Lord Drummond gilt das nicht?«

Verdammt. Eigentlich ist es für einen Mann wie Briggs Goswick gesellschaftlich vollkommen in Ordnung, an einem Rennen teilzunehmen und zu wetten, wären da nicht seine finanziellen Probleme. Normalerweise vertraue ich Charlotte fast alles an, doch diesmal beiße ich mir auf die Zunge. Ich möchte auf keinen Fall Briggs' Vertrauen missbrauchen. Selbst dann nicht, wenn er so dämlich ist, mit diesem Pferd springen zu wollen.

Da tauchen Lord Drummond und sein schwarzer Wallach aus dem Tal auf, und Charlotte hüpft jubelnd auf und ab. »Gut gemacht!«

Auch die anderen Reiter sind bald wieder zu sehen, nur Briggs nicht. Als Lord Drummond sein Pferd zügelt und langsam über die Ziellinie trottet, wirft er einen Blick zurück und sucht stirnrunzelnd das Tal ab, dann steigt er ab. »Goswick war im Wald direkt hinter mir, dann verließ er den Weg. Ich nahm an, dass er eine Abkürzung nehmen wollte.«

Am Taleingang, wo die Reiter verschwanden, taucht Briggs auf, sein jämmerlich humpelndes Pferd führt er hinter sich am Zügel.

»Oje«, sagt Charlotte.

Lord Drummond reicht ihr die Zügel seines Pferdes und läuft los. Ich folge ihm mit gerafften Röcken.

»Seien Sie vorsichtig, Miss Rowley!«, ruft Lord Colchester mir nach.

Doch ich bin viel zu wütend, um seinem Rat zu folgen. Als wir in der Mitte des Feldes Briggs und sein Pferd erreichen, knie ich mich neben das Pferd und untersuche vorsichtig sein Hinterbein. Ich schaue, ob es auf Druck mit Schmerzen reagiert, und tatsächlich wiehert es kläglich, als ich zu fest drücke.

»Sind Sie eine Art Pferdeflüsterin?«, fragt Briggs.

Ich mache mir noch nicht einmal die Mühe, ihn anzuschauen. »Wir haben Pferde in Awendown. Und ich kümmere mich gern um sie.«

»Ich glaube, er hat sich etwas gerissen«, sagt er.

»Sie sind mit ihm gesprungen, stimmt's?«, beschuldige ich ihn, während nun auch Lord Drummond das Bein untersucht.

»Ich hatte gar nicht die ...«

»Sie sind wirklich unmöglich, Briggs Goswick. Ich habe Ihnen bereits vor ein paar Wochen gesagt, dass das kein Springpferd ist, und trotzdem stehen wir jetzt hier und Sie sind wieder zu weit gegangen. Und wofür? Aus Jux und Tollerei? Um das Geld zu bekommen, dass Sie so bitter nötig haben?«

»Nicht«, sagt Briggs, und ich bin überrascht von der Schärfe seines Tons.

Endlich schaue ich auf und sehe ihn an. Sein Gesicht ist rot und geschwollen, und noch bevor er weiterreden kann, wankt er und stolpert in Lord Drummonds Arme.

»Vorsicht, Goswick.« Lord Drummond stützt ihn mit beiden Händen, und Briggs wimmert bei der Berührung. »Sie sehen nicht gut aus.«

»Ich bin nicht gesprungen«, sagt Briggs. »Auch wenn Miss Rowley mich für einen Wüstling hält. Mein Pferd ist an einem Ast entlanggeschrappt, der voller Insekten war, vielleicht Bienen, und dann ...«

Zerrissen zwischen Schuldgefühl und Sorge sehe ich mir die Stiche in seinem Gesicht näher an. »Das sind keine Bienenstiche. Wir müssen ihn ins Haus bringen«, sage ich, und das Herz schlägt mir bis zum Halse. »Schnell.«

***

Nach einem hektischen Hin und Her, meiner Bitte um Hilfsmittel und Briggs' Bitte um Privatsphäre, finden wir uns alleine in einem kleinen Zimmer nahe der Küche in Hemington Manor wieder. Ich mache kurz vor dem Kaminfeuer halt und wünschte, es würde weniger prächtig lodern. Das Zimmer ist warm und eng, und als die Köchin den Honig und den Essig gebracht hat, nach denen ich verlangt hatte, und die Tür hinter sich geschlossen hat, öffne ich das Fenster neben Briggs.

»Sehen Sie mich an«, sage ich, als ihm der Kopf auf die Brust sackt. Als er nicht reagiert, hebe ich sein Kinn mit meinem Zeigefinger an, um ihn besser sehen zu können.

»Lassen Sie mich in Ruhe, Blythe«, sagt er mit rauer Stimme.

Ich versuche, mir nicht anmerken zu lassen, wie es in mir rumort, als ich diesen perfekt geschwungenen Mund meinen Namen sagen höre. Auch wenn Briggs' Ton nicht gerade nett ist. Mein Vorname steht für eine Nähe, eine Vertrautheit, die wir uns seit unserer Kindheit versagt hatten. Ich habe noch nie einem Mann außerhalb meiner Familie erlaubt, mich Blythe zu nennen, doch es kommt mir nicht in den Sinn, den, der hier gerade vor mir sitzt, zu tadeln.

»Ich werde Sie nicht in Ruhe lassen«, sage ich entschieden. »Das wäre das Schlechteste, was ich tun könnte. Stattdessen werde ich …«

»… mich quälen?«

»Nennen Sie es, wie Sie wollen.« Ich nehme die bereitgestellte Schüssel mit Essig und ein Tuch und betupfe die geschwollenen Stellen in seinem Gesicht. »Der verblassende Bluterguss und jetzt noch diese Quaddeln, ich muss schon sagen, dass Sie selten besser ausgesehen haben, Mr Goswick.«

»Ein Kompliment, nehme ich an, wenn es aus Ihrem Munde kommt«, murmelt er. Er versucht, sich aufzurichten, doch ich halte ihn an der Schulter fest. Er wimmert. »Diese ganze Seite meines Körpers schmerzt.«

Seine Jacke ist nirgends zu sehen und seine halb aufgeknöpfte, zerrissene Weste gibt den Blick auf einen Teil seines Oberkörpers frei, was mich ziemlich aus dem Konzept bringt.

»Was ist passiert?«, frage ich leise.

Er zögert, mir zu antworten, doch dann holt er tief Luft und ringt sich jedes Wort ab. »Ich dachte, ich hätte eine Möglichkeit gefunden, das Hindernis zu umgehen. Ob Sie es glauben oder nicht, Ihre Worte hatten etwas bei mir bewirkt und ich wollte die Gesundheit meines Pferdes nicht erneut aufs Spiel setzen. Wir nahmen also die Abkürzung, doch Apollo streifte im Unterholz irgendwo entlang und wahrscheinlich scheuchten wir dadurch Bienen auf, dann verlor ich das Gleichgewicht, stürzte, aber ein Fuß hatte sich im Steigbügel verhakt und ich wurde ungefähr dreißig Meter mitgeschleift, bis ich freikam.«

»Es waren Hornissen«, korrigiere ich.

Doch so, wie er aussieht, ist es ihm wahrscheinlich gleich, welche Insekten ihn angriffen.

»Und jetzt bin ich hier.«

Er meidet meinen Blick, und ich will ihn nicht weiterquälen. »Nun«, sage ich und tunke das Tuch wieder in die flache Schüssel. »Welch Glück, dass ich hier bin, nicht wahr?«

Er antwortet nicht, schließt nur die Augen und erlaubt mir, die Tinktur auf seinem geschwollenen Gesicht aufzutragen.

»Ich kenne mich leider gut mit Stichen aus«, sage ich ruhig. »Und trotz der starken Schmerzen wird die Schwellung recht schnell abklingen, wenn man sie richtig behandelt.«

»Gilt das auch für gebrochene Rippen?«, presst er hervor und holt scharf Luft, als er sich anders hinsetzt.

»Zeigen Sie her«, sage ich. Er kriegt große Augen, doch ich nehme sein Kinn in die Hand und wiederhole meine Worte. »Zeigen Sie her.«

Er seufzt und schließt wieder die Augen, als ich vom Essig zum Honig übergehe. »Sie gehen recht sorglos mit Ihrem Ruf um, Miss Rowley. Erst küssen Sie einen Gentleman bei einer Abendgesellschaft, und dann erwischt man Sie mit demselben Mann im Küchentrakt? Und noch dazu ist er nur halb bekleidet?«

»Nun, genau genommen hat er mich geküsst, doch so oder so – ich kümmere mich um seine Wunden, nicht um sein Herz.« Ich grinse. »Oder um andere Körperteile, die noch in Mitleidenschaft gezogen worden sein könnten.«

»Miss Rowley, ich werde rot.«

»Sparen Sie sich die Scherze und ziehen Sie sich aus.«

Er knöpft das, was von seiner Weste übrig geblieben ist, auf, und ich sehe seinen geschickten Händen bei der Arbeit zu. »Ich mag Mädchen, die nicht um den heißen Brei herumreden.«

»Ich kenne niemanden, der sich so wichtig nimmt wie Sie, Briggs Goswick!«

Er schält sich aus seinem weißen Leinenhemd und entblößt seinen muskulösen Oberkörper, der allerdings von einer großen, blutigen Schürfwunde verunstaltet wird, und ich versuche zu verbergen, wie mir die Röte ins Gesicht kriecht. Schweißtropfen sammeln sich auf meinem Rücken, und ich bin mir ziemlich sicher, dass dafür nicht das Feuer, sondern die Hitze in meinem Unterleib verantwortlich ist.

»Ich benötige kochendes Wasser, mehr Essig und neue Tücher«, rufe ich nach draußen zur Köchin.

»So schlimm?«, fragt er.

»Auf jeden Fall ist es mehr als ein kleiner Kratzer.« Ich gehe um ihn herum und gebe vor, nach weiteren Verletzungen zu suchen, um zu vermeiden, dass er meinen entsetzten Blick sieht. Und ganz unangenehm ist der Anblick seiner breiten Schultern, der sich mir jetzt bietet, auch nicht gerade. Ich sehe, wie sich seine Muskeln bewegen, als er sie mit einem Seufzen lockert, und stelle mir vor, wie fest sich sein Körper anfühlen muss. Ich zwinge mich dazu, ein neues Thema anzuschneiden, um meinen lebhaften Fantasien nicht noch mehr Raum zu geben. »Sie haben mich eben sorglos genannt, Mr Goswick, doch ganz ehrlich: Sie sind derjenige, der an Rennen teilnimmt und Geld verwettet, das er nicht hat.«

Die Köchin bringt mir, worum ich gebeten habe, dann eilt sie davon.

Briggs dreht den Kopf, um einen Blick auf mich zu erhaschen. »Ich dachte, es ist eine sichere Sache«, sagt er schließlich. »Außerdem, was hätte ich sagen sollen? Dass ich so tief gefallen bin, dass ich nicht einmal mehr das Geld für ein albernes Pferderennen habe? Ich weiß, dass ich einen gewissen Stolz habe, und vielleicht nimmt er manchmal überhand.«

Das erklärt das Rennen, doch da ist noch mehr. »Lord Colchester erzählte mir, dass Sie Ihr Pferd noch nicht lange haben und dass es nicht gerade billig gewesen sei.«

Briggs seufzt.

»Sie sagten zu mir, Sie hätten kein Geld!«, flüstere ich aufgebracht und funkele ihn, die Hände in die Hüften gestemmt, an. »Deswegen sollte ich Ihnen doch dabei helfen, Miss Dixon zu gewinnen, oder etwa nicht?«

»Ja, natürlich.«

»Und wie erklären Sie dann das Pferd?«

Briggs hält sich mit einer Hand an der Tischkante fest und sieht mich mit einem Ernst an, den ich nicht erwartet hatte. »Weil das einzige Pferd, das noch übrig war, als ich nach Jahren nach Mistlethrush zurückkehrte, wo mein Vater erst Stunden zuvor beerdigt worden war, seine Stute war. Cleo. Und sie ist alt, Miss Rowley. Zu alt, um an ihre Grenzen getrieben zu werden, und ich wollte das Tier, an dem er so gehangen hatte, nicht auch noch verlieren. Ich konnte die Gesundheit der Stute nicht aufs Spiel setzen. Deswegen habe ich sie in Mistlethrush gelassen, wo sie jetzt weiden und sich wälzen und tagsüber schlafen darf, und genau das wünsche ich mir für sie. Schöne letzte Jahre. Und deswegen: Ja, mit dem wenigen Geld, das noch in der Handkasse war, musste ich mir ein neues Pferd kaufen. Ich bin mir sicher, dass das Tier früher einmal seinen Preis hatte, doch der Hufschmied teilte mir mit, dass es extrem schwer zu handhaben war und niemand es haben wollte. Außer mir. Also kaufte ich es zum halben Preis, und ob Sie es glauben oder nicht, es scheint mir recht wohlgesonnen zu sein. Wenigstens einer, dessen Gunst ich erlangen konnte.«

Ich beiße mir auf die Lippen und blicke aus dem Fenster. Ich kann Briggs Goswick nicht länger ansehen, sonst würden mir am Ende die Tränen kommen. Ich muss mir eingestehen, einen Fehler gemacht zu haben, fürchte mich aber vor den Konsequenzen. Denn meine falsche Sicht auf Briggs Goswick war ein perfekter Schutzschild, merke ich jetzt. Und ich brauche diesen Schutzschild doch so dringend!

»Könnten Sie bitte Ihren Arm heben, damit ich die Wunde besser sehen kann?«, bringe ich schließlich heraus.

Briggs wappnet sich, legt einen Arm auf die Stuhllehne, mit der anderen Hand hält er sich am Fensterbrett fest. Er hebt den Arm gerade genug an, damit ich seine Wunde gut säubern kann.

»Tut es weh?«, frage ich, knie mich zwischen seine Beine und wische mit Essig das Blut weg.

»Ja«, sagt er, doch ich sehe ihn nicht einmal mit der Wimper zucken.

»Ich beeile mich.«

»Nein, seien Sie lieber gründlich.«

Ich nicke, ich kriege beides hin.

»Blythe?«, fragt Briggs sanft.

Ich arbeite mit einem leisen »Hm?« weiter.

Er atmet zitternd ein. »Es tut mir leid, was gestern Abend passiert ist.«

Jetzt muss ich doch aufsehen. Solche Worte habe ich noch nie von Briggs Goswick gehört. »Tut es das?«

»Ja«, antwortet er. »Ich hatte genug Zeit, um darüber nachzudenken, nur kann ich mir nicht so recht erklären, warum ich so gehandelt habe. Vielleicht wollte ich Ihnen einen unliebsamen Bewunderer vom Halse halten. Oder vielleicht wollte ein Teil von mir auch einfach … dass Ihre Aufmerksamkeit nur mir gilt.«

Wir schweigen, und mir wird schwindelig vom Geräusch seines Atems, wie sich sein Kehlkopf bewegt, wenn er schluckt. Meine alte Wunde meldet sich und lässt mich zweifeln, ob er es ernst meint. Er hat mich schon einmal verletzt, indem er so tat, als wäre ich etwas Besonderes, vielleicht wird er es wieder tun. Doch ich schaffe es, diesen Gedanken abzuschütteln. Außerdem ist er gerade ohnehin viel zu angeschlagen, um mich hereinlegen zu können. »Danke«, sage ich schließlich. Um diese Stille zu durchbrechen.

Er stöhnt auf, wahrscheinlich vor Schmerz, aber vielleicht ist er auch überrascht. »Wofür?«

»Dass Sie mir von dem Pferd Ihres Vaters erzählt haben.«

Er atmet tief und gleichmäßig, und als ich wissen möchte, was in ihm vorgeht, sehe ich, dass seine grünen Augen sanft und gedankenverloren auf mir ruhen. »Was macht das für einen Unterschied?«, murmelt er.

Ja, was macht das für einen Unterschied?, frage ich mich. Doch dann sprudeln die Worte wie von selbst aus mir heraus. »Ich … habe gemerkt, dass ich die Nase voll davon habe, eine schlechte Meinung von Ihnen zu haben. Das Bild, das ich von Ihnen hatte, gefällt mir nicht mehr.« Ich knie mich aufrechter hin, mit einer Hand stützte ich mich auf seinem Oberschenkel ab.

»Gefällt Ihnen dieses Bild besser?«, fragt er, den Kopf minimal zur Seite geneigt, und seine Beine öffnen sich, um mich näher an sich heranzulassen. Unsere Gesichter berühren sich fast, wir sind einander so nah, dass ich die Narbe auf seinem Nasenrücken erkennen kann – bestimmt die Folge einer Kindheitstollerei. Als meine Augen zu seinem vollen Mund wandern, geht alles mit mir durch. Er leckt sich über die Lippen, dann öffnet er sie, und ich stelle mir vor, wie sie warm über den rasenden Puls an meinem Hals streifen, dann sanft meine Kieferpartie liebkosen. Wie sie sich auf meinen Mund legen, sein Atem meiner wird.

»Ja«, ich atme schwer, verschlinge ihn mit meinen Blicken, und mein ganzer Körper kribbelt, das Gefühl breitet sich immer mehr aus, je länger ich auf seinen Mund starre. Ich kralle mich an seinem Bein fest, und bestimmt graben sich meine Nägel gerade durch den Stoff seiner Hose, doch das scheint ihn nicht zu stören.

Die Hand, mit der er sich am Fensterbrett festgehalten hat, schwebt jetzt zögernd über meiner Wange, mit den Fingerspitzen schiebt er sanft eine verirrte Haarsträhne zurück, seine Augen wandern über mein Gesicht. »Blythe«, sagt er wieder, flüstert meinen Namen, als wäre er ein Geheimnis.

Mein Blick trifft seinen, ich zucke zurück und springe im selben Moment auf, komme plötzlich wieder zu Sinnen. Ich war gerade drauf und dran, mich in eine mehr als missliche Lage zu begeben, und davon hatte ich in diesem Sommer bereits genug. »Nun denn«, sage ich, gehe durch das Zimmer und streiche mein Kleid glatt. »Ich denke, dass ich heute nichts weiter für Sie tun kann, Mr Goswick.«

Briggs sitzt immer noch nach vorne gelehnt da und sieht mich an, ein Lächeln umspielt seinen Mund. »Ich danke Ihnen, Miss Rowley.« Er hebt die Arme, und sein ganzer Oberkörper dehnt und streckt sich, als er in die Ärmel seines Hemdes schlüpft. »Ich hätte mir keine aufmerksamere Pflegerin wünschen können.«

»Gern geschehen.« Leider klinge ich nicht so entschieden, wie ich es mir gewünscht hätte. »Ich bin mir sicher, dass jeder andere in meiner Position ebenso gehandelt hätte.«

Er zieht sich das Hemd über den Kopf. »Natürlich.«

»Natürlich.« Ich deute auf die Tür. »Ich sollte gehen. Sonst fragt man sich noch, wo ich bleibe.«

»Aber Blythe, ich …«

»Wir sehen uns beim Abendessen!«, rufe ich ihm über die Schulter hinweg zu und knalle die Tür hinter mir zu. Ich lehne mich gegen sie und schließe fest die Augen, mein Atem geht viel zu schnell. Ich lege die Hand aufs Herz, als würde sich dadurch alles wieder normalisieren. *Nein*, sage ich mir. *Auf keinen Fall.*

Ich habe Briggs Goswick schon einmal in mein Herz gelassen und werde diesen Fehler nicht wiederholen. Ab jetzt wird es nichts weiter zwischen uns geben als distanzierte Höflichkeit.

Kapitel 17

Briggs

Schmerz und Euphorie liegen nah, sehr nah beieinander, heißt es immer.

Und ich finde, wer auch immer das behauptet hat, ist ein absoluter Dummkopf. Denn gestern Abend empfand ich Schmerz. Im übertragenen und wörtlichen Sinne, und dieser Schmerz hatte noch nicht einmal ansatzweise etwas mit Euphorie gemein. Wobei ich zugeben muss, dass ich mir nicht sicher bin, ob ich überhaupt weiß, was Euphorie ist.

Vor diesem Nachmittag, bevor Blythe Rowley zwischen meinen Beinen kniete, sich ihre Nägel in meine Oberschenkel gruben und mir so nah war, dass ich das Lavendelöl riechen konnte, in dem sie gebadet haben musste, ihr Mund nur ein paar Millimeter von meinem entfernt, hätte ich vielleicht noch behauptet, zu wissen, was Euphorie ist. Doch wenn ich eines aus dieser Begegnung mitgenommen habe, dann die Überzeugung, dass da noch etwas auf mich wartet, das ich noch nie gefühlt habe. Und ich war so nah dran. *So* nah.

Seitdem hatte ich anderthalb Tage, um mich auszuruhen. Und mir Gedanken zu machen. Körperlich geht es mir schon deutlich besser. Blythe hatte recht, die Stiche sind fast verschwunden, und selbst der Schmerz an meinen Rippen erinnert mich nur noch entfernt und dumpf an das, was war, und führt mir nicht mehr grell meine Fehlentscheidungen vor Augen.

Das, was in meinem Kopf vorgeht, ist jedoch ein wenig komplizierter.

Ich stehe nach dem Abendessen in der Tür zum Musikzimmer von Hemington Manor, leere mein Weinglas und sehe zu, wie sich der Raum langsam füllt, und ich weiß jetzt, dass ich Blythe Rowley diesmal wirklich verletzt haben muss. Ich habe eine Grenze überschritten. Sie wirft mir keine bissigen Kommentare mehr an den Kopf. Und hätte ich ein misstrauisches Naturell, würde ich glatt sagen, dass sie mir aus dem Weg geht.

Oder, auf eine gewisse Art noch schlimmer, dass sie tatsächlich etwas für Lord Colchester empfindet.

Ich beobachte die beiden über den Rand meines Glases hinweg. Sie sind schon den ganzen Abend unzertrennlich, Colchester hängt an Blythes Lippen, und Blythe findet jeden seiner Kommentare unendlich lustig, zumindest tut sie so. Jetzt kommen sie in meine Richtung, hinter ihnen Lord Drummond und Miss Barlow. Als Blythe nahe genug ist, versuche ich, Augenkontakt herzustellen, und beinahe gelingt es mir sogar. Ihr Blick wandert kurz zwischen mir und dem Musikzimmer mit dem eindrucksvollen Klavier und den kreisförmigen Stuhlreihen hin und her. Dann zieht sie scharf die Luft ein und geht an mir vorbei.

Sie ist eindeutig nicht gut auf mich zu sprechen, und wahrscheinlich hat es mit meinen gestrigen Annäherungsversuchen im Küchentrakt zu tun. Als wir beisammen waren, fühlte es sich richtig an, aber natürlich war es unangebracht. Ich muss Sabrina Dixon den Hof machen, stattdessen sitze ich da und tue alles, um Blythe Rowleys Aufmerksamkeit zu erlangen. Es war genau richtig von ihr, sich aus der Sache herauszuziehen. Und auch ich will Blythe nicht so, wie ich sie dort hatte – *beinahe* hatte. Ich will keine Versteckspiele spielen, sie in der hintersten Ecke eines Nebenraumes herumkriegen, sie verschlingen wie ein Verhungernder. Sie hat es verdient, gewürdigt und geschätzt zu werden, auf ein Podest gestellt und der ganzen Welt gezeigt zu werden, und das kann ich ihr nicht bieten.

Lord Colchester hingegen schon. Und im Grunde genommen tut er das auch gerade.

Ich entdecke Miss Dixon in der Menge und schlängele mich zu ihr durch, um mich neben sie zu setzen. Meine Anwesenheit scheint sie nicht zu beeindrucken, sie verschränkt lediglich die Hände im Schoß, streckt den Rücken durch und wartet darauf, dass die Musik beginnt.

Es hätte zu Drummond gepasst, professionelle Musiker auftreten zu lassen, ein Wunderkind aus Wien oder eine italienische Primadonna. Doch er lässt die Gäste spielen, Miss Barlow beginnt. Charlotte ist unglaublich am Klavier, und ihre Finger rasen minutenlang ohne Pause über die Tasten. Als sie fertig ist, frage ich mich, wie sie es überhaupt noch schafft, die Arme zu heben, doch sie nimmt den donnernden Applaus mit einem höflichen Knicks entgegen und lächelt die Dame an, die ihr nachfolgt.

»Sie ist sehr talentiert«, flüstere ich Miss Dixon zu.

Sie nickt.

Auch ein Nicken ist eine Antwort. Also weiter. »Spielen Sie auch Klavier?«

Wieder ein Nicken.

Schon gut. Eins zu null für Miss Dixon, ich gebe auf. »Wie bewundernswert.«

Diesmal gibt es nicht einmal mehr ein Nicken. Ich lasse mich in meinen Stuhl sinken, fahre mir durch die Haare und sehe, wie Miss Barlow und zwei weitere junge Damen Blythe zu überreden versuchen, etwas vorzuführen. Doch Blythe ist keine, die gerne vor Publikum spielt. Sie ist mein Bücherwurm, das Mädchen, das abhaut, um im Wald den verordneten Vergnügungen, die solche

Veranstaltungen wie Sommerfeste mit sich bringen, zu entkommen. Das Bild von ihr, wie sie am Bach an einen Baum gelehnt dasitzt und ihre Finger kleine Wirbel im Wasser verursachen, drängt sich mir auf. Ich mag es, dass sie nicht weiß, dass ich dort war. Ich mag es, dass ich sie ganz natürlich erlebte. Zumindest bis Colchester auftauchte.

Doch Blythe erhebt sich unwillig, zur großen Freude ihrer Freundinnen. Sie klatschen, noch bevor sie sich überhaupt ans Klavier gesetzt hat.

Sie bleibt neben dem Instrument stehen und geht die Notenblätter durch, sucht nach dem perfekten Lied, und als sie es gefunden hat, sagt sie ruhig ans Publikum gewandt: »Ich brauche jemanden, der die Seiten für mich umblättert.«

»Oh, Mr Goswick wird das bestimmt mit Freude tun«, sagt Westley und dreht sich um, um mich im Publikum auszumachen.

Miss Barlow und Lord Drummond lachen, was die anderen Gäste dazu animiert, es ihnen gleichzutun. Ich weiß nicht, warum Westley es so auf mich abgesehen hat, trotzdem will ich mich erheben, um meine Hilfe anzubieten.

»Ich würde Mr Goswick niemals um einen so großen Gefallen bitten wollen«, sagt Blythe schnell. »Vielleicht wäre jemand anderes bereit?«

Mir fällt so schnell keine Antwort ein, ich muss erst einmal damit klarkommen, dass es nicht nur mein bester Freund auf mich abgesehen hat, sondern auch Miss Rowley. Anscheinend bin ich der furchtbarste Mensch auf diesem ganzen Fest.

»Vielleicht würde Miss Rowley meine Hilfe vorziehen?«, schlägt Lord Colchester vor und steht auf. Seht ihn nur an, diesen Prachtkerl.

»Bitte, bitte«, sage ich. »Es würde mich freuen, wenn Sie mir die Arbeit abnehmen.«

Die Zuschauer um mich herum kichern unsicher, sie wissen nicht, ob ich scherze oder es ernst meine.

»Das ist sehr nett von Ihnen, Lord Colchester, denn wissen Sie, Mr Goswick kann nur unter Zuhilfenahme seiner Finger zählen.« Blythes breites Lächeln lädt das Publikum ein, zu lachen. Das ist der Schlagabtausch, den sie kennen, alles ist gut.

»Oh, Blythe, meine Liebe, diesmal hast du ihn erwischt!«, ruft Henry Barlow. Ihr Onkel fand ihre Scherze schon immer großartig.

»Ich war in *Oxford*«, murmele ich leise vor mich hin.

Lord Colchester nimmt seinen Platz rechts hinter Blythe ein, sodass er ihr über die Schulter gucken und mitlesen kann.

Blythe legt die Hände auf die Tasten, atmet zitternd ein und fängt an. Ich weiß nicht mehr, wann ich Blythe zum letzten Mal habe musizieren hören, doch überrascht, wie ich bin, muss es schon länger her sein. Mit weichem, nachdenklichem Timbre stimmt sie ein Lied über ein Mädchen an, das ihrem Liebsten ihr Herz verspricht. Ihr Gesang ist bezaubernd. Sie hat Talent, weiß es aber nicht. Ich könnte ihr den ganzen Abend zuhören.

Doch dann stimmt Lord Colchester mit ein und singt die zweite Stimme. Blythe wirft ihm einen erst erstaunten, dann erleichterten Blick zu. Jetzt ist sie nicht mehr die Einzige auf der Bühne. Und widerwillig muss ich zugeben, dass das Lied durch die zweite Stimme sogar gewinnt.

Als sie fertig ist, treffen sich unsere Blicke kurz, dann setzt sich Blythe wieder auf ihren Platz neben Lord Colchester. Es ist in Ordnung, sage ich mir. Es ist in Ordnung, dass Miss Rowley sauer auf mich ist. Sie hat allen Grund dazu. Wir haben uns für diesen Sommer gegenseitig etwas versprochen. Ein Versprechen, das größer ist als wir beide. Ein Versprechen, uns gegenseitig zu helfen, um das zu retten, was wir lieben, und, im Fall von Blythe, das anzugehen, was ihr am meisten bedeutet.

Ich kann diese kleine Schwäche für sie nicht über meine Familie stellen. Über meine Pächter. Über alles, wofür der Name Goswick steht. Auch wenn ich mich frage, ob mein Herz vielleicht sogar zu mehr als nur einer kleinen Schwäche fähig ist.

***

Später am Abend will man sich mit einer Runde »Blinde Kuh« im Freien vergnügen. Ich weiß, dass ich den anderen in den Garten folgen sollte. Rausgehen und mitspielen sollte. Erneut versuchen sollte, Miss Dixon davon zu überzeugen, mich zu mögen. Erneut versuchen sollte, Westley dazu zu bekommen, mit mir zu reden. Erneut versuchen sollte, mich bei Blythe dafür zu entschuldigen, dass ich gewisse Grenzen überschritten habe. Doch ich bin dieser Ablehnung und dem ständigen Gemiedenwerden, dem Gefühl, andauernd Fehler zu machen, die andere vor den Kopf stoßen, überdrüssig.

Also schlendere ich gemächlich aus dem jetzt leeren Musikzimmer, klaue mir einen Dekanter mit Brandy und ein Kristallglas aus dem Esszimmer und gehe die Treppe hinauf zum Fenster am Ende des Flurs, von wo aus ich eine wunderbare Sicht auf die Festgesellschaft und ihr Spiel im Garten habe. Ich lasse mich auf der gepolsterten Sitzbank nieder, schenke mir ein und schaue zu, wie Lord Colchester mit verbundenen Augen seine Beute jagt, Blythe an der Taille packt und sie im Kreis herumwirbelt. Sie schreit auf, die Hände auf seinen Schultern, und bricht in wildes Lachen aus, während die Zuschauer applaudieren und dem Earl zu seinem Erfolg gratulieren. Mit Sicherheit wird gerade wild getuschelt, was für ein schönes Paar die beiden sind. Was für eine großartige Countess Blythe abgeben wird.

Gerade als ich einen ordentlichen Schluck Brandy nehme, zerreißt ein Blitz den Himmel, gefolgt von einem Donnergrollen, das sich von der Küste landeinwärts vorarbeitet. Regen klopft gleich darauf sanft gegen die Scheibe und bringt die Feiernden dazu, in den Himmel zu schauen und festzustellen, dass er ihren Vergnügungen ein Ende setzen wird. Sie schaffen es jedoch nicht rechtzeitig ins Haus und werden bis auf die Haut nass.

Ich lehne mich in meiner Nische zurück und genieße es, im Trockenen zu sitzen, nehme noch einen Schluck und warte darauf, dass alle die Treppe hinaufkommen und der Abend damit beendet ist.

Doch niemand kommt. Ich kann sie in der Ferne hören, wie sie das Spiel weiterspielen, jetzt in der Eingangshalle, und kuschele mich noch tiefer in meine Ecke.

»Wenn Sie so vor sich hin schmollen, werden Sie Miss Dixon nie für sich gewinnen«, höre ich Blythes Stimme vom anderen Ende des Flurs.

Ich richte mich ein Stück auf und nehme das wenige, was das flackernde Licht der Kerzen entlang des Flurs von ihr zeigt, auf. Sie ist klatschnass, natürlich, sie war ja draußen, und greift sich ins Haar, um alle Nadeln zu entfernen, bis ihr die Locken offen über die Schultern fallen. Ihr Kleid klebt an ihren Beinen, ihre kurvigen Hüften zeichnen sich ab, die leichte Rundung ihrer Brüste, und das Herz schlägt mir bis zum Halse.

»Auch wenn ich mich um sie bemühe, erreiche ich nichts. Doch nichts geht über eine gute Herausforderung, nicht wahr?« Blythe kommt langsam auf mich zu, und ich leere mein Glas. »Genug gespielt für heute?«

»Bei diesem scheußlichen Wetter schon.«

Als sie neben mir steht, ihr Duft eine wilde Mischung aus Apfelblüte und Meeresbrise, lache ich, den Blick auf den Boden gerichtet, kurz auf. »Und ich hatte gehofft, dass irgendwer vielleicht meine Abwesenheit bemerkt.«

»Versinken wir da gerade in Selbstmitleid?«, fragt sie, lässt sich vor mir auf die Sitzbank fallen und stützt ihren Ellenbogen auf dem Fenstersims ab.

»Ich fürchte, dass nicht jeder so beliebt ist wie Sie, Miss Rowley.«

Jetzt lacht sie auf. »Ich bin hier, um Investoren und mögliche Kunden für mein Bienenhausgeschäft zu akquirieren, und was habe ich bisher erreicht?«

»Sie haben zumindest Lord Colchester auf sich aufmerksam gemacht.«

Blythe schweigt.

Ich schenke mir ein neues Glas Brandy ein und biete ihr einen Schluck an. Ich bin überrascht, als sie das Glas tatsächlich nimmt. Sollte ich vielleicht nicht sein. »Lord Colchester ist mehr als begeistert von Ihnen.«

»Seien Sie nicht albern«, rügt sie mich und nimmt einen Schluck.

»Doch«, beharre ich auf meiner Meinung. »Und es freut mich für Sie. Als Countess werden Sie sich nie mehr Sorgen um Ihre Familie, Ihre Bienen oder Awendown machen müssen.«

»Nein«, sagt sie und blickt aufs Meer hinaus. »Das müsste ich wohl in der Tat nicht.« Dann dreht sie sich ruckartig zu mir zurück und reicht mir das Glas. »Mit Miss Dixon konnten Sie immer noch keine Fortschritte erzielen, nehme ich an?«

Ich nehme ihr das Glas ab und genehmige mir einen großen Schluck. »Ich habe versuchte, während der Aufführungen mit ihr zu sprechen, doch sie lässt mich partout nicht an sich heran.«

»Haben Sie sich deswegen schon vor dem Spiel zurückgezogen?«

»Unter anderem.«

»Und warum noch?«

Ich schaue auf mein Glas und zucke die Achseln. »Ich laufe

nicht gerne einem Mädchen hinterher, das mir die kalte Schulter zeigt. Das ist würdelos.«

Sie dreht sich von mir weg, und das Mondlicht fällt auf das weiche Oval ihres Gesichts. »Irgendwann wird Ihr Stolz Sie noch zu Fall bringen, Briggs Goswick.«

»Erneut bitte ich Sie, davon abzusehen, voreilige Schlüsse über mich zu ziehen, Miss Rowley. Sie denken immer nur das Schlimmste über mich.« Ich stelle das Glas zwischen uns auf die Fensterbank und schiebe es in ihre Richtung.

»Dann überzeugen Sie mich vom Gegenteil. Wenn es nicht Ihr Stolz ist, der Sie davon abhält, mit Demut daran zu arbeiten, ein Mädchen von sich zu überzeugen, das sich Ihnen nicht gleich an den Hals wirft, was ist es dann?«

Plötzlich stellt der dunkle Flur eine Intimität zwischen uns her, mit der ich nicht gerechnet hatte. »So wie es aussieht, mache ich in letzter Zeit alles falsch. Mit Miss Dixon, Westley, mit Ihnen gleich mehrfach. Vielleicht habe ich Angst davor, endgültig zu einer Lachnummer zu werden. Dann würde sich mein Vater bestimmt im Grabe umdrehen.« Ich lache trocken, um den Schmerz abzuschütteln, der jetzt über dem kleinen Alkoven liegt. »Schließlich ist er tot, und ich kann nichts dagegen tun.«

»Warum sagen Sie das?«, fragt sie. »Haben Sie das Gefühl, ihn enttäuscht zu haben?«

Ich zucke die Achseln. »Mein Vater war ein sehr fähiger Mann. Er war selbstsicher und kümmerte sich um jedes Detail, und alle, die an Mistlethrush Hall gebunden sind, waren auch an ihn gebunden, und das wussten sie und stellten ihn nie infrage. Seit seinem Tod …« Ich verstumme. Mein Vater war in vielem so gut, und doch wissen meine Pächter nicht, welche Schattenseiten er hatte. Wissen nichts von seiner Spielsucht, seiner Affäre. Für sie ist er unfehlbar, und es schmerzt, das mit anzusehen, jetzt, wo ich um seine Verfehlungen weiß. Ich richte den Blick wieder auf Blythe. »Unsere Pächter und Angestellten waren bisher immer freundlich zu mir, und ich möchte ihnen geben, was sie verdienen. Doch ich weiß, dass sie manchmal frustriert sind, ihren Ärger aber nicht an mir auslassen können, weil ich jetzt ihr Herr bin. Es gibt niemanden mehr über mir, bei dem sie sich beschweren könnten, wenn die Dinge nicht gut laufen. Und ich fürchte, ich versage ständig. Ich habe meine Familie enttäuscht, meine Pächter. Jetzt sogar Westley.«

Ich habe noch nie mit jemandem darüber gesprochen. Aus Angst, dass man jeden Respekt vor mir verlieren könnte. Doch hier, so nah bei Blythe, im Schutz der nächtlichen Dunkelheit, im Hintergrund das Meeresrauschen, das meine Worte fast schon verschluckt, fühle ich mich seltsam sicher.

»Auf welche Weise haben Sie Mr Parker enttäuscht?«, fragt sie.

Ich reibe mir die Augen und überlege, wie ich Blythe sagen soll, was ich gesehen habe, ohne tatsächlich zu sagen, was ich gesehen habe. Westleys Vertrauen erneut zu missbrauchen, ist das Letzte, was ich tun möchte. »Ich wurde auf etwas aufmerksam, das mich nichts angeht. Und ich glaube, er denkt, ich wäre absichtlich auf der Suche danach gewesen, was nicht stimmt.«

Sie nickt. »Und jetzt ist er sauer auf Sie.«

»Ja.« Ich atme tief ein. »Und ich frage mich die ganze Zeit, was mein Vater in meiner Situation gemacht hätte. Wie hätte er seinem besten Freund klargemacht, dass er an seiner Seite steht? Und die Informationen, die er hat, für sich behalten kann?«

Sie lehnt sich seufzend gegen die Wand in ihrem Rücken. »Besaß Ihr Vater denn etwas, das Sie sich nicht aneignen können?«, fragt sie mich. »Was, meinen Sie, fehlt Ihnen, das seine Freunde, seine Familie und die Pächter so an ihm schätzten?«

»Kompetenz.«

»Sie sind kompetent.«

»Doch anscheinend schaffe ich es nicht, das zu zeigen.«

»Dann sollten Sie über Wege nachdenken, wie Sie das hinbekommen.«

Ich nicke und sehe sie an. Sie hat natürlich recht, und das Wissen darum sitzt tief in mir und wärmt mich. Das Wissen darum, dass sie um meine Fähigkeiten weiß, und plötzlich möchte ich ihr mehr erzählen. Ich starre wieder auf das Glas in meiner Hand und fahre fort: »Bevor mein Vater starb, bereisten Westley und ich Europa. Und mein Vater warnte mich. Er sagte, ich müsse anfangen, die Verantwortung, die ich trage, ernst zu nehmen, von ihm lernen, solange es noch geht, doch ich dachte natürlich, das sei übertrieben. Ich dachte, es bliebe mir noch alle Zeit der Welt mit ihm.« Ich schließe die Augen, als ich daran denke. »Ich nehme an, dass wir uns alle unsterblich fühlen, wenn wir jung sind, nicht wahr?«

Blythe schweigt, und ich habe Angst, zu viel gesagt zu haben. Wir lernen uns gerade erst kennen, und schon belaste ich sie mit all meinen Problemen. Doch etwas an ihr weckt in mir den Wunsch, so ehrlich wie möglich zu sein. Dann aber, immer noch schweigend, den Blick aus dem Fenster gerichtet, fährt ihre Hand über mein Handgelenk und unsere Finger verschränken sich. Ich atme zitternd aus.

»Das tut mir leid«, sagt sie leise.

»Danke.« Ihre Wärme breitet sich auf meiner Handfläche aus, eine Sekunde, zwei, dann ziehe ich meine Hand zurück, diese Geste ist fast noch intimer als das, was gestern im Küchentrakt beinahe zwischen uns passiert ist. »Doch genug von meinen Problemen. Bitte sagen Sie mir, dass Sie es geschafft haben, Lord Colchester für Ihre Bienenhäuser zu gewinnen.«

Sie schüttelt den Kopf. »Leider nein. Wir gingen heute Morgen zusammen spazieren, doch bevor ich mit ihm über die Bienen sprechen konnte, wurde ich von jemand anderem und seinem Pferd abgelenkt.« Sie blickt mich an und verdreht spielerisch die Augen.

»Tut mir leid«, sage ich.

»Mir auch.« Blythe seufzt.

»Aber es ist doch sicherlich noch nicht zu spät. Ich glaube, Lord Colchester ist recht interessiert an Ihnen. Ein kleiner Spaziergang um den See, nur Sie beide? So etwas macht ein Gentleman nur, wenn er einer Dame seine Zuneigung deutlich machen will.«

Blythe sieht mich forschend an. »Er ist in der Tat sehr freundlich«, gibt sie zu. »Doch es war harte Arbeit, meiner Mutter klarzumachen, dass ich nicht heiraten möchte. Da kann ich jetzt nicht mehr zurück, erst recht nicht mit einem Earl. Das wäre wirklich zu viel des Guten.«

»Er ist freundlich«, sage ich leise. »Und ein wahrer Gentleman. Könnte Sie das nicht eventuell doch überzeugen?«

Blythe lächelt, und ich frage mich schon, ob sie sich über mich lustig macht. »Haben Sie gehört, was Sie da gerade gesagt haben? Mich überzeugen? Als bräuchte ich eine Liste mit Pro und Contra, um mich zu entscheiden, mein Leben an seins zu binden. Sollte ich jemals heiraten, möchte ich mich nicht überzeugen lassen müssen. Ich will nicht abwägen. Ich will jemanden heiraten, der es nicht nötig hat, dass man mir seine Vorteile aufzeigt.«

Als sie das sagt, zieht sich etwas schmerzhaft in mir zusammen, und ich frage mich, ob sie jemals davon überzeugt werden müsste, mit mir zusammen zu sein. Frage mich, ob die Erinnerung an die Wärme meiner Lippen an ihren ihr jemals den Schlaf raubt, jemals eine solche Anspannung und Hitze in ihrem Körper hervorruft, dass sie am liebsten vor sich selbst fliehen würde, und dann will ich es wissen. Muss ich es wissen. Muss sie daran erinnern. »Heiraten Sie bloß niemanden, der Sie ohne Vorwarnung im Garten küsst.«

Unsere Blicke treffen sich, dann schlägt Blythe die Augen nieder. »Nein, in der Tat, das wäre in vielerlei Hinsicht eine äußerst unkluge Entscheidung.«

Ich beuge mich zu ihr vor und neige den Kopf zur Seite, als würde ich sie wieder küssen wollen, heische um jedes bisschen Aufmerksamkeit von ihr. »Er wäre viel zu ungestüm und wüsste nicht, was gut für ihn ist.«

Ich dachte, das würde gut ankommen. War mir im Grunde sogar sicher, doch sie starrt stirnrunzelnd auf ihre Hände, und ich weiß beim besten Willen nicht, was ich getan habe.

»Es tut mir leid«, sage ich instinktiv. »Ich habe etwas falsch gemacht.«

»Nein«, antwortet sie. »Nein. Es ist nur so, dass das mein erster Kuss war, und nach gewissen Dingen, die in den Jahren davor geschehen sind …«

Ich versuche nicht, so zu tun, als wüsste ich nicht, wovon sie spricht. Ich weiß, dass sie die Erinnerung an meinen Scherz im Schweinestall immer mit sich tragen wird, und wenn ich könnte, würde ich diesen Abend ungeschehen machen. »Blythe«, setze ich langsam an, ich merke, dass ich mich nie dafür entschuldigt habe.

»Nein«, unterbricht sie mich. »Ich glaube nicht, dass ich ausgerechnet Sie jemals für meinen ersten Kuss ausgewählt hätte. Um ehrlich zu sein, wären Sie wahrscheinlich der Letzte gewesen, den ich je hätte küssen wollen.« Dann sieht sie mir in die Augen. »Und dessen Kuss ich auch noch mochte.«

Mir fällt ein Stein vom Herzen, und ich kann wieder frei atmen. Wenigstens ihren ersten Kuss habe ich nicht ruiniert. Denn das wäre mir arg gewesen. Ich rücke näher an sie heran, unsere Knie berühren sich fast. »Und was ist mit Ihrem zweiten Kuss?«, frage ich. »Wen haben Sie sich dafür vorgestellt?«

Sie grinst und flüstert: »Vielleicht jemanden, der nicht ganz so erpicht darauf ist.«

Für ein Mädchen, das so versessen darauf ist, mich zu quälen, schafft sie es verdammt gut, mir den Mund wässerig zu machen. Doch bevor wir uns das holen können, was immer wir voneinander wollen, schreckt uns eine knarzende Tür am anderen Ende des Flurs auf.

Blythe sieht mich verzweifelt an, mit Sicherheit hat sie Angst, erneut in einer verfänglichen Lage erwischt zu werden, also deute ich auf die Tür hinter ihr und flüstere: »Gehen Sie auf Ihr Zimmer und warten Sie dort auf mich.«

Lautlos rafft sie ihre Röcke und eilt in ihr Zimmer, dabei lässt sie die Tür einen Spaltbreit offen.

Ich trinke das Glas Brandy aus und warte darauf, dass sich unser unerwarteter Besuch aus der Dunkelheit schält. Es ist mein Bruder. »Wie kann ich dir helfen, August?«

Er verschränkt die Hände hinter dem Rücken und scharrt mit dem linken Fuß. »Ich wollte nach dir schauen. Gucken, wie es dir geht.«

»Wie aufmerksam von dir, Bruder. Und womit verdanke ich diesen plötzlichen Anflug von Geschwisterliebe?«

Er schnaubt und verdreht die Augen. »Ach, du kannst mich mal.«

»Ich bin immer noch ein wenig mitgenommen von meinem gestrigen Unfall.« Ich fülle mein Glas erneut und reiche es ihm als Friedensangebot.

Er nimmt es nicht, tritt aber einen Schritt vor. »Vielleicht könntest du versprechen, ab jetzt ein bisschen besser auf dich aufzupassen?«, bittet er mich leise.

Ich denke an die Tür in Augusts Rücken und frage mich, ob Blythe ihr Ohr an sie gedrückt hat und uns belauscht. Ich merke, dass es mir nichts ausmachen würde. Dass es mich sogar freuen würde. Ich habe es schon sehr lange nicht mehr zugelassen, dass sich jemand um mich kümmert.

»Wir haben draußen ein dämliches Spiel gespielt, das Blinde Kuh heißt, und ich hätte dich dabei wirklich gebrauchen können«, fährt August fort.

»Morgen bin ich wieder ganz der Alte«, sage ich.

»Miss Rowley sei Dank«, fügt August hinzu. »Ohne ihren hellen Kopf und ihr beherztes Handeln stünde es jetzt ganz anders um dich, meinst du nicht?«

Ich linse zur Tür, als erwartete ich von Blythe irgendein Zeichen, dass sie mithört. »Ja, da hast du recht.«

»Dann solltest du ihr das auch sagen.« August starrt auf die zuckenden Blitze vor dem Fenster. »Damen mögen es, wenn man über seine Gefühle spricht.«

»Danke für den Rat«, sage ich und taste in meiner Westentasche nach dem Taschentuch und Blythes Perlmuttknopf. Er ist immer noch sicher verstaut. Ich trage ihn seit dem Abend unseres Streits bei mir. Dem Abend unseres Kusses.

»Gute Nacht, Briggs.«

Ich nicke ihm zu. »August.«

Als er um die Kurve verschwunden ist und ich höre, wie sich seine Tür schließt, klopfe ich an Blythes. Sie öffnet sie einen weiteren Spaltbreit, hat immer noch Angst, entdeckt zu werden.

»Er ist weg«, sage ich.

Blythe nickt. »Ich sollte mich ohnehin schlafen legen. Bevor Charlotte kommt und uns erwischt.«

»Sicherlich eine gute Idee«, antworte ich. Sie will die Tür schließen, doch ich lege meine Hand an den Türpfosten.

»Ist noch was?«, fragt sie und blickt zwischen meiner Hand und meinen Augen hin und her.

Ihr Knopf, denke ich. Ich sollte ihr ihren Knopf zurückgeben. Ich trage ihn schon seit Wochen mit mir herum. Von Mistlethrush nach London, wieder zurück, und jetzt hierhin aufs Sommerfest.

Sie hat ihre Rehaugen auf mich gerichtet, wartet darauf, dass ich antworte, doch plötzlich fehlen mir die Worte, und ich kann mich nicht dazu bringen, ihr das kleine Ding zurückzugeben. »Nein, Miss Rowley. Es ist nichts. Gute Nacht.«

Sie zieht fragend eine Augenbraue hoch, und ein winziges Lächeln umspielt ihre Lippen. »Gute Nacht, Mr Goswick.« Sie schließt die Tür, und mir bleibt nur der dunkle Flur und das Versprechen auf eine neue Chance am nächsten Tag.

Kapitel 18

Blythe

Ich muss Miss Dixon irgendwie davon überzeugen, sich in Briggs Goswick zu verlieben, das kann doch nicht so schwer sein. Um ehrlich zu sein: Dieses kantige Kinn und wie seine Jacke perfekt diese breiten Schultern umspielt – genügt das nicht schon? Doch eine ganze Reihe anderer guter Eigenschaften wird er auch noch haben, und ich bin mir sicher, dass ich mich nur ein bisschen bemühen muss, um einige von ihnen aufzulisten. Er ist nicht langweilig. Ganz im Gegenteil, wenn er will, kann er sogar ziemlich lustig sein.

Und als er sich heute Abend mir gegenüber so öffnete, konnte ich nicht anders, als Mitgefühl für ihn zu empfinden. Wenn *ich* also schon Wege finde, mich zu ihm hingezogen zu fühlen, sollte es Sabrina doch nicht so schwerfallen, oder?

Ich fürchte, dass ich bereits einige gute Gelegenheiten, die beiden zusammenzubringen, habe verstreichen lassen und schon zu oft Briggs Goswicks Charme verfallen bin, und das ist eindeutig nicht das, was wir abgemacht haben. Der Plan sieht ganz klar vor, dass er mir helfen wird, Investoren an Land zu ziehen, und ich ihm helfen werde, Miss Dixon herumzukriegen. Techtelmechtel zwischen ihm und mir haben hier nichts zu suchen.

Denn das hatten wir schon einmal. Ich habe Briggs Goswick einmal vertraut. Einmal und nie wieder.

Ich wälze mich die ganze Nacht im Bett herum und versuche,

mir einen Schlachtplan zurechtzulegen, so lange, bis Charlotte aufwacht, sich eines ihrer vielen Kissen schnappt und es in meine Richtung wirft. »Schlaf jetzt, Blythe! Ich weiß, dass du keine Lust hast, morgen baden zu gehen, aber ich habe mich schon die ganze Woche darauf gefreut.« Ärgerlich schnaubend dreht sie sich wieder um.

Baden gehen, denke ich. Baden gehen! Junge Damen unter sich. Briggs Goswick außer Reichweite. Kein Flirten. Zeit, in einem entspannten Umfeld meine Gedanken zu sortieren.

Ich drehe mich zu meiner Cousine um. »Char?«, flüstere ich.

Sie rührt sich nicht.

Ich stupse sie an. »Charlotte, bist du wach?«

Sie wimmert. »Langsam fange ich an, es zu bereuen, mir mit dir ein Zimmer zu teilen.«

»Ich glaube, ich werde morgen doch mitkommen. Meinst du, Miss Dixon hätte Lust, uns Gesellschaft zu leisten?«

Charlotte reißt die Augen auf, und ihre Finger krallen sich in ihr Kissen. »Ich habe eine ganz grandiose Idee – warum fragen wir sie nicht selbst? Morgen! Und jetzt schlaf endlich!«

***

Am Morgen treffe ich Sabrina im Esszimmer an, sie isst einen Toast und ist dabei, sich eine Tasse Tee einzuschenken. Am entgegengesetzten Ende des Tisches sitzt Briggs mit einer Zeitung und folgt mir mit den Augen, als ich hereinkomme und mich neben Sabrina setze.

»Guten Morgen«, sage ich zu ihr. Dann lehne ich mich vor, um Briggs sehen zu können. »Mr Goswick, Sie sehen heute Morgen gut aus.« Die Quaddeln im Gesicht sind fast ganz verschwunden.

»Dank Ihrer Fürsorge bin ich so gut wie beschwerdefrei, Miss Rowley.«

Ich räuspere mich, während ich mir von einer Servierplatte Eier und Speck nehme. »Und wie haben Sie geschlafen, Miss Dixon?«

»Gut, danke, Miss Rowley.«

»Fühlen Sie sich gut genug, um heute eine Runde im Meer zu baden?«, frage ich und streiche Butter auf meinen Toast. Briggs blickt, die Teetasse halb zum Mund geführt, von seinen Nachrichten auf.

»Zu baden?« Sabrinas große blaue Augen werden noch größer.

»Ja«, sage ich lächelnd. »Sie erzählten doch, dass Sie gerne mit Ihrer Familie nach Brighton reisen. Da dachte ich mir, dass Sie sicherlich mit Charlotte und mir und ein paar anderen Damen baden gehen wollen.«

Sabrina lässt den Kopf hängen. »Ich kann nicht schwimmen.«

»Oh, nun ja«, sage ich, mein Blick trifft auf Briggs', und ich schaue schnell weg, irgendwohin, nur nicht zu ihm. »Lassen Sie sich davon nicht abhalten. Charlotte und ich sind auch keine guten Schwimmerinnen, unsere Zehen wollen wir trotzdem ins Wasser halten.«

»Werden Sie unbekleidet schwimmen?«, fragt Sabrina.

Briggs verschluckt sich an seinem Tee und erstickt fast, seine Zeitung ist jetzt voller brauner Flecken. Immer noch hustend, hebt er beschwichtigend die Hand, um uns zu bedeuten, dass es ihm gut geht.

»Unbekleidet?«, wiederhole ich und werfe dem röchelnden Briggs einen strengen Seitenblick zu. »Ich denke nicht. Ich bin mir sicher, dass man uns mit entsprechenden Badekostümen ausstatten wird.«

»Ich würde viel lieber unbekleidet schwimmen«, sagt Sabrina sachlich. »Diese Säcke, in die sie uns stecken werden, ziehen uns nur hinunter. Außerdem, wenn keine Gentlemen anwesend sind, was sollte uns dann davon abhalten, uns unserer Kleidung zu entledigen?«

»Ich, ähm …«, wirft Briggs ein. »Soweit ich weiß, wird es am Strand ein Kricketspiel geben. Die Badekostüme werden also im Sinne aller sein.«

Schulterzuckend nimmt Sabrina einen Schluck Tee. »Nun, ich denke, ich werde Ihnen Gesellschaft leisten.«

Ich seufze erleichtert und lächele Briggs zu.

Die Küste ist nur einen kurzen Spaziergang von Hemington Manor entfernt, und mehrere Damen schließen sich uns an. Am Strand warten bereits die Badekarren auf uns, große, von Pferden gezogene Wagen, in denen wir uns umziehen. Dann werden sie zu Wasser gelassen, damit wir aussteigen und baden können.

Ich gebe es nur ungern zu, aber Sabrina hatte recht. Die Badekostüme sind unhandlich und albern, und es besteht tatsächlich die Gefahr, von ihnen hinab und auf das offene Meer gezogen zu werden. Zum Glück sind wir zu mehreren, und es gibt Aufseher an den Treppenstufen der Badekarren.

»So frei habe ich mich noch nie gefühlt«, ruft Charlotte mir zu und planscht um mich herum.

Kichernd bespritze ich sie mit Wasser, und sie spritzt kräftig zurück. Hinter uns hat sich Sabrina an einen der Aufseher geklammert und weigert sich, loszulassen.

»Kommen Sie zu uns, Miss Dixon«, rufe ich ihr zu. Die anderen Mädchen schwimmen zu einer Sandbank weiter draußen, doch ich fühle mich für sie verantwortlich, da ich sie eingeladen habe.

»Nein«, ruft Sabrina. »Es ist zu tief, und ich kann nicht schwimmen!«

Am Strand versammeln sich derweil die Gentlemen zum Kricket. Ich meine zu erkennen, dass Lord Colchester für das eine

Team auf der Position des Bowlers aufgestellt wird, und natürlich spielt er gegen Briggs.

Briggs nimmt seinen Schläger in die Hand und stellt sich vor das Wicket, das es zu schützen gilt. Eigentlich würde ich gerne trotz meiner schlechten Sicht zuschauen, doch dann erinnere ich mich wieder an die sich mühende Sabrina.

»Sie müssen es nur über diesen einen tiefen Abschnitt schaffen«, sage ich, »dann wird es wieder flach. Sehen Sie, wo Charlotte steht?«

Sabrina bewegt sich nicht von der Stelle, ihre ausgebreiteten Arme treiben auf dem Wasser. Als sie uns hinausschwimmen sieht, wirft sie alle Vorsicht über Bord, hebt die Füße an und paddelt los.

»Kommen Sie hierher!«, rufe ich, als ich sehe, wie sie nach Süden treibt.

»Ich schaffe es nicht, Miss Rowley«, ruft sie und versucht, mit nur einem Arm zu steuern.

»Sie schaffen das!« Ich lasse die Sandbank mit den anderen Mädchen hinter mir und schwimme ihr entgegen.

»Die Strömung ist zu stark!« Sie strampelt jetzt und fängt an zu schreien.

»Sabrina!«, rufe ich. »Bleiben Sie ruhig, Sabrina! Nicht gegen die Strömung ankämpfen!«

»Hilfe!«

Ich höre, wie die anderen Mädchen hinter mir herschwimmen, und an der Küste sind zwei der Gentlemen auf uns aufmerksam geworden. Einer davon ist Briggs.

»Goswick!«, rufe ich panisch. »Helfen Sie ihr! Helfen Sie Sabrina!«

Sofort knöpft er seine Weste auf, wirft sie in den Sand und taucht bereits nach einigen schnellen Schritten unter den Wellen hindurch. Als er wieder auftaucht, ist sein Gesicht schmerzverzerrt, ich hatte seine Rippen ganz vergessen. Ich glaube zwar nicht, dass sie gebrochen sind – vielleicht geprellt –, aber es ist sicherlich nicht die beste Idee, damit auf offenem Meer eine Nichtschwimmerin retten zu wollen, die noch dazu von einem schweren Badekostüm hinabgezogen wird.

Trotzdem schwimmt er beeindruckend schnell. Als er Sabrina erreicht, klammert sie sich an ihn, und selbst als er sie, unsere Gruppe im Gefolge, in flacheres Wasser führt, hat sie die Arme um seinen Hals geschlungen und lässt nicht los.

Und so muss dieses Engegefühl in meiner Brust – meine Unfähigkeit, die Augen von ihm zu wenden, als er sie zärtlich im Arm hält, als sie ihre Wange an diese weiche Stelle zwischen seiner Schulter und seinem Hals schmiegt – wohl Eifersucht sein. Ausgerechnet jetzt!

Am Strand haben sich alle Gentlemen versammelt, und Lord Colchester und Lord Drummond waten Briggs im knietiefen Wasser entgegen. Vorsichtig nehmen sie ihm Sabrina ab und führen sie ans Ufer, wo sie sie weit weg vom Wasser absetzen.

»Miss Dixon, geht es Ihnen gut?«, frage ich, knie mich neben sie und nehme ihre Hand in meine. Ich kann es nicht fassen, dass ich sie in diese Lage gebracht habe. Sie hatte mir gesagt, dass sie nicht schwimmen kann, doch ich war so darauf bedacht, meinen Teil der Abmachung mit Briggs einzuhalten, dass ich ihre Gesundheit dafür aufs Spiel setzte. Ich bin ein Scheusal.

Sie nickt und ringt nach Atem. »Mir geht es gut«, versichert sie. »Mir geht es gut.« Schließlich schaut sie zu Briggs hoch, der, die Hände in die Hüfte gestemmt, tropfnass neben uns steht.

»Vielen Dank, Mr Goswick. Es war sehr mutig von Ihnen, ins Wasser zu springen, erst recht mit Ihren Verletzungen.«

Briggs schüttelt den Kopf und wischt sich das Salzwasser aus den Augen. »Eine Kleinigkeit, Miss Dixon. Ich bin erleichtert, dass es Ihnen gut geht.«

Später lassen Briggs und ich uns zurückfallen, als die Gruppe Sabrina den Strand entlang zurück nach Hemington Manor begleitet. Mir fällt auf, dass er leicht hinkt, doch ich sage nichts. Ich passe mich einfach seinem langsamen Tempo an, trotz des kalten Windes auf meiner nassen Kleidung.

Endlich bricht Briggs das Schweigen. »Bitte sagen Sie mir, dass es nicht Teil Ihres Plans war, Miss Dixon fast ertrinken zu lassen.«

Ich schnaube und verschränke die Arme vor der Brust, um zu verhindern, dass ich zittere. »Natürlich nicht. Aber Sie müssen zugeben, dass es besser nicht hätte laufen können.«

Er fährt sich über das Gesicht. »Gute Güte, Miss Rowley.«

»Wenn Sie mich jetzt bitte entschuldigen«, sage ich, »ich werde drinnen gebraucht, muss mich wieder Ihrem Lobgesang widmen. Sie werden als Held in die Annalen dieses Sommerfestes eingehen.« Ich gehe an ihm vorbei.

»Nein, Miss Rowley, warten Sie!«

Ich halte inne, stemme meinen rechten Fuß in den sandigen Untergrund und drehe mich zu Briggs um. Er ist ein paar Meter hinter mir stehen geblieben, die Hände wieder in die Hüfte gestemmt, die Augen zu einem verwirrten Stirnrunzeln zusammengezogen.

»Geht es Ihnen gut?«, frage ich.

»Nein, mir geht es nicht gut«, sagt er kopfschüttelnd. »Überhaupt nicht.«

Ich gehe auf ihn zu. »Ist es die Verletzung? Sie haben sich wehgetan.«

»Nein, das ist es nicht. Es …« Er atmet schwer, den Blick unverwandt auf mich gerichtet. »Vielleicht …« Er fährt sich mit der Hand durch das triefende Haar.

»Vielleicht was?« Mein Herz hämmert gegen meine Rippen und versucht verzweifelt, meinem Kopf mitzuteilen, was es aus seinem Mund hören möchte. So sind Herzen, unnachgiebig und irrational.

Er nimmt drei tiefe Atemzüge, dann lässt er die Schultern sinken. Er schüttelt wieder den Kopf und lächelt mich müde an. »Vielleicht sollten Sie sich erst umziehen«, sagt er sanft. »Sich etwas Trockenes anziehen, bevor Sie mit Miss Dixon sprechen. Ich möchte nicht, dass Sie sich erkälten.«

Ich blinzele verwirrt und wende mich wieder dem Haus zu. »Ja«, stimme ich ihm zu. »Danke.«

Ich lasse Briggs im Sand hinter mir stehen, blicke mich aber im Weggehen noch einmal nach ihm um, gerade rechtzeitig, um zu sehen, wie er fluchend in den Sand tritt.

Kapitel 19

Blythe

Hinter mir sieht Hemington Manor leuchtend dem Abschlussabend dieser Feierwoche entgegen. Mit stattlicher Eleganz thront es über dem Backsteinpavillon, in dem das Orchester sitzt und seine Instrumente stimmt, während die festlich gekleideten Gäste nach und nach aus dem Haus kommen, um den Tanzabend einzuläuten. Jenseits der efeubewachsenen Gartenmauer, hinter die ich mich auf der Suche nach Ruhe länger, als es sich gehört, zurückgezogen habe, sind ihre Stimmen nur noch gedämpft zu hören.

Die Sonne ist bereits untergegangen, und die Dämmerung hat die Landschaft in einen verschwommenen Lavendelton getaucht. Ich bin natürlich erleichtert, dass ich mit Charlotte und Onkel Henry wieder zurück nach Wrexford Park fahren darf, zurück in den Alltag des diesjährigen Sommers. Allerdings fühlt es sich so an, als wäre diese Reise umsonst gewesen. Briggs und ich haben keines unserer Ziele erreicht. Er ist von einer Verlobung mit Miss Dixon fast genauso weit entfernt wie zu Beginn des Sommers, und Lord Colchester schenkt mir zwar seine Aufmerksamkeit, doch auf Bienenhäuser ist mein Bewunderer seit unserem Spaziergang am See nicht mehr eingegangen, trotz meiner zahlreichen Versuche, ihn auf das Thema zu stoßen.

Als er mich einmal fragte, wie ich meinen Tee trinke, antwortete ich »mit Honig« und begann von meinem köstlichen Rosenhonig zu erzählen. Lord Colchester lächelte nur und antwortete: »Davon bin ich überzeugt.« Etwas später konnte ich Charlotte dazu bringen, von den Vorzügen, meine Bienenstöcke in natura zu sehen, zu schwärmen, stattdessen schlug Lord Colchester nur vor, dass wir ihn – natürlich in Begleitung Onkel Henrys – im Herbst, wenn sich die Blätter verfärbten, in Longcross Abbey besuchen sollten. Ich seufzte, und Charlotte zuckte betreten die Achseln.

Möglicherweise hat Briggs recht. Lord Colchester ist an mehr als meinen Bienen interessiert, und vielleicht ist das nicht das Schlechteste. Er scheint mir die Sorte Mann zu sein, die mir erlauben würde, meinen Interessen nachzugehen. Doch er gehört auch zu der Sorte Mann, die von einer Countess erwartet, ihre Pflichten zu erfüllen. Und zu diesen Pflichten gehört es, einen Haushalt zu führen, Kinder großzuziehen und immer wieder nach London zu fahren, um sich dort in der Gesellschaft zu zeigen. Lange Winterabende mit ihm zu verbringen, in denen er nickt, wenn ich rede, doch nie etwas von Wert zu unseren Unterhaltungen beiträgt. Das ist einiges, wenn man bedenkt, dass ich eigentlich nur jemanden suche, der in meine Ideen investiert.

Gerade als ich widerwillig meinen Rückzugsort verlassen will, erregt eine winzige Bewegung im Teich zu meiner Linken meine Aufmerksamkeit. Ich knie mich zwischen den Lilien nieder und sehe, wie sich eine Biene im Wasser windet.

»Hast du dich beim Trinken zu nah ans Wasser gewagt?«, frage ich und nehme sie in meiner hohlen Hand auf. Das Wasser fließt zwischen meinen Fingern hindurch, und die Biene bleibt auf meinem Daumen sitzen, sie braucht einen Moment, um wieder zu sich zu kommen. »Nimm dir die Zeit, die du brauchst«, murmele ich.

Ein paar Minuten später regen sich ihre kleinen Flügel, und sie hebt ab in die Nacht, nach Hause zu ihrem Bienenstock.

Hinter mir räuspert sich jemand. »Miss Rowley?«

Ich drehe mich um und dort steht Briggs, hinter ihm ein älteres Paar.

»Oh, ich habe Sie gar nicht bemerkt«, sage ich.

»Miss Rowley, ich hatte gestern das Vergnügen, Mr und Mrs Granville kennenzulernen.« Er deutet auf das Ehepaar. »Und nachdem ich ihnen alles über Ihre Bienenhäuser erzählte, zeigten sie sich nicht nur daran interessiert, ein Bienenhaus auf ihrem Grundstück errichten zu lassen, sondern auch daran, möglicherweise in das Geschäft zu investieren.«

»Mr Goswick sprach mit einer solchen Leidenschaft über Ihre Bienenhäuser, Miss Rowley, dass wir Sie unbedingt kennenlernen wollten«, ergänzt Mrs Granville.

Ich weiß, dass ich viel zu lange mit offenem Mund dastehe, doch vielleicht warte ich einfach noch darauf, dass jemand »April, April« ruft. Es ist zu gut, um wahr zu sein. Briggs beobachtet meine Reaktion und lässt mir Zeit, zu mir zu kommen.

»Danke«, sage ich schließlich zu ihm. »Es ist schön, Sie als guten Freund an meiner Seite zu wissen.«

»Gutes sollte mit Gutem vergolten werden, Miss Rowley. Ihr Erfolg liegt mir am Herzen.« Er weicht meinem Blick nicht aus, sieht mich unverwandt mit suchenden Augen an, dann wendet er sich Mr und Mrs Granville zu. »Wenn Sie mich bitte entschuldigen würden, Miss Rowley kann Ihnen alle Details erzählen. Wir sehen uns beim Ball.«

»Danke«, sage ich wieder mit belegter Stimme. »Mr Goswick. Ich bin Ihnen sehr dankbar.«

Er nickt kurz, blickt zu Boden und lächelt.

Die nächste halbe Stunde verbringe ich damit, Mr und Mrs Granville von meinen Bienenhäusern zu erzählen und ihnen darzulegen, welche Vorteile eigene Bienenstöcke haben. Sie versprechen mir, mich am nächsten Tag noch vor meiner Abreise aufzusuchen und mit mir einen Termin zu vereinbaren, wann wir mit der Arbeit beginnen, doch jetzt solle ich tanzen und den Abend genießen, darauf bestehen sie.

Ich nehme ihren Rat unwillig an und folge ihnen auf dem gepflasterten Weg zum Ballgeschehen. Ich treffe als Letzte ein, die Gäste haben sich bereits für den ersten Tanz zu Paaren zusammengefunden und nippen an ihren Getränken.

»Und?« Briggs taucht an meiner Seite auf.

»Guter Gott!« Ich presse eine Hand auf mein Herz und schließe die Augen. »Sie haben wirklich ein Talent dafür, unschuldige Frauen zu erschrecken.«

»Sie müssen zugeben«, sagt er mit einem schelmischen Lächeln, »die beiden waren genau das, was Sie suchen.«

»Das muss ich Ihnen lassen, Mr Goswick. Die Granvilles waren ein Volltreffer.« Dann seufze ich. Vielleicht ein bisschen zu wehmütig.

»Was ist los?«, fragt Briggs.

»Sie waren so begeistert von meinem Vorhaben. Sie hörten sich meine Pläne an, meine Ideen, doch dann fragten sie, ob es einen Ort gebe, wo sie sich die Bienenhäuser, mit denen ich arbeite, anschauen dürften. Meinen Honig probieren, vielleicht ein paar Kerzen erwerben. Und es gibt keinen Ort, den ich ihnen zeigen kann.« Mein Vater würde mir niemals erlauben, Fremde mit nach Awendown zu bringen.

Briggs lässt die Schultern hängen und denkt einen Moment lang nach, dann holt er tief Luft. »Ich weiß, dass ich Anfang dieses Sommers sehr bestimmt abgelehnt habe, als Sie ein Bienenhaus in Mistlethrush errichten wollten, doch ich möchte Ihnen etwas vorschlagen.«

Schon wieder ein Vorschlag von Briggs Goswick? Ich sollte

mich vor dem, was jetzt kommt, in Acht nehmen, doch ich bin neugierig.

»Wenn Sie in Mistlethrush ein Bienenhaus auf eigene Kosten errichteten, könnten Sie es doch für Ihr Geschäft nutzen. Die Leute dorthin führen. Ihre Produkte ausstellen. Natürlich weiß ich nicht, wie lange ich Mistlethrush noch halten kann. Das hängt davon ab, ob es mir gelingt, Miss Dixons Gunst zu erlangen …«

»Das ist unglaublich großzügig von Ihnen, Mr Goswick. Sind Sie sich sicher?«

Er nickt. »Es wäre mir eine große Freude.«

Ich starre ihn entgeistert an, kann nicht glauben, dass er mir ein solches Angebot macht. »Ich weiß nicht, was ich sagen soll. Sie haben mich in dieser Woche mehr als nur unterstützt. Es tut mir sehr leid, dass ich nicht Gleiches für Sie tun konnte.«

Er wischt meinen Einwand mit einer Handbewegung beiseite. »Nein, machen Sie sich keine Gedanken darüber. Ich gebe zu, dass Ihre Aufgabe etwas beschwerlicher war als meine. Außerdem bin ich Ihnen sehr viel mehr schuldig, Miss Rowley, jetzt und auch in Zukunft.« Er fährt sich durch das Haar, hat die Lippen nachdenklich zusammengepresst. »Ich weiß, dass das viel zu spät kommt, doch ich möchte mich bei Ihnen entschuldigen.«

»Wofür?«, frage ich.

»Für den Streich, den ich Ihnen vor so vielen Jahren spielte.«

Vor Überraschung bleibt mir der Mund offen stehen. In all den Jahren, die seitdem vergangen sind, hätte ich mir nicht im Traum ausdenken können, dass Briggs Goswick sich je für den demütigenden Vorfall im Schweinestall entschuldigen würde. Ich werde bis über beide Ohren rot.

Er tritt einen Schritt näher. »Ich habe mich so lange dafür geschämt und glaubte, dass die Scham wieder aufleben würde, wenn ich mich bei Ihnen entschuldige.«

»Bitte«, sage ich und lächele, um die aufwallenden Tränen zu verbergen. Sie überraschen mich und sind mir peinlich zugleich. Es ist so lange her, und was auch immer wir in diesem Sommer für eine Freundschaft geschlossen haben, sie fühlt sich so anders an als alles, was zu der Zeit jemals war.

»Aber ich möchte es erklären«, sagt er.

»Es geht mir gut«, versuche ich es erneut. »Lassen Sie uns über etwas anderes reden. Ganz egal, was.«

Er stellt langsam sein Glas auf dem Tisch neben sich ab und holt tief Luft.

Bitte, denke ich. *Bitte frag mich nicht, ob ich mit dir tanzen möchte. Wir sollten nicht noch einmal miteinander tanzen.* Doch ich weiß nicht, wie ich ihn davon abhalten soll.

»Würden Sie mir die Ehre erweisen, mit mir zu ta...«

Plötzlich taucht Westley Parker neben ihm auf, und Briggs verstummt. Westley verbeugt sich lächelnd.

»Miss Rowley, Sie sehen heute Abend bezaubernd aus«, sagt er.

»Vielen Dank, Mr Parker. Das Kompliment kann ich nur zurückgeben.« Er ist ein gut aussehender Mann mit seiner unaufdringlichen Eleganz, dem bewusst verwuschelten blonden Haar und den tiefblauen Augen, um die sich Lachfältchen kräuseln.

»Darf ich Sie um einen Tanz bitten?«

Ich blicke zu Briggs, denn aus irgendeinem Grund will ich mich bei ihm versichern, dass es in Ordnung ist, mit Mr Parker zu tanzen. Briggs tritt einen Schritt zurück und deutet auf seinen Freund, ohne mich dabei anzusehen. »Gerne«, sage ich dann, nehme die dargebotene Hand und erlaube Mr Parker, mich zur Tanzfläche zu führen.

Westley stellt sich mir gegenüber auf, und ich reihe mich bei den Damen neben Charlotte ein. Die Gentlemen verbeugen sich, wir knicksen, und der Tanz beginnt.

Wir folgen der vorgegebenen Schrittfolge und tauschen zunächst die üblichen Höflichkeiten aus. Dann wird Westley ernst. »Wissen Sie, Miss Rowley, mir scheint, dass eine junge Dame wie Sie, mit einem solch hellen Kopf, sich in ihrer Freizeit lieber mit anspruchsvolleren Dingen beschäftigen sollte.«

Ich grinse. »Da könnten Sie recht haben.«

»Nun, ich bewundere Ihren Scharfsinn. Und ich hoffe, dass Sie sich von anderen nicht runterziehen lassen.« Er deutet mit dem Kinn in Briggs' Richtung.

»Oh, seien Sie unbesorgt. Es braucht schon etwas mehr als ein aufgeblasenes Ego, um mich zu verärgern«, sage ich lachend.

»Das freut mich zu hören.«

Als wir uns für einige Takte trennen und den Partner wechseln, trifft mein Blick auf Briggs, der mich mit einer Eindringlichkeit ansieht, die ich nicht hatte kommen sehen. Ich gerate aus dem Takt und stolpere fast, doch Westley stützt mich lachend am Ellenbogen.

»Obacht, Miss Rowley. Ich habe Sie.« Wir drehen uns umeinander. »Lassen Sie ihn nicht die Oberhand gewinnen.«

Ich stutze kurz, doch dann erinnere ich mich daran, was Briggs mir gestern Abend erzählte. Westley ist wegen irgendeines Missverständnisses sauer auf ihn. »Ich versichere Ihnen, dass Mr Goswick und ich Frieden geschlossen haben.«

Westley schnaubt und lächelt spöttisch. »Natürlich doch.«

Ich lade ihm mit einem fragenden Lachen ein, weiterzureden.

»Alle vergeben Briggs«, sagt er leise, als der Tanz uns wieder näher zusammenführt. Er linst zu seinem Freund hinüber, um sicherzugehen, dass er uns nicht hören kann. »Er macht einen Fehler nach dem anderem und segelt gedankenlos durchs Leben, aber kümmert es irgendwen? Nein. Erst recht nicht ihn selbst. Alle sind so darauf bedacht, ihm zu vergeben, nur sein Bestes zu wollen. Selbst Sie! Selbst Sie, die er mit seinem unbedachten Handeln so verletzt hat.« Er senkt kopfschüttelnd den Blick. »Er verdient Ihre Vergebung nicht.«

Ich versuche nicht, Mr Parker zu widersprechen. Er ist sauer auf seinen Freund und es ist ihm derzeit nicht möglich, ihn in einem besseren Licht zu sehen. Als ich schließlich antworte, wähle ich meine Worte mit Bedacht. »Vielleicht«, stimme ich zu. »Doch wir machen alle Fehler. Manche sind größer als andere.« Wir nehmen uns an der rechten Hand und drehen uns umeinander. »Mr Goswick ließ seine Rüstung herunter und entschuldigte sich bei mir. Die einzige Person, die Schaden davontragen würde, wenn ich an meinem Groll festhielte, wäre ich selbst, und ich habe mich viel zu gern, um mir so etwas anzutun.«

Westley muss lachen.

»Ich weiß, dass Sie sauer auf Mr Goswick sind«, sage ich leise.

Er sieht mich mit großen Augen an. »Wie bitte?«

Schnell will ich ihn beruhigen. »Doch vielleicht ginge es Ihnen besser, wenn Sie mit ihm darüber, was passiert ist, sprechen?«

»Er hat es Ihnen erzählt?«, fragt Westley.

»Er erwähnte es vor Kurzem.«

»Verstehe.«

»Seien Sie ihm nicht böse …«

»Sie sind eine aufrichtige, zugewandte junge Dame, Miss Rowley«, sagt Westley. »Und Briggs kann sich glücklich schätzen, dass Sie die Größe besitzen, ihm zu vergeben. Doch ich bin mir nicht sicher, ob ich über die gleichen Qualitäten wie Sie verfüge.«

Das Lied ist zu Ende, und Westley verbeugt sich vor mir. Ich frage mich verwirrt, ob ich eine Grenze überschritten habe. Er ist rot geworden und meidet meinen Blick. Warum, ist mir nicht klar – als er erwähnte, wie Briggs mich vor den Kopf gestoßen hatte, tat ich offenbar das Gleiche mit ihm, in der Annahme, das wäre in Ordnung.

Noch bevor ich zu einer Rechtfertigung ansetzen kann, ist er verschwunden. Ich überlege, ihm zu folgen, doch da fängt mich Charlotte ab, im Schlepptau hat sie Miss Dixon.

»Blythe.« Meine Cousine nimmt meine Hand. »Dies ist unser letzter Abend in Hemington Manor, und ich kann es nicht zulassen, dass du gehst, ohne dir Lord Colchester gesichert zu haben.«

Sabrina quiekt überrascht auf.

Und ich verschlucke mich fast. »Ihn *sichern*? Du willst damit doch wohl nicht sagen, dass er mir einen Antrag machen soll?«

»Ganz so weit wird er vielleicht nicht gehen«, gibt Charlotte zu, hakt sich erst bei mir und dann bei Sabrina ein und führt uns zu einem Brunnen mit einer meterhohen Fontäne. »Doch du darfst nicht abreisen, ohne mit ihm ausgemacht zu haben, wann ihr euch wiederseht.«

Erneut wandert mein Blick zu Briggs, der gerade in ein Gespräch mit zwei anderen Gentlemen vertieft ist. *Lord Colchester ist eine sichere Nummer*, sage ich mir. Er würde mich nicht an der Nase herumführen oder sein ganzes Vermögen verspielen. Er würde niemals einer Dame nur wegen ihres Vermögens den Hof machen, und meine Eltern wären hocherfreut. Wir wären für immer alle Sorgen los. Und just in dem Moment schiebt sich Colchester in mein Blickfeld und kommt mit einem Mann an seiner Seite auf uns zu.

»Da kommt er«, sagt Charlotte. »Aufrecht stehen, Blythe, Schultern zurück.« Ihre Hand legt sich zwischen meine Schulterblätter, und sie lächelt albern und mit großen Augen. Sie freut sich so sehr für mich, doch wenn ich Lord Colchester ansehe, habe ich einen Kloß im Hals, und jegliche Begeisterung, die ich mir abringen konnte, weicht einem dumpfen Schmerz.

»Meine Damen«, sagt Lord Colchester, die Augen unverwandt auf mich gerichtet.

Wir knicksen, Colchester und sein Begleiter verbeugen sich.

»Erlauben Sie mir, Ihnen meinen ältesten Freund, Sir Simon Banks, vorzustellen.«

»Er ist mir ein Vergnügen«, sagt Sir Simon. Er ist groß und schlaksig, hat helle Locken und einen durchdringenden Blick.

»Wir kennen uns bereits, Sir Simon«, sagt Sabrina neben mir.

Er mustert sie und verzieht den Mund, als versuche er, sich zu erinnern.

»Mein Vater war Mr John Dixon. Wir haben uns bei Lady Fitzroy kennengelernt …«

»Aber ja doch«, sagt Sir Simon. »Jetzt erinnere ich mich.« Ich bin mir da nicht so sicher. »Wie schön, Sie wiederzusehen, Miss Dixon.«

Der abfällige Ton in seiner Stimme lässt Sabrina erröten.

Lord Colchester wendet sich an mich. »Sir Simon und ich sprachen gerade darüber, dass wir uns in zwei Wochen in der Oper wiedersehen werden. Gehen Sie gerne in die Oper, Miss Rowley?«

»Ja«, antworte ich. »Doch ich war schon seit Jahren nicht mehr dort.«

»Kann ich Sie und Ihre Cousine in diesem Fall für nächste Woche in meine Loge einladen? Sie geben den *Rinaldo*, und die Inszenierung soll großartig sein.«

»Das wäre wunderbar.«

Er lächelt, meine einladende Antwort macht ihm Hoffnung, und ich frage mich, ob ich ihm nicht gerade etwas vorspiele. Keine Zweifel gibt es hingegen an der Stimme meiner Mutter im Ohr, die mir sagt, wie unvernünftig es wäre, einen Mann wie Lord Colchester abzuweisen.

»Und würden Sie mir in der Zwischenzeit die Ehre eines Tanzes erweisen?«

»Sehr gerne«, höre ich mich sagen. Immerhin ist das nur halb gelogen. Ich habe tatsächlich Lust zu tanzen, doch ich weiß, was es bedeutet, mit Lord Colchester zu tanzen, und ich habe genug Bücher gelesen, um auch zu wissen, dass ich angesichts dessen mehr fühlen sollte, als ich es tue.

»Wie sieht es mit Ihnen aus, Miss Barlow?«, fragt Sir Simon.

Ich hake mich bei Colchester ein und warte auf Charlottes Antwort.

»Vielen Dank, doch ich habe diesen Tanz bereits Lord Drummond versprochen.« Sie lächelt ihn an und zeigt in Sabrinas Richtung. »Doch Miss Dixon …«

Sir Simons Blick bewegt sich plötzlich panisch zwischen Sabrina und dem Rest der Gesellschaft hin und her. »Bitte entschuldigen Sie mich, Miss Barlow«, sagt er hastig und verbeugt sich. »Wenn mich nicht alles täuscht, steht dort hinten ein alter Freund von mir beim Punsch.«

Lord Colchester führt mich zur Tanzfläche, und ich tausche im Gehen einen betroffenen Blick mit meiner Cousine aus. Ich kann nicht glauben, wie unverfroren Sir Simon Miss Dixon geschnitten hat, und jetzt, wo ich bereits in einer Reihe mit den anderen Damen stehe, kann ich nicht einmal mehr mit ihr reden. Charlotte, die mit Lord Drummond das Feld anführt, stellt sich neben mich, und ich sehe mich verzweifelt nach einem Gentleman um, der mit Sabrina tanzen könnte.

Sie steht am Rande des Ballsaals und lächelt bemüht, während sich um sie herum lauter Paare bilden, doch ich kann von hier aus sehen, dass ihr die Tränen kommen. Ein Gentleman nach dem nächsten zeigt ihr, warum auch immer, die kalte Schulter, und inzwischen bin ich so verzweifelt, dass es mir ganz egal ist, wer sie rettet, Hauptsache, es kommt jemand.

Als die Geigen die ersten Takte spielen, taucht Briggs neben ihr auf und sagt etwas, das sie zum Kichern bringt und die Tränen stoppt. Mein Herz zerspringt fast in tausend Teile. Ich hätte es nicht besser planen können. Er reicht ihr seine Hand, und sie nimmt sie bereitwillig.

»Gott sei Dank«, stößt Charlotte neben mir aus.

Der Tanz beginnt, und Sabrina hört nicht auf zu lächeln und über all die kleinen Albernheiten zu lachen, die Briggs ihr offenbar zu ihrer Belustigung zuraunt. Das kann er gut. Auch mich bringt er immer wieder zum Lachen, selbst wenn ich es nicht will.

Und in den tiefsten Tiefen meines Herzens wächst mit jedem Takt etwas, von dem ich bisher nichts wusste, ein seltsamer, kleiner Splitter der Eifersucht.

Kapitel 20

Blythe

»Du bist schon seit Wochen hier«, sagt Amy neben mir und nimmt einen Korb voller Honiggläser von der einen in die andere Hand, »und warst noch keinmal in Mistlethrush Hall? Du bist doch seit Jahren schon nicht mehr dort gewesen!«

Meine Schwester hat es geschafft, meine Eltern davon zu überzeugen, ein weiteres Wochenende in Wrexford Park verbringen zu dürfen, und sogar Julian hatte Lust, und so sind wir nun alle noch hier. Nur konnten sie nicht ahnen, dass ich sie gleich nach ihrer Ankunft in mein Bienengeschäft einspannen würde.

Denn kurz nach unserer Rückkehr aus Hemington Manor tauchte August Goswick in aller Herrgottsfrühe in Wrexford Park auf und ließ fragen, ob ich wach sei. Ich war noch nicht einmal ansatzweise wach, doch ich sammelte mich, zog mich an und empfing ihn im lila Salon. Er berichtete mir von Bienen auf einem der oberen Flure in Mistlethrush Hall und bat mich, mir die Sache so rasch wie möglich anzusehen.

Also sammelten wir die nötigen Hilfsmittel zusammen, darunter eine der Beuten mit Zarge und Rahmen, die Julian aus Awendown mitgebracht hatte, und begaben uns auf einen morgendlichen Spaziergang nach Mistlethrush, das knapp einen Kilometer entfernt liegt. Julian war neugierig auf das Haus und führt nun einen sehr zutraulichen Esel am Zügel, der einen Karren mit unserem Werkzeug zieht.

»Das stimmt«, gebe ich zu und schaue Amy an. »Ich war mit dreizehn das letzte Mal in Mistlethrush, erinnere mich also kaum noch. Ich muss zugeben, dass ich bisher einen Bogen um das Anwesen gemacht habe.«

»Mr Goswick muss ein unangenehmer Zeitgenosse sein«, ruft Julian uns von hinten zu, »wenn du seinen Familiensitz so lange schon meidest. Und das auch noch ganz bewusst.« Der Esel iaht zustimmend und vergräbt seine Schnauze in Julians Achsel. »Jetzt reicht es aber wirklich! Da gibt es nichts für dich! Dummes Ding!«

»Ach, Julian, geh mit dir selbst nicht so hart ins Gericht«, sage ich und drehe mich zu ihm um. »Ich finde, du bist ein recht schlaues Ding.«

Das bringt selbst Charlotte zum Kichern, die auf der anderen Seite neben mir läuft. Ich weiß, dass Julian herausbekommen wollte, warum ich diesen Ort meide, also wechsele ich lieber das Thema. Ich hege nicht den geringsten Wunsch, meinen kurzen Abstecher in den Schweinestall noch einmal durchleben zu müssen.

Wir lassen den Garten Wrexfords hinter uns und überqueren die Pferdeweiden hinter den Stallungen. Wir hätten auch die Straße nehmen können, doch ich mag es, nur von Pferden und Schwalben umgeben zu sein und von dem ein oder anderen lauen Lüftchen überrascht zu werden.

Ich brauche keine Angst vor Mistlethrush Hall zu haben, sage ich mir. Ich vertraue darauf, dass es genau wie Wrexford Park ist. Langweilig, prächtig und erwartbar, außerdem werden wir dort nur einen Nachmittag verbringen. Zu kurz, um den vielen Goswick-Ahnen die Gelegenheit zu bieten, aus ihren Rahmen heraus ein abschätziges Urteil über dieses Mädchen zu fällen, das sich eine Haltung und Kleider zugelegt hat, die es sich eigentlich gar nicht leisten kann.

Die nördliche Steinfassade Mistlethrushs mit den vielen weinumrankten Fenstern kommt in Sicht. Schon jetzt fühle ich mich ganz anders als in Wrexford, und als die Einfahrt uns in einem großen Bogen zum Haupteingang führt, kehrt meine Erinnerung an diesen Ort zurück.

Mistlethrush Hall ist sehr viel kleiner als Wrexford und versteckt sich hinter Wein und lila Glyzinien. Beim Näherkommen habe ich eine bessere Sicht auf das Anwesen und entdecke eine geschwungene Steinbrücke über einem kleinen Fluss, auf dem sich Schwäne treiben lassen. Dahinter liegt neben dem Küchentrakt der Gemüse- und Kräutergarten, und ein kleiner Pfad windet sich an einer Reihe von Pfirsichbäumen voller reifer Früchte entlang, Schmetterlinge tummeln sich zwischen Rankgerüsten, und am dicken Ast eines prächtigen Ahorns lässt der Wind sanft eine Schaukel knarzen.

Es ist so schön, so anders als der eingehegte künstliche Garten Wrexfords, dass mir fast die Tränen kommen.

»Jetzt weiß ich, warum du diesen Ort gemieden hast«, sagt Julian und holt mich ein, im Schlepptau immer noch den Esel. »Das ist ja die reinste Hölle.«

»Ich hatte ganz vergessen, wie schön es hier ist«, antworte ich so leise, dass nur Julian mich hören kann. »Ich konnte mich nicht mehr daran erinnern …«

»Sieh mal einer an.« Julian tritt einen Schritt zurück und mustert mich, dann kichert er. »Du bist richtig gerührt, nicht wahr?«

Ich zucke die Achseln und vermeide es, ihm in die Augen zu sehen. Denn Julian weiß sofort, wann ich lüge.

»Auf geht's, die Damen«, sagt er und läuft voran. »Unser Freund Ernest hier sehnt sich nach einem schattigen Plätzchen und frischem Heu, während Blythe das geheimnisvolle Bienenrätsel löst.«

Amy bleibt stehen. »Das geheimnisvolle Bienenrätsel«, wiederholt sie. »Moment, das muss ich mir aufschreiben. Das ist der perfekte Titel für meinen nächsten Roman.« Sie holt ein Notizbuch und einen Stift aus ihrer Umhängetasche und hält den brandneuen Titel fest. »So. Und jetzt los.«

Als wir um das Haus gehen, stoßen wir auf August Goswick. Er sitzt mit aufgestützten Ellenbogen an einem Tisch und hat sich in ein Buch vertieft. Doch Ernests kaum zu überhörende Rufe lassen ihn aufblicken.

»Endlich sind Sie da, Miss Rowley. Ich hatte schon Angst, dass mein Bruder Sie womöglich vertrieben haben könnte, mit irgendeiner neuen und äußerst komischen Beleidigung, über der er wochenlang gebrütet hat.«

Ich verkneife mir ein Lachen, frage mich aber ernsthaft, ob es nicht bitterschade ist, keinen jüngeren Bruder zu haben.

Kaum wird seine Ungebührlichkeit erwähnt, taucht Briggs in der Tür auf, im Rücken ein behagliches Wohnzimmer, in dem ich seine Mutter zu erkennen meine, die lesend am Kamin sitzt.

»Warum reden alle immer von mir, als wäre ich irgendein verrückter Schwätzer, der Frauen mit jedem Wort, das er äußert, in die Flucht schlägt?«

Ich gehe auf ihn zu. »Ihr Bruder wies gleichzeitig auf Ihre geistige Trägheit hin. Den Teil haben Sie vergessen.«

»Vielen Dank für die Erinnerung, Miss Rowley.« Er verbeugt sich tief, und ich spüre, wie ich trotz meines Versuchs, unberührt zu wirken, rot werde. Julian darf nicht sehen, wie ich auf Briggs reagiere, denn dann wüsste er sofort Bescheid. Er weiß sowieso immer Bescheid, verdammt noch eins.

Wir folgen den Goswick-Brüdern ins Haus, wo wir tatsächlich auf ihre Mutter treffen.

»Wie gut, dass Sie da sind, Miss Rowley«, sagt sie und steht auf, um uns zu begrüßen. »Ein oder zwei Bienen konnte ich noch ignorieren, doch inzwischen schwirren sie überall herum! Meinen Sie, Sie schaffen es, sich darum zu kümmern?«

»Ich hoffe es. Zuerst muss ich feststellen, wo sie herkommen.« Ich drehe mich zu den anderen um. »Mr August? Können Sie mir dabei helfen?«

August kann seine Augen kaum von Amy lassen, als er mir antwortet. »Oh nein, ganz sicher nicht, Miss Rowley.«

»August!«, tadelt ihn seine Mutter.

»Nein, ich möchte heute ungern gestochen werden. Ich habe gesehen, was Briggs in Hemington Manor passiert ist. Wisst Ihr nicht mehr, wie er aussah?«

Briggs seufzt. »Ich werde Sie begleiten, Miss Rowley«, sagt er, geht um seinen Bruder herum und bedeutet mir, ihm ins Treppenhaus zu folgen.

»Sehr schön, das wäre geklärt.« August nimmt seiner Mutter gegenüber Platz und zeigt auf einen Sessel neben dem Klavier. »Setzen Sie sich doch, Miss Amy.«

Meine Schwester wirft mir einen misstrauischen Blick zu, tut aber wie geheißen.

»Gib Bescheid, wenn du mich mit der Beute brauchst«, sagt Julian zu mir.

»Mach ich.«

Ich sehe Briggs an, der zur Seite tritt. »Nach Ihnen, Miss Rowley. Die Treppe hoch und dann links.«

Oben an der Treppe werde ich von einer Honigbiene begrüßt, die prompt kehrtmacht und in die Richtung zurückfliegt, aus der sie kam. Hinter mir zeigt Briggs mir an, den Flur entlangzugehen. Mit jedem unserer Schritte werden die Bienen zahlreicher.

Rechts von mir gehen Türen ab, die wahrscheinlich zu den Schlafzimmern führen, und zu meiner Linken öffnen sich große

Fenster zum Garten hin. Ich muss wohl auffällig lang auf die Blumenbeete gestarrt haben, denn Briggs lenkt meine Aufmerksamkeit mit einer sanften Berührung meines Handgelenks wieder auf sich.

»Gefällt er Ihnen?«, fragt er leise. »Der Garten?«

Ich blicke hinaus auf einen kleinen gepflasterten Weg, der sich an Büschen und Beeten vorbeischlängelt.

Briggs tritt einen Schritt vor. »Mistlethrush liegt mir sehr am Herzen. Es würde mich freuen, wenn es Ihnen gefiele.«

Ich nicke und atme tief ein. »Das tut es.«

Er wirkt überrascht, doch dann lächelt er fast schon verschämt, und ich bin erstaunt, wie schüchtern er plötzlich wirkt. Er tritt zur Seite, um mir den Weg frei zu machen.

»Wann fielen Ihnen die Bienen zuerst auf?«, frage ich ihn, während wir weiterlaufen.

»Vor einigen Wochen, sagt meine Mutter. Doch ich befürchte, dass es in den vergangenen Tagen immer mehr geworden sind.«

Am Ende des Flurs ist eine Tür, hinter der ich ein großes, repräsentatives Zimmer vermute, und einige Bienen tauchen unter dem Türspalt auf. »Sieht so aus, als hätten wir zumindest schon mal die Quelle gefunden.«

»Wir haben die Tür vorsichtshalber zugelassen«, sagt Briggs. »Doch das scheint keinen Unterschied zu machen.«

Ich drehe vorsichtig den Knauf und sehe Hunderte von Bienen im Zimmer umherschwirren. Schnell schließe ich die Tür. »Ich benötige eine Beute, Mr Goswick.«

»Ich bin gleich zurück.«

Im Wissen darum, dass die Bienen mir nichts Böses wollen, öffne ich die Tür, trete ein und mache die Tür gleich wieder zu. Ich schaue mich um und sehe, dass sie sich um eine Kommode neben dem offenen Fenster scharen. Das Bett ist frisch bezogen, als warte es darauf, jederzeit benutzt zu werden, doch es ist offensichtlich, dass dieses Zimmer schon seit Längerem unbewohnt ist. Staub hat sich in den Ecken gesammelt, und auf einem Tisch am anderen Ende des Zimmers steht ein Tablett, auf dem wohl Tee und Toast serviert wurden. Vom Toast sind nur noch Krümel übrig, und als ich den Deckel von der Kanne hebe, ist vom Tee nur ein brauner Ring am Porzellan zurückgeblieben. Ich frage mich, wem dieses Zimmer gehört hat.

Als Briggs mit Rahmen und Zarge zurückkommt, habe ich bereits herausgefunden, wo die Bienen sich häuslich eingerichtet haben.

»Sie sind in der Kommode«, erkläre ich ihm.

Er bleibt im Türrahmen stehen.

»Sie können reinkommen, es wird Ihnen nichts passieren. Aber ich kann verstehen, wenn Ihnen Wesen, die stechen, derzeit nicht gerade willkommen sind.«

Er stellt die Beute vor sich ab und strafft die Schultern. »Wenn es Ihnen nichts ausmacht, Miss Rowley, würde ich lieber hier stehen bleiben.«

Als ich die Beute an mich nehme, bleibe auch ich stehen und blicke mich um. »Wem gehört dieses Zimmer?«, frage ich leise. Ich trage die Beute zur Kommode und öffne eine der Schubladen, um den Bienenstock zu finden. Die Bienen haben bereits mehrere Waben gebaut, doch es wird nicht schwierig sein, sie in die Rahmen einzufügen.

»Ähm.« Briggs massiert sich mit der rechten Hand den Nacken. »Meinem verstorbenen Vater.«

»Oh«, sage ich und merke, dass ich vielleicht in ein Fettnäpfchen getreten bin. Ich knie mich neben die Kommode.

»Meine Eltern«, setzt er an, als müsste er sich erklären, »sie waren nicht gerade gut aufeinander zu sprechen. Nicht so wie Ihre

Eltern. Deswegen schlief mein Vater immer in einem eigenen Zimmer, wenn er zu Hause war. Sie führten …« Er starrt auf seine Füße.

»… eine Vernunftehe?«, beende ich den Satz.

»Ja. Ich glaube, man erwartete es einfach von ihnen, und keiner der beiden konnte es sich leisten, seine Familie zu enttäuschen.«

Ich atme leise zitternd aus. »Ja, das Gefühl kenne ich.«

»Ich auch.«

Wir tauschen einen kurzen Blick aus, dann wende ich mich wieder den Bienen zu und Briggs sich seinen Füßen.

Ich räuspere mich. »Meine Mutter erinnert mich oft daran, wie einfach alles wäre, wenn ich nur vorteilhaft heiratete. Dass ich zu hübsch bin, zu gut tanze, um den ganzen Sommer nur mit Bienen zu verbringen. Doch glücklicherweise …« Ich setze eine Handvoll Bienen in ihr neues Zuhause und widme mich der nächsten Schublade. »… schaffen es die Bienen immer, mich zu finden. Wir sind Verbündete gegen meine Mutter.«

»Und Ihr Vater?«, fragt Briggs. Als ich ihn anschaue, sind seine grünen Augen dunkel im schattigen Zimmer und unverwandt auf mich gerichtet. »Was sagt er?« Er will immer mehr wissen. Bringt mich dazu, tiefer einzusteigen, und bietet mir einen sicheren Ort an, an dem ich alles sagen kann, was ich möchte. Wie seltsam, dass er Anfang des Sommers der Letzte war, dem ich je etwas anvertraut hätte.

Ich schenke den Bienen ein leises Lächeln. »Mein Vater möchte nicht, dass ich mich noch mehr mit Bienen beschäftige. Ich bin mir sicher, dass er denkt, es sei eine nette Freizeitbeschäftigung, die ich aufgeben werde, sobald ich unter der Haube bin. Ich fürchte, er ist zu altmodisch, um mich zu verstehen.«

»Das ist schade«, sagt Briggs. »Ich glaube, er wäre stolz, wenn er sehen könnte, wie gut Sie das alles machen.«

Ich presse die Lippen zusammen, scheinbar ganz auf die Bienen konzentriert. »Danke«, antworte ich leise.

Er beobachtet mich eine Weile, dann fragt er: »Ist es sicher, sie so zu handhaben?«

Achselzuckend stecke ich den letzten Rahmen in die Zarge. »Sie empfinden mich nicht als Bedrohung. Wenn sie es täten, würde ich jetzt ganz schöne Schmerzen haben, wie Sie nur zu gut wissen.« Ich nehme eine weitere Handvoll Bienen aus der obersten Schublade und lasse sie in ihr neues Zuhause fallen. »Und ich bin den Umgang mit ihnen inzwischen so gewohnt, dass auch ich sie nicht mehr als Bedrohung wahrnehme. Wenn das Sinn ergibt.«

»Das tut es«, versichert er mir.

»Und jetzt«, sage ich und kaue konzentriert an meiner Unterlippe, »habe ich die Königin gefunden.« Ich nehme sie zusammen mit einigen Arbeiterinnen auf und halte sie vorsichtig in der Handfläche. »Kommen Sie her und sehen Sie sie sich an«, sage ich zu Briggs. »Es wird Ihnen nichts passieren.«

Er betritt zögernd das Zimmer und kniet sich neben mich.

»Sehen Sie, wie viel größer sie ist als die anderen? Sobald ich sie in ihre neue Behausung verfrachtet habe, werden die restlichen Bienen folgen. Und wir können sie an den Ort bringen, den Ihr Bruder sich für sie ausgeguckt hat.«

»Natürlich, wir dürfen August nicht außen vor lassen. Sehen Sie nur, wie interessiert er das alles verfolgt.« Er zeigt in den Raum, tut so, als suche er nach seinem Bruder.

Ich versuche, nicht allzu laut zu lachen, doch Briggs' Scherz hat uns endlich die Schwere genommen, und selbst er scheint erleichtert zu sein, die ernsten Themen hinter sich zu lassen. Ich beobachte ihn, wie er den Bienenstock betrachtet, sein Blick von Biene zu Biene huscht, wie interessiert er an dem ist, was mir wichtig ist.

Plötzlich habe ich das dringende Bedürfnis, ihm von den Opernplänen zu erzählen, es wirkt wie ein Geständnis. »Lord Colchester hat mich für nächste Woche in die Oper eingeladen.«

Briggs geht in die Hocke, seine Ellenbogen ruhen auf den Knien. »Ach?«

»Und als Miss Dixon das mitbekam, erzählte sie mir, wie gern sie in die Oper geht. Sie zeigte dabei sogar ein paar Gefühle.«

Er atmet tief durch die Nase ein. »Ich hasse Opern. Außerdem musste ich unsere Loge aufgeben, konnte sie nicht mehr bezahlen.«

»Dann nehmen Sie die meines Onkels. Charlotte und ich werden in der Loge Lord Colchesters sitzen, also ist sie frei. Miss Dixon wird Ihnen bestimmt dankbar sein.«

Ich hatte erwartet, dass er mir für diesen kleinen Hinweis dankt, stattdessen wirkt er sogar ein wenig unwillig. »Das ist sehr aufmerksam von Ihnen, Miss Rowley.«

»Ich glaube, das waren alle«, sage ich und konzentriere mich wieder auf die Bienen. »Vielleicht findet sich noch hier und da ein Nachzügler, doch wenn wir uns um das Fenster dort kümmern«, ich zeige hinter mich, »und Sie diesen Kasten für mich nach draußen tragen, sollte Ihr Bienenproblem gelöst sein, Mr Goswick.«

»Ich stehe in Ihrer Schuld, Miss Rowley. Ich weiß nicht, was wir ohne Sie getan hätten.«

Hitze breitet sich auf meinen Wangen aus. »Gern geschehen«, sage ich leise.

Ich folge Briggs die Treppe hinunter, und er führt uns am Wohnzimmer vorbei durch eine Seitentür nach draußen. Dort gesellen sich August, Charlotte, Amy und Julian zu uns.

»Möchten Sie sich die Bienen anschauen, die wir oben gerettet haben?«, frage ich August.

»Und bleiben Sie doch alle zum Mittagessen, wenn es nicht allzu lange dauert, die Bienen umzusiedeln«, schlägt Briggs vor.

Julian stellt sich neben mich, schiebt sich ein paar Brombeeren in den Mund und deutet mit dem Kinn auf Briggs. »Wirklich ein Ekel, der Mann. Ich kann ihn nicht ausstehen.«

Ich bohre ihm meinen Ellenbogen in die Seite.

»Meine Mutter hat die Köchin angewiesen, Salate und Aufschnitt für uns vorzubereiten«, fährt Briggs fort.

»Oh, Mittagessen«, ruft Charlotte. »Ja, das klingt wunderbar. Vielleicht gibt es sogar Limonade.«

Doch Briggs' Augen ruhen nur auf mir. »Miss Rowley?«

»Ja, das klingt schön.«

August seufzt erleichtert. »Westley und seine langweilige Stiefschwester werden auch kommen, wenigstens gibt es nun noch andere Gesprächspartner.«

»August«, sagt Briggs, stellt den Bienenstock auf den von August ausgewählten Holztisch und tritt einen Schritt zurück.

»Schau hier, Bruder.« August klopft seinem Bruder auf die Schulter. »Ich verstehe nicht, warum du ihr den Hof machst, und will es auch gar nicht versuchen – je weniger ich weiß, desto besser, nehme ich an. Doch selbst du musst zugeben, dass sie nicht halb so interessant ist wie Miss Rowley.«

»Mir gefällt nicht, in welche Richtung das hier geht«, murmelt Julian. »Ganz und gar nicht.«

»Nein«, sagt Briggs und lässt die Schultern kreisen. Ein kleines Lächeln umspielt seine Lippen, dann verschwindet es wieder. »Das ist sie in der Tat nicht.«

Ich atme zitternd ein und versuche zu ignorieren, was in Briggs' Antwort alles mitschwingt. »Nun. Dann sollten wir uns mal an die Arbeit machen. Bevor Mr Parker und Miss Dixon da sind und ich mir etwas einfallen lassen muss, um interessant zu wirken. Man hat schließlich einen Ruf zu verlieren, nicht wahr?«

Ich widme mich dem Bienenstock, damit die Gespräche unverfänglicher werden können und sich nicht mehr um Miss Dixon und mich drehen, und gerade als ich fertig bin und meine Bienen gut in ihrem neuen Zuhause angekommen sind, ruft uns Mrs Goswick zum Mittagessen.

»Wenn ich mich entscheiden müsste, würde ich Mr Goswick eine zehn geben«, flüstert mir Julian zu, als Briggs zusätzliche Stühle nach draußen trägt.

»Wohl kaum«, sage ich schnaubend. »Höchstens eine sieben.«

»Oh, bitte, sieh ihn dir an. Und jetzt zieht er auch noch seinen Rock aus. Er zieht ihn aus, Blythe.« Er trommelt mit seinen Fäusten auf meinem Arm, doch ich stoße ihn weg.

»Das sehe ich, Julian.«

Wir gönnen uns beide den Luxus, Briggs dabei zuzusehen, wie er seine Ärmel hochkrempelt. Die Muskeln seines Unterarms spannen sich an, als er die Stühle um den Tisch stellt, und plötzlich ist mein Korsett eine Idee zu eng, und ich wünschte, die Sonne würde nicht ganz so grell scheinen.

»Na gut«, knicke ich ein. »Er ist eine zehn, aber er hasst die Oper.«

»Oh! Eine elf also!«

Ich ignoriere Julian und setze mich auf meinen Platz. Ich bin erstaunlich nervös, und als ich versuche, Sabrina, die sich neben mich gesetzt hat, ein, zwei Worte zu entlocken, wandert mein Blick immer wieder zu Briggs.

Julian und Westley stehen neben einem Beistelltisch mit Erfrischungen und sind in ein Gespräch vertieft, an dem Briggs anscheinend liebend gerne teilhaben würde. Immer wieder sieht er mich an, fast so, als bitte er mich um Hilfe, doch die beiden Gentlemen sind außer Hörweite, und außerdem kann ich Sabrina nicht einfach abservieren.

»Sie sollten sich unser Bienenhaus ansehen«, höre ich Julian zu

Mr Parker sagen. »Wenn Sie sehen, was Blythe getan hat, wollen Sie sofort etwas Ähnliches für Brompton Place haben, da bin ich mir sicher.«

»Hoffentlich werden Sie es mir zeigen«, antwortet Westley. »Morgen vielleicht?«

»Morgen ginge es auch bei mir gut«, schaltet Briggs sich ein.

Sowohl Westley als auch Julian sehen ihn nicht gerade unfreundlich, eher verwirrt an.

»Briggs, mein Lieber«, ruft ihm seine Mutter zu, die neben einer ausladenden Glyzinie Platz genommen hat. »Morgen musst du einen deiner Pächter besuchen, Mr Hughes. Mr Walker berichtete mir gestern, dass es ihm nicht gut geht.«

»Ja, natürlich«, sagt Briggs. »Ja, ich muss mich erkundigen, wie es der Familie geht.«

Er klingt enttäuscht, und Anfang des Sommers hätte ich vielleicht noch gedacht, dass er enttäuscht ist, weil er etwas tun muss, worauf er keine Lust hat, und eigentlich viel lieber Zeit mit den beiden Gentlemen in seinem Alter verbringen würde, die zu Besuch sind. Doch inzwischen weiß ich es besser. Er ist enttäuscht, weil man ihn ausschließt – weil Westley ihm seine Indiskretion immer noch nicht verziehen hat, warum auch immer. Und er ist enttäuscht, weil er weiß, dass es als Oberhaupt einer der angesehensten Familien der Gegend und als Gutsherr seine Pflicht ist, die Familie Hughes zu besuchen, und weil er nicht selbst darauf gekommen ist.

»Ich kann Ihnen helfen, Mr Goswick«, sagt Sabrina neben mir. Sie sitzt stocksteif auf ihrem Stuhl und vermeidet es, ihm in die Augen zu sehen.

Wir starren sie alle an, doch sie bleibt standhaft.

»Ich widme mich gerne wohltätigen Zwecken. Ich kann Ihnen helfen. Wenn Sie das möchten.«

Ich ziehe die Augenbrauen hoch und nippe an meiner Limonade. Vor Überraschungen ist man wohl nie gefeit. Aber wer weiß, vielleicht hat sich Miss Dixons Sicht auf Briggs seit einer gewissen Rettungsaktion ja verändert.

»Das ist ein sehr großzügiges Angebot, Miss Dixon«, sagt Mrs Goswick neben ihr.

Sabrina lächelt sie an. »Ich werde Ihnen helfen, einen Korb für die Familie zusammenzustellen, das ist das Mindeste, was ich für diese armen, armen Menschen tun kann.«

»Wenn mich nicht alles täuscht, meint sie damit arme Menschen«, flüstert Julian mir von seiner Stuhlkante aus zu und kichert über seinen eigenen Scherz. Was wiederum Westley Parker dazu veranlasst, ihm einen Blick zuzuwerfen und, wenn mich nicht alles täuscht, leicht zu erröten, bevor er seine Limonade austrinkt.

»Erzähl mir von ihm«, sagt Julian leise.

»Nun«, flüstere ich achselzuckend und höre nebenbei, wie Briggs den anderen erklärt, wie Heu eingefahren wird. Er gehe davon aus, dass das aktuell das größte Problem der Familie Hughes sei, da die Heuernte ihr Hauptgeschäft sei. Die gute Amy tut so, als wäre sie hochinteressiert an seinen Ausführungen, obwohl sie sich auskennt und fast jeden Sommer in Awendown bei der Heuernte hilft. »Er ist viel unsicherer, als ich es mir je hätte vorstellen können. Ich glaube, er tut immer nur so unausstehlich und, wenn ich das so sagen darf, ein bisschen dumm, doch eigentlich ist er seiner selbst einfach nur nicht sicher.«

Julian macht ein verwundertes Gesicht, dann seufzt er wissend. »Nein, Blythe. Ich meine nicht Mr Goswick, den du natürlich vollkommen unattraktiv findest. Ich habe *ihn* gemeint.« Er deutet unauffällig mit dem Kinn in Westleys Richtung.

»Mr Parker?« Ich senke die Stimme und werfe Julian einen warnenden Blick zu. »Er ist Mr Goswicks ältester Freund. Du willst nicht ernsthaft mit ihm flirten!«

»Erstens«, sagt Julian und trinkt einen Schluck, »kann ich flirten, mit wem auch immer ich will, und daran wirst nicht einmal du mich hindern, meine Süße. Zweitens habe ich gefragt, weil ich mir sicher bin, dass ich Mr Parker davon überzeugen kann, ein Bienenhaus in Brompton Place aufstellen zu lassen.« Er zieht eine Augenbraue hoch. »Denn in Mistlethrush hast du ganz offensichtlich schon genug Eindruck hinterlassen.«

»Sei nicht albern«, flüstere ich. »Mr Goswick ist eindeutig an Miss Dixon interessiert und …«

»Niemand ist an einer leblosen Puppe interessiert. Mach mir nichts vor, Blythe Rowley. Dafür kenne ich dich viel zu gut.«

Ich schweige, doch Julian lehnt sich zurück, schlägt die Beine übereinander und führt sein Glas zum Mund. »Eben.«

Kapitel 21

Blythe

Am nächsten Morgen begleite ich Charlotte und Amy nach Brumbury. Sie gehen Arm in Arm vor mir her, und ich versuche, mich auf ihre Unterhaltung zu konzentrieren, schweife aber gedanklich immer wieder zu Briggs und Sabrina Dixon ab. Sabrina wird früh aufgestanden sein, um einen Korb für seine Pächter zusammenzustellen. Und die beiden werden miteinander flirten, während sie alles vorbereiten. Ihre Hände werden sich berühren, ihre Blicke sich wiederholt treffen.

»Ich muss heute drei Kleider abholen«, unterbricht Charlotte meine Gedanken. Wir überqueren eine Steinbrücke, und sie fummelt an ihren Ärmeln herum. »Ich bin so froh, dass sie rechtzeitig fertig geworden sind für unsere Fahrt nach London.«

Vor dem Modeladen winkt jemand, ich nehme an, es ist eine Freundin von Charlotte, und als wir näher kommen, winkt Charlotte fröhlich zurück.

Wir überqueren den Platz, es herrscht ein reges Treiben. Die Ladenschilder schwingen sanft in der Sommerbrise, und über uns flüstert das üppig rauschende Laub der Bäume. Kutschen setzen Besucher vor dem Hearth and Hound ab, und weiter hinten werden einem großen Apfelschimmel neue Hufeisen angepasst. Das kann nur Apollo sein. Hinter dem Tier taucht Briggs Goswick auf. Einen Arm auf dem Pferderücken unterhält er sich mit dem Hufschmied.

Also ist er wohl doch nicht gleich nach dem Aufstehen zu Miss Dixon geeilt, um einen Korb mit ihr zusammenzustellen. Es sei denn, sie waren schon bei den Hughes und sind bereits zurück. Das sollte mir egal sein, rufe ich mich zur Ordnung. Schließlich habe ich selbst darauf hingearbeitet, dass Miss Dixon Briggs nicht mehr die kalte Schulter zeigt, und nun ist es so weit. Außerdem geht er nächste Woche mit ihr und ihrer Mutter in die Oper, und ich wiederum sollte nur Lord Colchester im Kopf haben.

Nicht so starren, sage ich mir. Doch es fällt mir schwer, die Augen von Briggs abzuwenden. Er ruht so sehr in sich, strahlt ein solches Selbstvertrauen aus. Gestern, als er mich wegen Westley Hilfe suchend anschaute, spürte ich, wie sich etwas in mir verschob. Plötzlich drehten sich all meine Ziele und Wünsche nicht mehr ausschließlich um mich oder meine Familie oder Awendown. Plötzlich war da noch wer, jemand außerhalb meiner üblichen Welt. Trübe Gedanken hatten seine sinnlichen Augen tief umschattet, und seine vollen Lippen umspielte ein trauriger Zug, und ich wollte, dass alles gut für ihn wird.

Gedankenverloren, wie ich bin, merke ich zu spät, dass Briggs auch mich entdeckt hat. Er tritt vor, seinen Blick unverwandt auf mich gerichtet, berührt die Hutkrempe und verbeugt sich.

Ich fühle mich ertappt und werde leicht panisch, bringe mich aber dazu, die Geste zu erwidern. Es ist vollkommen normal, zu grüßen, wenn man einen Nachbarn im Ort trifft. Ich knickse und flüchte in den Modeladen zu Charlotte und Amy.

»Siehst du den Stoff dort oben auf dem linken Regal?«, fragt Charlotte in diesem Moment und zeigt auf einen Stoffballen, der in einem satten Pink leuchtet. Im Sonnenlicht strahlt der Stoff förmlich. Er ist traumhaft. »Den wollte ich schon länger für ein Kleid verwenden, was meint ihr?«

»Oh, er ist wunderschön«, sagt Amy und klatscht in die Hände.

»Er gefällt mir«, antworte auch ich.

»*Gefällt* er dir nur?«, fragt Charlotte und schlendert an Tischen mit verschiedenen Stoffproben vorbei. »Oder findest du ihn richtig schön?«

Ich lächle. »Es ist doch dein Kleid, du Gans! Es ist nur wichtig, dass du ihn wirklich schön findest.«

»Um ehrlich zu sein«, Charlotte umrundet einen der Tische und nimmt ein paar Schleifen in die Hand, »dachte ich an dich.«

Um ein Haar hätte ich schallend aufgelacht. »An mich? So eine Farbe könnte ich niemals tragen.«

»Doch«, widerspricht mir Charlotte und sieht mich an. »Erinnerst du dich noch an das Weihnachten in Mistlethrush, als wir noch Mädchen waren? Und du hast dieses pinke Kleid getragen, das Mr Goswick mit seinem widerlichen Scherz ruinierte.«

Ich hasse es, dass ich nach fünf Jahren tief in mir drinnen immer noch Scham empfinde. Ich hasse es, dass ich mich überhaupt für etwas schäme, wofür ich mich nicht schämen sollte.

Charlotte nimmt meine Hand. »Du hast dieses pinke Kleid geliebt. Du hast dich darin wunderschön gefühlt. Du hast dich darin wie die beste Version deiner selbst gefühlt. Also verdienst du ein zweites. Lasst uns noch ein letztes Kleid kaufen, bevor es nach London geht. Bitte?«

Ich werfe einen erneuten Blick auf den Stoff, der verführerisch vom Regal herunterleuchtet, und plötzlich macht er sich nicht mehr über mich lustig. Er bittet mich um die Ehre, sich um meinen Körper schmiegen zu dürfen, und eh ich mich versehe, nicke ich.

»Also gut, ein pinkes Kleid für London«, stimme ich zu.

Charlotte klatscht begeistert in die Hände und eilt nach vorne, um mit der Modistin zu sprechen.

Ich schlängele mich um ein paar junge Damen und eine Frau,

die wahrscheinlich ihre Mutter ist, und versuche, mit Charlotte mitzuhalten. Es ist viel los heute, im hinteren Teil des Geschäfts wird bei einigen Damen Maß genommen, während andere sich vorne Stoffmuster angucken und mit der Besitzerin Schnitte besprechen.

Die Türglocke bimmelt und kündigt eine neue Kundin an. Das sollte nichts Besonderes sein, vor allem an einem Sommertag wie diesem, der viele Damen nach draußen lockt. Nur ist der Kunde diesmal keine Frau.

Briggs Goswick steht in der Tür und nimmt seinen Hut ab. Dann kommt er quer durch den Raum auf mich zu.

»Ich hoffe, Sie sind wohlauf, Miss Rowley.« Er erblickt meine Cousine und meine Schwester hinter mir. »Und Sie, Miss Barlow, Miss Amy.«

Wir knicksen alle langsam, richten uns wieder auf und warten.

»Ist …«, setzt Charlotte an. Sie blickt sich um, alle Damen sind ruhig geworden und starren uns an. »… ist alles in Ordnung, Mr Goswick?«

Er nickt heftig. »Aber ja doch, natürlich.« Dann deutet er zu mir und lächelt. »Ich sah, wie Miss Rowley den Laden betrat, und mir fiel ein, dass ich noch etwas mit ihr besprechen wollte.«

»Hoffentlich nichts Schlimmes?«, frage ich und bin mir der vielen Augenpaare, die auf uns gerichtet sind, nur zu bewusst. Ich hasse es, im Mittelpunkt zu stehen. Ein Königreich für einen Imkerhut, unter dessen dünnem Netz ich meine erhitzten Wangen verstecken könnte.

»Nein, nichts Schlimmes.« Er zögert kurz, dann korrigiert er sich. »Vielleicht ein bisschen. Erinnern Sie sich daran, wie meine Mutter gestern meinen kranken Pächter erwähnte? Mr Hughes?«

Ich nicke. »Ja, natürlich.«

»Ja.« Er starrt auf den Hut in seiner Hand. »Nun ja, er hat sich das Bein gebrochen, und ich würde ihm gerne einen Besuch abstatten. Ich weiß, dass Miss Dixon anbot, mir mit einem Korb zu helfen, doch ich dachte, insbesondere vor dem Hintergrund unserer Unterhaltung vor einiger Zeit über meine neu erworbene Verantwortung, dass …« Er holt tief Luft. »… dass Sie vielleicht nach Mistlethrush kommen und mir helfen könnten?«

Mein Mund ist ganz trocken.

Als ich nichts sage, wird er unruhig und fängt an, kopflos draufloszureden. »Ich wüsste gar nicht, wie ich das anstellen sollte, einen Korb zusammenstellen, und um ehrlich zu sein, bin ich mir nicht sicher, ob das die richtige Aufgabe für Miss Dixon ist, und mir war, als hätten Sie die missliche Lage, in der ich stecke, gleich verstanden, und ich dachte …« Plötzlich sieht er auf. Er blickt sich um und bemerkt all die Damen, die ihn anstarren. Stotternd wendet er sich wieder an mich. »Ich d-dachte, Sie könnten mir vielleicht, mir vielleicht helfen.«

Hinter mir entfährt Charlotte ein Schnauben, und sie hält sich schnell den Mund zu, Amy muss sich sogar wegdrehen, um ihr Kichern zu verbergen.

»Natürlich, Mr Goswick«, antworte ich. »Es wäre mir eine Freude, Ihnen mit dem Korb zu helfen.«

Er spricht jetzt leiser. Nicht, dass das einen Unterschied machen würde. Alle können uns hören. »Kommen Sie nach Mistlethrush Hall, wenn Sie hier fertig sind?«

»Ja.«

Er lächelt. »Gut. Ich warte dort auf Sie. Danke, Miss Rowley. Ich stehe in Ihrer Schuld.« Er verbeugt sich erneut, dann sieht er zu, dass er wegkommt.

Kaum hat er den Laden mit einem erneuten Türklingeln verlassen, brechen die Damen um uns herum in Gelächter aus. Es ist tatsächlich lustig, denke ich. Ich verstehe sie. Und wäre ich nicht damit beschäftigt, meine zitternden Hände und meinen unruhigen Magen unter Kontrolle zu bringen, würde ich vielleicht mit einstimmen.

»Blythe!«, flüstert Charlotte und dreht mich am Ellenbogen zu sich um. »Er ist *absichtlich* hinter dir hergegangen. Er wollte mit dir sprechen!«

Ich stelle mich gerade hin und versuche, mir nichts anmerken zu lassen, doch dafür ist es zu spät. Eine Hand auf dem Bauch, atme ich tief durch, bevor ich antworte. »Ja, so wie es aussieht, benötigt er Hilfe mit seinem Korb für die Familie Hughes.«

»Die Familie Hughes, dass ich nicht lache!«, ruft Charlotte aus. Sie räuspert sich, plötzlich wird sie gewahr, dass wir immer noch im Mittelpunkt der Aufmerksamkeit stehen. »Mr Goswick hat seine Mutter in Mistlethrush, sie könnte ihm sofort helfen. Und Miss Dixon hat ihre Hilfe angeboten. Doch hat er sich an die beiden gewandt? Nein.« Sie glättet abwesend ein Stück Stoff und zieht die Nase kraus. »Er folgte *dir* in einen Laden voller Damen. Er bat *dich*, nach Mistlethrush zu kommen und ihm zu helfen.«

»Woher kommt dieser innere Aufruhr, den er so zur Schau stellt?«, fragt meine Schwester.

Ich seufze. »Sein innerer Aufruhr? Wirklich, Amy. Du liest zu viele Romane.«

Charlotte wirkt erstaunlich einschüchternd, als sie nicht nur den Blick, sondern auch die Stimme senkt. »Du weißt sehr wohl, dass sich ein Gentleman einer Dame niemals zufällig so zuwendet. Ist bei Lord Drummond etwas zwischen dir und Mr Goswick passiert? Er schien dich dort sehr zu beschäftigen, selbst nachdem du dir die Aufmerksamkeit von Lord Colchester gesichert hattest.«

»Das stimmt«, sage ich langsam.

Charlotte wartet mit hochgezogenen Augenbrauen ab. »Und?«

»Und …«, fahre ich fort und winde mich an den Schaukästen

vorbei Richtung Kasse, »… vielleicht teilten Mr Goswick und ich uns eines Abends einen kleinen Drink.«

»Blythe Rowley!«, ruft Charlotte. Sie hat sich wieder vor mich gestellt und nimmt meine Hände in ihre. »Du hast mit Mr Goswick getrunken? Und dann?«

»Wir sprachen über seine Pflichten in Mistlethrush«, sage ich. »Und über seinen Vater. Es war alles ganz unverfänglich.«

»Unverfänglich, aber nicht unbedeutend«, entscheidet Charlotte. »Er hat sich dir gegenüber geöffnet. Oh, Blythe.« Sie tippt sich grinsend ans Kinn. »Hier geht es um so viel mehr als den Korb für die Hughes. Du hast Mr Goswick betört.«

»Betört«, wiederhole ich lachend. »Wirklich, Charlotte, er ist an Miss Dixon interessiert. Ich bin mir sicher, dass dieser Hilferuf darauf zurückzuführen ist, dass er Angst hat, mit Miss Dixon allein zu sein. Und ich werde dort sein, um die Spannung zu mildern.«

»Natürlich doch.« Charlotte verdreht die Augen. »Komm, wir müssen jetzt Maß nehmen lassen, damit du schnell nach Hause kommst und dich umziehen kannst. Du solltest umwerfend aussehen, wenn du … *die Spannung milderst.*«

Kapitel 22

Blythe

Charlotte war so erpicht darauf, mir zu beweisen, dass Briggs sich für mich statt Miss Dixon interessiert, dass sie darauf bestand, mir bei der Auswahl meines Kleides zu helfen, doch ich brachte es nicht über das Herz, ihr die Wahrheit zu sagen. Dass es so oder so egal sei. Briggs hat kein Geld, und ich habe kein Geld, und zusammen hätten wir weniger als nichts.

Außerdem habe ich gesehen, wie er Sabrina angeschaut hat, als sie auf Lord Drummonds Ball miteinander tanzten. Vielleicht liege ich falsch, denn Briggs Goswick ist nun mal ein Charmeur erster Güte, doch ich glaube, dass er sich wirklich um sie sorgte, als die anderen Tänzer sie im Regen stehen ließen.

Vielleicht wird hier aus einer avisierten Vernunftehe gerade Liebe.

Ich hole tief Luft und schüttele die Wehmut, die sich plötzlich in meiner Brust breitgemacht hat, ab. Umso besser. Briggs Goswick war nie für mich bestimmt, rufe ich mir ins Gedächtnis.

Trotzdem ziehe ich das Kleid an, das Charlotte für mich ausgewählt hat. Oben hat es die Farbe von grünem Meeresschaum und eine hübsche Schleife unter dem Schultertuch, dazu einen cremeweißen Gürtel um die Taille und einen farblich passenden Rock. Ich frage mich langsam, wie es wohl sein wird, in Awendown wieder in die schlichten, bequemen Kleider zu schlüpfen, die ich dort immer anziehe. Mir keine Gedanken darüber machen zu müssen, was ich trage und wem ich begegnen werde, denn den Bienen ist es egal, wie ich aussehe.

In Mistlethrush stoße ich bereits am Eingangstor auf Mr Goswick und seinen prächtigen Apfelschimmel. Als er mich hört, reißt er sein Pferd herum. »Da sind Sie ja«, sagt er.

»Wie geht es denn meinem Lieblingspferd?«, frage ich und streichle Apollo am Hals. Er scheint sich von seiner Verletzung auf der Gartenparty vollständig erholt zu haben.

»Besser als je zuvor.« Briggs springt elegant aus dem Sattel.

Apollo schnaubt liebevoll in meine Handfläche, und ich lehne meine Stirn an seine. »Du siehst gut aus, du Schöner.«

»Danke«, sagt Briggs.

Ich gebe ihm einen spielerischen Knuff. »Immer so selbstverliebt.«

»Aus gutem Grunde.« Er lässt mir den Vortritt, und wir gehen Richtung Küche, während ein Stallknecht Apollo zurück in den Stall führt.

Die Küche ist in ein kühles Licht getaucht, und das dortige Personal macht es einem leicht, sich heimisch zu fühlen. Als wir eintreten, lassen die Frauen ihre Arbeit ruhen, wischen sich die Hände an ihren Schürzen ab und knicksen.

Ich tue es ihnen gleich und wünsche ihnen einen Guten Morgen.

»Das ist Miss Blythe Rowley«, stellt mich Briggs vor. »Sie wird mir heute mit den Körben für Familie Hughes helfen.«

»Ja, Sir«, sagt eine der Frauen und stellt ein Holzbrett voller Brote auf einem Tisch ab, auf dem Briggs bereits zwei Körbe bereitgestellt hat.

»Was meinen Sie?«, fragt er, unsicher, womit man solche Körbe bestückt.

»Nun, Brot ist auf jeden Fall eine gute Idee«, sage ich und lege meinen Hut auf einen Stuhl. »Und kalter Schinken wäre auch nicht schlecht.«

»Und Salate«, fügt Briggs hinzu.

Ich nicke zustimmend und sichte die Marmeladen- und Honiggläser vor mir. »Und«, frage ich schließlich, »wo ist Miss Dixon?«

Er säbelt gerade Scheiben von einem Braten ab, blickt aber kurz auf und schmunzelt.

»Unter uns gesagt, ihre Anwesenheit hätte mich nervöser gemacht als Ihre, Miss Rowley.«

Da haben wir es. Ich wünschte, Charlotte wäre jetzt hier, um Briggs' Worte zu hören. Er ist nervös, wenn Miss Dixon zugegen ist, deswegen bin ich hier, nicht wegen irgendwelcher aufkeimender Gefühle.

»Bei Miss Dixon fühle ich mich immer wie auf dem Präsentierteller. Bei Ihnen …« Er verstummt, und sein Blick findet meinen. Verdammt. Ich beiße mir auf die Lippen und weiß nicht, wohin mit meinen schwitzigen Händen.

Briggs strafft die Schultern und grinst. »Außerdem glaube ich nicht, dass sie schon wach ist.«

Ich fälle eine Entscheidung, greife in die Innentasche seiner Jacke und ziehe seine Uhr heraus, dann neige ich den Kopf, um die Uhrzeit lesen zu können. »Es ist fast Mittag«, sage ich und linse zu ihm hoch.

»So ist es.« Unsere Köpfe berühren sich fast, und mir wird schwindelig vom warmen Duft seines Körpers dicht neben mir in Kombination mit seinem Rasierwasser. »Sollen wir sie wecken?«

Sofort will ich laut protestieren. *Ich* will Briggs helfen. Und es würde Miss Dixon sicherlich nicht verletzen, wenn ich an ihre Stelle treten würde. »Es wäre unverzeihlich, ihren Schönheitsschlaf zu stören.«

»Also nein?«

»Es wäre rücksichtslos. Nein, auf keinen Fall. Nein. Wir kriegen das gut alleine hin. Nein.«

»Das waren recht viele Neins, also vertraue ich Ihrem Gefühl«, sagt er leise lachend.

»Das will ich doch hoffen«, antworte ich und stoße ihm den Ellenbogen in die Rippen.

»Vorsicht, legen Sie sich nicht mit jemandem an, der ein Messer in der Hand hält!«, sagt Briggs gespielt sorgenvoll.

»Ich habe Vertrauen in Ihre Messerkünste, Mr Goswick.«

»Dann sind Sie doch nicht so schlau, wie es den Anschein hat«, entgegnet er. »Wer bitte schön vertraut jemandem, der eine solch ansprechende Verletzung mit sich herumträgt?« Er deutet auf die Reste des Blutergusses von vor einigen Wochen. Man sieht kaum noch etwas.

»Eine Faust ist unberechenbarer als ein Messer«, gebe ich zu Bedenken.

»Kommt ganz darauf an, wem sie gehört.«

»Sollte ich also Zweifel an Ihrer Geschicklichkeit haben?«

»Niemals, Miss Rowley.«

Ich boxe ihm wieder in die Rippen und merke, wie albern das ist. Habe ich das wirklich gerade getan? Und doch scheint er sich königlich zu amüsieren, und wir lachen und scherzen miteinander, bis sich jemand in der Tür räuspert.

»Miss Rowley«, sagt Sabrina Dixon mit schmalen Augen. »Welch angenehme Überraschung, Sie hier in der Küche mit Mr Goswick anzutreffen. Was tun Sie hier?«

»Oh, Miss Dixon.« Briggs legt das Messer zur Seite und wischt sich die Hände an einem sauberen Küchentuch ab. »Miss Rowley kam vorbei, um mir mit den Körben für die Familie Hughes zu helfen. Sie schliefen noch, also übertrug ich Ihre Aufgaben an sie.«

»Oh«, sagt Sabrina und tritt ein. Ich kann sehen, dass sie zum ersten Mal hier ist, sie schaut sich neugierig um, will sichergehen, dass sie das Küchenpersonal durch ihre Anwesenheit nicht stört. »Das wäre doch nicht nötig gewesen. Ich wusste nur nicht, dass Sie so früh loswollten.«

Briggs kneift die Augen zusammen. »Es ist fast Mittag.«

»Trotzdem«, sagt Sabrina, kommt zum Tisch und zieht einen der Körbe zu sich heran. »Ich habe zu Hause schon oft bei Wohltätigkeitsveranstaltungen der Kirche geholfen. Es bietet sich also mehr als an, dass auch ich Ihnen helfe.« Ihr Blick wandert zu mir. »Haben Sie Erfahrungen in der Organisation von Wohltätigkeitsveranstaltungen, Miss Rowley?«

Ich halte ihrem Blick stand. Sie ist nicht die Erste, die mich in diesem Sommer unterzubuttern versucht, und obwohl es sich dieses Mal nicht anders anfühlt, verspüre ich doch eine gewisse Enttäuschung darüber, dass die zarten Bande zwischen Miss Dixon und mir anscheinend plötzlich keine Rolle mehr spielen. »Das habe ich nicht«, antworte ich. »Sie haben mir in dieser Hinsicht in der Tat etwas voraus, Miss Dixon.«

Meine Antwort stellt Sabrina zufrieden. »Ich kann Ihnen dabei behilflich sein, die Körbe zu den Hughes zu bringen«, sagt sie lächelnd zu Briggs und klimpert mit den Wimpern.

Ich frage mich, was sich für Sabrina geändert hat. Am Anfang des Sommers sprach sie kein Wort mit Briggs, und jetzt tut sie alles, um ihm zu helfen. So oder so: Ich habe auf jeden Fall meinen Teil der Abmachung erfüllt, so viel ist klar.

Briggs hat es zwar nicht die Sprache verschlagen, doch Worte von Belang findet er nicht. »Aber Miss Rowley ist extra hergekommen.«

Sabrina lässt Briggs nicht aus den Augen. »Dann kann sie uns wohl begleiten. Immerhin ist es ein herrlicher Tag für einen kleinen Spaziergang in der Natur.«

»Das stimmt«, sage ich und nehme ihr sanft den Korb aus den Händen, um ihn mit Honig und Marmelade zu füllen.

Als wir fertig sind, nehmen wir mit schwer beladenen Körben voller Köstlichkeiten den Weg über die Hauptstraße. Sabrina besteht darauf, etwas tragen zu wollen, und nimmt mir meinen Korb ab. Nach nicht einmal zweihundert Metern, die Mauern Mistlethrushs noch in Sichtweite, seufzt sie herzzerreißend.

»Dieser Korb ist einfach zu schwer«, sagt sie, bleibt mitten auf der Straße stehen und sieht zu mir. »Hier, Miss Rowley. Sie sind sehr viel eher der Typ für körperliche Arbeit. Können Sie ihn wieder nehmen?«

Mir fehlen die Worte.

»Ich nehme ihn«, sagt Briggs, doch er trägt bereits den größeren der beiden Körbe und hat sich mehrere aufgerollte Decken unter den Arm geklemmt. Ich genieße kurz seinen Anblick, bevor ich antworte. Er sieht unheimlich gut aus in seinem blauen Rock und der Weste mit den gelben Rauten. Briggs Goswick war schon immer attraktiv, natürlich, doch ich hatte es mir zur obersten Aufgabe gemacht, seinem Charme nicht zu verfallen. Heute jedoch kann ich anscheinend nicht aufhören, ihn anzuhimmeln. Diese Schultern, und wie perfekt der Rock an ihm sitzt, sein gepflegtes braunes Haar und diese verdammte Locke, die ihm einfach hinreißend in die Stirn fällt. Die Sonne lässt seine tiefgrünen Augen wie Glas schimmern, und als er mit einem schiefen Lächeln zu mir schaut, löst sich etwas tief in mir, das ich nur zu gern wieder einfangen würde.

»Nein, Miss Dixon hat recht«, sage ich und berühre ihn am Arm, als er den Korb nehmen will. »Ich bin besser zu gebrauchen als sie, und es würde mich freuen, den Korb den restlichen Weg zu tragen.«

Als wir durch Brumbury laufen, fragt Sabrina: »Wie weit ist es noch? Ich muss rechtzeitig wieder in Mistlethrush sein, um ein paar Dinge für London zu packen und mich fürs Abendessen frisch zu machen.« Dann fängt sie wieder an zu sticheln. »Für Sie ist das wahrscheinlich nicht so entscheidend, Miss Rowley, Sie riechen und sehen ja ohnehin immer so aus, als wären Sie den ganzen Tag in der Natur.«

Ich quittiere ihre Bemerkung mit einem Achselzucken. »Da stimme ich Ihnen zu, es würde mir nichts ausmachen. Es wäre mir am Ende sogar lieber. Wenn ich eines in diesem Sommer vermisse, dann die Zeit, die ich normalerweise draußen mit meinen Bienen verbringe.«

Briggs lächelt mich an. »Es kann wirklich ermüdend sein, den ganzen Tag ans Haus gebunden zu sein. Ihnen wäre es sicherlich am liebsten, den größten Teil des Tages draußen zu verbringen.«

»Besäße ich einen Garten wie den in Mistlethrush, würde ich dort sogar schlafen, glaube ich.«

Sabrina schnauft abfällig.

»Wie sieht der Garten in Awendown aus?«, fragt er mich.

Ich halte inne, denke an mein Zuhause, stelle mir vor, wie es wäre, wieder dort zu sein. »Er ist nicht ganz so groß wie Ihrer«, antworte ich. »Doch wir haben einen Obstgarten und ein Bienenhaus.«

»Sind wir da?«, unterbricht Sabrina uns und zeigt auf ein weißes Bauernhaus am Rande des Dorfes zwischen Feldern voll goldenen Weizens. Es ist robust, aber schön, und als wir auf das Gartentor zugehen, bin ich ein wenig befangen.

»Ich nehme den«, sagt Sabrina, reißt mir den Korb aus der Hand und geht auf die Eingangstür zu.

»Es tut mir leid«, flüstert Briggs mir seufzend zu.

Ich winke ab, als mache es mir nichts aus. Doch je länger ich am Gartentor stehe und zusehe, wie Sabrina sich mit dem Korb abmüht, desto wütender werde ich. Für wen hält sie sich, das ganze Lob einzuheimsen und so zu tun, als wäre sie diejenige, die Briggs großherzig hilft?

Briggs spürt meinen Ärger, stellt seinen Korb ab und reicht mir eine der Decken, die er unter dem Arm trägt. »Dürfte ich Sie bitten, das hier für mich zu nehmen?«, fragt er und sucht in meinem Gesicht nach Einverständnis.

Ich senke lächelnd den Blick. »Danke, Mr Goswick.«

Er berührt mich leicht am Ellenbogen, dann nimmt er wieder den Korb in die Hand und geht zu Sabrina. Sie klopft bereits energisch an der Haustür.

Die Tür öffnet sich, und Mrs Hughes steht vor uns, ein schreiendes Kind von nicht einmal zwei Jahren auf der Hüfte, hinter ihr weitere Kinder, die inmitten eines chaotischen Wohnzimmers voller Spielzeug und umherliegender Kleidung Fangen spielen. Irgendetwas kocht gerade auf der Feuerstelle über, ein weiteres Kind ruft »Mama, Mama!« und stampft mit geballten Fäusten und zusammengekniffenen Augen mit dem Fuß auf.

Sabrina macht große Augen und einen Schritt zurück.

»Mr Goswick«, sagt Mrs Hughes, »was bringt Sie hierher?« Sie ist viel jünger, als ich dachte, und groß. Sie hat starke Arme und eine energische Stirn.

»Ich hörte, dass Ihr Mann unpässlich ist, und dachte, Sie könnten ein wenig Hilfe gebrauchen«, erklärt Briggs und tritt ein. »Und ich habe zwei Freundinnen mitgebracht, die ebenfalls behilflich sein wollen.«

Sabrina folgt ihm halbherzig und sieht sich mit einem gezwungenen Lächeln um.

»Dies sind Miss Sabrina Dixon und Miss Blythe Rowley, Mr Barlows Nichte.«

»Freut mich, Sie kennenzulernen, Miss Rowley. Miss Dixon«, sagt Mrs Hughes.

Sabrina behält ihr aufgesetztes Lächeln bei, hält ihren Korb aber so fest in den Händen, dass die Knöchel weiß hervortreten. Briggs bedeutet ihr, vollends hereinzukommen, und sie folgt seiner Aufforderung.

»Was ist los?«, fragt er flüsternd, während Mrs Hughes versucht, ihr schreiendes Kind zu beruhigen.

»Ich will mich bei Mr Hughes nicht anstecken.« Sie kann den Korb kaum noch halten und hat den Blick auf die Kinder gerichtet, die immer noch durchs Zimmer rennen.

»Sie können sich nicht anstecken«, sagt Briggs und lacht. »Mr Hughes hat sich das Bein gebrochen.«

Ich nehme ihr den Korb ab und folge Briggs ins Haus. Wir stellen unsere Körbe auf einem stabilen Holztisch ab und packen aus, was wir heute Vormittag so sorgfältig ausgewählt haben.

Eines der Kinder rennt zu Sabrina. »Bist du eine Prinzessin?«, fragt das Mädchen.

Sabrina strahlt sie an. »Oh, bist du aber eine Süße. Danke, wie lieb von dir!«

Das Mädchen sieht sie verständnislos an.

»Ich hole meinen Mann«, sagt Mrs Hughes. »Er verbringt die meiste Zeit in seinem Zimmer, kann aber inzwischen schon ganz ordentlich durch die Gegend humpeln!«

»Nein, nein.« Briggs tritt einen Schritt vor. »Ich gehe zu ihm, wenn ich hier fertig bin.«

»Wie zuvorkommend von Ihnen, uns all das mitzubringen«, sagt Mrs Hughes, als sich die vielen Köstlichkeiten auf ihrem Tisch ausbreiten. »Es ist schwer, sich dieser Tage um David zu kümmern, ganz zu schweigen von den Kindern.«

»Willst du mit mir Prinzessin spielen?«, fragt das kleine Mädchen Sabrina. »Dein Kleid sieht aus wie ein Prinzessinnenkleid.«

»Ich kenne ein anderes Spiel.« Sabrina beugt sich zu dem Mädchen hinab. »Ein wunderbares Spiel, das ich als Kind sehr gerne gespielt habe.«

»Wie heißt es?«

»Es heißt das Schweigespiel. Wer am längsten still sein kann, hat gewonnen.«

Ich grinse in mich hinein. Dass Miss Dixon so etwas gerne spielt, glaube ich ihr sofort. Doch das Mädchen zieht eine Schnute und saust davon.

»Wie steht es um das Heu in diesem Jahr?«, fragt Briggs Mrs Hughes, als er wie selbstverständlich die Marmeladengläser in die Küchenschränke räumt.

Mrs Hughes zuckt die Achseln und schüttelt seufzend den Kopf. »Ich kann es Ihnen noch nicht sagen, Mr Goswick. Normalerweise holt David es mit unserem Ältesten und mir ein, aber wir haben schon geheut, und wenn es jetzt regnet, können wir es nicht mehr gebrauchen.«

Ich lasse den Blick über den Tisch und dann zu Briggs schweifen und ziehe die Augenbrauen hoch.

Er tut es mir gleich, zeigt auf sich und formt mit den Lippen das Wort: »Ich?«

Ich nicke entschieden.

Briggs seufzt ergeben. »Vielleicht«, setzt er an und schließt die Augen, als müsse er all seinen Mut zusammenzunehmen, »vielleicht könnte ich ja helfen. Mein Bruder und ich erfreuen uns beide bester Gesundheit. Wir könnten mit Hand anlegen, wenn Sie bereit wären, uns zu zeigen, was getan werden muss.«

Mrs Hughes starrt Briggs mit offenem Mund an. »Sie, Sir?«

»Ich, Ma'am.«

»Das könnten wir niemals von Ihnen verlangen, Mr Goswick.«

»Haben Sie auch nicht. Ich habe es aus freien Stücken angeboten.« Er sieht zu mir.

Als ich merke, dass er sich bei mir rückversichern will, breitet sich Wärme in meinem ganzen Körper aus. Ich nicke wieder.

Ermutigt macht er weiter. »Es wäre mir eine Freude, zu helfen. Ihr Erfolg ist unser Erfolg.«

»Mama!«, ruft eines der Mädchen und reißt uns alle aus dem Gespräch. »Mama, Emily hat mir meine Puppe weggenommen und wird sie kaputt machen. Sag ihr, sie soll mir meine Puppe wiedergeben!«

»Emily, hast du deiner Schwester die Puppe weggenommen?«

»Sie hat damit gar nicht gespielt!« Das kleinere der beiden Mädchen bricht in Tränen aus.

»Ich habe eine Idee«, schalte ich mich ein. »Wie wäre es, wenn wir alle rausgehen und eure Mutter und Mr Goswick hier drinnen ihre langweiligen Sachen bereden lassen?« Beide Mädchen sehen mich breit grinsend und mit großen Augen an. »Es ist so schön draußen, das sollten wir ausnutzen.« Ich nehme Emily an der Hand, und ihre Schwester folgt mir hüpfend aus der Tür.

»Danke, Miss Rowley«, sagt Mrs Hughes erleichtert.

»Es freut mich, wenn ich behilflich sein kann.«

»Danke, Miss Rowley«, sagt auch Briggs, und seine Augen sind sanft und voller Dankbarkeit, als ich ihm einen Blick über die Schulter zuwerfe.

»Kommen Sie, Miss Dixon. Es wird schön sein draußen im Sonnenschein, meinen Sie nicht?«

Sie starrt mich einen Moment lang an, dann folgt sie mir.

Wir spielen recht lange miteinander, hauptsächlich Verstecken, was, so dachte ich, ganz im Sinne Miss Dixons sein würde. Es hätte ihr die Gelegenheit gegeben, sich zu absentieren, doch anscheinend ist das nicht ihre Absicht.

»Sollten wir uns nicht langsam auf den Rückweg machen?«, fragt sie mich nach einer guten halben Stunde. »Ich muss noch so viel vorbereiten, bevor wir nach London fahren. Und dann das Abendessen in Wrexford, und mein Kleid ist unglaublich staubig.«

»Wir sollten Mr Goswick nicht hetzen, wenn er dabei ist, Geschäftliches mit seinem Pächter zu besprechen.«

»Wie kommt es, dass sich eine Dame wie Sie mit Gutspächtern auskennt?«, fragt sie und setzt sich auf einen Baumstamm am Zaun. Hinter ihr weiden Schafe im hohen Gras. »Ich bin immer wieder erstaunt, wie viel Sie über Dinge wissen, die für eine Lady gar nicht relevant sind.«

»Ich bin die Tochter eines Gentlemans«, sage ich ruhig. »Und weiß, dass es mir gut geht, wenn es meiner Familie gut geht. Also interessiere ich mich dafür, wie wir unser Land bewirtschaften, in welchem Zustand unsere Tiere sind und wie es unseren Pächtern geht.« Ich blicke in den strahlend blauen Himmel über uns. »Wahrscheinlich denke ich, dass mich nichts überraschen kann, wenn ich weiß und verstehe, was um mich herum passiert. Dass ich dann nicht ganz so enttäuscht bin, wenn etwas schiefgeht.«

Sabrina atmet langsam aus. »Das hört sich leichter an, als es ist.«

»Manchmal verkomplizieren wir die Dinge«, antworte ich, als das jüngste Kind der Hughes zu mir gewatschelt kommt und eine Reihe zerrupfter Gänseblümchen in meinen Schoß fallen lässt. »Nicht wahr, Kleiner?«

Sabrina hat ihren Blick in die Ferne gerichtet.

»Wurden Sie schon einmal enttäuscht, Miss Dixon?«, frage ich sie leise.

Sie zuckt die Achseln. »Wir sind Frauen, Miss Rowley. Es ist unser Los, das zu tun, was man uns sagt. Es ist irrelevant, ob ich enttäuscht wurde. Ob Sie enttäuscht wurden.«

Ihre Worte beunruhigen mich, doch dann wird meine Aufmerksamkeit auf Briggs und Mrs Hughes gelenkt, die in die Nachmittagssonne treten. Hinter ihnen kommt Mr Hughes auf Krücken angehumpelt, und sie bleiben alle stehen und reden miteinander. Briggs tätschelt Mr Hughes sogar die Schulter, als wären sie alte Freunde. Er sieht aus wie ein Gutsherr, der weiß, was er tut. Wie ein Gentleman, den seine Pächter respektieren. Ich bin ein bisschen stolz, das kann ich nicht leugnen.

Briggs schüttelt Mr Hughes die Hand. »Und lassen Sie es mich wissen, wenn Sie noch etwas brauchen. Ansonsten sehen Sie meinen Bruder und mich morgen früh.«

»Danke, Sir.« Mr Hughes lächelt Briggs an und schüttelt ungläubig den Kopf. »Wissen Sie, Sie erinnern mich sehr an Ihren guten Vater, Gott habe ihn selig«, sagt er zum Abschied.

Briggs lächelt und senkt den Blick. »Danke. Das bedeutet mir viel.«

»Wir müssen los!«, ruft Sabrina. »Wir sind heute Abend verabredet. Kommen Sie, Mr Goswick. Wir müssen uns beeilen.« Sie rafft ihre Röcke und schreitet los in Richtung Brumbury, und wir folgen ihr.

»Sehen Sie!«, flüstere ich Briggs aufgeregt zu. Und bevor ich darüber nachdenken kann, habe ich mich bei ihm eingehakt. »Mehr braucht es nicht, um Ihren Pächtern zu zeigen, dass Sie sie wertschätzen. Ein kurzer Besuch und ein paar Lebensmittel.«

»Es war viel einfacher, als ich dachte«, sagt Briggs und berührt meine Hand, die in seiner Ellenbeuge ruht. »Und ich hätte nie gedacht, dass es so bereichernd sein würde.«

Ich lächle ihn an und würde mich am liebsten an ihn schmiegen. »Sie haben sich sehr gut geschlagen.«

»Dank Ihnen natürlich«, antwortet er und sieht mich vielsagend an. »In Ihrer Gegenwart bin ich eine viel bessere Version meiner selbst.«

Ich wende mich mit hochrotem Kopf ab.

»Dürfte ich Ihnen eine weitere Frage stellen, Miss Rowley?«

Ich nicke nur, bringe gerade keine Worte heraus.

Briggs lässt sich Zeit und spricht erst nach reiflicher Überlegung. »Was genau trägt man zur Heuernte?«

Ich schüttele mich vor Lachen. Und selbst Briggs muss über seine eigene Frage schmunzeln. »Nicht so etwas«, antworte ich und deute auf seine ausgesuchte Kleidung. »Ganz sicher nicht so etwas.«

Kapitel 23

Briggs

»Das einfache Landleben liegt mir so viel mehr«, sagt August, als wir am nächsten Morgen zu den Hughes gehen.

»Mehr als das Leben eines Gentlemans?«, frage ich.

Der Himmel über uns ist klar und blau, doch am Horizont tauchen erste drohende Wolkenfetzen auf. August war schon lange vor Sonnenaufgang wach und erschien in Kniebundhosen in meinem Zimmer, die er »arbeitstauglich« nannte, um mir daraufhin ihre Arbeitstauglichkeit mit einem großen Ausfallschritt zu beweisen und mir ein Paar zuzuwerfen.

Ich muss zugeben, sie fühlen sich in der Tat angenehm arbeitstauglich an.

»Ich mag es, draußen bei den Pferden zu sein und Neues zu lernen, das ist viel besser als Ballabende und …«, er erschaudert, als er das nächste Wort in den Mund nimmt, »… Opernbesuche.«

»Ich bin auch nicht gerade begeistert, in die Oper gehen zu müssen, doch es geht ja nur um einen Abend. Das sollte machbar sein. Außerdem freut sich Miss Dixon.« Das stimmt nicht. Dass sich Miss Dixon freut schon, das tut sie mit Sicherheit. Aber sie ist nicht der Grund für meine Anwesenheit.

Ich gehe in die Oper, um Blythe zu sehen. Um sie ansehen zu können, während sie sich die Oper ansieht. Um mir von ihr zeigen zu lassen, warum die Oper wichtig ist, und um aus erster Hand mitzuerleben, wie sie sich nach und nach in Colchester verliebt. Denn wenn ich es mit eigenen Augen sehe, wenn ich sehe, wie sie seinen Arm berührt, ihm etwas zuflüstert, ihre vollen Lippen, dieser perfekte Kussmund, fast sein Ohr streift, dann werde ich vielleicht zu der Überzeugung gelangen können, dass Sabrina die bessere Wahl für mich ist – die einzige Wahl.

»Ja«, stimmt August mir zu, »dass sie sich freut, ist klar, sonst wäre sie wohl kaum schon einen Tag früher nach London gefahren.«

Ich lasse meine Hand durch das hohe Gras gleiten und pflücke ein paar Halme. »Sie wollte irgendwelche Freunde besuchen, glaube ich.«

»Ich sehe schon, wenn sie redet, bist du ganz Ohr«, bemerkt August trocken.

»Die Betonung liegt hier wohl auf dem Wörtchen *wenn*. Mit ihr zusammen zu sein, ist wie einen kleinen Geist um sich zu haben.«

»Aber du magst sie?«, fragt August.

»Ich kenne sie kaum.«

»Klingt nach einer guten Grundlage für eine Beziehung. So wie bei Mutter und Vater.«

Ich betrachte meinen Bruder eine Weile. Meinen kleinen Bruder, der so selten über Persönliches spricht. »Was meinst du damit?«

August zuckt die Achseln und klemmt sich einen meiner Halme zwischen die Daumen. Er pfeift darauf und lässt ein scharfes Geräusch ertönen. »Unsere Eltern kannten sich kaum, als sie heirateten, und als sie sich schließlich besser kennenlernten, konnten sie sich nicht ausstehen. Ich weiß gar nicht mehr, wann sie es zuletzt eine Stunde zusammen im gleichen Haus aushielten, ganz zu schweigen vom gleichen Raum.«

Ich schaue in den Himmel, als würde ich dort die Antwort finden.

»Tu nicht so, als würde es dir jetzt auch einfallen«, sagt August sanft. »Du warst viel zu beschäftigt damit, quer durch Europa von einer Feier zu nächsten zu ziehen.«

Ich nicke. Es bringt nichts, es zu leugnen. »Sie waren ziemlich unglücklich miteinander, nicht wahr?«

»Ich bin immer davon ausgegangen, dass sie nur geheiratet haben, weil es von ihnen erwartet wurde. Dass sich zwei alteingesessene Familien zusammentun sollten. Mutter brachte eine große Mitgift mit, und Vater, nun ja, Vater war ein Goswick.«

Dem habe ich nichts hinzuzufügen. Ich weiß nicht, inwiefern August über Vaters Finanzen vor und nach seinem Ableben im Bilde ist. *Unsere* Finanzen. Plötzlich schäme ich mich, dass ich ihm nichts davon erzählt habe. Ich will ihm alles, was ich ihm und Mutter wissentlich vorenthalten habe, beichten, doch da unterbricht August mich.

»Da kommt jemand in unsere Richtung«, sagt er und zeigt nach vorne.

Ich frage mich, wer das sein könnte, denn das Pferd ist viel zu edel für diese Ecke Brumburys. Im Näherkommen wird es von seinem Reiter gezügelt, und endlich erkenne ich ihn.

»Lord Colchester«, sage ich.

Er bringt sein Pferd zum Stehen und lächelt mich an. »Goswick! Ich hätte Sie in diesem Aufzug fast nicht erkannt. Was zum Himmel tun Sie hier?«

»Wir holen heute das Heu ein«, antwortet August statt meiner, als wäre es mehr als offensichtlich, was wir hier tun wollen.

»Ah, der jüngere Goswick«, sagt Colchester mit einem breiten Lächeln. An diesem Mann perlt einfach alles ab. »Wie geht es Ihnen?«

»Gut, gut«, antwortet August knapp.

»Und wohin verschlägt es Sie?«, frage ich. Als wüsste ich die Antwort nicht längst.

»Nach Wrexford Park. Miss Rowley und ihre Familie werden mir diese Woche in meiner Opernloge Gesellschaft leisten, und ich dachte, ich reite schon einmal vorweg. Genieße die wunderbare Landschaft.«

»Natürlich«, sage ich. Mehr bringe ich nicht heraus, doch in mir brodelt es, wenn ich daran denke, dass Colchester mit Blythe die Landschaft genießt – *meine* Landschaft, diejenige, die ich den ganzen Sommer über mit ihr geteilt habe. Meine Hände ballen sich zu Fäusten, und ich hole tief Luft.

»Also dann«, sagt Colchester. »Ich will Sie nicht länger bei dem, was Sie vorhaben, aufhalten. Und ich freue mich darauf, den Tag mit Miss Rowley zu verbringen.«

Ich blinzele mehrfach. »Mmm.«

»Einen schönen Tag Ihnen«, sagt August und drängt sich an mir vorbei. »Und erneut: Wir holen das Heu ein.« Als Colchester endlich am Horizont verschwindet, dreht sich August zu mir um. »Er hat es mir, glaube ich, nicht abgenommen.«

Wir laufen den Hügel hinauf und sehen kurz darauf den Hof der Hughes direkt unter uns liegen.

»Er wird um ihre Hand anhalten, das weißt du, oder?«, sagt August. Sein Blick schweift in die Ferne.

Ich stemme die Hände in die Hüfte. »Ja, das weiß ich.«

»Wollte nur sichergehen.«

»Ich *weiß*, August. Ich weiß.« Ich weiß es und kann nicht anders, als die Schuld dafür bei mir zu suchen, denn ich war derjenige, der die beiden einander vorstellte. Blythe könnte niemals die Frau eines Lords sein. Alles an einer solchen Stellung ist rigide festgelegt und vorgeschrieben und falsch. Das Gegenteil von Blythe. Alles, was sie niemals sein könnte.

Ich folge August den Hügel hinab, um unser Tagwerk zu beginnen.

Und obwohl es das Heu einzuholen gilt, obwohl ich meine Pächter zusammengerufen habe, um den Hughes zu helfen, und mich mit körperlicher Arbeit ablenken kann, denke ich nur an Blythe.

Ich weiß nicht genau, wann Miss Rowley von einem furchtbar anstrengenden Mädchen zu einer Frau wurde, an die ich viel zu oft denken muss. Wir reden hier von Blythe Rowley, verdammt noch mal. Der Nervensäge, die ihre ganze Kindheit damit verbrachte, mir meine Fehler unter die Nase zu reiben. Die mich immer wieder auf unvorhersehbare Weise ärgerte. So wie niemand zuvor. Anscheinend war ich stets davon ausgegangen, ewig auf der Sonnenseite des Lebens zu stehen. Doch jeder von uns hat Fehler. Es brauchte eben Blythe Rowley, um mir das vor Augen zu führen.

Und es hat mir gutgetan.

Es stellt sich heraus, dass die Heuernte nicht ohne ist. Während die Pferde die Wagen ziehen, werfen die Männer mit Heugabeln das Heu obendrauf. Es gibt insgesamt sechs Pferde, drei Karren und zehn Männer.

»Ich habe mehrere Aufsätze gelesen, bevor wir hierhergekommen sind«, erklärt mir August über die Schulter hinweg, ihm scheint die Arbeit leicht von der Hand zu gehen. »Du hättest dich in deiner Freizeit auch mal vorbereiten sollen, anstatt Miss Rowley anzuschmachten.«

Die anderen Männer lachen, und ich muss jetzt auf sie wie ein Vollidiot wirken, wie ich an meine Heugabel gelehnt dastehe und sehnsüchtig an irgendeine Frau denke, die gar nicht hier ist.

»Ich schmachte Miss Rowley nicht an«, brumme ich und beeile mich, die frischen Heubüschel vor mir zu beackern.

»Doch, das tun Sie«, sagt Mrs Hughes, die den Karren lenkt. »Wenn ich das sagen darf, Sir. Ich habe gesehen, wie Sie sie gestern angeguckt haben.«

Wieder lachen die Männer. »Muss ein ziemlich hübsches Ding sein, so wie Sie hier hinter allen hinterherhinken«, wirft Mr Walker ein.

»Tun Sie einfach so, als würde sie auf dem Karren sitzen und nicht Mrs Hughes, dann geht die Arbeit ratz, fatz«, schlägt ein anderer vor.

Da wird mir klar, dass sie mich einfach nur necken. So wie sie es auch untereinander tun würden. Sie haben mich eingemeindet, und ich freue mich darüber.

Wir hieven das Heu auf den Wagen und fahren ihn zu einer großen Backsteinscheune, wo ihn zwei weitere Männer entladen, dann kommt ein neuer Wagen aufs Feld gefahren. Ich habe noch nie in meinem Leben eine solch erfüllende Arbeit verrichtet. Der immer gleiche Ablauf, die Tradition, die Früchte der eigenen Arbeit vor Augen – das alles erdet einen. Ich hätte nie gedacht, mit diesen Menschen einmal zusammenzuarbeiten, und nun öffnet es mir die Augen und gibt mir ein Gefühl von Sicherheit. Dieses Land gehört uns, nicht nur mir, und wenn wir zusammenarbeiten, können wir wachsen. Ich gönne mir eine kurze Pause und lasse meinen Blick schweifen, jeder Muskel in meinem Körper schmerzt, der Schweiß läuft mir den Rücken hinab, und mein Herz ist so voll, dass ich Angst habe, es könnte platzen.

Hoch auf dem Wagen beginnt Mrs Hughes zu singen. Sie stimmt ein Lied von einem Gentleman an, der spazieren geht, und zwei der Männer nehmen, ohne von ihrer Arbeit aufzusehen, die Melodie auf und singen weiter, davon, wie der Mann auf einer Wiese einem schönen Mädchen begegnet. Das Lied kommt mir bekannt vor, es transportiert mich an einen fernen Ort, an dem ich mich einst heimisch fühlte, und langsam kehrt die Erinnerung zurück.

Ich sehe meinen Vater und mich auf der Erde knien, im Garten, jenseits der Mauern Mistlethrushs. Er brachte mir bei, welche

Gemüsesorten sich gut zusammen anpflanzen lassen. Auch er sang dieses Lied. Zusammen mit mir.

Links von mir hievt August unverwandt Heu auf den Wagen, doch ich höre auch ihn singen. Ich stimme mit ein, obwohl ich keine gerade Note herausbringe, und er grinst mich schief an.

»Ihr kennt den Text, Jungs!«, ruft einer der Männer, und nach und nach werden wir lauter, bis das ganze Feld von unseren Stimmen widerhallt. Mein schiefer Gesang hat wahrscheinlich alle Krähen im Umkreis von einem Kilometer verscheucht. Doch es ist mir egal.

Und gerade als wir den letzten vollen Wagen in den Stall bugsiert haben, öffnen sich die Himmelspforten, und es beginnt zu blitzen und zu donnern, und wie von Thomas Walker vorhergesagt, hat der strömende Regen das leere Feld im Nullkommanichts durchweicht.

Wir stehen jubelnd im Torbogen unter dem sicheren Scheunendach, und vor uns fällt ein dichter Regenvorhang von der Dachtraufe. Ich bin unglaublich erleichtert, dass wir unsere Arbeit noch zu Ende bringen konnten, und habe mich noch nie so befähigt und lebendig gefühlt wie heute. Wir umarmen einander und können kaum glauben, dass wir es geschafft haben.

Als die anderen sich auf den Heimweg machen, um zu Abend zu essen, dreht sich August zu mir um. »Als Allererstes werde ich mir zu Hause ein Bad einlassen«, sagt er.

Ich gehe in die Hocke, hebe einen heruntergefallenen Halm vom Boden auf und zwirble ihn zwischen den Fingern. Ich würde als Allererstes am liebsten Blythe von meinem Tag erzählen, merke ich. Mit ihr über meinen neu entdeckten Respekt für landwirtschaftliche Tätigkeiten reden. Und mein Hochgefühl weicht einem dumpfen Schmerz, als ich daran denke, dass sie nicht in Mistlethrush sein wird. Noch nicht einmal in Wrexford Park. Sie ist weit weg, und die Entfernung zwischen uns macht mir zu schaffen. Zu erkennen, dass ich sie brauche, dass ich sie bei mir haben möchte, macht mir zu schaffen.

»Meinst du, Vater hätte heute mitgemacht?«, frage ich August.

Er schaut mich nicht an, doch ich kann sehen, wie seine Mundwinkel zucken und er mit seinen Gefühlen kämpft. Er nickt.

»Er wäre stolz auf uns«, sage ich mit gesenktem Blick. »Danke, dass du mitgekommen bist.«

August holt tief Luft und wischt sich über die Wangen. »Beziehe mich ruhig häufiger ein, Briggs«, sagt er. »Wenn ich dir helfen kann.«

Ich zögere, bevor ich weiterrede. Ich habe Angst vor seiner Reaktion. Ich habe Angst, ihn zu verlieren, merke ich. Doch er hat es verdient, alles zu wissen. »Ich muss dir etwas gestehen«, sage ich. »Etwas, das ich dir schon vor Monaten hätte sagen sollen, doch ich wollte dich und Mutter schützen.«

»Geht es um Vater?«, fragt August leise.

Ich nicke und habe plötzlich einen Kloß im Hals.

»Ich bin mir sicher, dass ich es bereits weiß«, sagt er. »Du hast vergessen, dass ich, während du in Europa am …«

»… am Feiern warst, ja, ich weiß«, vervollständige ich seinen Satz.

»Dass ich währenddessen hier in Mistlethrush herumsaß und Vater und Mutter beim Streiten zuhören musste. Selbst wenn man in seinem Zimmer sitzt und liest, dringt einiges zu einem durch.«

»Es ist nicht nur das«, sage ich. »Vater war spielsüchtig und hat uns kaum etwas hinterlassen. Deswegen habe ich so viel Zeit bei Onkel Richard in London verbracht, ich habe nach Lösungen gesucht, aber … es könnte sein, dass wir Mistlethrush aufgeben müssen.« Ich starre hinaus aufs Feld, als sich ein Blitz über uns entlädt. »Und all dies verlieren.«

August schweigt eine Weile. »Oh«, sagt er dann leise und betrachtet einen Grashalm, den er in der Hand hält. »Und deswegen bist du hinter Miss Dixon und nicht Miss Rowley her. Es ist alles eine Frage der Mitgift.«

Ich nicke stumm und presse die Lippen zusammen, kann das Schluchzen in meiner Kehle aber nicht zurückhalten. Laut ausgesprochen hört es sich an, als wäre ich ein Betrüger.

»Ich bin froh, dass du es mir erzählt hast«, sagt August. »Es ist leichter, eine solche Last zu teilen. Weiß Miss Rowley Bescheid?«

»Ja.« Ich stelle mich neben ihn. »Sie hilft mir, Miss Dixons Zuneigung zu gewinnen.«

August schnaubt.

»Was?«

»Es ist schon lustig, wie deine Erzfeindin plötzlich deine Freundin ist und dir hilft, das langweiligste Mädchen auf der Erde zu umgarnen.«

»Miss Dixon ist nicht …«, will ich einwenden.

Doch August dreht sich zu mir, bevor ich meinen Satz beenden kann. »Miss Dixon ist nicht Miss Rowley. Niemand war je das, was Miss Rowley für dich ist. Oder wird es jemals sein.«

Er tritt hinaus in den Regen und schlägt den Heimweg ein.

»Du wirst pitschnass!«, rufe ich ihm nach.

Er dreht sich zu mir um und geht, als begrüße er den Regen, mit weit ausgebreiteten Armen rückwärts weiter.

»Kleine Brüder«, schimpfe ich. Doch ich folge ihm.

Kapitel 24

Briggs

Die Oper ist genau so, wie ich sie in Erinnerung hatte. Voll. Drückend. Laut. Unglaublich laut. Die Leute in dieser verfluchten Loge sind laut. Die Musik ist laut. Wie kann man so etwas nur mögen? Wie kann man so etwas nur einen entspannten Abend nennen?

Neben mir sitzt Sabrina und schaut sich still die Aufführung an, während ihre Mutter mit einigen Londoner Freundinnen Karten spielt. Als eine der Damen fragte, wer ich sei, hakte sich Sabrina bei mir ein, als sie mich vorstellte. Erzählte, dass ich darauf bestanden hatte, sie in die Oper einzuladen, wie hätte sie da Nein sagen können? Dann sah sie mich an wie einen kleinen, bemitleidenswerten verliebten Schuljungen.

Das ist in Ordnung. Es ist in Ordnung zu übertreiben, sage ich mir. Genau das wollte ich schließlich schon die ganze Zeit, das Mädchen gewinnen, das Mistlethrush bewahren, meinen Pächtern Gewissheit geben und meinen Familiennamen retten kann. Den Namen, den mein Vater durch den Dreck gezogen hat. Es ist in Ordnung, ein solches Opfer kann ich bringen.

Wenn ich nur angestrengt genug auf die Bühne starre, kann ich das Kartenspiel in meinem Rücken ausblenden. Und mir vorgaukeln, dass Miss Dixon an der Oper den Gesang, die Geschichte, die Inszenierung, die Kunst schätzt, nicht das Sehen und Gesehenwerden während der Aufführung. Ich kann so tun, als wären wir etwas anderes als zwei Menschen, die sich gegenseitig ausnutzen.

Ich halte das genau so lange durch, bis mein Blick zu Blythe in Lord Colchesters Loge wandert. Mir wird ganz anders, als ich sie dort in einem smaragdgrünen Kleid sitzen sehe, sie hat sich auf der Balustrade abgestützt, und ihr ganzer Körper vibriert vor Erwartung dessen, was als Nächstes auf der Bühne passieren wird. Ein Lächeln liegt auf ihren Lippen. Colchester beugt sich zu ihr und zeigt auf etwas, sie nickt und flüstert ihm etwas ins Ohr.

Sie hat Spaß mit ihm, wird mir klar. Der Abend ist kein Pflichtprogramm für sie, anders als bei mir. Ich sehe von der anderen Seite des Zuschauersaals dabei zu, wie sie sich in einen anständigen und ehrenwerten Mann verliebt, und ich kann nichts dagegen tun.

Ich sollte auch nichts dagegen tun.

Ich klammere mich an meinen Stuhl und setze mich aufrecht hin. In diesem Moment kann ich es nicht länger vor mir selbst verbergen, dass ich schon immer Blythe Rowleys Zuneigung haben wollte, seit ich ein kleiner Junge war, und dass ich schon immer alles dafür getan habe, meist ohne Erfolg. Doch noch nie war es so schlimm wie jetzt.

Das Verlangen, an dem, was sie bewegt, teilzuhaben.

Und irgendwie muss sie sogar über diese Entfernung hinweg meine Gedanken gelesen haben, denn ihr Blick wandert von der Sopranistin auf der Bühne zu mir und bleibt auf mir ruhen. Mir bleibt fast die Luft weg, als wir uns ungewöhnlich lang quer über den Zuschauerraum hinweg in die Augen sehen.

Ich habe schon genug Mädchen gehabt. Ich weiß, wie sie sich anfühlen, wie sie schmecken, und dass sie einem in kurzen Momenten gestohlener Zeit in dunklen Zimmern das Gefühl geben können, das Wichtigste in ihrem Leben zu sein. Doch dies ist der intimste Moment, den ich jemals mit einer Frau geteilt habe. Ich zerre an meiner Krawatte, mein Mund ist trocken. Ihr Blick ist so unverstellt und wissend, dass ich mich vollkommen nackt fühle.

Meine Brust schmerzt mit jedem Atemzug mehr. Sie hat schon immer erkannt, wer ich bin, und ich habe immer versucht, mich zu verstecken.

Doch jetzt? Jetzt kann ich mich nicht vor ihr verstecken. Und auch nicht mehr vor mir selbst.

Ich versuche, mich aus meiner Trance zu befreien, und wende mich Sabrina zu. »Ha… haben Sie Spaß?«

Sie nickt lächelnd.

»Und sitzen Sie bequem?«

Wieder ein Nicken, ein Lächeln.

»Gut.« Ich bin mir ziemlich sicher, dass das alles ist, was ich von meiner Begleiterin erwarten kann. Also wende ich mich wieder der Loge auf der gegenüberliegenden Seite zu, wo Blythe erneut Lord Colchester etwas zuflüstert.

»Mr Goswick.« Sabrinas Mutter setzt sich auf meine andere Seite. »Mr Goswick, ich habe wunderbare Nachrichten.«

»So?«, frage ich und starre immer noch unverwandt zu Blythe. Dann reiße ich meinen Blick von ihr los.

»Lady Clifford.« Mrs Parker dreht sich um und zeigt auf den Tisch mit den Karten spielenden Damen, den sie gerade verlassen hat. »Sie gibt morgen Abend einen Ball und hat uns alle eingeladen. Selbst Ihren Bruder.«

Sabrinas Gesicht leuchtet auf, und sie nimmt meinen Arm. »Dann müssen wir noch nicht nach Mistlethrush zurück.«

Ich blicke sie konsterniert an. »Wie bitte?«

»Nichts für ungut, Mr Goswick«, sagt Sabrina entschuldigend und beugt sich näher. »Doch die Freizeitoptionen in Mistlethrush sind eher *begrenzt.* Es ist dort kaum besser als in Brompton.«

Kaum spricht sie, sind ihre Worte eher unangenehmer Natur, merke ich und sage: »Ich werde es mir durch den Kopf gehen lassen.«

Doch Sabrinas Mutter lässt nicht locker. »Wir haben keine Bedenkzeit. Lady Clifford rechnet mit uns. Ich habe ihr bereits gesagt, welche Ehre es ist, von ihr eingeladen zu werden.«

»Mr Goswick?«, bittet Sabrina mich.

»Trotz des begrenzten Freizeitangebots habe ich sehr viele Pflichten in Mistlethrush. Ich habe Pächter, um die ich mich kümmern muss«, antworte ich mit schmalen Augen.

Sabrina rückt wortlos wieder weg und stützt das Kinn auf. »Das war wohl zu erwarten, jetzt, wo Sie Gutsherr sind und Verantwortung tragen«, murmelt sie leise vor sich hin.

Den Rest der Aufführung schweigen wir.

Draußen warte ich geduldig, bis sich Miss Dixon und ihre Mutter von ihren Freundinnen verabschiedet haben. Die berühmt-berüchtigte Lady Clifford, eine groß gewachsene ältere Dame mit unfehlbarem Geschmack, ist bereits gegangen, nicht ohne mir vorher mitzuteilen, dass sie hofft, uns morgen wiederzusehen. Was Miss Dixon und ihre Mutter prompt dazu veranlasste, mir hoffnungsfrohe Blicke zuzuwerfen.

Der Gedanke an einen weiteren Londoner Abend in Sabrinas Gesellschaft ist zu viel für mich, was mich wiederum in große Unruhe versetzt. Ich brauche Sabrina, wenn ich Mistlethrush retten will. Ich dachte, es würde schon irgendwie klappen, sie zu heiraten, und vielleicht hätte es auch irgendwie geklappt. Vielleicht wäre alles in Ordnung gewesen, wäre da nicht …

»Mr Goswick.«

Blythe Rowley.

Ich hole einmal tief Luft, bevor ich mich zu ihr umdrehe. »Hallo«, sage ich leise.

»Wir sahen Sie in Onkel Henrys Loge und wollten Ihnen natürlich unbedingt Guten Tag sagen«, fährt sie fort. Das matte Licht der Straßenlaterne lässt einen gerade so erahnen, dass sie ein dunkelgrünes Kleid trägt, zumindest anhand dessen, was unter ihrem Umhang zum Vorschein kommt.

»Ja, hallo.« Das sagte ich bereits. *Reiß dich zusammen, Goswick.*

»Eine beeindruckende Vorstellung, nicht wahr?«, fragt Lord Colchester, der hinter ihr auftaucht. Er legt ihr die Hand auf den Rücken.

»In der Tat«, antworte ich schmallippig. »Beeindruckend.«

»Sind Sie länger hier?«, fragt sie. »Oder geht es gleich morgen zurück nach Mistlethrush?«

Lord Colchester geht zu Miss Dixon und ihrer Mutter, um sie zu begrüßen und sich zu erkundigen, ob ihnen die Oper gefallen habe. Angesichts der Tatsache, dass keine der beiden Damen das Bühnengeschehen verfolgt hat, wünsche ich ihm viel Glück dabei.

»Ich muss mich zu Hause um verschiedene Angelegenheiten kümmern«, sage ich.

Blythe rückt näher. »Was würde ich mir wünschen, Sie blieben noch. Lady Clifford gibt morgen einen Ball, und ich habe das Gefühl, dass das der perfekte Ort für weitere Investoren sein könnte.« Dann sieht sie mir direkt in die Augen. »Mit Ihnen an meiner Seite bin ich mutiger.«

Verdammt und zugenäht. Wenn ich zu Lady Clifford gehe, komme ich nicht nur zu spät zu meinen Pächtern zurück, sondern muss auch noch zusehen, wie Lord Colchester Blythe den Hof macht und mein Herz gebrochen wird. Doch ich kann ihr nichts abschlagen, wenn sie mich mit solchen Augen ansieht.

»Natürlich«, murmele ich und starre auf meine Füße. »Ich helfe Ihnen, wo immer ich kann.«

»Ich wusste, dass ich auf Sie zählen kann.« Erleichterung breitet sich auf ihrem Gesicht aus, und sie berührt dankbar meinen Arm.

»Immer«, sage ich, ehe Lord Colchester wieder neben ihr auftaucht. »Solange ich kann.«

Kapitel 25

Blythe

Es ist ein kühler Augustabend, doch ich weiß nicht, ob ich vor Kälte oder Nervosität zittere. Amy nimmt meine Hand, als wir vor den Eingangsstufen zu Lady Cliffords Stadthaus stehen, das nicht halb so eindrucksvoll ist, wie ich es mir vorgestellt habe – es ist von außen sogar recht schlicht, wenn auch geschmackvoll. Dieser falsche Eindruck beunruhigt mich und lässt mich all meine Vorurteile hinterfragen, und davon gibt es einige. Nur die ausgesuchtesten Familien Londons wurden zu diesem Ball eingeladen, und doch haben Amy, Julian und ich es hierhergeschafft.

Hinter uns nähern sich Charlotte und Lord Colchester. Aber sie zählen nicht, denn sie gehören tatsächlich zu den Menschen, die jemand wie Lady Clifford stets einladen würde. Sie könnten nie verstehen, dass ich mich wie eine Aufschneiderin fühle. Mein Herz klopft wie verrückt, und ich weiß nicht, was mich nervöser macht – auf einen Ball zu gehen, auf dem ich so gut wie niemanden kenne, oder Lord Colchester wieder einen ganzen Abend lang vorzuspielen, an ihm interessiert zu sein.

Ich drehe mich zu ihm um und sehe, dass er Charlotte gerade irgendeine Geschichte über seine Hunde erzählt. Wenn ich bloß nur mehr Interesse an Hunden aufbringen könnte, doch noch ein weiteres Wort zum Thema Hundezucht, und ich drehe durch.

»Gehen wir da jetzt einfach rein?«, fragt Julian und starrt immer noch auf die Haustür.

Ich bin dankbar für die Ablenkung. »Ich glaube schon.«

»Ich möchte nicht allein gelassen werden«, sagt Amy, und ich weiß nicht, ob ihre Bitte an mich oder Julian gerichtet ist. Wahrscheinlich an uns beide.

Lord Colchester geht voran, und als wir eintreten, führt man uns in einen prächtigen, von zwei Treppenaufgängen gesäumten Saal. Tänzer schweben an uns vorbei, verlassen paarweise die Tanzfläche, trinken und tauschen Erinnerungen oder Gerüchte aus, und wir stehen schweigend im Türrahmen.

Jeder, der an uns vorbeigeht, beäugt unsere kleine Gruppe. Ich frage mich, ob man uns ansieht, dass wir hier nicht hingehören.

»Ich glaube, alle Augen sind auf dich gerichtet, Blythe«, sagt Julian schließlich.

»Wieso das denn?«

Er lacht. »Sieh dich doch nur an! Du hast noch nie so umwerfend ausgesehen, und ich bin nicht der Einzige, der so denkt.«

Amy drückt wieder meine Hand.

Charlotte ließ mich gestern wissen, dass ich heute Abend unbedingt das knallpinke Kleid anziehen müsse, das sie für diese Reise hatte schneidern lassen. Sie hatte natürlich recht, und als ich es anzog, wurde ich von einer Welle unglaublichen Selbstvertrauens überrollt. Ein solches Kleid trage ich wahrlich nicht jeden Tag. Und eine solche Aufmerksamkeit bekomme ich auch nicht jeden Tag, und das Schlimmste daran ist, dass mir niemand in diesem Raum, kein einziger Investor, wichtig ist, denn meine Augen suchen einzig und allein Briggs Goswick. Ich will ihm die Blythe zeigen, die dieses Kleid trägt. Ich will, dass er mich in diesem Kleid sieht.

Lord Colchester bietet Amy und mir je einen Arm an, Julian nimmt Charlottes.

»Colchester! Miss Rowley!«

Ich wirbele herum, als ich meinen Namen höre, und entspanne mich, als ich Westley Parker sehe. Neben mir strafft Julian die Schultern.

»Miss Barlow, Miss Amy, Mr Browning. Wie schön, Sie heute hier zu sehen.«

Westley verbeugt sich und kann nicht anders, als breit zu grinsen. Seit er sich mit Briggs zerstritten hat, habe ich ihn nicht mehr so gut gelaunt gesehen. »Welch glücklicher Zufall, dachte ich, als Goswick mir erzählte, dass auch Sie hier sein würden.«

»In der Tat, Mr Parker«, antworte ich und knickse. »Es tut gut, ein vertrautes Gesicht inmitten all der Fremden zu sehen.«

»Ich werde dafür sorgen, Sie mit jedem, den ich kenne, bekannt zu machen, dann wird niemand mehr einschüchternd auf Sie wirken. Ah!«, ruft er. »Hier haben wir gleich ein weiteres vertrautes Gesicht. August, sieh mal, wer hier ist.«

August Goswick lehnt mit verschränkten Armen an der Wand und sieht alles andere als erfreut aus, Lady Cliffords Gast zu sein. Während Julian und Charlotte weiter mit Mr Parker plaudern, nehme ich einem der vorbeilaufenden Diener ein Glas Wein ab.

»Miss Rowley, Miss Amy«, sagt August und verbeugt sich. Er macht sich nicht die Mühe, Lord Colchester zu begrüßen, doch ich glaube nicht, dass das meinen Begleiter stört. »Wenigstens ein paar Menschen, mit denen man reden kann.«

Amy zieht scharf die Luft ein, doch ich finde August herrlich amüsant. »Wie kann man nur in einer so schönen Umgebung ein solches Gesicht machen?«, frage ich ihn.

»Niemand ist hier, um sich zu amüsieren«, stellt er klar und blickt abfällig um sich.

»Ich schon«, protestiert Amy.

»Alle außer Ihnen, Miss Amy. Sie sind hier, um sich die Mäuler zu zerreißen, andere zu sehen, gesehen zu werden. Sie sind hier, um sich zeigen zu lassen, was der Markt hergibt, sozusagen.« Er deutet mit einer ausladenden Geste auf seinen eigenen schlaksigen Körper, und ich versuche erfolglos, nicht zu lachen.

»Wie recht Sie doch haben«, stimme ich ihm zu und zwinge mich zu einem neutralen Lächeln. Doch seine fehlende Selbstwahrnehmung ist einfach zu komisch.

Sein Blick fällt auf mein Kleid, und er seufzt. »Sie sehen heute Abend wunderbar aus, Miss Rowley.« Amy zieht die Nase kraus, und August fährt unbeirrt fort: »Und Sie auch, Miss Amy.«

»Oh, vielen Dank für das Kompliment, Mr August.« Sie scheint zufrieden zu sein.

»Mein Bruder erzählte mir, dass Sie nach wie vor Investoren für Ihre Bienenhäuser suchen«, sagt August.

»Das erinnert mich an etwas«, Westley gesellt sich von hinten zu uns, »ich habe eben mit Lady Tisdale gesprochen.« Er zeigt auf eine große, elegante Dame am anderen Ende des Saals. Sie wird in ihren Vierzigern sein, hat ihr dunkles Haar nach der allerneuesten Mode zurückgesteckt und trägt ein Kleid, das ein kleines Vermögen gekostet haben muss. »Lady Tisdale ist verwitwet, und man sagt ihr nach, äußerst großzügig zu sein. Sie unterstützt vor allem die Künste und Geschäftsideen, die ihr interessant erscheinen. Sie sollten Sie unbedingt kennenlernen, Miss Rowley.«

»Es wäre mir eine Freude, Sie einander vorzustellen«, bietet Lord Colchester an.

Ich sehe mir Lady Tisdale in ihrer ganzen Pracht an. Sie ist von einer Schar Damen umringt, unter ihnen Miss Sabrina Dixon. Sabrina versucht gelegentlich, sich in die Unterhaltung einzubringen, doch es hat den Anschein, als sei sie nur eine Randfigur. Sie tut mir leid, und ein Teil von mir würde gerne hinübergehen und ihr helfen, doch zwei Außenseiterinnen, fürchte ich, sind den Leuten noch unliebsamer als eine.

»Nachher vielleicht«, sage ich. »Wir sind ja gerade erst angekommen.«

Westley sieht kurz zu Julian hinüber, dann wieder zu mir. »Miss Rowley, dürfte ich mir Mr Browning für einen Moment ausleihen? Ich habe noch ein paar Fragen zu seinem Besuch in Brompton Place, es geht um das neue Bienenhaus.«

»Oh«, sage ich und öffne meinen Fächer, wie ich es bei den anderen Damen beobachtet habe. »Ich wusste nicht, dass Sie bereits ein Treffen ausgemacht haben.«

Julian lächelt, doch sein Lächeln gilt Westley. »Ich muss wohl vergessen haben, es zu erwähnen. Die Damen entschuldigen mich?«

»Natürlich«, antworte ich.

»Und auch ich bitte um Entschuldigung«, meldet Lord Colchester sich. »Ich habe einen alten Freund aus Cambridge entdeckt und möchte mich erkundigen, wie es ihm geht.« Dann beugt er sich zu mir, sodass nur ich ihn hören kann. »Doch Sie heben sich einen Tanz für mich auf, Blythe?«

Ich habe einen Kloß im Hals. *Blythe.* Er hat mich noch nie mit meinem Vornamen angesprochen, und es fühlt sich viel intimer – und unwillkommener – an, als ich dachte. »Natürlich«, sage ich, denn was soll ich sonst sagen? Mir wird bewusst, dass ich möglicherweise zu weit gegangen bin. Dass eine romantische Beziehung zwischen Lord Colchester und mir vielleicht nicht funktionieren wird. Denn so sollte es sich nicht anfühlen, denke ich.

So sollte es sich wirklich nicht anfühlen.

Kapitel 26

Briggs

Blythe Rowley trägt ein pinkes Kleid. Soweit ich weiß, habe ich sie seit dem Vorfall im Schweinestall nicht mehr in dieser Farbe gesehen. Doch dieses Pink ist anders. Diese Blythe ist anders. Sie ist lebhaft, stark und selbstbewusst, und ihre umwerfende Erscheinung haut mich um. Ich kann den Blick nicht von ihr wenden. Elfenbeinfarbene Bänder leuchten in den zurückgekämmten Locken ihres langen dunklen Haars. Das Licht lässt ihre makellose, sonnenverwöhnte Haut warm schimmern, und in meinen Fingerspitzen bereitet sich ein Kribbeln aus, als ich mir vorstelle, wie weich sich ihre Haut anfühlen muss.

Sie ertappt mich, wie ich ihr beim Tanzen mit August zuschaue – und sieht besorgt aus. Natürlich ist sie besorgt. In meinem Gesicht spiegelt sich bestimmt alles wider, was ich dachte, seit ich sie zum ersten Mal in diesem Saal sah. Dass Sabrina Dixon, dass *niemand*, für mich neben ihr existiert. Dass ich mich zusammenreißen muss, nicht auf der Stelle auf die Tanzfläche zu stiefeln, mich vor meinem Bruder aufzubauen und sie für mich zu beanspruchen. Dass sie alles ist, was ich will und nicht haben kann. Das Einzige, was ich ihr anbieten kann, ist ein Kopfnicken.

Auch sie nickt, dann wendet sie ihre Aufmerksamkeit wieder meinem Bruder zu. Die Musik setzt ein. Die Gentlemen machen einen Schritt nach rechts. August nach links. Und das Chaos ist perfekt. Gesegnet sei Blythe, die Gute ruft ihm die Schrittfolge zu, und ich frage mich, wie sie es schafft, dabei nicht mit ihren eigenen Schritten durcheinanderzukommen. Die Frau ist ein Wunder. Ihr Kopf ist ein Wunder.

Ich ziehe mich zurück und hoffe, dass August nicht auf mich aufmerksam wird, denn ich habe Angst, dass er noch nervöser werden könnte, wenn er wüsste, dass ich zusehe, und am Ende durch irgendeinen raumgreifenden Fehltritt alle Mittänzer mit sich in den Abgrund reißt. Also werde ich meinen Stolz Stolz sein lassen, den Weg frei machen und ihm diesen Tanz gönnen. Er nimmt nicht oft an Veranstaltungen dieser Art teil, und ich kann es ihm nicht verübeln und es ihm nicht verwehren, dass er sich in Blythe Rowleys Gegenwart wohlfühlt.

Das Lied dauert eine verfluchte Ewigkeit. Als es endlich vorbei ist und August sich vor Miss Rowley verbeugt, habe ich bereits mein halbes Glas geleert. Sie applaudieren dem Orchester, und er führt sie an der Hand von der Tanzfläche. Mr Browning, der mit einer von Sabrinas Freundinnen, Miss Cleary, getanzt hat, folgt meinem Bruder und überholt dabei Westley und Miss Amy. Ich brauche einen Moment, um zu verstehen, was ich da gerade sehe: Westley hat seine Hände hinter dem Rücken verschränkt, und Julian, der von hinten herankommt, lässt seinen Finger kreisend über Westleys Handfläche gleiten. Sie lächeln einander an, und ich schmunzele in mich hinein. Wenigstens ein Paar ist heute Abend glücklich verliebt.

Endlich führt August Miss Rowley zu mir.

»Danke für den Tanz, Miss Rowley«, sagt er. »Doch einen weiteren Tanz kann ich Ihnen leider nicht schenken, sonst glaubt man noch, ich sei in Sie verliebt. Und es tut mir leid, doch das bin ich nicht.«

Blythe unterdrückt mit Mühe ein Lachen und nickt. »Mein Herz wird es verkraften. Ich danke Ihnen für Ihre Aufrichtigkeit.«

August verbeugt sich.

»Miss Rowley«, sage ich mit leiser Stimme, damit uns niemand hört, was mich selbst überrascht. Sie sieht lächelnd zu mir hoch. »Miss Rowley, Sie sehen heute bezaubernd aus.«

Sie senkt den Blick, und es könnte sogar sein, dass sie leicht errötet. »Danke, Mr Goswick.«

»Ich würde Sie gern um den nächsten Tanz bitten, doch Sie sehen so aus, als müssten Sie sich von dieser ausgelassenen Feierei zunächst ein wenig erholen.«

»Ist das so offensichtlich? Ich würde sehr gerne mit Ihnen tanzen, Mr Goswick, doch erst muss ich mich tatsächlich kurz stärken.«

Ich biete ihr einen Wein an, und sie nimmt einen Schluck. »Ich könnte Sie jetzt Ihrer Gastgeberin, Lady Clifford, vorstellen«, schlage ich vor. Ich möchte, dass sie bei mir bleibt, möchte ihre Aufmerksamkeit nicht verlieren. »Lady Clifford ist die Speerspitze der Gesellschaft. Was immer ihr gefällt, gefällt auch dem Rest der Meute, und wenn es Ihnen gelingt, sie als Investorin zu gewinnen, ist Ihr Geschäft gesichert.«

Doch bevor sie antworten kann, taucht Lord Colchester auf. Er stellt sich neben sie und lächelt mich an. »Nicht nötig, Goswick. Ich habe eine mögliche Interessentin für Miss Rowley gleich mitgebracht.«

Ich versuche, meine Gesichtszüge nicht entgleisen zu lassen. Ich will keine Szene machen oder Colchester den Fehdehandschuh hinwerfen, schließlich hat er nichts falsch gemacht. Ich will einfach nur Blythe bei mir behalten, und vielleicht ist das jetzt die wohlverdiente Strafe, die ich brauche, um diese Gefühle endlich ad acta zu legen.

»Miss Rowley, Mr Goswick«, fährt Colchester fort. »Erlauben Sie mir, Ihnen Lady Allison Tisdale vorzustellen.«

Entschlossen, höflich zu sein, drehe ich mich zu der Dame um und erwarte, dass sie sich ganz auf Blythe einschießen wird. Doch ich bin derjenige, den sie mit großen Augen anstarrt. Ich verbeuge mich. »Lady Tisdale, es ist mir ein Vergnügen.«

Sie blinzelt und sucht nach Worten. »Mr Goswick?«

»Briggs Goswick«, stelle ich klar, nur für den Fall, dass sie vom Ableben meines Vaters nichts gehört hat und sich nun fragt, wer hier vor ihr steht. Sie ist hübsch. Elegant, aber furchtbar verwirrt. »Mein verstorbener Vater war Mr Frank Goswick.«

»Ah«, sagt sie und trinkt von ihrem Wein. »Es tat mir leid, von seinem Tod zu hören. Ihr Vater war ein sehr freundlicher Mensch. Zugewandt.«

»Danke, Mylady.«

Dann wendet sie sich möglichst schnell an Blythe. »Und Sie, Miss Rowley! Lord Colchester hat wochenlang von niemand anderem gesprochen, also bestand ich darauf, dass er mich Ihnen vorstellt. Sie sind genauso reizend, wie er Sie beschrieben hat, wenn nicht noch mehr.«

»Zu viel des Lobes, Lady Tisdale.«

»Und noch dazu eine Unternehmerin, wie es aussieht. Ich will alles über Ihr Geschäftsmodell hören.« Sie hakt sich bei Blythe ein und führt sie von Colchester und mir weg, doch ich höre noch, wie sie sagt: »Eine junge Dame mit Biss – das ist großartig.«

Am Anfang des Sommers war es meine Aufgabe gewesen, Blythe mögliche Geschäftspartner zukommen zu lassen, jetzt hat sich allem Anschein nach jemand anderes dieses Privileg sichern können. Ich hoffe nur inständig, dass es auch wirklich das ist, was sie will. Und dass sie alles ist, was er will.

Colchester nimmt sich ein Glas Wein und sagt: »Sie sind Miss Rowley ein guter Freund, doch bitte glauben Sie mir, dass ich nur das Beste für sie möchte.«

Ich richte mich auf und lockere meine verkrampften Finger, ergebe mich der Situation. »Das weiß ich.«

Ich bleibe noch eine Weile neben Lord Colchester stehen, trinke schweigend meinen Wein und tue so, als wäre mir daran gelegen, unsere Unterhaltung wieder aufzunehmen. Doch schließlich geselle ich mich zu meinem Bruder. Soll er die eine Rowley anschmachten und ich die andere, so sind wir im Unglück vereint.

Mein Blick folgt Blythe, die von Lady Tisdale verschiedenen gut situierten Damen vorgestellt wird, unter ihnen Lady Clifford. Sie lachen alle und hängen an Blythes Lippen, natürlich tun sie das. Was sollten sie auch sonst tun? Sie ist das bezauberndste Mädchen im ganzen Saal, und es ist offensichtlich, dass alle von ihr begeistert sind.

Außer Sabrina. Sie steht mit Charlotte und Miss Cleary zusammen, und während die anderen beiden jungen Damen in ein Gespräch vertieft sind, hat sie sich abgewendet, um mit gerunzelten Brauen und schmalen Lippen Blythe zu lauschen.

Blythe und die Damen um Lady Tisdale unterhalten sich recht lang. Ich hoffe, dass jede einzelne von ihnen ein Bienenhaus möchte. Am besten gleich zwei. Ich hoffe, dass Blythe sie mit ihrem Wissen über Bienen und Blumen und damit, was man tut, wenn man so dumm war, sich stechen zu lassen, beeindruckt. Schließlich entschuldigt sie sich mit einem Knicks und steuert die offene Gartentür an.

»Hinterher, bevor Colchester es bemerkt«, sagt mein Bruder mit ausdruckslosem Gesicht.

»Prost!« Wir stoßen an, ich leere mein Glas in einem Zug und springe auf.

So viel zu meinem Rückzug.

Ich folge Blythe durch die Flügeltür hinaus in die kühle Nacht. Einige Gäste tummeln sich hier draußen, sie sind der Hitze des

Ballsaals entflohen, vielleicht wollen sie ungestört reden, vielleicht meiden sie jemanden. Oder sie sind so wie ich und suchen jede noch so kleinste Gelegenheit, um mit dem Objekt ihrer Begierde allein sein zu können.

Blythe schlendert durch den Garten und bewundert seelenruhig die Efeuranken und duftenden Blüten, schließlich dreht sie sich zu mir um. »Der Garten in Mistlethrush gefällt mir besser.«

»Das freut mich zu hören. Ich war mir nicht sicher, ob Sie mich bemerkt hatten, wollte Ihnen aber keinen Schreck einjagen.« Ich verschränke die Hände hinter dem Rücken.

»Vielleicht hatte ich gehofft, dass Sie mir folgen«, sagt sie, und ihre Augen sind groß im fahlen Mondlicht.

Mein Herz klopft mir bis zum Hals, und ich zermartere mir das Hirn, wie ich am Ball bleiben, ihr Interesse aufrechterhalten kann. »Was gefällt Ihnen an Mistlethrush besser?«, frage ich.

Sie denkt kurz nach, dann antwortet sie: »Dieser Garten wirkt wie ein Ausstellungsstück, finden Sie nicht? Als würde er uns warnen, dass wir nur schauen, aber bloß nichts berühren dürfen.«

Ich schmunzele in mich hinein.

»Der Garten in Mistlethrush ist dagegen belebt und hat einen Sinn. Er ist eine Weiterführung des Hauses – oder der Familie.«

Zu wissen, dass sie einen ähnlichen Blick auf mein Zuhause hat wie ich, macht mir Mut. »Der Garten war der ganze Stolz meines Vaters. Er unterrichtete August und mich in heimischer Flora, darin, welche …«

Blythe legt mir blitzschnell die Hand auf die Brust, um mich zum Schweigen zu bringen, und ich stolpere förmlich in sie hinein. Als ich fragen will, was los ist, legt sie den Finger auf die Lippen und zeigt nach vorne.

Ich erkenne die verschatteten Umrisse von Westley und Mr Browning im schwachen Mondlicht. Sie halten sich an den

Händen und stehen nah beieinander, und Blythe kann den Blick nicht von ihnen wenden. Sie halten kurz inne, dann legt Julian seine Lippen auf Westleys. Und nicht nur flüchtig, sondern lang. Julian hat eine Hand in Westleys Haar vergraben, die andere ruht an seiner Brust. Westley nimmt Julians Gesicht in beide Hände und erwidert den Kuss leidenschaftlich.

»Miss Rowley«, flüstere ich. »Es gibt etwas, das Sie wissen sollten …«

Sie wirbelt herum und stößt mich zurück, damit wir nicht gesehen werden. »Es gibt etwas, das *Sie* wissen sollten«, antwortet sie. »Julian mag ein Charmeur sein, doch er hat ein gutes Herz und würde Ihren Freund niemals verletzen.«

»Moment, was?«

»Julian«, sagt sie. »Und Mr Parker. Was wir gerade gesehen haben.«

Ich zeige auf die Hecke hinter ihr, als könnten wir hindurchsehen. »Sie wussten Bescheid?«

»Über die zwei? Natürlich. Und ist es nicht großartig? Sie sind schon seit Wochen aneinander interessiert. Haben Sie nie mitbekommen, wie sie miteinander geflirtet haben?«

»Oh. Nein, tatsächlich nicht.« Ich halte kurz inne. »Doch jetzt, wo Sie es sagen … ja, das ist in der Tat großartig. Und noch dazu praktisch. Ihr Cousin und mein bester Freund …«

Doch bevor ich meinen Gedanken weiterspinnen kann, werde ich vom Geräusch eines herannahenden Paares unterbrochen. Blythe macht große Augen und wirft einen Blick über die Schulter in die Richtung unserer beiden Freunde.

»Keine Sorge«, sage ich und spaziere dem herannahenden älteren Paar entgegen, das Arm in Arm durch den Garten schlendert. Ich bedeute ihnen, ruhig zu sein. »Ich unterbreche nur sehr ungern Ihr Gespräch«, flüstere ich. »Doch Miss Rowley und ich haben eben einen sehr seltenen Vogel entdeckt, der hier in der Hecke nistet.«

»Ja.« Blythe tritt neben mich. »Die, äh, blaugrün gefiederte Kurzschwanz-Beutelmeise«

Der Mann zieht eine Augenbraue hoch. »Die blaugrün gefiederte Kurzschwanz-was?«

»Sehr selten«, bekräftige ich. »Sehr, sehr selten. Seit zehn Jahren nicht mehr gesehen in dieser Gegend, nicht wahr, Miss Rowley?«

»So ist es, Mr Goswick.«

»Und man darf sie keinesfalls beim Brüten stören.«

Die Dame nickt zustimmend und nimmt ihren Mann am Arm.

»Erlauben Sie, dass ich Sie in einen unverfänglicheren Teil des Gartens führe?«, frage ich und leite sie zurück zum Haus. »Wo Sie in Ruhe miteinander sprechen können, ohne unseren gefiederten Freund zu stören?«

»Oh, vielen Dank, Mr … wie war der Name doch gleich?«, fragt die Frau.

»Mr Goswick. Briggs Goswick. Freut mich, Sie kennenzulernen.«

Als ich zu Blythe zurückkehre, biegt sie sich vor Lachen und versucht, nicht allzu laut zu sein.

»Was denn?«, frage ich und lasse mich von ihrem Lachen anstecken. »Was?«

»So etwas Absurdes habe ich noch nie für jemanden getan, der mir wichtig war.«

Ich fahre mir mit der Hand durch das Haar und grinse. »Ich auch nicht.«

»Mr Parker kann sich glücklich schätzen, einen Freund wie Sie zu haben«, sagt sie und schlägt einen gewundenen Weg ein, der uns von Westley und Julian wegführt. Sie setzt sich auf eine Steinbank und breitet ihre Röcke aus, dann sieht sie zu mir hoch. »Wollen Sie sich nicht zu mir setzen?«, fragt sie.

Ich nicke und lasse mich neben ihr nieder, achte darauf, dass ich ihr nicht zu nahe komme. Doch wie nah ist nah? Und würde sie mich vielleicht sogar näher haben wollen? Mein Herz und meine Gedanken rasen gleichermaßen, und es ist zum aus der Haut fahren, wie angespannt ich bin. Ich rutsche hin und her, streiche mir mit der Hand durchs Haar, dann massiere ich mir den Nacken.

Sie seufzt zufrieden. Wie kann sie nur so ruhig sein?

»Sind Sie zum ersten Mal auf einem Ball in London?«, frage ich sie.

»Oh ja«, sagt sie. »Ist es so offensichtlich?«

Ich lache leise. »Nein, doch mir fiel auf, wie Sie Ihre Umgebung aufsaugten, als wären Sie in einem Märchenschloss.«

»Ein bisschen ist es so, finden Sie nicht?«, fragt sie. »Ich war noch nie auf einem so prächtigen Ball.«

»Man sieht es Ihnen nicht an. Sie sehen eleganter und entspannter aus als alle anderen Damen hier.« Ich mache eine kurze Pause und greife mir wieder in den Nacken. »Als ich Sie in diesem Kleid sah, musste ich an das Weihnachtsfest damals in Mistlethrush denken. Auch dort trugen Sie Pink. Ein nicht ganz so umwerfendes Kleid wie dieses, versteht sich.«

Sie lächelt wieder, diesmal mit gesenktem Blick, und ich frage mich, ob etwas, das ich gesagt habe, sie traurig gemacht hat.

»Es tut mir leid. Ich hätte diesen unseligen Abend nicht erwähnen sollen.«

»Es ist lange her«, antwortet Blythe. »Doch jetzt kann ich es Ihnen ja sagen, dass ich von da an große Probleme hatte, Komplimente von Gentlemen anzunehmen. Ich konnte mich nie des Gefühls erwehren, dass sie es nicht wirklich ernst meinen. Dass sie sich nur über mich lustig machen wollen.«

Die Vorstellung, dass sich jemand wie Blythe Rowley meinetwegen minderwertig fühlt, ist unerträglich. »Blythe, ich wollte nie, dass Sie in den Schweinestall fallen.«

Sie legt den Kopf schief und wartet darauf, dass ich weiterspreche.

»Hereinlegen wollte ich Sie an diesem Abend schon. Ich hatte gehört, wie Sie Charlotte von Ihrer Hoffnung erzählten, von mir geküsst zu werden, bevor ich wieder ins Internat zurückkehre. Die Idee war, Sie zur Scheune zu führen, und wenn Sie sich dann vorgebeugt hätten, um einen Kuss zu bekommen, hätten Sie einen der Welpen geküsst.«

Sie lacht leise auf.

»Und dann fand es einer meiner Freunde lustig, die Stallklappe zu öffnen. Und, na ja, den Rest kennen Sie ja. Und es tut mir wahrlich leid.« Ich sehe sie fragend an, ob sie meine Entschuldigung annimmt oder es vielleicht schon zu spät ist. Wie sehr wünsche ich mir ihre Anerkennung, möchte von ihr versichert bekommen, dass ich nicht der schreckliche Mensch bin, für den sie mich immer hielt. Ich blicke auf unsere Hände, die nebeneinander auf der Steinbank liegen, und bewege meine Hand zu ihrer. Unsere kleinen Finger berühren sich, und ich atme langsam aus.

Blythe schüttelt den Kopf. »Es ist in Ordnung. Ich habe es Ihnen nicht erzählt, weil ich Ihnen Schuldgefühle machen wollte. Vielleicht wollte ich es einfach aus dem Kopf haben. Ich wollte es Ihnen schon länger sagen, mich aber gleichzeitig nicht noch angreifbarer machen.«

»Wenn es irgendeinen Unterschied macht, Sie sind wunderschön«, sage ich und habe plötzlich einen Kloß im Hals. »Unglaublich schön. Und darüber könnte ich nie Witze machen.«

Sie sieht mich mit glänzenden Augen an, dann dreht sie sich verschämt weg. »Danke.«

»Und ich bin nicht der einzige Gentleman, der so denkt, wenn sogar mein missgelaunter kleiner Bruder nicht anders kann, als Sie um einen Tanz zu bitten.«

Sie schüttelt amüsiert den Kopf, und ich habe es irgendwie geschafft, ihre Gunst wiederzuerlangen. »August ist durchaus liebenswert.«

»Wenn Sie das sagen.« Ich verkneife mir ein Lachen.

»Doch«, beharrt sie auf ihrer Meinung und lehnt sich vor. »Er ist ziemlich bärbeißig für jemanden in seinem Alter, aber ich habe ihn recht lieb gewonnen.«

Ich halte mich an der Bank fest und strecke die Beine vor mir aus. »Verstehe. Wie lieb genau?«

»Der derzeitige Zustand meiner Füße hat meiner Leidenschaft, fürchte ich, einen kleinen Dämpfer verpasst. Und vergessen wir nicht, dass er recht entschieden darin war, mir zu gestehen, mich *nicht* zu lieben.«

»Trotzdem, wer hätte gedacht, dass ausgerechnet mein kleiner Bruder, der so anders ist als ich, mir einmal Konkurrenz machen würde?« Ich lache und schaue zum Mond hinauf, und dann wiederhole ich das, was ich gerade gesagt habe, immer und immer wieder in meinem Kopf. Die Worte kommen einfach heraus, doch es muss ihr klar sein, was sie bedeuten. Sie weiß es ohnehin, auch ohne, dass ich etwas sage.

Blythe starrt mich mit großen Augen und offenem Mund an, und ich frage mich, was ihr gerade durch den Kopf geht.

Schließlich sagt sie, den Blick unverwandt auf mich gerichtet: »Ich fürchte, es gibt in meinem Herzen nur Platz für einen unmöglichen Goswick, und der war schon lange, bevor ich mit Ihrem Bruder tanzte, belegt.«

Es ist seltsam, wie wir Worten, die sich sinnvoll aneinanderreihen, trotzdem keinen Glauben schenken wollen, uns fragen, ob wir sie richtig verstanden haben, doch warum nur? Das Herz schlägt mir bis zum Halse, und ich kann keinen klaren Gedanken fassen, so laut rauscht das Blut in meinen Ohren. Ich weiß nicht, was ich sagen soll. Weiß nicht, ob ich sie küssen soll. Ich sollte sie hier nicht küssen, wir haben schon einmal einen solchen Fehler begangen, aber verdammt, ihr Mund ist so nah an meinem, und ihre Augenlider flattern im fahlen Licht des Halbmonds. Vielleicht würde es niemand merken, wenn ich sie nur einmal berühren, einmal noch ihre Lippen an meinen spüren könnte.

Vielleicht bilde ich mir das gerade nur ein und mein Kopf malt sich Dinge aus, nach denen ich mich verzehre, doch Blythe rückt näher, bis der Abstand zwischen uns verschwunden ist und sich unsere Knie berühren, und verflicht ihre Finger mit meinen. Ich starre auf unsere verschränkten Hände, bis mich ihre Lippen ablenken, die meinen so nahe sind. Sie hat sie leicht geöffnet, und ich erhasche einen kurzen Blick auf ihre Zungenspitze. Ich habe Schwierigkeiten zu schlucken, mein Herzschlag dröhnt in meinen Ohren. Hitze breitet sich in meinem Magen aus und wird weiter hinunterwandern, wenn ich mich nicht zusammenreiße. Blythe neigt den Kopf zur Seite, und ihr Blick gleitet von meinem Mund zu meinen Augen und wieder zurück. Sie legt ihre Hand auf meinen Oberschenkel, und mein Magen zieht sich zusammen, ich ziehe scharf die Luft ein.

»Ist das in Ordnung?«, flüstert sie mir kaum hörbar mit rauer Stimme zu.

»Ja«, sage ich heiser, und dann lehnt sie sich vor und ihr Mund ist so nah an meinem Ohr, dass ihr warmer Atem meine Wange streicht. Ich schließe die Augen, atme ihren Apfelblütenduft ein, dem ich Anfang dieses Sommers abschwören wollte. Doch sie ist fast mein. Fast, wenn nur nicht …

»Ich weiß fast nichts über Miss Rowleys Bienenhäuser«, ertönt da eine bekannte Stimme hinter der Hecke. Süß wie Honig.

Blythe erstarrt, und die Luft zwischen uns fühlt sich plötzlich kalt und unfreundlich an.

»Was ist los?«, frage ich.

Wieder hören wir die Stimme. »Deswegen frage ich mich, ob es sich hierbei wirklich um ein sicheres Geschäftsmodell handelt.«

Blythe sieht mich ungläubig an. »Sabrina Dixon?«

Ich nehme ihre Hand in meine und will, dass sie sich wieder auf mich konzentriert. »Kümmern Sie sich nicht um Miss Dixon.«

»Ich möchte zuhören«, sagt Blythe, lässt meine Hand los und steht auf. Ein unüberwindbarer Graben hat sich zwischen uns aufgetan, und ich seufze entnervt.

Sie schleicht die Hecke entlang und lugt vorsichtig um die Ecke. Ich folge ihr. Miss Dixon ist von Miss Cleary, Lady Tisdale und Lady Clifford umrundet und tratscht, was das Zeug hält.

»Blythe, bitte«, versuche ich es erneut. »Lassen Sie uns zurückgehen. Sie sind jetzt bestimmt erfrischt genug, um weiterzutanzen.«

Doch sie bedeutet mir zu schweigen.

Wir lehnen uns beide zurück, können auf diese Weise nicht gesehen werden, aber alles, was die Damen besprechen, hören.

»Was meinen Sie damit?«, fragt Lady Clifford. »Ich habe gerade eben erst mit ihr gesprochen und werde in ihr Geschäft investieren. Sie sagte, dass sie selbst investiert, und dass sie bereits eine Reihe von Interessenten habe, alles sehr gute Familien. Unter anderem ihr Onkel Henry Barlow.«

»Ich mag mich täuschen, doch ich bezweifle, dass Miss Rowley eigenes Geld hat, das sie einsetzen kann, wenn man bedenkt, in welchem Zustand ihr Familiensitz Awendown ist.« Sabrina seufzt traurig. »Und in Wrexford Park war ich erst kürzlich. Dort ist nirgendwo ein Bienenhaus zu sehen. Ich bin mir sicher, dass ihr Onkel sie nur ruhigstellen wollte. Ich fürchte, dass sie nur qua Geburt eine Barlow ist. Geld jedoch hat sie keines.«

»Haben Sie sie heute nicht gesehen?«, fragt ihre Freundin. »Ihr Kleid ist umwerfend. Sie müssen sich täuschen, Miss Dixon.«

Blythe neben mir ist jedes Lachen vergangen. Sie hat die Lippen zusammengepresst und atmet schwer.

»Ihre Cousine ließ ihre Kleider für sie anfertigen, damit sie sich nicht unwohl fühlt«, sagt Sabrina leise. »Stellen Sie sich nur vor, wie einschüchternd ein Haus wie dieses auf ein Mädchen wie Miss Rowley wirken muss, Lady Clifford.«

Ich habe Sabrina Dixon noch nie so viel auf einmal reden hören, und ich wünschte, sie würde auf der Stelle den Mund halten.

»Blythe, das kann ich so nicht stehen lassen«, stoße ich hervor. Es ist meine Schuld, dass Blythe sich neue Kleider zugelegt hat. Meine Schuld, dass sie das Gefühl hatte, ansonsten keine Investoren an Land ziehen zu können, und jetzt möchte ich es wiedergutmachen.

Doch sie hält meine Hand fest und schlingt ihre Finger um meine. »Ich kann mich selbst verteidigen«, sagt sie, ohne mich anzuschauen.

Wenn ich sie schon nicht verteidigen kann, möchte ich wenigstens an ihrer Seite stehen. Für sie da sein, in welcher Form auch immer sie mich braucht.

»Ich erzähle Ihnen das natürlich nur, weil ich mir um Sie Sorgen mache, Lady Clifford«, flötet Sabrina, als spreche sie zu einem kleinen Hundewelpen. »Doch man nutzte Ihr freundliches Wesen und Ihr Vertrauen aus. Blythe Rowley hat Sie getäuscht. Sie sollten sehen, wie sie sich den ganzen Sommer in Mr Briggs Goswicks Arme geworfen hat, während sie gleichzeitig Lord Colchester schöne Augen machte!«

Bevor ich weiß, was gerade passiert, stürzt Blythe mit gerafften Röcken und rotem Gesicht hinter der Hecke hervor. »Wie können Sie es nur wagen«, knurrt sie förmlich und wirft Sabrina Dixon einen tödlichen Blick zu.

Sabrina ist überrumpelt. Doch eine Sekunde später hebt sie trotzig das Kinn und holt tief Luft. »Ich habe nichts als die Wahrheit gesagt, Miss Rowley.«

»Ich habe noch nie jemanden ausgenutzt. Ich habe noch nie vorgegeben, jemand zu sein, der ich nicht bin. Das sind Lügen«, sagt Blythe.

Ich trete hinter dem Gebüsch hervor, und jetzt ziehen alle Damen scharf die Luft ein.

»Dann haben Sie also Geld, das Sie in Ihr Geschäft stecken?«, fragt Lady Clifford.

»Nein«, antwortet Blythe. »Und das habe ich auch nie behauptet. Ich fürchte, Sie sahen, was Sie sehen wollten, hörten, was Sie hören wollten. Ich bin die Tochter von Sir Anthony Rowley und die Nichte von Henry Barlow, und auf jedem Anwesen, das ich Ihnen vorhin nannte, wird ein Bienenhaus errichtet. Das einzige Körnchen Wahrheit in Miss Dixons Ausführungen ist, dass meine Cousine dieses Kleid für mich hat anfertigen lassen.«

Sie wirft mir einen kurzen Blick zu, und ich habe mich noch nie in meinem Leben so geschämt.

»Wenn Sie aufgrund dessen an meiner Glaubwürdigkeit zweifeln, dann sei es so.«

»Ich verabscheue Menschen, die nur hinter meinem Geld her sind«, sagt Lady Clifford.

Blythe verzieht verwirrt das Gesicht. »Ich habe offen gesagt, dass ich auf der Suche nach Investoren bin. Sie wussten, was ich wollte.«

»Sie haben mich in die Irre geführt«, sagt Lady Clifford streng, als tadele sie ein Kind. »Und damit hat sich diese Sache und unsere Bekanntschaft erledigt, Miss Rowley.« Sie dreht sich auf dem Absatz um und geht zurück ins Haus.

Sabrina folgt ihr, besitzt jedoch die Unverfrorenheit, Blythe im Gehen einen mitleidigen Blick zuzuwerfen. Nur Lady Tisdale, die Augen schreckgeweitet, bleibt.

Es ist totenstill.

»Miss Rowley«, sage ich leise und greife nach Blythes Hand.

Doch sie entzieht sie mir. »Ich muss los«, sagt sie mit tränenerstickter Stimme. Sie rafft ihre Röcke und geht zurück zum Ball.

»Miss Rowley!«, versuche ich es erneut, hole sie mit schnellen Schritten ein und halte sie am Arm fest. »Sie können nicht nachts in London alleine unterwegs sein. Lassen Sie wenigstens zu, dass ich Sie zu Ihrem Onkel begleite.«

»Ich benötige Ihre Hilfe nicht mehr, Mr Goswick«, sagt sie mit dünner, aber nicht unfreundlicher Stimme. »So wie es aussieht, ist unsere Abmachung hiermit zu einem Ende gelangt.«

»Blythe, bitte.«

Sie schüttelt den Kopf und macht sich frei. »Ich bitte Sie, lassen Sie mich gehen.«

Ich trete zurück. Sie nickt kurz und verschwindet.

»Ich sollte ihr nachgehen«, murmele ich mehr zu mir selbst als zu jemand anderem.

Lady Tisdales Hand auf meinem Arm hält mich davon ab. »Sie ist sehr stolz«, sagt sie. »Lassen Sie ihr Zeit, mit ihren Gefühlen zurechtzukommen. Wenn sie bereit ist, werden Sie da sein.«

»Danke« sage ich. Ich bin so aufgewühlt, spüre schon jetzt so viel Schuld auf mir lasten, dass ich kaum sprechen kann. Lady Tisdale sage ich davon nichts. Wie sollte ich auch erklären, dass ich Blythe schon so oft bloßgestellt habe, und es heute, so gern ich es mir anders gewünscht hätte, wieder so war.

***

Wäre ich alleine hier, hätte ich den Ball schon längst verlassen. Es hat keinen Sinn, an einem Ort zu bleiben, der nur darauf aus ist, andere zu verhöhnen. Ich erinnere mich an Nächte, an denen ich bis zum Sonnenaufgang wach blieb, trank und tanzte und mir die Kante gab, die Straßen unsicher machte und Mädchen küsste, die ich kaum kannte. Ich beleidigte andere und ließ die Fäuste fliegen, benahm mich daneben und konnte mich am nächsten Tag kaum noch an etwas erinnern. Und trotzdem lud man mich wieder ein, immer und immer wieder, denn ich besaß Grund und Boden und würde erben, hatte Geld und einen angesehenen Namen, hinter dem ich mich verstecken konnte.

Jetzt stehe ich am Rande des Ballsaals zwischen der Tanzfläche und den Alten mit ihren Karten. Ich lasse den Drink in meinem Glas kreisen und versuche, Sabrinas Blick einzufangen, um ihr deutlich zu machen, dass ich gehen möchte, doch sie ist zu sehr damit beschäftigt, sich unter die Leute zu mischen. Ihr Anblick lässt mich vor Wut schäumen. Ihr unverschämter Betrug macht mich rasend.

Ich habe das dringende Bedürfnis nach einem freundlichen Gesicht, doch Westley ist nirgends zu sehen. Nicht, dass es einen Unterschied machen würde. Denn selbst wenn ich ihn fände und ihm erzählte, was passiert ist, würde er mich ignorieren. So weit ist es mit unserer Freundschaft gekommen, wir verbringen die Abende miteinander, haben aber nichts miteinander zu tun. Und was würde ich gerne mit ihm reden. Ich möchte ihm erzählen, wie alles, was ich Blythe Rowley gegenüber je empfand, plötzlich Sinn ergibt. Und ich möchte, dass er mir von Julian Browning erzählt. Ich will unsere alten vertrauten Gespräche zurückhaben. Das Gefühl von Akzeptanz und Sicherheit.

Ich will meinen Freund zurückhaben.

Endlich entdecke ich Westley auf der anderen Seite des Saals, er hat ein Glas Brandy in der Hand und starrt ins Leere.

»Wenn es für dich in Ordnung ist, würde ich gerne bald gehen«, sage ich, als ich mich zu ihm geselle.

Westley trinkt einen Schluck. »Ja, das können wir tun.«

Abweisend, aber nicht ablehnend. Damit kann ich leben. »Ich denke mal, dass keiner von uns noch einen Grund hat, hierzubleiben.«

Er sieht mich an. »Was soll das denn heißen?«

Ich versuche, meine Worte irgendwie wieder einzufangen. Habe vergessen, dass er nicht weiß, was ich gesehen habe. »Damit meine ich nur, dass wir noch hier sind, und Miss Rowley und ihre Begleiter sind schon weg, und …«

»Miss Rowley und ihre Begleiter? Was willst du damit sagen?«

Ich lasse die Schultern hängen. »Damit will ich gar nichts sagen, Westley. Ich bin dein Freund, ich …«

Doch wieder schneidet er mir das Wort ab. »Du verfolgst mich. Steckst deine Nase in jedes kleinste Eck. Du kannst von nichts die Finger lassen, oder? Alles muss sich immer um dich und deine Vergnügungen drehen. Ich kann nichts für mich haben, ist es nicht so?«

Das stimmt nicht. Er kann haben, was er will, und ich bin entsetzt, dass der Briggs, der ich in den letzten Jahren war, anscheinend nichts mit dem Briggs zu tun hat, der ich eigentlich bin. Ich möchte meinem Freund sagen, dass er so viel oder wenig von mir haben kann, wie er möchte, nur will ich wieder gut mit ihm sein.

Westley stellt sein Glas auf dem Tisch hinter uns ab und geht wortlos an mir vorbei, rempelt mich an und ist verschwunden. Ich hasse es, Leuten nachzurennen, die nichts von mir wissen wollen. Doch es ist wieder einmal so weit, und ich folge Westley auf die schwach erleuchteten Straßen Londons.

»Westley«, rufe ich ihm hinterher. Als ich zu ihm aufschließe, überquert er bereits die Straße und weicht einer Kutsche aus. Der

Kutscher bremst und beschimpft ihn. »Westley!«, versuche ich es wieder. Aber er dreht sich nicht um.

Als das Pferd an mir vorbeigetrottet ist, renne ich los. Nach ein paar Schritten habe ich ihn auf dem gegenüberliegenden Bürgersteig eingeholt und lege ihm die Hand auf die Schulter.

»Lass mich los«, ruft er und schüttelt meine Hand ab. »Lass mich.«

»Erst, wenn du mir sagst, warum du in den letzten Wochen so sauer auf mich warst.«

»Tu nicht so unschuldig.«

»Ich frage ja nur. Und verdiene eine Antwort.«

»Weil ich noch nie etwas hatte, das nur *mir* gehörte, Briggs!«, brüllt er mich an und wirft die Arme in die Luft. »Ich bin immer *dein* Freund gewesen, der Sohn meines Vaters oder der stillste Schüler der Klasse oder der Gentleman, der fast nie jemanden zum Tanz auffordert, und jetzt weißt du, warum. Und noch nicht einmal das kann ich für mich haben. Ist dein eigenes Leben so langweilig, so leer, dass du immer meines durcheinanderbringen musst?«

Mir fällt die Kinnlade herunter. Mit solch einer Antwort hatte ich nicht gerecht. »Westley, das stimmt doch nicht …«

»Sogar heute«, fährt er fort. »Sogar heute! Als du Miss Rowley, deinen großen Schwarm, ganz für dich hattest, und trotzdem die Zeit fandest, mir hinterherzuspionieren, nicht wahr? Und, was hast du alles gesehen, Briggs? Und Miss Rowley? Denn ich weiß, dass du ihr davon erzählt hast.«

»Was? Nein, das habe ich nicht, ich …«

»Doch«, antwortet er mit zitternder Stimme. »Sie hat es mir selbst gesagt.«

Allmählich dämmert es mir, dass ich Blythe gegenüber tatsächlich unseren Streit erwähnt hatte, und ich lasse den Kopf hängen.

Westley holt tief Luft, er steht jetzt wieder ruhig da. »Und sei nicht sauer auf sie. Sie hat versucht, dich zu verteidigen, warum auch immer.«

»Ich bin nicht sauer auf sie, ich bin sauer auf mich!«, Ich trete an ihn heran. »Ich hatte Miss Rowley erzählt, dass du dich über etwas, das ich zufällig mitbekam, geärgert hast, ja. Doch worum es sich handelt, habe ich nie gesagt. Bitte glaube mir.«

Sein Schweigen lässt mich hoffen, Fortschritte zu machen.

»Du hast mir nie die Möglichkeit gegeben, dir zu sagen, wie egal es mir ist, Westley. Letzten Monat nicht, und heute erst recht nicht. Mir ist es egal, wen du küsst, und du sollst lieben, wer immer deiner Liebe wert ist. Heute wusste ich, dass du mit Mr Browning im Garten warst, und habe alles in meiner Macht Stehende getan, um euch vor neugierigen Blicken zu schützen.«

Er reibt sich kurz die Augen, und es hat den Anschein, als würde er gleich in Tränen ausbrechen.

Ich trete noch näher. »Du bist schon viel zu lange mein bester Freund, als dass das irgendeine Rolle für mich spielen würde«, sage ich leise. »Außerdem: Wenn wir unsere Freundschaft daran festmachten, wen der andere küsst, hättest du mir ganz sicher schon vor langer Zeit den Laufpass gegeben.«

Er stemmt eine Hand in die Hüfte und muss lachen.

»Ich weiß, ich habe eine Weile gebraucht, um zu merken, wie sehr sich unsere Freundschaft um meine Bedürfnisse dreht«, sage ich. »Und noch länger brauchte ich, um festzustellen, wie sehr sich *alles* um mich drehte. Und es tut mir leid, dass ich dich für selbstverständlich hielt oder unsere Freundschaft aufs Spiel setzte, doch ich schätze dich. Ich schätze die Zeit, die wir miteinander verbringen, und ich will dich nicht verlieren.«

»Nun«, sagt Westley, »ich bin ja immer noch hier, also wirst du mich wohl nicht so schnell los.«

Ich lache und klopfe ihm auf die Schulter, doch er schließt mich fest in die Arme. Mein Herz fühlt sich so voll an, wie schon seit sehr, sehr langer Zeit nicht mehr.

Und es ist mir ganz egal, ob uns jemand sieht.

Kapitel 27

Briggs

»Nicht so stürmisch, Goswick«, sagt Sebastian, auf den meine wuchtigen Schläge einprasseln.

Selbst die Lampen kommen an diesem Nachmittag kaum gegen das graue Licht an, in das dunkle Gewitterwolken seinen Club getaucht haben. Ich bin um zwei Uhr gekommen und inzwischen, eine Stunde später, schweißüberströmt.

»Schon gut, schon gut!«, ruft Sebastian. »Ich gebe auf.«

Ich senke die Fäuste und lasse mich schwer atmend auf eine Holzbank fallen.

Sebastian gießt uns zwei Gläser Wasser ein. »Du bist ein harter Gegner geworden, Goswick.« Er reicht mir ein Glas. »Du hast geübt.«

»Das stimmt«, sage ich. »Aber ich musste heute auch Dampf ablassen.«

»Was bewegt dich?« Gerade, als sich Sebastian neben mir niederlässt, lässt ein erstes Donnergrollen die Fenster erbeben.

Ich will ihm antworten, doch dann erinnere ich mich an meine gestrige Unterhaltung mit Westley. Ich will mich bessern. Ich *bin* besser.

»Nein, was bewegt *dich*, Bash? Wir reden immer nur über mich. Wie geht es *dir*?«

Sebastian starrt mich einen Moment lang an. »Du willst über mich reden?«

»Natürlich«, sage ich empört. »Du bist mein Freund. Als wir das letzte Mal über dich sprachen, ging es um deinen Hauskauf. Ich nehme an, dass das schon längst erledigt ist.«

Sebastian zieht die Augenbrauen hoch und zuckt die Achseln. »Ja, das stimmt. Es war etwas, das ich schon seit Langem tun wollte.« Plötzlich ist er ganz woanders, obwohl er doch neben mir sitzt, und ich betrachte ihn interessiert.

»Wolltest du ein Haus haben, um es mit der Frau, die du liebst, teilen zu können?«, frage ich ihn.

Er zuckt schweigend die Achseln.

»Ah«, sage ich, langsam ergibt alles einen Sinn.

»Aber ein Haus brauchte ich so oder so. Ich hatte schon viel zu lang in den Räumen über dem Club gehaust und brauchte endlich mal ein bisschen mehr Komfort«, beeilt er sich hinzuzufügen.

»Natürlich«, stimme ich zu.

»Also gehört es jetzt mir«, sagt er leise. »Auch ohne, dass sie darin wohnt.«

Ich räuspere mich und fahre mir mit der Hand über die Beine. Bash gibt nur selten etwas Persönliches preis. Um ehrlich zu sein, war unsere Beziehung bisher recht einseitig, merke ich, ganz wie Westley es mir vorgeworfen hatte. Ich kam zu Sebastian und lud all meine Probleme bei ihm ab. Ich will mehr über die Seite meines Freundes wissen, die er mir gerade vorsichtig zeigt.

»Darf ich fragen, warum ihr nicht zueinanderfandet?«

»Wegen ihres Vaters. Er war der festen Überzeugung, dass sie einen Gentleman kriegen sollte. Vielleicht sogar einen von Adel. Einen einfachen Advokaten konnte er sich für sie nicht vorstellen.«

»Sie weiß gar nichts von deinem Club?«, frage ich und deute auf den riesigen Raum, in dem wir sitzen.

»Nein. Ich erbte den Club einige Monate nach unserem verhängnisvollen Versuch, durchzubrennen.«

»Ihr wolltet durchbrennen?« Ich lehne mich seufzend gegen die Wand. »Du wolltest sie unbedingt heiraten, was?«

»Mit jeder Faser meines Körpers.« Sebastian wirft mir spielerisch ein Handtuch ins Gesicht. »So, und jetzt, wo du alles über mich weißt, ist es an der Zeit, dass du deine dunkelsten Geheimnisse enthüllst, mein Freund.«

Ich sacke in mich zusammen. »Ich kann nicht viel sagen, fürchte ich. Ich stehe zwischen Baum und Borke, wie man so schön sagt.« Ich trinke einen Schluck Wasser und wische mir mit dem Handrücken den Mund ab. »Und ich bin selbst schuld daran.«

»Das Apfelbäumchen?«, rät Sebastian.

»Das Apfelbäumchen.« Wieder ein Schluck. »Ich will sie mehr als alles in der Welt, Sebastian, aber …«

Sebastian lehnt sich zurück. »Aber was?«

Ich presse mir die Handballen gegen die Augen, als würde mir das helfen, die richtigen Worte zu finden. »Ich bin der Grund für all ihre Sorgen, die sie diesen Sommer hatte, und ich fürchte, wenn ich ihr sage, dass ich … dass ich mich in sie verliebt habe. Dass ich sie liebe …« Meine Güte. Ich schwanke, als ich das Gewicht der Worte spüre, die ich da gerade ausgesprochen habe, doch Sebastian ist da und stützt mich.

Ich liebe sie. Ich liebe alles an ihr, und so etwas habe ich noch nie in meinem Leben für jemanden empfunden. Die Erleichterung, die sich bei mir plötzlich einstellt, macht mich ganz benommen.

»Danke«, sage ich und nehme einen großen Schluck Wasser.

»Lass dir Zeit«, sagt Sebastian.

Ich atme langsam aus und drehe mich dann zu meinem Freund. »Wenn ich Blythe sage, dass ich sie liebe …«

»Wird sie dich auslachen?«

Ich schüttle den Kopf. »Viel schlimmer. Wird sie meine Gefühle erwidern.«

»Ich kann nicht ganz folgen.«

»Sebastian, ich muss dir etwas gestehen«, sage ich leise und lehne mich wieder an die weiße Wand. »Ich bin pleite. Ich habe kein Geld.«

»Oh, das weiß ich doch.«

»Wie bitte?«

Er lehnt sich kichernd nach vorne und lässt die Arme zwischen den Beinen baumeln. »Du hast mich schon seit Wochen nicht mehr bezahlt! Und als du dein Haus hier in London verkauft hast, wusste ich ohnehin, dass was im Argen liegt. Ich kann warten, keine Sorge – du bist nicht mein einziger wohlhabender Kunde, und zum Glück mag ich dich am liebsten, du hübscher Narr, du.« Er fährt mir durch das Haar.

»Es tut mir sehr leid, mein Freund. Es war mir so unangenehm, dass ich nicht wusste, wie ich es aufbringen soll.«

»Vielleicht solltest du nicht mehr ganz so viel Geld zum Fenster hinauswerfen, dann könntest du …«

»Es liegt nicht an mir«, gestehe ich.

Sebastian hält inne. Wartet, bis ich bereit bin weiterzusprechen.

»Ich bin nicht derjenige, der das Geld verloren hat, Sebastian. Es war …«, ich seufze laut, »… es war mein Vater. *Er* hat alles Geld ausgegeben, *er* hat es verspielt. Und er hatte eine *Geliebte.*« Letzteres kann ich kaum in den Mund nehmen. Ich lasse den Kopf hängen, erleichtert, mich endlich jemandem anvertraut zu haben.

Sebastian nimmt einen tiefen, zitternden Atemzug. »Das tut mir leid, mein Freund. Das tut mir so leid. Dir diese Schuld aufzubürden, während du noch trauerst? Das ist nicht fair. Hättest du mir das mal früher erzählt. Ich bin für dich da, nimm es an. Weiß noch jemand davon?«

»Nein«, antworte ich, »nur mein Bruder.«

»Nicht mal Blythe Rowley?«

Ich lache. »Ob du es glaubst oder nicht, es ist so viel einfacher, sie glauben zu lassen, dass *ich* die Unvernunft besaß, mich in diese Situation zu bringen. Ich könnte es nicht ertragen, wenn sie ein schlechtes Bild von einem Mann hätte, der keine Rechenschaft mehr ablegen kann. Ich aber kann es. Vielleicht hat sie mich zu einem besseren Menschen gemacht, und vielleicht wird sie irgendwann sehen, wer ich geworden bin.«

»Du musst ihr sagen, was du für sie fühlst, Goswick«, sagt Sebastian leise.

Ich schüttele den Kopf. »Nein«, sage ich entschieden, »nein. Das kann ich ihr nicht antun. Ich kann sie nicht mit meinen Schulden und Problemen belasten. Um sie herum tun sich lauter Möglichkeiten und Gelegenheiten auf, und ich würde sie mit alldem erdrücken. Das kann ich nicht zulassen. Sie verdient Besseres. Besseres als mich.«

»Ziemlich vermessen, diese Entscheidung für sie treffen zu wollen«, murmelt Sebastian.

»Was?«

»Ziemlich vermessen von dir, für sie zu entscheiden«, wiederholt er, diesmal sehr viel lauter.

»Ich finde das eigentlich äußerst selbstlos.«

»Es geht diesmal nicht um dich, Briggs. Es geht nicht um dich.«

Ich lasse den Kopf hängen. »Das scheint eine Lektion zu sein, die ich in diesem Jahr immer und immer wieder lernen muss.« Ich seufze. »Also gut, schieß los.«

»Du kannst nicht für sie entscheiden, ob es ihr Leben zerstören würde, mit dir zusammen zu sein.« Er steht auf und gießt sich neues Wasser ein. »Was, wenn sie nichts lieber will, als mit dir zusammen zu sein? Was, wenn sie bereit ist, nach Lösungsmöglichkeiten zu suchen? Du musst mit ihr reden, anstatt ihr zu sagen, was sie tun und lassen soll. Das ist respektlos.«

Mir wird ganz leicht, als mir alles klar wird. Jetzt muss ich nur noch den Mut aufbringen, Blythe meine Gefühle zu gestehen. Ich will nicht nur ihre Aufmerksamkeit, ich will *sie*. Vielleicht hat Sebastian recht – ich sollte die Last meiner Gefühle nicht alleine tragen, sondern sie teilen, indem ich zulasse, dass Blythe mir sagt, wo sie steht.

»Und jetzt steh auf«, sagt Sebastian. »So wie du mit deiner Rechten agierst, wirst du dir noch das Handgelenk brechen. Schon wieder.«

Ich grinse in mich hinein und folge meinem Freund in den Ring.

***

Westley bot mir an, mich am nächsten Morgen zu begleiten. Ich lehnte ab und sagte, ich wolle Blythe alleine sehen. Ich würde ihr meine Gefühle gestehen und ihr die Möglichkeit geben, selbst zu entscheiden, ob sie das, was sich gerade vielleicht zwischen uns entwickelt, haben will oder nicht.

Also schwinge ich mich auf Apollo und reite allein durch ein Mayfair, das eben erst von den Festessen, Aufführungen und Bällen des Vorabends erwacht, und frage mich, wie Blythe reagieren wird, wenn ich ihr sage, dass ich niemals mehr über Sabrina Dixon mit ihr sprechen möchte. Denn ich kann mich nicht für den Rest meines Lebens an Miss Dixon binden, selbst wenn das bedeutet, dass ich Mistlethrush verlieren werde. Und damit das letzte bisschen Würde, das unsere Familie noch hat. Doch was bringt ein hocherhobenes Haupt, wenn man kreuzunglücklich ist?

Ich stehe vor dem Londoner Haus Henry Barlows und hole tief Luft, dann gehe ich die Treppen hinauf und klopfe zweimal an der

Tür. Ein Dienstbote öffnet und führt mich ins Esszimmer, wo Julian Browning und Amy Rowley beim Frühstück sitzen.

»Mr Goswick«, sagt Julian und spült einen Bissen Eier und Toast mit Kaffee hinunter. »Welch eine Überraschung, Sie hier zu sehen. Geht es Ihnen gut?« Er steht auf und verbeugt sich.

Ich nicke, setze meinen Hut ab und erwidere die Geste. »Mr Browning, Miss Amy, es freut mich, Sie zu sehen.«

Amy steht auf, hält mit der rechten Hand ihr aufgeschlagenes Buch offen und knickst.

»Ich wollte mit Miss Rowley sprechen. Ich dachte, dass ich sie vielleicht zu einem Spaziergang im Park überreden kann.«

Julian schüttelt den Kopf und fährt sich durch die wirren Locken. »Sie hat seit Lady Cliffords Ball ihr Zimmer nicht verlassen. Ich bin mir nicht sicher, ob sie bereit ist, Sie zu sehen.« Er tritt zurück, und ich spüre mein Herz in die Hose rutschen. »Doch darf ich Sie in den Salon bitten? Ich werde ihr sagen, dass Sie hier sind.«

Ich folge ihm in einen vollgestopften Salon und nehme auf einem kleinen Sofa Platz, als Julian nach oben geht. Während ich auf Blythe warte, schaue ich mich um. Geblümter Stoff ohne Ende, dazu ticken in jeder Ecke des Zimmers Uhren. Mr Barlow muss ein Sammler sein und sie hier ausstellen – und die vergehende Zeit hat mich noch nie so nervös gemacht wie jetzt.

Doch da kommt Julian schon wieder die Treppe herunter, zögerlich nimmt er eine Stufe nach der nächsten. Ich stehe auf.

»Ich fürchte, dass sie für den Rest des Morgens ans Bett gefesselt ist, Mr Goswick«, sagt er. »Sie wird heute niemanden empfangen.«

Ein Teil von mir hatte gehofft, dass mich Blythe nach den Ereignissen der Nacht ebenso gern wiedersehen würde wie ich sie, dass sie vielleicht immer und immer wieder an unseren Beinahekuss gedacht hat. Jetzt versuche ich, mich an jedes Wort der gestrigen Nacht zu erinnern. Hatten wir uns unsere Liebe fast gestanden, oder hörte ich nur das, was ich hören wollte? »Verstehe«, sage ich leise, obwohl das nicht stimmt.

Julian lächelt mich traurig an. »Ich weiß, dass unsere Blythe Ihnen ein wenig den Kopf verdreht hat«, sagt er. »Und das kann ich natürlich nachvollziehen, doch es muss schwierig sein, auch ihre Fehler zu sehen.«

Ich schmunzele in mich hinein. »Oh, glauben Sie mir, ihre Fehler kenne ich nur allzu gut.«

»Dann wissen Sie ja um ihren Stolz.«

»Um den kennenzulernen, braucht es nur ein paar Minuten.«

»Sie ist in mehrerlei Hinsicht stolz.« Julian fordert mich auf, wieder Platz zu nehmen. Er lässt sich in den gegenüberliegenden Sessel fallen und senkt die Stimme. »Ja, zum einen auf das Offensichtliche. Sie ist stolz auf ihr Talent, auf ihre Intelligenz. Doch vor allem ist sie stolz darauf, wie hart sie arbeitet.«

Ich weiß nicht recht, was ich damit anfangen soll. Mir wird klar, dass ich Blythe bisher ausschließlich in Wrexford Park gesehen habe, und dort gibt es natürlich nichts für sie zu tun. Ich lasse Julian fortfahren.

»Sie ist stolz darauf, dass sich alle um sie herum, alle, die sie liebt, auf sie verlassen können, denn Verlässlichkeit ist ganz entscheidend für sie und nicht verhandelbar. Wenn sie dir treu gesonnen ist, hast du es verdient. Wenn sie dir nicht vertraut, hast du auch das verdient.«

»Ich würde niemals ihr Vertrauen missbrauchen«, hebe ich an. »So bin ich nicht. Ich würde sie niemals verletzen.«

Julian lehnt sich zurück und fährt sich mit der Hand über das Gesicht. »Ich mag Sie, Mr Goswick«, sagt er. »Und Blythe auch, glaube ich, doch …«

»Ich habe ihr Vertrauen bereits missbraucht …«

»Nein, das ist es nicht«, unterbricht er mich. Er seufzt. »Sie würde mich umbringen, wenn sie wüsste, was ich Ihnen jetzt erzähle.«

»Sie können mir vertrauen«, sage ich, stütze die Ellenbogen auf die Knie und beuge mich vor.

Julian holt tief Luft. »Ihr Vater verlor viel Geld vor einigen Jahren. Er investierte in das Geschäft eines Freundes, und der haute mit dem Geld ab. Es handelte sich um eine unvorstellbar hohe Summe, und sie haben sich davon nie ganz erholen können.«

Ein Diener stellt ein Tablett mit Tee zwischen uns. Jetzt ergibt alles einen Sinn. Wie verbissen Blythe ihre Geschäftsidee verfolgt und wie sie sich weigert, jemandem zu vertrauen, der sich noch nicht bewiesen hat. Gleichzeitig verkrampft sich mein Magen. Ich wusste schon immer, dass Blythe nicht ansatzweise so reich wie ihre Cousine Charlotte ist. Doch mir war nicht klar, wie sehr die Zukunft ihrer Familie von ihr abhängt. Von der Wahl ihres Ehemannes. Eines Ehemannes, der nicht selbst in Schulden ertrinken sollte. Vielleicht hat auch sie das erkannt. Vielleicht ändert das alles.

»So oder so«, sagt Julian und zögert kurz, bevor er fortfährt, »geben Sie ihr Zeit. Und Raum. Am Ende berappelt sie sich immer.«

»Natürlich«, sofort stehe ich auf. Ich will ihr am liebsten sofort die Zeit und den Raum geben, die sie braucht. »Ich sollte gehen. Bitte richten Sie ihr aus, wie leid es mir tut, sie nicht angetroffen zu haben.«

»Das tue ich«, antwortet Julian.

Zurück auf der Straße, starre ich auf das Fenster über der Eingangstür. Ich meine, ihren Schatten erkannt zu haben, wie sie dort steht und mich beobachtet, doch bevor ich mir wirklich sicher sein kann, ist sie verschwunden.

Kapitel 28

Blythe

Awendown House
Zwei Wochen später
Ich wache vor Sonnenaufgang auf und ziehe mich an, ohne jemanden zu rufen. Ich will niemandem zur Last zu fallen, jetzt, wo ich wieder zu Hause bin. Ich will, dass die Dinge wieder so werden, wie sie vor meiner Abreise waren. Bevor Mama mich dazu verdonnerte, den Sommer in Wrexford Park zu verbringen. Wenn ich noch vor Sonnenaufgang draußen bin, muss ich niemanden sehen oder Fragen beantworten: Wie war die Reise? Warst du auf Bällen? Und die Gentlemen, gab es da jemand bestimmten? Briggs' Profil an diesem einen Abend auf dem Fest, erhellt von einem Blitz, taucht vor meinem inneren Auge auf. Gefolgt von einem leisen Donnergrollen, das das Bild zusammen mit den anderen Erinnerungen wegwischt.

Als er mich in London sehen wollte, nachdem Sabrina Dixon von jetzt auf gleich meinen Ruf zerstört hatte, brachte ich es nicht übers Herz, mit ihm zu reden. Ich war mir auf dem Ball so sicher gewesen, so überzeugt davon, kurz vor dem Ziel zu stehen. Ich bewegte mich wie selbstverständlich in gesellschaftlichen Kreisen, die ich mir nicht einmal im Traum hätte vorstellen können, und sicherte mir Investoren allein durch mein Wissen und meinen Charme.

Ich stand kurz davor, mir einzugestehen, dass ich mich niemals in Lord Colchester würde verlieben können, und diese Empfindung mit einem Kuss für Briggs Goswick zu besiegeln.

Ich hatte ein solches Verlangen danach, ihn zu küssen. Mein Wunsch, ihm körperlich so nah wie irgend möglich zu sein, ließ mich jeden logischen Gedanken, alle Vernunft in den Wind schlagen. Seine sanften Augen, sein Duft – Bergamotte und Rosmarin und dann noch etwas ganz Eigenes – überwältigten mich. Ich wollte wissen, wie es sich anfühlt, ihn wieder zu küssen, und es diesmal mit allen Sinnen genießen. Wahrscheinlich war es gut, dass wir gestört wurden. Briggs Goswick gehört mir nicht, und ich habe nicht die Mitgift, um je die Seine zu sein, egal, wie sehr mein Herz danach verlangt. Wenigstens diese Schmach konnte ich an diesem Abend vermeiden.

Draußen ist es friedlich, hier gibt es nur Vogelgezwitscher, summende Bienen, die von Blume zu Blume fliegen, und meine Finger, die sich in die sonnenwarme Erde graben. Hier bin ich ganz bei mir und muss nur mich zufriedenstellen. Und es gilt, Möhren zu ernten, und das macht mich glücklich. Es ist einfach und erfüllend. Und knackig und nahrhaft sind Möhren obendrein.

Ich grabe eine Weile zufrieden vor mich hin und lasse mich selbst von den herannahenden Schritten meiner Mutter nicht aus der Ruhe bringen. Erst als sie sich hinter mir räuspert, wird mir eng ums Herz.

Ich richte mich auf und wische mir die Hände an meiner dreckigen Schürze ab.

Das strahlende Licht der späten Morgensonne umspielt Mama. Sie hält einen Brief in der Hand. »Der ist für dich. Aus Wrexford Park.«

Sie reicht ihn mir, und ich zerbreche das Siegel und überfliege ihn. »Er ist von Charlotte«, sage ich.

»Was schreibt sie?« Mama schafft Ordnung, während ich lese, legt alle Schaufeln zusammen und nimmt einen Korb mit Möhren in die Hand, um ihn ins Haus zu tragen.

»Sie möchte gerne, dass wir nächste Woche zur Erntedankfeier nach Wrexford kommen.« Ich beeile mich, das Brieflein zu falten und es in meine Schürzentasche zu stecken.

»Für einen so schlichten Wunsch verliert sie aber viele Worte.«

»Das ist mein Brief. Seit wann muss ich meine Post laut vorlesen?«, frage ich scharf.

Mama zieht erstaunt die Augenbrauen hoch, und ich seufze müde.

»Sie schreibt, dass sie und Onkel Henry mich vermissen. Und dass …«

Mama wartet geduldig.

»… dass Mr Goswick sich nach meinem Wohlergehen erkundigt.«

»Deine Schwester erzählte mir, dass Mr Goswick ein Auge auf dich geworfen hat«, sagt Mama. »Dass er dir sehr viel Aufmerksamkeit schenkte und sie ihn oft dabei ertappte, wie er dich sehnsüchtig anschaute.«

Ich widme mich wieder der Gartenarbeit. *Bitte nicht, Mama. Sprich nicht davon. Zwinge mich nicht, mich daran zu erinnern.* »Amy liest zu viele Liebesromane. Außerdem weißt du, auf welchem Fuße Briggs Goswick und ich stehen, du kennst unsere Geschichte.«

»Sie würde sich so etwas nicht ausdenken«, sagt Mama. »Wenn du nach Wrexford Park zurückkehrtest, würde er vielleicht …« Doch sie beendet den Satz nicht.

»… vielleicht was?«, frage ich. »Um meine Hand anhalten? Um die Hand eines mittellosen Mädchens im Gemüsebeet, über das sich ganz London das Maul zerreißt? Er hat sich nach meiner

Gesundheit erkundigt, weil er höflich ist und Charlottes Nachbar. Mehr nicht.«

»Das klingt, als versuchtest du, dich selbst zu überzeugen.«

Ich ramme meine Schaufel in die Erde und trete mit dem Fuß darauf, um sie tiefer einsinken zu lassen. »Ich muss mich nicht von der Wahrheit überzeugen.«

»Doch«, übertönt meine Mutter mich, »denn das tut weniger weh, als ihm hocherhobenen Kopfes in Wrexford entgegenzutreten.«

Mir kommen die Tränen, und meine Unterlippe zittert.

»Du hast in London nichts falsch gemacht«, sagt Mama sanft. Sie streicht über meinen Zopf. »Es gibt nichts, wofür du dich schämen solltest, und wenn Mr Goswick dir so zugetan ist, wie deine Schwester behauptet, solltest du ihm vielleicht eine zweite Chance geben.«

Damit verlässt sie mich, und ihre Worte hallen in meinen Ohren nach.

***

»Ich habe gestern einen Brief von Mr Parker bekommen«, sagt Julian leise, als wir am Nachmittag Honiggläser für den Verkauf sortieren.

Ich ziehe eine Augenbraue hoch. »So?«

Er lächelt und blickt zur Seite. »Er ist bereit, ein Bienenhaus in Brompton Place errichten zu lassen. Und er würde gerne alles nächste Woche bei der Erntedankfeier in Brumbury besprechen.«

Ich trommele mit den Fingern auf den Holztisch und tue so, als wäre ich ganz in meine Aufgabe vertieft. »Dann solltest du fahren. Alles mit ihm besprechen und das Bienenhaus für mich sichern.«

»Das geht nur mit meiner Geschäftspartnerin an meiner Seite«, sagt er und legt seine Hand auf meine, als ich ein Honigglas in die Holzkiste vor uns stelle. »Du wolltest beim Fest helfen, erinnerst du dich?«

»Es ist vorbei, Julian.« Ich habe wieder Tränen in den Augen, doch ich sehe meinen Cousin an. »Ich dachte, wenn ich genügend Investoren an Land ziehe und weiß, dass ich mein eigenes Geld verdienen kann, dann würde es vielleicht reichen, um alles wieder in Ordnung zu bringen.«

»Was in Ordnung zu bringen?«, fragt Julian sanft.

Ich ziehe die Nase hoch und reibe meine Augen, um die Tränen zurückzuhalten, dann lasse ich mich auf einen Küchenstuhl fallen. »Das darf ich dir eigentlich nicht sagen.«

»Und doch wirst du es tun.« Er nimmt mir gegenüber Platz.

Seufzend beschließe ich, ihm die Wahrheit zu sagen. Weil ich mir Sorgen mache, nicht aus Sensationslust. »Briggs Goswick ist …«

»… pleite?«, souffliert Julian.

Überrascht setze ich mich auf. »Woher wusstest du das?«

»Vielleicht habe ich zufällig das ein oder andere Mal meiner Überraschung darüber Ausdruck verliehen, dass Mr Goswick so versessen darauf ist, Sabrina Dixon den Hof zu machen, wo doch jeder sieht, dass sie ihm nichts bedeutet. Dann musste ich nur noch ein ganz klein bisschen nachbohren, und Mr Parker erzählte mir alles. Dass Mr Goswick sein ganzes Erbe in Partys und Glücksspiele steckte.«

»Das ist unmöglich, Julian.«

Er schnaubt und verdreht die Augen. »Ach was.«

Ich lehne mich zurück. »Wir hatten eine Abmachung«, erkläre ich ihm. »Er sollte mir helfen, Investoren zu sichern, und ich wollte ihm mit Sabrina Dixon helfen, doch dann …«

»… dann kam Lord Colchester des Wegs?«

Ich schüttele den Kopf. »Briggs stellte ihn mir als potenziellen Investor vor. Ich glaube nicht, dass er je dachte, Lord Colchester würde sich für meine Person statt für meine Bienen interessieren, und jetzt ist es, wie es ist.«

»Hmm«, sagt Julian und nickt vieldeutig. »Er will auf jeden Fall seine Finger in deinen Honig stecken, so viel ist klar.«

Ich werfe ihm einen stechenden Blick zu. »Das ist geschmacklos.«

»Und dennoch bist du mit mir befreundet.«

Da taucht Amy in der Tür auf. »Blythe?«

Wir drehen uns beide zu ihr um.

»Draußen wartet ein sehr attraktiver Gentleman und fragt nach dir, sagt Kitty. Wirst du ihn diesmal hereinlassen?«

Julian und ich tauschen einen entsetzten Blick aus, dann zeigt er auf mein Kleid. »Du siehst unmöglich aus!«, ruft er.

»Du hast keine Zeit, dich umzuziehen!«, macht Amy mir klar.

Ich schiebe meinen Stuhl zurück und blicke an meinem ausgeblichenen grünen Kleid hinab. Der Stoff ist grob, und ich bin verschwitzt. Ohne ein Wort zu verlieren, zieht Amy ein Band aus ihrem Haar und fährt mit ihren Fingern durch meines. Sie bringt einen verwuschelten Dutt tief im Nacken zustande, dann drehe ich mich zu ihr um, damit sie schauen kann, ob ich einigermaßen vorzeigbar bin.

»Du siehst immer schön aus, Blythe«, sagt sie.

Ich wende mich wieder Julian zu. »Was wird er wollen?«, frage ich atemlos. Er hat den ganzen Weg nach Awendown House auf sich genommen, obwohl ich ihn in London abgewiesen hatte? Das kann nur eines bedeuten.

Julian legt mir die Hände auf die Schultern. »Er wird dir seine Liebe gestehen und um deine Hand anhalten. Und das habt ihr beide verdient.«

Ich starre meinen Cousin und meine Schwester mit großen Augen an, und wir kreischen alle drei kurz auf.

»Los jetzt, Blythe!«, ruft Amy und ist schon an der Tür. »Du willst doch nicht unhöflich sein!«

Julian küsst meine Hand und scheucht mich aus der Küche.

In der schattigen kühlen Vorhalle, die zum Salon führt, in dem wir morgens immer sitzen, bleibe ich kurz stehen, betrachte meine Frisur im Spiegel und lege meine Hand zwei tiefe Atemzüge lang auf meinen Bauch. Ich muss keine Angst haben. Es handelt sich hier um Briggs. Er kennt mich besser als jeder andere, merke ich jetzt, obwohl ich immer wieder versuchte, mich zu verschließen. Ihm wird es nichts ausmachen, mich in dieser Aufmachung zu sehen.

Und er muss mir etwas Wichtiges mitteilen wollen, wenn er dafür diesen langen Weg auf sich genommen hat. Etwas, das ich hören will.

Langsam öffne ich die Tür und betrete das Zimmer. Mein Besucher steht am Fenster, doch als er mich hört, dreht er sich um.

Ich ziehe scharf die Luft ein und suche nach Worten, doch die, die ich finde, haben einen enttäuschten Beigeschmack. Ich sacke in mich zusammen und seufze leise. »Lord Colchester.«

»Miss Rowley«, antwortet er und verbeugt sich. »Ich hoffe, es geht Ihnen gut. Bei unserem letzten Treffen in London waren Sie sehr aufgewühlt.«

Ich fühle mich unglaublich schuldig. Ich fühle mich schuldig, weil ich mir sehnlichst gewünscht habe, Briggs Goswick anzutreffen, und weil ich Lord Colchester nie erklärt hatte, warum wir so plötzlich den Ball verlassen mussten. Ihm nie erzählt hatte, dass sich das Mädchen, das ich dazu bringen wollte, Briggs Goswick zu heiraten, gegen mich gewendet und mich vor versammelter Londoner Gesellschaft der Lächerlichkeit preisgegeben hatte.

Doch er ist zu intelligent, um nicht zu merken, dass etwas im Argen lag.

»Danke«, sage ich. »Wie überaus freundlich von Ihnen, sich nach meinem Wohlbefinden zu erkundigen.«

Er geht mit einem besorgten Gesichtsausdruck auf mich zu. »Das ist das Mindeste.« Dann blickt er zu Boden, als müsse er seine Gedanken sammeln, und sieht mich wieder an. »Um ehrlich zu sein, schäme ich mich, nicht mehr getan zu haben. Ich möchte Sie wissen lassen, dass Sie sich mir immer anvertrauen können. Ich … ich mag Sie sehr, Blythe.«

Ich habe einen riesigen Kloß im Hals. *Blythe.* Ich fühle mich immer noch nicht wohl, wenn er mich beim Vornamen nennt, es ist zu intim für jemanden, mit dem ich mir ein so intimes Verhältnis nicht vorstellen kann. Doch ich zwinge mich zu lächeln. Er meint es gut und verhielt sich bisher tadellos. »Ich weiß Ihre Freundschaft zu schätzen, Lord Colchester.«

»Bitte, nennen Sie mich Cecil, wenn Sie mögen.«

Ich kneife die Lippen zusammen. Mag ich nicht, doch ich will auch nicht unhöflich sein. Also zwinge ich mich zu einem »Cecil«.

Er verschränkt die Hände hinter dem Rücken und dreht sich wieder zum Fenster, als traute er sich nicht, mir in die Augen zu schauen. »Ich hoffe zudem, dass Sie inzwischen bemerkt haben, dass ich mehr als nur freundschaftliche Gefühle für Sie empfinde.«

In der Tat. Doch es fühlt sich an, als wäre ich ein eingesperrtes Tier, wenn ich daran denke. »Das dachte ich mir …«, sage ich schließlich.

Er dreht sich wieder um und kommt zögernd näher. »Ich bewundere Sie, Blythe. Ihre Klugheit, Ihre Entschlossenheit, Ihre spürbare Hingabe an die, die Ihnen wichtig sind.« Seine blauen Augen werden größer. »Ihre Schönheit. Ich wäre geehrt, wenn Sie es in Betracht zögen, meine Frau zu werden. Es würde mich mit

Stolz erfüllen, Sie zu meiner Countess zu machen. Longcross Abbey zu Ihrer Heimat zu machen. Und ich möchte nie, dass Sie befürchten, ich könnte Sie von dem trennen, das Sie lieben. Ich würde Ihnen sogar helfen. Wenn es Ihr Wunsch ist, Ihr Bienengeschäft weiterzuführen, wäre es mir eine Ehre, ein Teil davon zu werden.«

Mir rutscht das Herz in die Hose. Lord Colchesters Antrag ist makellos. Etwas Besseres hätte ich mir im Grunde gar nicht vorstellen können.

Doch Lord Colchester ist nicht Briggs Goswick.

Und egal, wie sehr ich mich bemühe, ich kriege Briggs nicht aus dem Kopf. Ich kann die Gefühle, die er in mir hervorruft, nicht vergessen, so gern ich es würde. Sosehr ich es mir wünschte, damit ich Lord Colchester heiraten und ein wunderbar entspanntes Leben mit ihm führen kann. Ein Leben, das weder Briggs noch meine Familie mir jemals bieten können.

»Ich …« Meine Stimme bricht weg, und ich habe Angst, dass die Tränen, die ich zurückzuhalten versuche, ihren Weg nach draußen finden. »Ihr Antrag ehrt mich, Lord Colchester. Doch ich bin überwältigt und fürchte, dass ich Ihnen zu diesem Zeitpunkt noch keine Antwort geben kann.«

Seine Gesichtszüge entgleisen kurz, dann zwingt er sich zu einem Lächeln und nickt.

»Darf ich darüber nachdenken? Darf ich um ein wenig Zeit bitten?«

Lord Colchester nimmt meine Hand in seine und hält kurz inne, als würde er die Sommersprossen und blauen Adern auf meiner Haut betrachten. Er presst die Lippen zusammen. »Ich werde Ihnen alle Zeit geben, die Sie brauchen, Miss Rowley.«

Kapitel 29

Briggs

Ganz Brumbury hat sich für die Erntedankfeier mit Blumen geschmückt, die Leute haben ihr Vieh gebürstet, die Schafe gekämmt und ihre Kürbisse ausgestellt.

Und Sabrina Dixon stolziert viel zu aufgetakelt über den Marktplatz. Schleifchen und Quasten und Knöpfe überall.

Neben mir stößt mich Onkel Richard in die Seite. »Und, hast du schon um die Hand des Mädchens angehalten?«

»Westleys Stiefschwester?«, frage ich und ziehe meinen Rock aus, da die Sonne heute unerbittlich ist.

»Die mit der Mitgift.«

Ich blinzele langsam und seufze. »Ja, sie hat eine Mitgift. Und nein, noch nicht.«

Als wüsste sie um ihre einzig gute Eigenschaft, begegnet Sabrinas Blick dem von Onkel Richard, und sie gesellt sich zu uns unter das Zelt, wo mehrere Pächter aus Mistlethrush und Wrexford ihre reiche Ernte ausstellen.

»Mr Goswick«, wendet sich Sabrina an meinen Onkel, und ihr breites Lächeln lässt ihre Zähne weiß hervorblitzen. »Wie erfreut bin ich, dass Sie die lange Reise aus London auf sich genommen haben, um hier zu sein. Ohne Sie wäre es kein richtiges Erntedankfest.«

Als hätte sie jemals schon bei einem unserer Erntedankfeste mitgemacht. Oder jemals mehr Zeit mit meinem Onkel verbracht als das eine Mal vor zwei Wochen, als wir nach der Oper und dem katastrophalen Ball in seinem Stadthaus nächtigten. Ich wünschte, sie würde sich wieder aufs Schweigen verlegen.

Ich glaube, Sabrina weiß, dass das, was sie tat, meinen Gefühlen für sie einen Dämpfer verpasste, auch wenn diese bereits vorher alles andere als leidenschaftlich gewesen waren. Sie ist schwer darum bemüht, einen guten Eindruck zu machen, und flirtet ohne Ende mit mir, warum auch immer. Sie hat Glück, Onkel Richard ist davon begeistert. Er tätschelt ihr beruhigend die Hand.

»Bezaubernd«, sagt er, als wäre sie gar nicht da. »Absolut bezaubernd. Findest du nicht auch, Briggs?«

Ich genehmige mir einen großen Schluck Apfelmost. »Bezaubernd trifft es noch nicht mal ansatzweise, Onkel«, murmele ich.

»Sieht ganz so aus, als wären wir vollständig«, bemerkt Sabrina und sieht sich um.

Familien aus allen Ecken Brumburys haben sich um das Zelt versammelt, bewundern das Federvieh und die Rinder und die Riesenkürbisse. Die späte Sommersonne steht hoch am blauen Himmel, und ein leichter Wind macht den Tag perfekt. Na ja, fast.

»Es sei denn, wir warten noch auf wen …?« Sabrina sieht mich mit großen blauen Augen an. »Ich sehe die Rowleys nirgendwo. Feiern sie nicht mit ihrer Familie? Kein guter Zug.«

»Ich denke, Sie wissen, warum Miss Rowley nicht an den Feierlichkeiten teilnimmt.«

Sabrina schnalzt mit der Zunge. »Aber ja doch. Dieses ganze Fiasko mit ihrem undurchsichtigen Bienengeschäft. So schade, dass sie nicht mit offenen Karten spielte. Ehrlichkeit ist schließlich die größte Tugend, finden Sie nicht auch, Mr Goswick?«

Onkel Richard nickt zustimmend. »Das sehe ich auch so, Miss Dixon.«

Ich koche vor Wut. »Miss Rowley ist keine …«, setze ich an, doch Onkel Richard übertönt mich mit einem hartnäckigen Husten.

Dann fragt er: »Miss Dixon, wissen Sie, wo Ihr Stiefbruder ist? Ich müsste etwas mit ihm besprechen, sehe ihn aber nirgendwo.«

»Ich suche ihn für Sie, Mr Goswick, bin gleich wieder zurück.« Sabrina drückt meinem Onkel den Arm und wirft mir im Gehen einen koketten Blick zu.

»Vielleicht solltest *du* sie heiraten, Onkel, du scheinst sie sehr zu mögen«, murmele ich in mein Glas.

»Sei nicht so naseweis, Briggs. Du weißt, was für eine aussichtsreiche Kandidatin sie ist.«

»Sie ist kein Stück Land«, sage ich, »das mir wunderbare Sonnenuntergänge bietet. Sie ist ein schwieriges Mädchen, das gerne Klatsch verbreitet.«

»Das tun doch alle Frauen.«

Ich kann diesen Mann nicht länger ertragen und bin erleichtert, als ich Charlotte Barlow entdecke, die sich um die Blumen kümmert. Sie und Blythe sehen sich kein bisschen ähnlich, es ist wirklich erstaunlich, dass sie Cousinen sind.

Und schon bestimmt Blythe wieder meine Gedanken. Tief in meinem Herzen hatte ich die ganze Woche über den köstlichen Wunsch gehegt, Blythe würde aus dem Nichts heraus hier auftauchen, fast so, als wäre in London nichts passiert. Doch der Tag neigt sich dem Ende zu, ohne dass ich sie gesehen habe.

Um ehrlich zu sein, egal, wohin mein Blick fällt, ich denke immer an sie. Wenn ich den Tisch anschaue. Die Stapel von Kohlköpfen. Die Eiche. Blythe steht da und unterhält sich lachend mit Westley. Die Krüge voll …

Moment mal. Da ist sie. Ich habe es mir nicht eingebildet. Sie trägt ein schwarzes Kleid mit farbenfrohen Blumenranken, ihr dunkles Haar fällt ihr offen über die Schultern, nur einige Strähnen sind zur Seite gesteckt, und ihr Lachen dringt gerade noch an mein Ohr.

»Stimmt etwas nicht, Mr Goswick?«, fragt Charlotte und stellt einen Strauß Kornblumen in eine Vase. »Sie sehen aus, als hätten Sie einen Geist gesehen.«

»Fast«, sagte ich. »Wussten Sie, dass Miss Rowley hier sein würde?«

»Natürlich«, antwortet sie. »Sie schrieb mir vor einer knappen Woche, dass sie kommen würde.«

»Ich sollte wohl rübergehen und Hallo sagen«, murmele ich gedankenverloren und starre Blythe immer noch an.

»Das sollten Sie in der Tat.«

Doch schon hält mich jemand am Arm zurück. »Mr Goswick!«, ruft Sabrina. »Ich muss Ihnen meine lieben Freunde vorstellen, die extra aus Surrey gekommen sind, um heute hier zu sein.«

Diese Frau. Diese Frau macht mich mürbe. Und nicht auf eine gute Art. Nicht so, wie ich von Blythe mürbe gemacht werden möchte.

Ich nehme einen tiefen Atemzug und lasse mich von ihr in die entgegengesetzte Richtung ziehen, weg von Blythe, Richtung Mistlethrush Hall.

***

So geht es den ganzen Nachmittag. Als Herr von Mistlethrush Hall muss ich ständig irgendwo sein. Die größte Melone küren, Preisrichter bei einem dreibeinigen Rennen spielen, Gäste aus allen Teilen der Grafschaft und darüber hinaus begrüßen.

Der Nachmittag geht fast nahtlos in den Abend über, und ich hatte immer noch keine Gelegenheit, mit Blythe zu sprechen, die fast so gefragt ist wie ich, wenn nicht sogar mehr. Sie strahlt im

Licht der untergehenden Sonne. Beim Abendessen im Festzelt, das ich im Garten habe aufstellen lassen, sitzt sie auf der anderen Seite, ganz am anderen Ende der Tafel, und unterhält sich lachend mit Julian und ihrer Schwester und Charlotte Barlow und einigen Jungs aus dem Dorf, die natürlich bezaubert von ihr sind.

Selbst Mr Walkers Sohn Thomas kann sich ihrem Charme nicht entziehen.

Ich hingegen stecke zwischen Mr Barlow und Sabrina fest und stochere lustlos in meinem gebratenen Fasan. Ich versuche, ein guter Gastgeber zu sein, einige Gäste sind vom anderen Ende der Grafschaft angereist, und Sabrinas Freunde sogar von noch weiter weg. Ich hätte niemals mit so vielen Besuchern gerechnet. Alles in allem ist das Fest ein großer Erfolg. Nur wünschte ich, ihn mit netteren Menschen teilen zu können. Menschen, die aufstehen, als die Musiker ihre Instrumente stimmen. Menschen, die von jemandem an der Hand (an der *Hand*) auf die Tanzfläche geführt werden. Sie wird mit jemand anderem als mir tanzen! Schon wieder! Zumindest nicht mit Colchester, das hilft.

Ich lehne mich zu August hinüber, der gerade sein Fleisch zersäbelt. »Wehe, du bittet Miss Rowley um einen Tanz«, flüstere ich.

Lord Drummond, der neben meinem Bruder sitzt, beobachtet uns interessiert, doch dann verwickelt ihn Sir Anthony in ein Gespräch.

August kaut gründlich (vierzehnmal mindestens, wie ich weiß, sonst kann sein Körper das Essen nicht ordentlich verdauen, behauptet er), dann legt er die Stirn in Falten. »Warum? Weil du ein Feigling bist?«

»Ich bin kein Feigling.«

»Doch. Sonst würdest du dich aus den Fängen deiner langweiligen Gesprächspartner lösen und sie selbst um einen Tanz bitten.« Er hebt das Kinn. »Schaffst du es, mir zuvorzukommen, Briggs?«

»Wobei?«, fragt Sabrina neben mir.

Schnaubend lehne ich mich wieder zurück. »Nichts«, murmele ich.

»Ich habe Lieder für die Musiker dabei«, sagt sie und zaubert unter ihrem Stuhl einen Stapel Notenblätter hervor, die für einen Ballsaal geeignet sind.

»Miss Dixon«, sage ich so geduldig wie möglich, »auf einem Fest wie diesem wird andere Musik gespielt.«

Sie sieht mich ungläubig an. »Und wie tanzen wir dann?«

Kaum hat sie die Frage gestellt, stimmen die Geigen einen schnellen Jig an. Die Tänzer, die Damen in einer Reihe auf der einen Seite, die Herren ihnen gegenüber, johlen begeistert, nehmen sich an den Händen und stampfen im Rhythmus.

»Oh«, sagt Sabrina, als sie sieht, was ich meine. »Oh, wie ordinär.«

Ich recke den Hals, um einen besseren Blick auf die Tänzer zu haben, genauer: auf Blythe. Um ihr zuzusehen, wie sie feiert, und wenn sie eines nicht ist, dann ordinär. Sie ist fantastisch. Sie ist die personifizierte Freude und der wärmste und bescheidenste Mensch, den man sich vorstellen kann. Mein Onkel könnte tausend Sabrina Dixons auffahren, sie würden einer Blythe Rowley niemals das Wasser reichen.

Egal, wie groß die Mitgift ist.

Das helle Licht der Fackeln um das Festzelt setzt ihre Schönheit in Szene, und sie lacht lauthals und kann sich kaum halten, als mehrere Jungen übereinanderstolpern und alle Tänzer durcheinanderbringen. Doch sie schnappt sich ihren Partner und bringt ihn wieder auf Kurs. Sie klatscht und dreht sich und lässt ihre Röcke schwingen.

Nichts hält mich mehr auf meinem Stuhl. Als die Musik langsamer wird, springe ich auf.

»Mr Goswick, was tun Sie da?«, ruft Sabrina.

»Etwas, das ich schon vor einiger Zeit hätte tun sollen.«

Doch sie will mich aufhalten. »Das kann nicht Ihr Ernst sein, dass Sie bei einer solchen Veranstaltung tanzen wollen«, sagt sie und sieht sich nervös um.

»Und wie das mein Ernst ist.«

Ihr fällt die Kinnlade runter, was zumindest August einige Freude bereitet.

Ich gehe um die Tänzer herum, einige verlassen wirbelnd das Zelt und tanzen im Licht des Erntemonds und der funkelnden Sterne weiter.

Als die Musik endlich zu Ende ist, knickst Blythe vor ihrem Partner und spendet den Musikern Applaus. Charlotte kommt zu ihr, legt ihr den Arm um die Taille und flüstert ihr etwas ins Ohr, das sie in schallendes Lachen ausbrechen lässt. Sie wirft den Kopf zurück und hält sich den Bauch.

Ich schlängele mich zwischen den Tänzern hindurch, es wird getratscht und geschnattert, bis ich hinter ihr stehe. Als ich ihr auf die Schulter tippe, dreht sie sich um, erst überrascht, dann erleichtert, glaube ich. Hoffe ich.

»Sie sind eine großartige Tänzerin, Miss Rowley«, sage ich mit einer Verbeugung.

Um uns herum breitet sich gespannte Stille aus.

Sie knickst. »Danke, Mr Goswick. Ich habe geübt, um zur rechten Zeit so weit zu sein.«

»Und wann ist die rechte Zeit?«

Mit einem Selbstbewusstsein, das nur sie aufbringen kann und das mir den Kopf so verdreht, dass ich nicht mehr weiß, wer ich bin, lächelt sie und kneift die Augen zusammen. »Wenn mich der Richtige um einen Tanz bittet.«

»Dann hoffe ich, dass ich genüge.« Ich biete ihr meine Hand an.

Sie legt ihre Hand in meine. »Das Warten hat sich gelohnt.«

Mir geht das Herz auf, und in meinem Gesicht breitet sich ein Lächeln aus, das ich nicht länger unterdrücken kann. Ich gab ihr meine Hand, und sie nahm sie. Mir wird schwindelig, wenn ich daran denke, was das bedeuten könnte, und wenn ich den spielerischen Glanz in ihren dunklen Augen sehe.

Die Tänzer um uns herum johlen und klatschen, und die Musiker machen sich wieder bereit. Beim ersten Takt legen wir los.

Anfangs ist der Rhythmus einfach. Ich finde mich ein, die Schritte fühlen sich vertraut an, und Blythe nimmt mir alle Sorgen. Wir machen eine Rechtsdrehung, klatschen, dann nach links, klatschen. Treffen uns wieder, nehmen uns an den Händen, gehen auseinander, richten uns neu aus, dann wechseln wir die Partner, und ich bin neidisch auf die Fingerspitzen des anderen, die die weichen Innenseiten ihrer Handgelenke streifen dürfen, dort, wo ihr Puls schlägt, und auf seine Ohren, in denen jetzt ihr Lachen perlt.

Doch der Schmerz geht vorüber, als sie wieder in meinen Armen ist. Nach einer Weile habe ich die Schritte raus, und als ich mir meiner Sache sicher bin, mich nicht mehr ganz so blöd anstelle und annehme, dass das Lied seinem Ende entgegengeht, geht es erst so richtig los, die Musik wird schneller, drängender. Die anderen Paare jauchzen, die Musik lässt sie zueinanderfinden, Hände greifen fester zu, Oberkörper werden aneinandergedrückt, Hüfte an Hüfte geht es weiter.

Ich halte Blythes rechte Hand in meiner, doch meine andere Hand ruht auf ihrem Rücken, und ich ziehe sie an mich, kurz bleiben wir stehen und beäugen einander, dann fragt sie schließlich: »Und, tanzen wir jetzt?«

Ich wirbele sie herum, denn die Schritte bei diesem Tanz sind willkürlich, fröhlich, es gibt keine Struktur, keine Regeln, insofern ist es egal, ob man die Melodie kennt oder nicht – wir improvisieren. Die Musik wird wilder, fliegt in die kühle Nachtluft hinaus, und als Blythe sich dreht, fliegen mir ihre Haare ins Gesicht. Sie klammert sich an mich, als ginge es um Leben und Tod, und als das Lied schließlich zu Ende geht, hat sie die Arme um meinen Hals geschlungen und lachend den Kopf in den Nacken geworfen.

Ich lehne meine Stirn an ihre Schulter und versuche, wieder zu Atem zu kommen, ihre unbändige Freude ist ansteckend. Ihre Hand liegt auf meinem Nacken, die Finger graben sich in meine Haut und genauso soll es für den Rest des Abends bleiben. Ich will ihr so nahe kommen wie irgend möglich.

»Ich glaube, es hat Miss Dixon die Sprache verschlagen« flüstert sie mir ins Ohr, als wir uns voneinander lösen und den Musikern Beifall spenden.

»Das wäre ja mal schön«, antworte ich.

Blythe legt mir lachend den Arm auf den Rücken. Und als sie den Kopf dreht, kitzelt mich der Duft ihrer Haare in der Nase.

Apfelblüte.

Kapitel 30

Blythe

Als das letzte Lied verklungen ist und die kühle Nachtluft uns frösteln lässt, schlägt Briggs vor, den Abend im Haus ausklingen zu lassen. Bald geben Westley und er im Wohnzimmer Anekdoten aus Harrow zum Besten, jeder fügt dem Erzählten ein Detail hinzu, das der andere übersehen oder vergessen hat oder das er lieber unerwähnt lassen wollte. Ich weiß, warum ich trotz meines großen Widerwillens hier bin. Seinetwegen. Weil ich Lord Colchesters Antrag aus irgendeinem Grund nicht annehmen konnte, und wenn ich ehrlich sein soll, liegt es daran, dass es Briggs Goswick gibt. Ich muss Briggs zeigen, was er mir bedeutet, und dies hier ist meine letzte Chance.

Überall stehen Weinflaschen herum, doch ich bin mehr oder weniger nüchtern. Charlotte zu meiner Linken hingegen kichert ohne Ende, hat Schluckauf, kichert wieder. Rechts von mir lümmelt Briggs auf seinem Stuhl, er hat ein Bein angewinkelt und die Arme lässig um das Knie geschlungen.

»Das stimmt vorne und hinten nicht, Parker«, ruft er und schlägt mit der flachen Hand auf seinen Schenkel.

Westley kann nicht aufhören zu lachen und steckt Julian neben sich an.

»Du weißt, dass das alles Lügen sind«, wirft Briggs ihm lachend vor, »und das geht gegen die Regeln. Du kannst nicht *drei* Lügen erzählen. Eine Geschichte muss wahr sein.«

»Dann mach du doch weiter, Briggs«, schlägt Westley vor.

Alle stimmen ihm zu, und Westley und Julian schlagen beide mit der Gabel gegen ihre Gläser.

»Der Vorschlag gefällt mir«, sage ich.

»Oh, ich habe nichts Interessantes anzubieten«, wendet Briggs ein.

»Sie sind dran. Mitgehangen, mitgefangen.« Ich lehne mich mit verschränkten Armen zurück und beobachte ihn.

Er trommelt mit dem Finger gegen den Stil seines Weinglases. »Zwei Wahrheiten und eine Lüge.«

»Das sind die Regeln«, sage ich.

Er setzt sich auf und hält den Blick starr auf sein Glas gerichtet, denkt wohl, wir werden seine Lüge sofort erraten, wenn er einen von uns anschaut. »Eines Morgens wachte ich nach einer durchzechten Nacht in Wien auf, und neben mir lag ein ausgewachsener Bär«, legt er los. »Ich kann Bier nicht ausstehen, und ich liebe die Jagd.«

»Bier«, sagt Julian sofort.

Briggs schüttelt grinsend den Kopf.

»Er hasst Bier, das stimmt«, sagt Westley.

»Das kann doch gar nicht sein. Ich habe Sie schon so oft Bier trinken sehen«, wendet Charlotte ein. Die anderen stimmen ihr zu.

»Heißt noch nicht, dass er es mag«, entgegnet Westley.

Ich betrachte Briggs genau, während die anderen herumrätseln, und langsam taucht in meinem vernebelten Hirn eine Erinnerung auf, die sich aus lauter kleinen Details zusammensetzt. Und dann sehe ich es klar und deutlich vor mir: den jungen Briggs Goswick, noch kein Teenager, wie er tränenüberströmt hinter den Ställen in Mistlethrush hockt. Und ich sage leise: »Sie waren, seit Sie ein Junge waren, nicht mehr auf der Jagd.«

Briggs blickt mich an, und die definierten Muskeln an seinem immer noch ausgestreckten Unterarm spannen sich an, dann lässt er locker. »Sie kennen mich gut, Miss Rowley.«

Mein Herz schlägt wie verrückt, ich presse die Lippen zusammen, meide seinen Blick. Er ist zu unverstellt, zu ehrlich, und zu viele Augen sind auf uns gerichtet. Ich kenne ihn in der Tat gut, und ich möchte ihn noch viel besser kennenlernen, besser als jede andere Frau, für immer. »Ich erinnere mich«, murmele ich.

Die Stille, die folgt, fühlt sich wie eine Ewigkeit an.

Schließlich bricht Julian den Bann. »Wollen Sie damit sagen, dass Sie einmal zu bezecht waren, um zu merken, dass sich ein Bär zu Ihnen ins Bett gesellt hatte?«

Briggs nickt, verschränkt die Arme vor der Brust und lehnt sich zurück. »Ich bin nicht stolz darauf, Mr Browning, aber es ist keine Lüge. Ich folge den Spielregeln.«

Ich kann nicht verhehlen, dass ich das komisch finde, will ihn aber nicht in Verlegenheit bringen. Doch je mehr ich lache, desto lustiger findet auch er die Geschichte.

»Ich gehe jetzt zu Bett«, sagt Sabrina spitz und steht abrupt auf.

»Ich werde ebenfalls schlafen gehen, es war ein langer Tag«, meint Westley und folgt ihr zur Tür.

»Und ich sollte mich auf den Heimweg machen«, schließt sich Charlotte an. »Ich bin furchtbar müde.«

»Oh, bleib noch, Charlotte«, bitte ich sie und greife nach ihrer Hand.

Sie lächelt und schüttelt den Kopf. »Nein, es ist schon viel zu spät für mich. Mr Browning«, sie dreht sich zu Julian um. »Würden Sie so gut sein, mich zurück nach Wrexford Park zu begleiten?«

Julian bietet Charlotte seinen Arm an. »Es wäre mir eine Freude, Miss Barlow. Amy, kommst du mit?«

»Ja, ich muss ins Bett«, antwortet meine Schwester, steht auf und hakt sich an Julians anderer Seite ein.

Dann sieht er mich an. »Und ist es für dich in Ordnung, wenn Mr Goswick dich nach Hause begleitet, Blythe?«

Ein Teil von mir will meine Cousine und meinen Cousin bitten hierzubleiben, will, dass sich meine Schwester wieder hinsetzt, sie dürfte mir sogar die Handlung ihres neuesten Meisterwerks erzählen, mir eine Szene daraus vorspielen. Ich zittere am ganzen Körper und schlinge die Arme um mich, um die Kontrolle wiederzuerlangen.

Ich werfe Briggs einen Blick zu, und er sieht mich mit hochgezogenen Augenbrauen an. »Ja, ich bin mir sicher, dass wir das gut hinbekommen.«

Als die drei gegangen sind, lehnt sich Briggs neben mir in seinem Stuhl zurück und verschränkt die Hände hinter dem Kopf. Er seufzt. »Ich war mir nicht sicher, ob Sie zurückkommen würden«, sagt er schließlich.

Egal, wie fest ich die Arme um den Körper schlinge, das Zittern will einfach nicht aufhören. Ich lehne mich vor, strecke mich und hole tief Luft. »Ich mir auch nicht«, gestehe ich.

Er nickt, den Blick auf den Boden gerichtet. »Es tut mir leid, dass …«

»Bitte«, unterbreche ich ihn. »Wir müssen nicht darüber sprechen. Es wäre mir sogar lieber. Wenn das in Ordnung ist.«

»Natürlich«, sagt er und setzt sich gerade hin. »Natürlich, was immer Ihnen am liebsten ist.«

Er bemerkt mein Zittern, beugt sich vor, nimmt seinen Rock von der Stuhllehne und legt ihn mir über die Schultern. Seine Wärme und sein Geruch hüllen mich wie eine beruhigende Decke ein.

»Danke«, sage ich.

Er starrt vor sich hin, und es wirkt, als wolle er mir etwas sagen, wisse aber nicht, wie. »Erinnern Sie sich an den Tag der Fuchsjagd?«

Ich ziehe seinen Rock enger um die Schultern, und die Wärme seines Körpers hilft mir, mich zu entspannen. »Ansatzweise.«

Er spielt mit einem Löffel. »Ich war zwölf, also müssen Sie neun gewesen sein, höchstens zehn. Ich hatte mich nach einer der alljährlichen Fuchsjagden meines Vaters hinter den Ställen versteckt. Es war mein erster Vorstoß in die Welt der Jagd, und mein letzter. Ich hatte eben mitangesehen, wie Hunde das Tier zerfetzt hatten, und mich dann auf meinem Pferd zurückfallen lassen. Keiner der anderen Jäger hatte mein Verschwinden bemerkt, hatte mitbekommen, dass ich mich in die hinterste Ecke zurückgezogen hatte, wo ich mich unbeobachtet wähnte und meinen Tränen freien Lauf ließ.«

Jetzt erinnere ich mich wieder. Ich lehne mich vor, damit er weiterspricht.

»Plötzlich tauchten Sie auf, wie aus dem Nichts, Sie standen über mir und sahen zu, wie ich zusammenbrach, und ich ließ es zu«, sagt er und lächelt in sich hinein. »Ich konnte sowieso nichts ändern. Ich erwartete, dass Sie mich aufziehen würden, mir sagen, wie albern ich sei, stattdessen knieten Sie sich neben mich, gaben mir Ihr Taschentuch und legten mir eine Hand aufs Knie, bis die Tränen versiegt waren.«

Ich lache leise. »Ich mochte es noch nie, wenn andere weinen«, sage ich. »Ich muss mich immer zusammenreißen, nicht mitzuweinen.«

Als ich hochschaue, sind seine Augen schwer und unverwandt auf mich gerichtet, er wirkt ganz ruhig. »Greifen Sie in die Brusttasche meiner Jacke«, sagt er.

Ich greife in die Tasche und halte ein kleines weißes Taschentuch in der Hand, es ist zu einem Viereck gefaltet und abgenutzt. Ich falte es vorsichtig auseinander und sehe meine Initialen, in schiefem Kreuzstich, und plötzlich breitet sich eine große Wärme in meinem Körper aus. »Sie haben es all die Jahre behalten?«

»Vielleicht als Erinnerung daran, dass es selbst dann, wenn einem alles über den Kopf wächst, irgendwo in der Welt Zärtlichkeit gibt.«

Plötzlich fällt mir ein kleiner, schimmernder Perlmuttknopf in die Hand.

»Der stammt von dem Abend, an dem wir, na ja, ich … Wir beide, muss man wohl sagen. An dem wir uns küssten. Im Garten in Wrexford.«

Ich glaube, er wird rot, doch es ist schwer zu sagen im schwachen Licht der Kerzen.

»Sie waren so wütend auf mich, und als Sie aus dem Esszimmer stürmten, fiel er von Ihrem Kleid ab. Ich wollte ihn Ihnen schon so oft zurückgeben, doch anscheinend fällt es mir schwer, mich von ihm zu trennen. Er passt so gut in das Taschentuch.«

Ich lasse den Knopf in meiner Handfläche kreisen und kann Briggs nicht in die Augen sehen. Ich wünschte, ich könnte die Zeit zurückdrehen und der kleinen neunjährigen Blythe sagen, was er mit ihrem Taschentuch anstellen wird. Dann hätte sie vielleicht nicht ganz so lang an ihrem Ärger festgehalten. »Sie sind ein sentimentaler Narr, Briggs Goswick«, murmele ich.

Er lacht leise und lässt die Hände zwischen den Knien baumeln. »Sieht ganz so aus.« Dann schweigt er kurz und fährt sich mit der Hand durch das Haar, verwuschelt es dadurch nur noch mehr und sorgt dafür, dass ihm diese unwiderstehliche Locke in die Stirn fällt. Schließlich sieht er mich wieder an, er schmunzelt, doch sein Blick ist eindringlich. »Ich wollte ein Andenken aus der Zeit bewahren, bevor wir uns nur noch als Scherze getarnte

Beleidigungen an den Kopf warfen. Bevor ich Ihr Vertrauen verlor.«

»Briggs«, sage ich mit rauer Stimme. Ich falte mein Taschentuch wieder und reiche es ihm. »Hier. Es gehört Ihnen.«

»Danke.« Er nickt und presst es an seine Brust. »Wissen Sie, es ist komisch.«

»Was?«, frage ich, und mein Körper in Briggs' Jacke ist inzwischen komplett überhitzt, also ziehe ich sie aus und hänge sie über meine Stuhllehne. Wie er dort sitzt und mich anlächelt, ist Briggs der schönste Mensch, den ich je gesehen habe, und ich habe viel zu lange gewartet, ihm das zu sagen. Wenn ich es jetzt nicht tue, verliere ich ihn vielleicht für immer und breche mein eigenes Herz.

Er sieht mich an, die perfekten vollen Lippen leicht geöffnet, eine Hand immer noch auf der Brust. »Wir sitzen hier nur und reden. Und trotzdem rast mein Herz.«

Ich atme tief aus und verliere mich in seinem Profil, das vom warmen Kerzenlicht umspielt wird, und ich weiß jetzt, warum ich ihn jedem anderen Mann vorziehe. Attraktive Männer gibt es viele auf der Welt, doch bei ihm ist es mehr als das. Seine Schönheit ist durchwirkt mit einer verzweifelten Entschlossenheit, falsch verstandener Verwegenheit und einer Traurigkeit, die nie ganz greifbar ist. Ich erkenne ihn. Und er ist der einzige Mensch, der seine Augen jemals auf mich gerichtet und mich erkannt hat. Inklusive aller Fehler.

Ich hebe zögernd die Hand, und Briggs sieht gespannt zu, wie sie zwischen uns schwebt. Dann fahre ich mit den Fingern am Revers seiner Weste entlang und rücke näher, sodass ich mit beiden Händen seine Krawatte lösen kann.

Er atmet zitternd ein, und sein Blick wandert von meinen Händen zu meinem Gesicht, und als ich seinen Kragen aufknöpfe, atmet er langsam aus. Meine Gedanken überschlagen sich angesichts dessen, was ich jetzt tun werde, doch das hier ist alles, was ich will. Ich lasse die Hand unter sein weißes Hemd gleiten, und seine Haut brennt, als ich mit den Fingerspitzen darüberfahre, und dann lege ich meine Hand auf sein Herz und starre auf unsere Verbindung. Nichts trennt uns mehr.

»Blythe«, sagt er mit rauer Stimme, und endlich findet sein Blick meinen. »Spürst du mein Herz schlagen?«

Meine Gedanken stehen kopf, und mein Atem geht viel zu schnell, als ich seinen Herzschlag unter meiner Hand spüre.

»Spürst du den Takt?«

Ich nicke langsam. Dann überwinde ich meine Schüchternheit und knöpfe mit der anderen Hand den Rest seines Hemdes auf. In diesem Moment gibt es keinen Zweifel, dass er hier bei mir ist, in Fleisch und Blut.

»Dieses Herz gehört dir«, sagt er mit tiefer, rauer Stimme und hält meine Hand am Handgelenk an Ort und Stelle fest. »Es hat immer dir gehört.«

»Briggs, ich …« Doch ich verstumme. Das Blut rauscht in meinen Ohren, und ich versuche, einen klaren Gedanken zu fassen, zu verstehen, was das hier bedeutet. Ich finde keine Worte, doch meine Hand liegt immer noch auf seinem Herz, und ich rücke noch näher an ihn heran, will, dass der Abstand zwischen uns endgültig verschwindet. Er sieht mich an, sein Blick wandert zwischen meinen Augen und meinem Mund hin und her. »Ich war so sauer auf dich, als wir uns an dem Abend in Wrexford im Garten küssten«, murmele ich schließlich.

Er lächelt und blickt mich sanft und verträumt an. »Ich weiß.«

»Doch den ganzen Sommer über dachte ich darüber danach, wie gerne ich den Kuss ausgekostet hätte. Mir Zeit genommen hätte, dich zu spüren. Dich zu schmecken.«

Er nickt und schluckt schwer, und ich fahre mit meinen Augen den Schwung seiner Oberlippe nach und verspüre ein unbändiges Verlangen nach seinem Mund.

»Darf ich dich küssen, Briggs Goswick?«, flüstere ich lächelnd und streiche mir ein paar Strähnen aus dem Gesicht.

»Das musst du mich niemals fragen.«

Vorsichtig hebe ich das Kinn und presse meine Lippen kurz auf seine. Ich schließe nicht einmal die Augen, gebe ihm nur diesen flüchtigen Kuss und setze mich zurück. Doch er hält die Augen geschlossen, fängt an zu lachen und lässt das Kinn sinken.

»Was?«, frage ich hochrot. »Warum lachst du? War es so furchtbar?«

»Keiner deiner Küsse könnte je furchtbar sein«, sagt er schließlich, lässt seine Finger durch mein Haar gleiten und liebkost mit den Fingerspitzen meine Kopfhaut. Willenlos schmiege ich meine Wange in seine Handfläche. »Aber – darf ich dir zeigen, was ein Kuss sein kann?«

Er nimmt mein Gesicht in seine Hände, sein Daumen ruht auf der weichen Stelle unter meinem Kiefer, und geht behutsam vor, als hätte er Angst, mich zu überrumpeln und in die Flucht zu schlagen. Doch ich kann mich vor lauter Erwartung sowieso nicht rühren. Er streift meine Lippen mit seinen, sein warmer Atem vereint sich mit meinem, und dann küsst er mich. Sein Mund ist weich und nachgiebig, vollkommen anders als damals in Wrexford, und er öffnet meinen vorsichtig, als wollte er nur mit der Zungenspitze einen ersten Vorgeschmack bekommen.

Ich seufze, möchte, dass er alle Vorsicht über Bord wirft, denn wenn ein Kuss so sein kann, will ich alles wissen. Seine Hand wandert von meinen Haaren den Nacken hinab, weiter an meiner Seite entlang und bleibt knapp unter meiner Brust liegen. Ich presse mich an ihn, und er stöhnt leise, dann umfasst er meine Hüfte und zieht mich auf seinen Schoß.

»Seit diesem Abend in Wrexford wollte ich nichts anderes, als dich wieder schmecken«, sagt er atemlos.

Ich fühle mich wie in einem Traum. »Wonach schmecke ich?«

Er küsst mich erneut, und ich fahre mit der Zunge über seine Oberlippe, küsse seinen weichen Mundwinkel und bin überrascht, wie rau die Bartstoppeln auf seiner Wange sind.

»Du schmeckst nach dem Minzsorbet, das du zum Nachtisch hattest«, er knabbert sanft an der Haut unter meinem Kinn und bedeckt meinen Hals mit Küssen. Ich lege den Kopf in den Nacken, um ihm mehr zu geben. Er kann von mir haben, was immer er will. Seine Fingerspitzen wandern meine bloße Schulter entlang, dann lässt er die Hand knapp über meiner Brust ruhen. »Und hier«, sagt er und küsst die Kuhle zwischen meinen Schlüsselbeinen, »hier riechst du nach Apfelblüten. Ich träume von deinem Duft, Blythe.«

Ich vergrabe meine Finger in seinem Haar und will seinen Mund wieder an meinem haben. Sein Atmen geht unregelmäßig und schnell, und mein ganzer Körper steht in Flammen. Er entzieht sich mir und starrt mich an.

»Was ist los?«, frage ich. Ich halte sein Gesicht in den Händen und lege meine Stirn an seine. Unsere Lippen sind nur wenige Zentimeter voneinander entfernt, viel zu weit.

Er schüttelt den Kopf und macht sich sofort wieder über mich her. »Nichts«, versichert er mir und küsst mich wieder und wieder. »Nichts ist los. Du bist perfekt. Du bist alles.«

Seine Finger wandern meine Beine hinauf und schieben meine Röcke hoch, und seine Hände legen sich auf meine Hüften, während seine Zunge meine umspielt. Ich drücke den Rücken durch, und seine Finger vergraben sich stürmisch in meinen Schenkeln. »Für ein Mädchen, das noch nie jemanden geküsst hat, weißt du verdammt gut Bescheid.«

»Ist das so?« Ich knabbere an seiner Oberlippe. Er stöhnt an meinem Mund.

Meine linke Hand gräbt sich in seine Schulter, und ich zerknittere mit meinen feuchten Fingern sein Hemd, während sich meine Rechte in seinem Nacken verkrallt. Mein Mund findet seinen erneut, und unsere Zungen treffen sich. Ich weiß, dass das kein damenhaftes Verhalten ist, doch ich will ihn und ich vertraue ihm, warum sollte es also falsch sein? Wie könnte etwas, das sich so gut anfühlt, falsch sein?

»Mr Goswick.«

Mir bleibt das Herz stehen, und Briggs hält erschrocken inne. Seine Hände unter meinen Röcken ziehen sich Zentimeter für Zentimeter zurück, und ich vermisse sie schon jetzt. Wir können nicht verheimlichen, was wir hier gerade tun. Was wir vielleicht sogar noch getan hätten. Und Briggs macht auch keine Anstalten dazu.

»Was wollen Sie, Miss Dixon?«, fragt er über die Schulter hinweg.

Mein Blick wandert von Briggs' Hals zur Wohnzimmertür, wo Sabrina Dixon mit geduldig gefalteten Händen steht und aussieht, als wäre sie kein bisschen überrascht.

»Mein Bruder wünscht, Sie sofort zu sehen.«

»Ich komme gleich.«

»Er sagte, es sei dringend.«

»Gut«, sagt Briggs barsch. »Gut.« Er hat den Kopf zur Seite gedreht, sieht Sabrina, die immer noch in der Tür steht, aber nicht direkt an. »Das wäre dann alles, Miss Dixon.«

Sie dreht sich auf dem Absatz um und stapft die Treppe hinauf.

Briggs starrt immer noch zur Tür, während ich meine Finger über seine Kinnpartie fahren lasse und dadurch wieder seine Aufmerksamkeit erlange.

»Es tut mir leid«, sagt er, und sein Blick wandert über mein Gesicht. Er nimmt mein Kinn in die Hand und küsst mich. »Es tut mir so leid.«

Ich stehe von seinem Schoß auf und ordne meine Röcke, und auch er steht hastig auf, streckt sich und geht im Zimmer auf und ab.

»Keine Entschuldigung«, sage ich und meine es ernst. »Entschuldige dich niemals hierfür.« Was immer Sabrinas Zeugenschaft mit sich bringen wird, wir werden uns gemeinsam darum kümmern.

Briggs stützt sich auf seiner Stuhllehne ab und nickt. »Ich sollte nach Westley schauen.« Seine Augen ruhen auf mir. »Wirst du hier auf mich warten?«

Ich eile zu ihm, nehme seine Hand in meine, küsse seine Handfläche und nicke.

»Ich bin gleich zurück.« Er legt seine Stirn an meine, und seine Stimme hallt in mir wider. »Warte auf mich.« Er gibt mir einen flüchtigen Kuss, dann ist er fort.

Meine Gedanken überschlagen sich. Ich spüre etwas, das ich noch nie zuvor gespürt habe: dass ein anderer Mensch eine Fortführung meiner selbst ist. Ich dachte immer, das würde einen verrückt machen, aber es fühlt sich wie die natürlichste Sache der Welt an.

Ich setze mich auf einen der Sessel am Kamin und blicke zu den Deckenbalken hinauf. Als ich das letzte Mal hier war, waren diese Balken mit grünen Girlanden geschmückt, ich war in den Schweinemist gefallen und mein schönstes pinkes Kleid ruiniert. Ich schwor mir damals, Briggs Goswick nie wieder so nah an mich heranzulassen, und muss über diesen kindlichen Entschluss lachen.

Ich könnte Briggs heiraten, denke ich. Ich könnte ihn heiraten, auch wenn das meiner Familie einiges Leid zufügen würde. Doch vielleicht nicht ewig. Vielleicht schaffe ich es ja noch, ein paar Investoren an Land zu ziehen – Investoren, die bei dem Debakel in London nicht anwesend waren, Investoren, die bereit sind, einem Mädchen, das sein eigenes Geschäft führt, eine Chance zu geben. Ich bin schlau, rufe ich mir ins Gedächtnis. Und einfallsreich. Und Briggs und ich wären glücklich, das weiß ich. Er will mein Glück, so wie ich seines will.

Ich seufze zufrieden und lehne mich zurück. Ich schäme mich, dass ich ihn so lange in einem so schlechten Licht gesehen habe und zuließ, dass meine früheren Erlebnisse mit dem Jungen, der er einmal war, meinen Blick vernebelten gegenüber demjenigen, der er heute ist, der Mann, zu dem er geworden ist.

»Sie brauchen nicht auf ihn zu warten.« Sabrina steht schon wieder in der Tür. »Er wird so schnell nicht zurückkommen.«

Ich setze mich auf und wundere mich, dass sie noch wach ist. Plötzlich werde ich von schweren Schuldgefühlen übermannt. Den ganzen Sommer über habe ich ihr von Briggs vorgeschwärmt. Und wie sich herausstellt, vor allem mich selbst dadurch von seinen Vorzügen überzeugt.

»Sabrina, ich weiß, wie das ausgesehen haben muss …«

»Wie es tatsächlich ausgesehen *hat*«, berichtigt sie mich und betritt das Zimmer wie eine Spinne, die etwas gefangen hat. Und ich bin die Fliege, die in ihrem kaum sichtbaren Netz hängt. »Doch überrascht hat es mich nicht. Erneut, es nützt nichts, auf ihn zu warten.«

Ich gehe über die anfängliche Spitze hinweg. »Briggs bat mich aber zu warten. Ich solle warten, während er …«

»Er ist mit Westley fortgeritten.«

Ich weiß nicht, was das heißen soll, doch tief in meinem Inneren breitet sich eine kleine Welle der Bestürzung aus. »Fortgeritten?«

Sabrina schwebt in ihrem feinen Kleid an mir vorbei. »Ich verstehe Sie, Miss Rowley«, sagt sie sanft und stellt sich hinter einen der Lehnsessel. »Das glauben Sie mir vielleicht nicht, aber es stimmt.«

»Ist das so?«, frage ich.

»Sie haben Träume, natürlich haben Sie die«, sagt sie. Ich suche nach einem abfälligen Gesichtsausdruck, einem herablassenden Ton, doch da ist nichts. Sie spricht offen mit mir. »Sie haben Mr Goswick von Anfang an begehrt, trotz Ihrer Versuche, mich von seinen Vorzügen zu überzeugen. Und jetzt glauben Sie, dass Sie ihm als Herrin von Mistlethrush Hall ebenbürtig sein können, sollte er um Ihre statt um meine Hand anhalten.« Sie zeigt in den Raum, in dem wir uns befinden. »Sie glauben, dass er sich von den ganzen anderen Männern, die vernünftige, finanziell sinnvolle Ehen schließen, unterscheidet, weil er seinem Herzen folgt. Das muss er, denken Sie. Sonst hätte er heute Abend niemals Ihren guten Ruf aufs Spiel gesetzt. Und er würde niemals die Chance auf eine Verbindung mit mir in den Wind schlagen, wäre er nicht *wirklich* verliebt in Sie.«

Meine Hände zittern, und ich hoffe, dass sie nicht spürt, wie verletzlich ich bin und wie sehr sie recht hat.

»Doch das wird nicht passieren, Miss Rowley. Er wird niemals sein Geburtsrecht für ein Mädchen aufgeben, das seinen Zielen im Wege steht.«

»Da liegen Sie falsch«, sage ich und kriege die Zähne kaum auseinander, so angespannt presse ich den Kiefer zusammen.

»Sind Sie sich da sicher?«, fragt sie. »Zugegebenermaßen kennen Sie ihn besser als ich. Doch ich weiß, dass seine Familie vor dem finanziellen Ruin steht und er verzweifelt versucht, die Dinge wieder geradezubiegen. Bestimmt versucht er, sich einzureden, dass diese Nachricht noch nicht die Runde gemacht hat, doch jeder weiß Bescheid.«

Mein Herz hämmert so laut, dass ich keinen klaren Gedanken fassen kann. Briggs muss so schnell wie möglich davon erfahren. Ich will ihn warnen, kann es aber nicht, wenn es stimmt, was Sabrina gesagt hat und er fort ist.

Sabrina fährt mit dem Zeigefinger über die verschlungenen Weinranken auf dem Stoff des Sessels. »Ich brauche Goswicks Geld nicht«, sagt sie. »Ich habe mehr als genug. Doch als wir in Hemington Manor waren, erkannte ich, was er mir geben kann.«

»Als er Sie aus dem Wasser rettete?«, frage ich perplex.

»Nein«, antwortet Sabrina ausdruckslos. »Es war beim Ball, als Sir Simon mich schnitt. Ich hörte, wie eine Gruppe von Damen fragte, warum man mich überhaupt eingeladen hatte. Wo ich doch aus keiner guten Familie stamme, mein Vater ein Kaufmann sei und sich skandalöse Gerüchte um mich ranken. Dafür kann ich Sir Simon danken, nehme ich an. Sie hätten ihre Gesichter sehen sollen, als Briggs Goswick mich um einen Tanz bat.«

Ihr Geständnis macht mich sprachlos.

»Das, was ich von Goswick brauche, ist sein Name. Sein traditionsreicher, angesehener Name. Ein Name, den die Gesellschaft mit Landbesitz und jahrhundertealtem Vermögen verbindet. Anders als Dixon.« Sie spricht ihren eigenen Namen mit einer großen Portion Verachtung aus. »Ein Name, der immer mit Handelsgeschäften in Verbindung gebracht werden wird, ein neureicher Name. Hinter dem Namen Goswick hingegen werde ich mich verstecken können, denn kein anderer Gentleman wird mich jemals haben wollen, wenn man es herausfindet.«

»Was herausfindet?«

Sie schüttelt den Kopf. »Das spielt keine Rolle, Miss Rowley. Entscheidend ist, dass er mir gehört und ich ihn nicht so leicht aufgeben werde. Erst recht nicht jetzt, wo ich gesehen habe, wie schnell Sie sich ihm an den Hals werfen.«

Ich schnaube und zwinge mich zu lächeln, doch mein Entsetzen wächst mit jedem Wort. »Ich hätte es wissen müssen, dass Sie keine Gefühle besitzen, Miss Dixon.«

»Aus vertrauenswürdiger Quelle weiß ich, dass Mr Goswick um meine Hand anhalten wird. Sein Onkel bestätigte es mir am Nachmittag, bevor Sie auftauchten.«

»Das sind nur Gerüchte«, versuche ich, es abzutun.

Sabrina kommt leichtfüßig hinter dem Lehnsessel hervor und stellt sich vor mich. »Ich weiß, dass Sie mit aller Macht glauben wollen, er sei anders, oder dass Sie beide füreinander bestimmt sind oder ähnlicher Quatsch. Doch seine Freiheit ist ihm wichtiger als Sie.« Sie blickt über die Schulter in die Eingangshalle. »Vergessen wir nicht, dass er Sie eigentlich bat, auf ihn zu warten, doch dann mit Westley davonritt, um sich einen Boxkampf anzusehen, der mitten in der Nacht auf irgendeinem Feld stattfindet.«

Ich hole tief Luft, aus dem Kloß in meinem Hals ist inzwischen ein stechender Schmerz geworden, für den es kein Heilmittel gibt. Wieder bin ich auf ihn hereingefallen. Ich ließ mich von ihm überzeugen, dass er mich liebt, und dann haute er ab, um sich mit seinen Freunden zu vergnügen, und ließ mich verletzlich und wehrlos zurück. Wie konnte er nur! Wie konnte *ich* nur? Ich unterdrücke ein Schluchzen und kämpfe gegen meine Tränen an.

»Wenn Sie ihn aufzuhalten versuchen, wird er sich Ihrer entledigen. Männer sind alle gleich. Sie wollen ihren Spaß haben.« Sie taxiert mich von oben bis unten. »Und dann wollen sie alleine gelassen werden. Soweit ich weiß, wartet eine Kutsche auf Sie, um Sie nach Wrexford Park zurückzubringen.«

Ich stürze mit gerafften Röcken nach draußen zu den Stallungen, wo eine vierspännige Kutsche auf mich wartet. Doch bevor ich einsteige, muss ich Gewissheit haben. Wenn es irgend möglich ist, Briggs' Unschuld zu beweisen, muss ich es versuchen.

»Entschuldigen Sie bitte«, unterbreche ich den Kutscher, der dem Zugpferd gerade das Geschirr anlegt.

Er hält inne und sieht mich an. »Ja, Miss?«

»Wissen Sie, wohin sich Mr Goswick aufgemacht hat?«

»Ja, Miss, das weiß ich. Hinter dem Hearth and Hound findet heute ein Boxkampf statt. Er und Mr Parker baten mich, die Pferde zu satteln, dann sind sie los.«

Ich nicke, zwinge mich zu lächeln und hoffe, dass der Schatten Mistlethrush Halls, das hinter mir aufragt, meine Tränen verbirgt. »Danke«, sage ich leise und steige in die Kutsche.

Kaum habe ich Wrexford Park erreicht, breche ich in Tränen aus.

Kapitel 31

Briggs

»Was genau hast du gehört?«, frage ich Westley, als wir auf unseren Pferden die Straße nach Brumbury entlangsprengen. Ich halte Apollos Zügel fest in der Hand und treibe ihn an.

»Dass dein Bruder und Blythes Vater lang und breit über Boxen sprachen. August erzählte, dass heute ein Kampf zwischen Thomas Walker und einem jungen Kerl aus London stattfinden wird, und dass er Thomas als sicheren Sieger sehe. Er sprach von logischen Schlussfolgerungen, und Sir Anthony wirkte äußerst angetan. Ich dachte zunächst, ich sage nichts, doch als August später verschwand, wusste ich, dass ich dich informieren muss.«

»Und du glaubst, dass sie jetzt dort sind?«

»Ich fürchte ja.«

Ich reibe mir die Stirn und versuche, zumindest den Anschein von Kontrolle über meine Handlungen zu erwecken. »August überschätzt Thomas immens, weil er selbst Angst vor dem Jungen hat.«

»Aber Sir Anthony? Er wird sich beim Wetten wohl nicht allein auf Augusts Meinung verlassen?« Westley lacht, um die Anspannung zu lösen, doch ich kann nichts daran lustig finden.

»Alle hören auf Augusts Meinung«, sage ich. »Weil er so wortkarg ist und seine Nase immer in Bücher steckt. Wenn er sich dann einmal zu einem Urteil herablässt, folgen ihm die Leute.«

»Meinst du, wir sind zu spät?«

Wir reiten durch Brumbury, vorbei an geschlossenen Geschäften, deren Besitzer sich nach dem Fest ihren Schlaf verdient haben. »Ich weiß es nicht, Westley, aber Sir Anthony darf keinesfalls auf den Falschen setzen. Nicht, wenn das, was Julian mir erzählt hat, stimmt.«

Westley holt tief Luft. »Julian ist vertrauenswürdig«, sagt er. »Er hat auch mir erzählt, wie angespannt die Lage in Awendown House ist.«

Genau davor hatte ich Angst.

Wir bringen unsere Pferde wieder in den Galopp, und ich flüstere Apollo ins Ohr, wie leid es mir tut, ihn aus dem Schlaf gerissen zu haben. Doch noch schlimmer ist, dass ich Blythe verlassen musste. Dieser Abend hat alles, was ich mir je hätte vorstellen können, in den Schatten gestellt, und ich will nichts lieber, als zu ihr zurückzukehren, doch ich weiß, dass sie verstehen wird, warum ich gehen musste. Sie wird verstehen, dass ich nur das Beste für sie will.

Hinter dem Hearth and Hound erstreckt sich ein weites Feld, Land, das niemandem gehört, der perfekte Ort für Boxkämpfe, bei denen Gentlemen aus London ungestört ihr Geld verwetten können.

Es hat sich bereits eine große Gruppe von Männern und einigen Frauen gebildet, was mich nicht überrascht. Einen Kampf dieses Ausmaßes gibt es selten an Orten wie Brumbury, und nach den ganzen Festlichkeiten des Tages wollen sich die Leute wahrscheinlich noch weitervergnügen. Der nahende Herbst bringt lange Monate mit sich, in denen nicht viel passiert. Zumindest nicht vor der eigenen Haustür.

Ich schüttele den Kopf, als ich merke, dass diese Sache viel länger dauern wird, als ich erwartet hatte. »Ich hätte Miss Rowley zurück nach Wrexford schicken sollen. Ich sagte ihr, ich käme wieder, aber ich hatte nicht damit gerechnet, dass das so eine große Sache werden würde.«

Westley pfeift leise. »Und? Ich spüre, dass da mehr passiert ist.«

»Wir … wir haben uns besser kennengelernt.«

Sein Pferd schließt zu meinem auf, und er funkelt mich an. »Wie bitte?«

»Nicht *so* gut. Aber ich …« Ich schlucke und lockere meine Krawatte, »ich stand kurz davor, es ihr zu sagen.«

»Ihr was zu sagen? Wie die Aktien stehen? Dass du eine Heidenangst vor Eichhörnchen hast? Spuck's aus, Goswick.«

»Dass ich sie liebe, herrje!« Ich lockere meinen Kragen und seufze. Ich bin tatsächlich erleichtert, merke ich. Ich werfe ihm einen kurzen Blick zu und versuche, seine Gedanken zu lesen. »Außerdem«, füge ich hinzu, »haben Eichhörnchen diese fiesen kleinen Grabbelhände. Zufrieden?«

Westley grinst, dann seufzt er. »Es ist fast so, als hättest du *mir* deine Liebe gestanden.«

Ich schließe kopfschüttelnd die Augen. »Hundesohn!«

»Ich bin immer noch ganz beseelt.«

»Und wehe, wenn du jemals meine Angst vor Eichhörnchen erwähnst. Sie scheint mir eine Frau zu sein, die vor nichts und niemandem Angst hat.«

Als wir die Zuschauertraube erreichen, steigen wir ab und lassen unsere Pferde auf der nahen Wiese grasen. Ich suche in der Menschenmenge nach bekannten Gesichtern, hoffe, meinen Bruder und Sir Anthony zu sehen. Doch der Erste, auf den ich treffe, ist Lord Drummond.

»Goswick!«, ruft er, als er mich sieht. »Hier, um meinem Schützling dabei zuzusehen, wie er einem dieser Jungs zeigt, was ein echter Faustkampf ist?«

Will Jones. Die Erinnerung an ihn lässt meine Schläfen gleich wieder pochen. Es bringt nichts, auf Drummond wütend zu sein, ermahne ich mich. Er hat nichts mit Blythe zu tun und weiß nicht, dass August Sir Anthony überredet haben könnte, auf Thomas Walker zu setzen, und dass das eine Katastrophe wäre. Doch dann dämmert es mir. Ich kämpfe an zwei Fronten: Zum einen muss ich Sir Anthony davon abhalten, einen furchtbaren Fehler zu begehen, und zum anderen muss ich den Sohn meines Pächters davor beschützen, einem unbesiegbaren Gegner zu unterliegen. Schlimm genug, dass Mr Walker mit mir als Gutsherrn vorliebnehmen muss. Doch wenn auch noch sein Sohn verletzt ausfällt, wird sein Hof Schaden nehmen. Daran besteht kein Zweifel.

»Drummond«, sage ich so beiläufig wie möglich. »Haben Sie zufällig meinen Bruder gesehen?«

»August?«, fragt er. »Hier? Nicht, dass ich wüsste.«

Verflucht.

»Bitte entschuldigen Sie mich, aber ich muss August finden, bevor der Kampf beginnt.«

»Natürlich«, sagt Drummond. »Viel Erfolg!«

Westley und ich schlängeln uns durch die Menschenmenge, die im Schein eines prasselnden Lagerfeuers lange Schatten wirft, und als mich die Verzweiflung zu packen droht, fange ich sogar an, Augusts Namen zu rufen. Doch es bringt nichts. Ich kann weder meinen Bruder noch Sir Anthony finden. Ein kalter Wind fegt aus dem Wald zu uns herüber und wirbelt erstes trockenes Herbstlaub auf.

»Was soll ich tun?«, frage ich Westley.

Er hat sich auf die Zehenspitzen gestellt, um besser sehen zu können, und zuckt die Achseln. »Wie wäre es, wenn du versuchst, den Kampf ganz abzublasen? Du bist ein wohlhabender Gutsbesitzer in Brumbury. Sie werden deinen Wunsch respektieren.«

Ich lache verbittert. Wohlhabender Gutsbesitzer. Welche Scherze hat das Universum heute noch für mich auf Lager?

Ich reiße mir den Hut vom Kopf und lasse die Schultern hängen. »Ja, sie werden meinen Wunsch respektieren. Aber sie werden mich dafür hassen.«

»Vielleicht ist es auch alles nicht so schlimm, wie du denkst. Vielleicht ist Thomas Walker am Ende besser, als wir dachten. Vielleicht kann er gegen diesen Londoner Jungen gewinnen.«

»Westley«, sage ich. »Er könnte sterben. Das ist nicht irgendein Junge, das ist ein ausgebildeter Kämpfer, auf den große Summen gesetzt sind. Thomas ist gerade den Kinderschuhen entwachsen. Ich kann nicht zulassen, dass ihm etwas passiert. Das könnte ich mir nie verzeihen. Erst recht nicht, wenn ich es eigentlich besser weiß.«

»Briggs«, Westley verschränkt die Arme vor der Brust und kratzt sich am Kinn. »War Will Jones für dein blaues Auge vor einigen Wochen verantwortlich?«

»Da kannst du Gift drauf nehmen. Und jetzt hilf mir, Thomas zu überzeugen, dass er zurücktreten soll.«

Westley folgt mir durch die Menge, bis wir uns zu Thomas Walker und einem der Stallknechte von Mistlethrush durchgedrängelt haben. Der Stallknecht versucht natürlich, Thomas aufzuputschen, und redet ihm gut zu, denn er sieht einer sicheren und schmerzhaften (unglaublich schmerzhaften) Niederlage entgegen, doch man merkt, dass den Jungen langsam der Mut verlässt.

Ich boxe mich zu ihm durch, an Männern vorbei, die allesamt nach Schweiß und Bier riechen und laut den Beginn des Kampfes fordern. »Achtung, Entschuldigung. Vorsicht bitte.«

»Goswick, mein Junge!« Jemand hält mich am Arm zurück, und mein Weg durch die Menge ist wieder versperrt. Ich drehe mich um und will den Flegel anschnauzen, doch da blicke ich in Sir Anthonys Gesicht, hinter ihm mein unschuldiges kleines Brüderchen.

»Sir Anthony, August«, sage ich und versuche mit aller Macht, ruhig zu bleiben. »Ich habe Sie gesucht.«

»Und gefunden.« Sir Anthony ist ein guter Mann, lustig und warmherzig, und ich habe mich in seiner Gesellschaft schon immer wohlgefühlt. Ich wünschte, ich könnte ihm offen sagen, warum ich hier bin, doch ich kann ihn nicht wissen lassen, dass Julian Browning mich über seine finanzielle Lage informiert hat.

»Ja, wissen Sie, ich schaue mir so etwas normalerweise nie an.«

»Wovon redest du?«, ruft August über den Lärm der Menschenmenge hinweg.

Er wird mich verraten. Subtile Hinweise verfangen bei ihm nicht, außerdem will er immer recht haben. »Ich war noch nie bei einem Boxkampf und wusste gar nicht, dass heute einer stattfindet. Es erstaunt mich, dass du mich nicht eingeladen hast, August. Nicht sehr brüderlich.«

»Du warst anderweitig beschäftigt«, entgegnet er trocken.

Wie gerne würde ich ihm jetzt einen Schlag ins Gesicht verpassen. »Nun«, sage ich. »Jetzt sind wir also alle hier. Und auf wen setzen wir, Gentlemen? Den jungen Mann aus London, nehme ich an?«

»Ja«, unterstützt mich Westley, »er sieht wie ein richtiger Raufbold aus, nicht wahr?«

Ich schließe die Augen und atme langsam durch die Nase ein. Wie ein Raufbold. »In der Tat«, bekräftige ich. »Er ist eine Wucht, das sehe ich genauso. Was hältst du davon, auf ihn zu setzen, Parker?«

»Ich bin dabei«, sagt er.

»Nein, nein, nein«, widerspricht August. »Die reinste Geldverschwendung. Dann könnte man seine Scheine gleich im wahrsten Sinne des Wortes zum Fenster rauswerfen. Nein, ihr solltet auf seinen Herausforderer setzen, Thomas Walker. So wie Sir Anthony und ich.«

Ich vergrabe mein Gesicht in den Händen. Kann nicht glauben, dass das mein Bruder ist. »August, bitte.«

»Ich habe ihn schon mal ein Schaf töten sehen!«

Ich bin perplex. »August, er ist ein Bauer. Wie soll denn sonst dein Abendessen auf den Tisch kommen?«

Er zieht eine beleidigte Schnute. »Trotzdem, es ist barbarisch.«

»Ich bin ziemlich überzeugt von Will Jones«, sage ich. Als ich merke, dass mein Plan nicht funktioniert, breche ich in Schweiß aus.

»Ich vertraue dem jungen Goswick«, sagt Sir Anthony und zeigt selbstzufrieden auf August. »Er hat viel über Wahrscheinlichkeiten geredet und Statistiken ausgepackt, ich war sehr beeindruckt.«

»Ja, mein Bruder ist ein wahrer Quell der Weisheit«, brumme ich.

»Oh!«, ruft Sir Anthony, als die Menge leise wird. »Ich glaube, es geht los. Such dir einen guten Platz, mein Junge.«

»Natürlich«, sage ich. Die Zeit rennt mir davon, und ich weiß nicht, was ich noch tun kann. »Westley, sei so nett und begleite mich, ja? Ich will sehen, ob ich da drüben eine bessere Sicht auf die Dinge habe.« Ich deute mit dem Kinn in Thomas Walkers Richtung. »Da *drüben.*«

»Ja, natürlich, da drüben.«

Wir gehen von außen um die Menge herum, bis ich mich von hinten an Thomas Walker heranschleichen und ihn an der Schulter packen kann. »Was zur Hölle wird das hier?«, herrsche ich ihn an.

»Mr Goswick«, sagt er und starrt mich mit offenem Mund an. »Sie werden doch meinem Vater nichts sagen, oder?«

»Warum nicht?« Das ist gut, das ist besser, als ich dachte. Er hat Angst, dass sein Vater es herausfindet.

»Weil ich gutes Geld verdienen kann, wenn ich gewinne!«

»Wenn du Geld brauchst, dann komm zu mir.« Das stimmt nicht ganz. Nicht, dass ich ihm Geld leihen könnte, aber zumindest könnte ich ihm helfen, welches zu finden.

Thomas unterdrückt mit Mühe ein Kichern und grinst. »Sie können uns noch nicht mal neues Holz für den Zaun besorgen, Mr Goswick.« Dann besinnt er sich. »Nichts für ungut, Mr Goswick.«

»Geht in Ordnung. Und jetzt raus hier.«

»Es tut mir leid, Sir«, sagt Thomas, »aber ich muss das durchziehen.«

»Briggs«, wirft Westley von hinten ein, »was machen wir jetzt?«

Ich seufze, lege den Kopf in den Nacken und starre in den Nachthimmel. »Es gibt nur noch eine Möglichkeit.« Ich schäle mich aus meinem Rock und reiche ihn zusammen mit meinem Hut Westley. Ich krempele meine Ärmel hoch, tippe Thomas erneut auf die Schulter, und als er sich umdreht, schlage ich ihn mit einem gezielten Hieb k. o. und schüttele meine Hand aus.

Westley starrt das Häufchen Junge auf dem Boden an. »Oh, Briggs.«

»Er wird morgen mit Kopfschmerzen aufwachen, aber immerhin wird er am Leben sein.«

»Was haben Sie getan?«, ruft sein Lehrer haareraufend. »Wissen Sie nicht, wie viel Geld hier im Spiel ist? Wenn Sie keinen Ersatz finden, gewinnt der Londoner Junge!«

»Großartig«, sagt Westley. »Der Abend könnte nicht besser laufen.«

»*Ich* werde gegen ihn antreten«, sage ich. Ich mag Schwierigkeiten haben, Blythe mit Worten zu zeigen, wie viel mir an ihr liegt, doch hier und jetzt kann ich es wenigstens mit Taten beweisen – indem ich Thomas' Platz einnehme.

Westley verdreht die Augen und reibt sich die Nasenwurzel.

»Vertrau mir«, flüstere ich ihm zu. »Ich konnte ihn schon einmal beobachten. Ich kenne seine Stärken, weiß um seine Schwächen. Ich habe sogar teilweise die gleichen.«

»Stärken oder Schwächen?«

»Beides, wenn ich ehrlich sein soll. Geh jetzt zurück zu meinem Bruder und Sir Anthony und überzeuge beide, dass alles bestens ist. Sie sollen ihre Wetteinsätze lassen, wo sie sind.« Ich sage das, um Westley Mut zuzusprechen, doch in Wirklichkeit brauche ich diese Worte selbst, um mich zu vergewissern, dass ich heute nicht sterben werde.

»Das ist auf so viele Arten falsch«, sagt Westley. »Aber ich wünsche dir viel Glück, Briggs. Es war mir eine Ehre mit dir.«

Kapitel 32

Blythe

»Sabrina Dixon liegt falsch.«

Charlotte sitzt mir gegenüber in der Kutsche und gähnt. »Hättest du das nicht einfach akzeptieren können und ins Bett gehen?«

»Ich muss es ihr beweisen«, sage ich. Ich trage immer noch das schwarze Kleid mit den bunten Blumen, obwohl es inzwischen weit nach Mitternacht ist und ich Schuldgefühle habe, weil ich Charlotte aus dem Bett gezerrt und sie gezwungen habe, mich zu einer Veranstaltung zu begleiten, auf der Damen eigentlich nichts zu suchen haben. »Erst war ich sehr aufgebracht, doch dann merkte ich: Sie hat ein falsches Bild von Mr Goswick. Das weiß ich. Er würde niemals einfach zu einem Boxkampf abhauen, nach dem, was zwischen uns …«

Charlotte zieht eine Augenbraue hoch. »Was war denn zwischen euch?«

»Wir haben uns geküsst. Unter anderem.«

Charlottes Reaktion überrascht mich. Sie lächelt wissend, als wäre das alles auf ihrem Mist gewachsen, und blickt unverwandt in die Dunkelheit hinaus.

Wir fahren durch die Nacht die sich windende Straße nach Brumbury entlang, und während Charlotte gegen den Schlaf ankämpfen muss, sitze ich aufgebracht und mit zu Fäusten geballten Händen da. Ich will nicht, dass Briggs bei diesem Kampf ist. Ich will, dass er bei mir ist.

Endlich verlangsamt die Kutsche ihre Fahrt, ein Dienstbote springt von seinem Sitz herab, öffnet die Tür und hilft erst Charlotte und dann mir hinaus. In gut hundert Metern Entfernung brennt ein riesiges Lagerfeuer, um das sich eine Menschenmenge versammelt hat, die größtenteils aus zechenden Männern besteht.

»Wir warten hier auf Sie, Miss«, sagt der Stallknecht zu Charlotte.

»Danke, es wird nicht lange dauern.« Wir haken uns unter und laufen über das Feld mitten ins Geschehen hinein. »Vater darf nie herausfinden, dass wir hier waren«, sagt sie. »Sonst würde er mir nie mehr vertrauen.«

»Vielleicht hätten wir doch lieber zu Hause bleiben sollen«, sage ich plötzlich, als ich sehe, wo wir gelandet sind. Ich möchte Briggs *wirklich* nicht hier wissen – der Ort verheißt nichts Gutes. Doch gleichzeitig *will* ich ihn hier finden, denn wenn er nicht hier ist, wo ist er dann?

»Jetzt sind wir aber hier.« Charlotte zieht ihren Umhang fest um sich. »Es bringt nichts umzukehren. Lass uns schauen, wohin Mr Goswick verschwunden ist.«

Wir mischen uns unter die laute, aufgepeitschte Menge, die auf einmal ruhig wird. Alle Aufmerksamkeit richtet sich auf eine provisorisch hergerichtete quadratische Fläche inmitten des Feldes. Ein Mann pfeift laut auf den Fingern und ruft alle zur Ordnung. Charlotte und ich bleiben stehen, halten uns wie kleine Kinder an den Händen und warten gespannt.

»Meine Damen und Herren«, ruft der Mann. Das Feuer wirft flackernde Schatten auf sein Gesicht. »Auf der einen Seite haben wir den amtierenden Meister, den jungen Mr William Jones aus Camden Town, und auf der anderen seinen Herausforderer …«

Die Menge bricht in Jubel aus, einige blicken jedoch erstaunt drein.

»Unseren ureigenen Mr Briggs Goswick!«

Charlotte drückt meine Hand. »Das muss ein Scherz sein!«

Doch da taucht auch schon Briggs aus der Menge auf, er lockert die Arme und hat Jacke und Hemd ausgezogen. Trotz der Tränen, die mir in die Augen treten, bin ich beeindruckt, wie professionell er aussieht und welch rohe Männlichkeit er ausstrahlt.

Doch Sabrina hatte recht. Sie hatte recht, was ihn anging.

Sie hatte recht, was *mich* anging.

»Er kann doch nicht gegen einen professionellen Kämpfer antreten!«, ruft Charlotte. »Das muss ein Scherz sein! Blythe, tu was!«

Ich wische mir eine Träne aus dem Gesicht. »Und was bitte schön soll ich tun?«

»Das ist verrückt«, sagt Charlotte, »das ist vollkommen verrückt.«

Ich klammere mich an die Hand meiner Cousine und suche in der Menge nach bekannten Gesichtern. Ich meine, Mr Parker in einigen Metern Entfernung zu sehen, neben ihm steht August Goswick und daneben … mein Vater!

»Charlotte«, sage ich. »Ich glaube, mein Vater ist hier.«

»Das ist absurd, Onkel Anthony ist zu Hause in seinem Bett und schläft. Dies ist kein Ort für Gentlemen.« Sie zuckt die Achseln. »Na ja, bis auf Mr Goswick.«

»Charlotte, ich glaube, du verstehst nicht, wie beliebt solche Kämpfe sind. Die gesellschaftliche Stellung ist hier ganz egal, es geht nur ums Geld, das man auf zwei Menschen setzt, die sich die Köpfe einschlagen.«

»Oje«, sagt Charlotte und kaut an ihrem Daumennagel. »Meinst du, es wird Blut fließen?«

Ich starre sie erstaunt an.

»Mr *Goswicks* Blut?«

»Ist es nicht egal, wessen Blut, wenn überhaupt?«

»Ich weiß nicht so recht«, sagt Charlotte gedankenverloren.

Ich ziehe sie zu Mr Parker, August Goswick und meinem Vater, die gespannt beobachten, wie sich Briggs und sein Gegner lauernd umkreisen und darauf warten, dass sich einer von ihnen aus der Deckung wagt.

»Blythe, meine Liebe!«, ruft mein Vater und wird bleich, als er mich sieht. »Was tust du hier? Dies ist kein Ort für junge Damen.«

»Für mich auch nicht, glaube ich«, sagt August und zuckt zusammen, als Fingerknöchel auf Knochen krachen.

»Dies ist auch kein Ort für *dich*, Papa!«, rufe ich aus. »Was um alles in der Welt tust du hier?«

Papa läuft rot an, und seine Augen verengen sich zu Schlitzen. »Achte auf deinen Ton, Blythe Rowley. Ich bin immer noch dein Vater, egal, in welchen Umständen du mich antriffst. Und ich habe immer nur dein Bestes im Sinn.«

»Hast du etwa Geld gewettet?« Ich rücke nah an ihn heran, um so leise wie möglich zu sprechen.

Er wendet sich grummelnd von mir ab.

»Papa, bitte. Ich bitte dich inständig. Das wird Awendown nicht helfen. Ich weiß, dass du mit dem Rücken zur Wand stehst, aber …«

»Nun, jetzt ist es zu spät, mein Mädchen«, entgegnet er. »Außerdem hat mir der junge Mr August hier versichert, dass ich auf den Sieger gesetzt habe. Auch wenn es sich dabei nun plötzlich um Mr Goswick handelt.«

Ich bin aufgewühlt und verwirrt. Ich weiß, wie sehr Papa unsere Geldnöte im Magen liegen, doch ich hätte nie gedacht, dass er jemals wetten würde. Aus meiner Verwirrung wird blanke Wut. Dass er allen Ernstes das letzte bisschen Geld, das wir besitzen, verwettet, anstatt es mir damit zu ermöglichen, unserer Familie auf eine sinnvolle Art zu helfen!

Meine Aufmerksamkeit wird von meinem sturen Vater auf den Kampf und einen anderen sturen Mann gelenkt, der gerade meinen Abend und vielleicht sogar mein Leben ruiniert.

Ich stehe wie erstarrt da und kann die Augen nicht von Briggs wenden, sosehr ich es auch versuche. Die Kontrahenten bewegen sich schnell, als testeten sie einander, und Briggs landet einen Treffer. Ich jubele, obwohl ich mich auf gar keinen Fall emotional in diesen Kampf hineinziehen lassen wollte. Ich rede mir ein, dass es nur daran liegt, dass ich jetzt um Vaters Wetteinsatz weiß.

»Mach ihn bloß nicht auf uns aufmerksam, Blythe«, flüstert Charlotte, »wir sollten ihn nicht ablenken.« Ihre Finger graben sich in meinen Unterarm.

Briggs landet noch einen Treffer und noch einen, dann duckt er sich weg und weicht einem Gegentreffer aus. Und schlägt wieder zu. Ich hatte keine Ahnung, wie gut er ist. Ich hatte keine Ahnung, dass man beim Boxen elegant und flink sein muss, konzentriert und aufmerksam, und noch etwas, das Übelkeit in mir aufwallen lässt. Meine Angst um Briggs wächst mit jeder Sekunde.

»Er macht sich gut!«, sagt Charlotte.

Ich antworte nicht.

»Meinst du nicht auch?«, versucht sie es wieder. »Denkst du, er gewinnt?«

»Charlotte, ich habe keine Ahnung«, gebe ich zu. »Ich kenne die Regeln nicht. Ich weiß nicht, was noch kommt. Ich bin einfach nur hier.«

Ich drängele mich durch die Menge und versuche, nach vorne durchzustoßen. Als ich endlich mit klopfendem Herzen in der ersten Reihe stehe, umringt von grölenden Männern, die ihre Fäuste in die Luft recken, habe ich eine gute Sicht auf den Kampf.

Briggs sieht müde aus. Er war den ganzen Tag auf den Beinen. Hat getrunken. Was um alles in der Welt brachte ihn dazu, an einem Boxkampf teilzunehmen? Der Junge tänzelt um ihn herum, er sieht, dass Briggs schwächelt. Dann schlägt er zu, seine Faust landet knapp unter Briggs' linkem Auge und Briggs' Kopf fliegt in einem Winkel nach hinten, der mich glauben lässt, er habe sich das Genick gebrochen. Briggs blinzelt langsam, wankt und versucht, wieder zu sich zu kommen, doch der Junge setzt schon zum K.-o.-Schlag an.

Bevor ich weiß, was ich tue, höre ich mich schreien: »Briggs, nein!« Er dreht sich zu mir, sein Blick findet meinen, und der Junge rammt ihm die Faust in die Rippen und gibt ihm einen Kinnhaken, der Briggs rücklings auf den Boden befördert.

Die Leute zischen und buhen, doch der Kampfrichter reißt den Arm des Siegers in die Luft. Ich will mich erneut durch die Menge arbeiten, komme aber nicht zu Briggs durch, es ist zu viel los.

»Blythe.« Charlotte steht neben mir.

»Ich muss zu ihm«, rufe ich und will ihren Arm abschütteln.

»Nein, Blythe, warte«, sagt sie, »dein Vater.«

Ich drehe mich um, will wissen, warum sie so aufgebracht ist, und sie zeigt durch die Menge auf August Goswick, der meinen Vater stützt. Papas Gesicht ist dunkelrot, und seine Augen treten aus den Höhlen. August brüllt etwas, ruft nach Hilfe.

»Papa!«, schreie ich.

***

Charlotte hat sich zu mir in mein Zimmer gesetzt, während wir auf die Diagnose des Arztes warten. Draußen auf dem Flur geht August mit schweren Schritten auf und ab. Hin und wieder steckt er seine Nase durch die Tür, wie um sicherzugehen, dass Charlotte und ich noch bei Sinnen sind. Ich wünschte, ich könnte ihm sagen, er solle es sich nicht so zu Herzen nehmen, dass er derjenige war, der Papa auf den Kampf aufmerksam machte. Doch selbst ich fühle mich schuldig. Weil ich mit Papa schimpfte. Er sich meinetwegen aufregte.

»Haben Sie von Ihrem Bruder gehört?«, fragt Charlotte August.

Ich schließe die Augen. Briggs Goswick ist der Letzte, über den ich jetzt reden will. Ich stelle mir vor, wie er immer noch ohnmächtig mitten auf dem Feld liegt, die Zuschauer alle zu Hause in ihren Betten, nur er ist noch da. Allein.

Denn nichts anderes hat er verdient. Sein Leichtsinn hat uns alle in Verzweiflung gestürzt. Wie konnte ich nur je mehr in ihm sehen als den törichten Dandy, als den Sabrina Dixon ihn die ganze Zeit schon erkannt hatte. Die Sorte Gentleman, die kaum, dass sich die Möglichkeit auftut, Spaß zu haben, ein Mädchen in eine missliche Lage versetzt.

Vielleicht hatte Sabrina recht. Vielleicht wollte ich in Briggs etwas sehen, das nicht da ist. Vielleicht wollte ich in *mir* etwas sehen, das nicht da ist.

Doch bevor meine Gedanken noch düsterer werden, drehen wir alle die Köpfe, als die schnellen, entschlossenen Schritte des Arztes erklingen.

»Miss Rowley«, sagt er, die Arzttasche in den Händen. »Ihr Vater ist schwach, aber stabil. Er hatte einen Herzinfarkt. Ich denke, dass er wieder auf die Beine kommen wird, doch er braucht jetzt viel Ruhe und gute Ernährung. Frisches Obst und Gemüse.«

»Natürlich, Doktor, ich danke Ihnen«, sage ich. Ich schließe die Augen und vergrabe mein Gesicht in den Händen, während mein Körper vor Erleichterung erschlafft.

»Dürfen wir zu ihm?«, fragt Charlotte, die mir von hinten die Arme um die Schultern gelegt hat.

»Lassen wir ihn lieber ruhen«, empfiehlt der Arzt. »Lady Rowley ist jetzt bei ihm und kann ihm jederzeit helfen, wenn er etwas braucht.«

»Danke«, sage ich.

Er verbeugt sich und geht.

»Du solltest dich auch hinlegen, Cousine«, sagt Charlotte und dreht mich herum, um mich umarmen zu können. Wir halten einander lange fest, und ich lasse das Kinn auf ihrer Schulter ruhen, spüre ihre Verlässlichkeit.

»Ich werde nicht schlafen können«, murmele ich. »Es dämmert schon.«

»Warum gehst du nicht in die Bibliothek? Ich habe das Buch, das ich gerade lese, auf dem Beistelltisch liegen lassen; ich könnte mir vorstellen, dass es dir gefällt. Und Lesen macht müde.«

Ich schenke ihr ein müdes Lächeln.

»Miss Barlow, Miss Rowley, ich werde jetzt nach Mistlethrush Hall zurückreiten«, sagt August. »Doch zögern Sie bitte nicht, nach mir rufen zu lassen. Ich stehe jederzeit zur Verfügung.«

»Danke, Mr August«, sage ich. Sowohl Charlotte als auch ich drücken ihm die Hand, bevor er uns verlässt, um sich kurz hinzulegen.

»Ruh dich aus, Cousine«, sagt Charlotte wieder und geht in ihr Zimmer.

Ich werde ihrem Vorschlag folgen. Vielleicht tut es mir tatsächlich gut, ein wenig zu lesen. Selbst wenn es mich nicht zum Einschlafen bringen wird. Zumindest lenkt es ab. Ich kann mich in einer anderen Welt verlieren. Vergessen, was ich weiß. Was ich gefühlt habe. So ist es besser.

Doch das Schicksal hat anderes mit mir vor. Als ich die Treppe herunterkomme, wartet ein pudelnasser Gentleman im Foyer auf mich.

»Lord Colchester«, sage ich und muss mich am Geländer abstützen, um nicht den Halt zu verlieren. Ihn hatte ich nicht erwartet, und er ist der Zweitletzte, den ich an diesem Morgen sehen will. Ich weiß, dass er es gut meint, doch weiteren emotionalen Aufruhr kann ich heute nicht mehr ertragen. Ich bin vollkommen erschöpft.

»Miss Rowley«, sagt er, nimmt den Hut ab und lässt sich den durchnässten Mantel abnehmen. »Ich wollte Sie gestern eigentlich auf dem Fest überraschen, wurde aber aufgehalten. Und eben hat mich Ihr Onkel über den Gesundheitszustand Ihres Vaters unterrichtet.«

Ich nicke und lege die Hand auf meinen Mund, als mir ein Schluchzen entweicht, das ich nicht unterdrücken kann, aber Lord Colchester nicht zeigen möchte. Ich weiß nicht, ob ich wegen der Krankheit meines Vaters oder meiner fehlgeleiteten Annahme weine, Briggs Goswick sei ein besserer Mann, als ich bisher dachte. Wie konnte ich nur meinem eigenen Urteil so misstrauen.

Oder ich weine, weil ein äußerst anständiger Mann eine lange Reise auf sich genommen hat, um mich zu überraschen, nun vor mir steht und ich ihn nicht liebe. Ich habe es versucht, und er hat alles getan, damit ich seine Gefühle erwidern kann, doch ich tue es nicht. Nicht so, wie er es verdient.

»Ist er …?«, fragt Lord Colchester.

»Er lebt«, versichere ich ihm. »Er erholt sich gerade, und meine Mutter ist bei ihm. Bitte entschuldigen Sie meinen Zustand.«

»Nein«, sagt Lord Colchester, kommt näher und stellt einen Fuß auf die unterste Treppenstufe. »Nein, Sie müssen sich nicht entschuldigen. Natürlich sind Sie erschöpft. Kann ich Ihnen etwas bringen lassen? Vielleicht eine Tasse Tee?«

Ich schüttele den Kopf. »Das ist sehr freundlich von Ihnen«, sage ich, die Hand immer noch am Mund. »Sie sind sehr freundlich zu mir, und deswegen möchte ich das, was ich jetzt sagen werde, nicht länger aufschieben.«

Ich sehe seine Augen hoffnungsvoll aufleuchten, und sosehr ich die folgenden Worte hasse, sie sind unausweichlich, und er verdient es, die Wahrheit zu wissen.

»Ich kann Sie nicht heiraten, Mylord.«

Er tritt verwirrt einen Schritt zurück.

»Ich kann Sie nicht heiraten«, wiederhole ich. »Ich kann meine Familie nicht allein lassen, ich kann Awendown House nicht verlassen, und ich kann nicht die Ehefrau werden, die Sie verdienen.«

»Ich kann warten …«, versucht er es.

»Nein«, sage ich, und Tränen strömen mir die Wangen hinab. »Nein, es ist keine Frage der Zeit. Ich kann Ihnen nicht die Liebe geben, die Sie verdienen. Und ich hätte Ihnen keine Hoffnungen machen sollen. Bitte glauben Sie mir, dass ich dachte, ich könnte es. Ich hatte *gehofft*, meine Gefühle würden sich ändern, doch im Laufe des Sommers merkte ich mehr und mehr …«

»Gibt es jemand anderen?«, fragt er.

Ich schweige. Er kennt die Antwort.

Er schenkt mir trotz seiner Enttäuschung ein Lächeln, und ich wünschte, er wäre nicht so verständnisvoll. Würde stattdessen wütend oder laut werden, doch er tut nichts dergleichen. »In Ordnung«, sagt er. »Ich verstehe Sie. Das tue ich wirklich.«

Ich schüttele den Kopf. Was hätte ich jetzt gern ein Taschentuch.

Lord Colchester verbeugt sich. »Ich danke Ihnen für diesen wunderbaren Sommer, Miss Rowley.«

»Es tut mir leid«, sage ich fast flüsternd. »Es tut mir so, so leid.«

Er holt seinen Mantel und geht mit schnellen Schritten zur Tür. Bevor er nach draußen tritt, sagt er: »Bitte grämen Sie sich nicht. Ich wünsche Ihnen alles Glück der Welt.«

»Und ich Ihnen.«

Ein kurzes Nicken, dann ist Lord Colchester verschwunden, und die Wände drohen mich plötzlich zu erdrücken. Ich ringe nach Luft. Ich habe gerade dem vollendetsten Gentleman, den ich kenne, einen Korb gegeben, vielleicht dem einzigen Gentleman, der je um meine Hand anhalten wird. Einem, den ich nicht von Anfang an hasste. Einem, der freundlich und um mein Wohlergehen bemüht war und mich meine Bienen hätte behalten lassen, mich nicht hätte ändern wollen.

Ich gab ihm einen Korb wegen Briggs Goswick, der es trotz seiner Tricks und Machenschaften und Sturheit diesen Sommer schaffte, mich glauben zu lassen, er habe sich verändert. Sei erwachsen geworden, sei der Gentleman, den ich in ihm zu sehen glaubte.

Tränen brennen in meinen Augen, und ich merke kaum, wie ich loslaufe. Ich lasse Wrexford hinter mir und laufe durch den Garten und über die Felder bis zu einem kleinen See, der die Grenze der Ländereien meines Onkels markiert. Eine palladianische Steinbrücke führt über den See und lockt mich mit ihren stattlichen griechischen Bögen an, die Schutz vor dem aufziehenden Gewitter versprechen. Ein Donnergrollen fährt durch die pechschwarzen Wolken über mir, und es fängt an, sanft und gleichmäßig zu regnen.

Ich bleibe mitten auf der Brücke stehen und erinnere mich an die Geschichte, die Mama Amy und mir einmal auf einem Nachmittagsspaziergang erzählte. Unser Urgroßvater hatte die Brücke als Freundschaftsangebot an seine Nachbarn, die Goswicks, errichten lassen, deren Grundstück bereits seit Jahrhunderten an das der Barlows grenzte. Die Brücke verband die beiden Familien, was ich damals unerträglich fand. Ich fand es absurd, mit einer Familie etwas zu tun haben zu wollen, die ein solches Scheusal wie Briggs Goswick hervorgebracht hatte.

Doch jetzt, fast zehn Jahre später, wünschte ich, es gäbe etwas, das die beiden Familien verbindet. Und uns beide.

Ich lehne mich an die Steinbrüstung und beobachte zwei Schwäne, die unter der Brücke hindurchschwimmen und innehalten, um sich zu beschnäbeln. Ich starre unendlich lang hinab, suhle mich in meinem Selbstmitleid und beklage meine Dummheit, bis ich von rechts Hufgetrappel höre.

Es ist Briggs auf seinem Apfelschimmel, nass bis auf die Haut. An der Brücke steigt er ab, nimmt sein Pferd am Zügel und setzt den Hut ab. Er sieht unversehrt aus, kaum ein Kratzer ist zu sehen, und ich widerstehe dem Drang, ihn zu berühren, um mich selbst davon zu überzeugen, dass es ihm gut geht. Ich bin spürbar erleichtert.

»Blythe«, sagt er leise.

Sofort hat er seine Arme um mich geschlungen, doch ich trete einen Schritt zurück und entwinde mich seiner Umarmung. Ich bin noch viel zu verletzt von dem, was gestern passiert ist. Ich bin vor allem viel zu verletzt, als dass ich ihm erlauben würde, mich so zu halten, ohne sich vorher zu erklären.

Er sieht mich verwundert an, akzeptiert aber meine abwehrende Haltung. »Ich war erst in Wrexford, doch einer der Bediensteten hatte gesehen, wie du in diese Richtung davongelaufen bist. Ich habe dich gesucht.«

»Hier bin ich«, sage ich leise. Ich weiß nicht, was er von mir hören will. »Ich bin erstaunt, dich auf den Beinen zu sehen, angesichts des gestrigen Abends.«

»Es geht mir gut«, versichert er.

»Danach habe ich nicht gefragt.«

»Ich weiß nicht, warum du sauer bist, Blythe.«

»Ich reiße mich bereits zusammen«, sage ich, die Augen immer noch auf die Schwäne gerichtet. »Doch höflich zu sein, schaffe ich anscheinend nicht. Wenn du darauf bestehst, mit mir sprechen zu wollen, wird das alles sein, was du kriegst.«

»Ich bin hier, um mich zu entschuldigen, Blythe. Und um alles zu erklären.« Er steht neben mir und legt seine Hand auf die Brüstung neben meiner, rückt näher heran, als wolle er mich berühren, wisse aber nicht, wie ich reagieren werde. Recht hat er. Auch ich weiß es nicht.

»Dich entschuldigen? Wofür?«, frage ich. »Dafür, dass du mich allein mit Sabrina Dixon zurückgelassen hast? Dass du abgehauen bist, um dem Spaß, den du mit mir hattest, noch einen drauf zu setzen?«

»Was? Nein, Blythe, ganz und gar nicht. Wie kannst du nur denken, dass …«

»Dann erklär es mir bitte, Briggs. Denn so wie es aussieht, hast du mich in einer ziemlich misslichen Lage zurückgelassen, als du los bist, um mit deinen Freunden zu spielen. Zu boxen und *Geld* zu verwetten! Wann wirst du endlich deine Lektion gelernt haben? Wie viel Geld willst du noch verpulvern?«

Er atmet schwer und wischt sich das Regenwasser aus dem Gesicht. »Verstehe«, sagt er leise. »So siehst du mich also, ja? Als jemand, der dich benutzt und dann links liegen lässt.«

»Genau das hast du getan!«, rufe ich und sehe ihm endlich in die Augen.

»Ich *musste* los!« Er wird genauso laut wie ich, und seine grünen Augen funkeln dunkel. »Julian hat mir alles erzählt. Er hat mir von den Geldsorgen deines Vaters erzählt, und als Westley mir sagte, dass sich dein Vater mit August – ausgerechnet *August* – zu einem Boxkampf aufgemacht hatte, konnte ich nicht zulassen, dass er das wenige Geld, das er besitzt, auch noch verliert. Und siehe da, mein Bruder hatte deinen Vater fest davon überzeugt, auf den Richtigen zu setzen. Auf einen Jungen, der gerade erst der Kinderstube entwachsen ist und gegen einen professionellen Boxer antrat, der wohlhabende Londoner Lords im Rücken hat. Und ja, Blythe, aus diesem Grund sprang ich für Thomas Walker ein. Ich sprang für den Sohn meines Pächters ein, weil ich den gleichen

Boxclub wie sein Gegner besuche und dachte, dass zumindest eine kleine Chance auf einen Sieg besteht und dein Vater als reicher Mann vom Platze gehen kann, anstatt das Geld seiner Familie zu verwetten, so wie es meiner tat!« Er schlägt sich mit der Hand gegen die bebende Brust.

Sein Eingeständnis raubt mir die Sprache. »Dein Vater?«, frage ich leise. Briggs dreht sich weg und starrt auf den See, doch ich berühre ihn an der Wange und lenke seinen Blick wieder auf mich. »Dein Vater hat dein Erbe verspielt?«

Er nickt langsam.

»Warum hast du mir das nicht gesagt? Warum hast du mich die ganze Zeit glauben lassen, du seist es gewesen?«

»Weil er mein Vater war.« Briggs kämpft mit den Tränen. »Weil er mein Vater *ist*, und das ist alles, was ich von ihm noch habe. Er verabschiedete sich nicht von mir, hinterließ mir kein Vermächtnis. Nur Schulden und Fehltritte und diese Schande. Du hattest ohnehin eine so schlechte Meinung von mir, was machte es da also noch aus?«

Ich schüttele den Kopf und zwinge mich, nicht aufzuschluchzen. Wie falsch ich doch lag, wie unglaublich falsch. »Ich habe keine schlechte Meinung von dir«, sage ich und nehme sein Gesicht in meine Hände. »Ich habe keine schlechte Meinung von dir. Es tut mir unglaublich leid, dass du dich so gefühlt hast.«

Er dreht sich weg und reibt sich die Augen, und eigentlich will ich ihn nur halten und an mich drücken, doch plötzlich wirkt er entschlossen und hart und ich habe Angst, den alten Briggs verloren zu haben. »Ich hätte es dir sagen sollen«, sagt er schließlich. »Ich hätte dir sagen sollen, wohin ich gehe, anstatt dich mit Miss Dixon allein zu lassen. Es tut mir leid, aber ich hatte in diesem Moment nur deinen Vater im Kopf. Bitte entschuldige, was gestern Abend zwischen uns passiert ist, Blythe.«

Was zwischen uns passiert ist?, denke ich. Das, was zwischen uns passiert ist, war ungezügelt, wunderschön und unvermeidbar. Und es tut mir kein bisschen leid.

»Warum entschuldigst du dich? Du hattest meine volle Zustimmung.« Ich trete auf ihn zu, lege Daumen und Zeigefinger an sein Kinn und drehe seinen Kopf zu mir. Seine Augen sind sanft und traurig, und er atmet schwer.

»Wir hätten das nicht tun dürfen. Die Kontrolle nicht verlieren dürfen. Ich hätte mir nicht einreden dürfen, dass …«

Ich trete noch näher, mein Gesicht schmerzverzerrt angesichts des Gewichts seines unvollendeten Satzes, der mein Herz wild schlagen lässt. »… dass was?«

»… dass alles möglich ist. Deine Familie verlässt sich darauf, dass du jemand besseren als mich findest. Und meine verlässt sich darauf, dass ich Mistlethrush erhalte. Wir hätten es niemals so weit kommen lassen dürfen.« Briggs klammert sich an die Brüstung und starrt auf das trübe Wasser. »Wir wissen beide, was ich tun muss, Blythe.«

»Das kann nicht dein Ernst sein«, sage ich mit lauter, schmerzerfüllter Stimme.

»Endlich meine ich etwas einmal ernst. Es ist wahrscheinlich die einzige Entscheidung, die ich jemals aus Gründen der Vernunft getroffen habe, nicht aufgrund irgendwelcher widersprüchlicher Gefühle.«

»Du würdest sie heiraten?«, frage ich. »Nach alldem? Nach allem, was sie getan hat? Gesagt hat? Du würdest sie immer noch heiraten?«

»Ich habe keine Wahl, Blythe.«

»Doch, aber du bist zu feige, sie zu treffen.«

Er weicht getroffen zurück. »Das ist nicht fair. Ich werde endlich erwachsen, Blythe, werde … werde der Mann, an den du nie glaubtest.«

Mir wird schwindelig angesichts der Absurdität dessen, was er da gerade sagt. »Das verstehst du unter Mannsein?«, fordere ich ihn heraus. »Ein Mädchen zu heiraten, das du nicht liebst? Wie würdest du das nennen, Briggs, *Mut*?«

Er hält mich am Handgelenk fest. »Ja, genau das würde ich, in der Tat.«

»Das ist lächerlich.« Ich reiße meine Hand weg und gehe an ihm vorbei zurück Richtung Wrexford. Vorher streichle ich sein Pferd am Hals, damit es weiß, dass das hier nichts mit ihm zu tun hat.

»Mir ist es lieber, dass du mich lächerlich findest, als mir böse zu sein oder mich zu hassen«, ruft Briggs.

Ich drehe mich zu ihm um. »Dich hassen?«, frage ich und kneife die Augen zusammen, als würde ich dadurch besser verstehen können, was er meint. »Dich hassen?« Seine Worte bohren sich wie tausend Scherben in meine Haut. Ich gehe auf ihn zu und stoße ihn mit beiden Händen weg. »Ich liebe dich! Ich habe noch nie jemanden so geliebt wie dich, und du wirfst meine Liebe weg, als wäre sie nichts.«

»Du bist alles für mich«, sagt er sanft. »Du kannst nicht glauben, was du mir bedeutest. Und weil ich dich liebe, muss ich dich gehen lassen.«

Er nimmt mich an den Händen und wartet geduldig darauf, dass meine Tränen versiegen, doch das hat keinen Sinn. Sie fließen jetzt in Strömen. Ich bin aufgebracht und beschämt und unvorstellbar wütend.

»Lord Colchester hat um meine Hand angehalten«, sage ich leise, und Briggs hebt erstaunt die Augenbrauen. »Und ich habe ihm einen Korb gegeben. Weil ich wusste, dass ich ihn nie so lieben kann, wie ich dich liebe. Ich habe das für uns getan, für dich.«

Er greift sich in die Haare und seufzt ermattet. »Nun, das hättest du nicht tun sollen«, sagt er schließlich. »Warum nur? Warum solltest du mich ihm vorziehen? Verdammt noch mal, selbst ich würde ihn heiraten, würde er mich fragen.«

»Das ist nicht lustig, Briggs.«

»Nein, es ist absolut niederschmetternd, Blythe.« Er legt seine Hand an meine Wange, dann sagt er leise: »Er kann dir alles geben, Blythe. Alles, was ich nicht habe. Und nichts anderes will ich für dich, nichts anderes *verdienst* du.«

Ich schüttele den Kopf. »Nein, nein.«

Briggs fährt mit seiner Hand durch mein Haar und zieht mich sanft an sich, an die weiche Stelle zwischen Schulter und Hals, und ich kralle mich an seinem Revers fest und weine hemmungslos. Er schmiegt seine Wange an meinen Kopf, und wir stehen da, bis ich mich völlig leer fühle. »Ich kann nicht mit deinem Hass leben, Blythe«, murmelt er in mein Haar. »Alles, nur das nicht.«

»Und zusehen, wie ich einen anderen heirate, das könntest du?«, frage ich.

Er antwortet nicht.

Ich mache mich los, er steht erschöpft und mit hängenden Schultern vor mir und sieht mich niedergeschlagen an.

»Ich bin müde«, sage ich. »Ich muss jetzt gehen. Ich kann das nicht länger ertragen.«

»Blythe, bitte«, versucht er es ein letztes Mal.

»Nein«, sage ich, wische mir die Tränen aus dem Gesicht und schniefe erbärmlich. »Ich wünsche dir und Miss Dixon alles Gute. Ich hoffe, sie wird dir all das geben, was du von ihr erwartest.« Ich raffe meinen Rock und laufe in den Regen hinaus, während Briggs meinen Namen ruft und mein Herz mit jedem Schritt, den ich mich von ihm entferne, bricht.

Kapitel 33

Briggs

»Briggs, mein Junge!«, ruft Onkel Richard, als sein Butler uns hereinlässt. »Du siehst absolut furchtbar aus.«

Mein Onkel hat August, Westley und Sabrina nach London zu Tante Phyliss' fünfzigstem Geburtstag eingeladen, und obwohl die Ereignisse der letzten Woche mich jeglicher Lebensfreude beraubt haben, habe ich meine letzten Kräfte mobilisiert und bin mitgekommen. Mutter hat die Einladung ausgeschlagen und sich, warum auch immer, mit einem hartnäckigen Husten herausgeredet. Aber im Grunde ist es ja auch egal.

Außerdem: Wenn ich Sabrina Dixon schon einen Antrag mache, möchte ich es so schnell wie möglich hinter mich bringen. Und besser hier, an einem Ort, der mir nichts bedeutet, als in Mistlethrush.

»Mir geht es gut, Onkel«, versichere ich ihm. »Hab nur schlecht geschlafen.«

»Eine Reise nach London wird sicherlich Abhilfe schaffen«, sagt Sabrina lächelnd und hakt sich bei mir ein.

»Sie sagen es, meine Liebe, Sie sagen es«, pflichtet Onkel Richard ihr bei. »Und jetzt richtet euch ein und macht euch fertig für heute Abend. Meine gute Phyliss hat viel zu viele Menschen eingeladen, unendlich viel Essen bestellt und an alkoholischen Getränken gespart.« Mit diesen Worten schenkt er sich einen Whiskey ein, lässt sich in einem Lehnsessel am Feuer nieder und entlässt uns.

Ich nutze die Gelegenheit und verziehe mich in mein Zimmer,

um Sabrinas unablässigen Kommentaren zu entfliehen. Die Kutschfahrt war ihr unbequem, die Pferde hatten zu lange Köpfe, um als echte Vollblüter durchzugehen, sie hatte den falschen Haarschmuck eingepackt, meine Witze waren so anstrengend. Stumm fand ich sie deutlich sympathischer.

Ich schließe ab und lehne mich gegen die Tür. Die Stille des Zimmers verschlingt mich, und als ich die Augen schließe, bricht mir der Schweiß aus. Mein rasendes Herz stolpert, und ich habe kein Gefühl mehr in den Fingerspitzen. Ich will tief einatmen, doch meine Lunge gehorcht mir nicht.

»Briggs?«, höre ich Westley hinter der Tür rufen.

Ich will ihn hereinbitten, ihm sagen, dass es mir nicht gut geht, doch nicht nur mein Atem versagt, sondern auch meine Stimme.

»Briggs, bist du da drinnen?«

Ich kann ihm nicht antworten, stolpere zum Nachtisch. Er knallt gegen die Wand, während ich verzweifelt an meiner Krawatte ziehe.

»Ich komme rein!«

Er rüttelt am Türknauf, was nichts bringt, da ich abgeschlossen habe. Ich kann durch die Tür hören, wie er jemanden bittet, zur Seite zu treten, dann tritt er die Tür ein und eilt zu mir, dicht gefolgt von Julian Browning.

»Setzen Sie sich aufs Bett«, sagt Julian, legt seine Hand in meinen Nacken und leitet mich an. »Und jetzt den Kopf zwischen die Knie und tief durchatmen.«

»Was ist hier los?«, fragt Westley.

»Er ist völlig panisch«, erklärt Julian.

»Ich dachte immer, so etwas passiert nur Frauen.«

Julian schnaubt verächtlich. »Ach, bitte, du glaubst doch nicht an diesen Quatsch? Dass Männer keine Angst haben und immer Herr der Lage sind?«

»Also, *so* habe ich einen Mann noch nie gesehen«, sagt Westley und zeigt auf mich. »Sieht ihn dir an. Gleich hole ich das Riechsalz.«

»Das ist absurd. Dein bester Freund leidet, und du stellst seine Männlichkeit infrage.«

»Hilft … nicht … sonderlich«, krächze ich mühsam.

»Tut mir leid, Briggs«, sagt Westley. Ich höre, wie er mir ein Glas Wasser einschenkt. »Hier, trink etwas. Lass dir Zeit.«

Ich setze mich auf und lasse das kühle Wasser vorsichtig die Kehle hinunterfließen.

»So ist es gut«, sagt Julian und setzt sich neben mich auf das Bett. »Besser?«

Ich nicke. »Ich wusste nicht, dass Sie auch hier sein würden.«

»Mr Parker hat mich spontan eingeladen.«

»Wie geht es Ihrer Cousine?«, gelingt es mir nach zwei, drei tiefen Atemzügen zu fragen.

Julian räuspert sich und rutscht hin und her. »Blythe geht es … gut. So gut, wie es in dieser Situation sein kann. Sie ist wieder in Awendown, zusammen mit ihren Eltern und Amy natürlich. Ich glaube, sie ist froh, dass der Sommer vorbei ist und sie ihren Alltag zurückhat.«

»Und Sir Anthony geht es besser?«

Westley verschränkt die Arme vor der Brust. »Du hättest gerade beinahe den Löffel abgegeben, Briggs, und jetzt tauschst du Höflichkeiten aus? Was ist los?«

Ich reibe mir die Augen. »Ich weiß nicht, ob ich das kann.«

»Den Geburtstag Ihrer Tante feiern?«, fragt Julian.

Ich schüttele den Kopf. »Sabrina heiraten.«

Julian legt die Beine übereinander. »Ah, die Option gibt es also immer noch? Bitte, fahren Sie fort.«

»Ich liebe sie nicht, Westley.«

Westley zuckt die Achseln. »Ich weiß.«

»Aber ich …« Die Worte bleiben mir im Halse stecken, und ich schaffe es nicht, mich zu artikulieren. Also nippe ich lieber an meinem Wasser und starre auf das goldgerahmte Landschaftsgemälde an der gegenüberliegenden Wand.

Westley nimmt vorsichtig auf einem Stuhl mir gegenüber Platz. »Es ist eine bedauerliche Wahrheit, dass viele Männer, und, so kann man wohl sagen, noch mehr Frauen, nicht selten das Opfer bringen müssen, jemanden zu heiraten, für den sie nichts empfinden.« Er sieht mich wissend an, und ich bin mir sicher, dass er nicht nur mich meint. Er seufzt leicht und fährt fort: »Ich weiß, wie wichtig dir Mistlethrush ist. Und Sabrina ist vieles«, fügt er sanft hinzu, nimmt mir das Glas aus der Hand und stellt es auf den Nachttisch zurück. »Wenn sie in diesem Fall die Frau ist, die dir hilft, Mistlethrush zu retten, dann sei es so, Briggs.«

Mistlethrush, denke ich. Der Ort, der mir Ruhe und Frieden verschafft.

Ich schließe die Augen und füge Sabrina Dixon in das Bild ein, wie sie im Salon sitzt, Abendessen und Bälle veranstaltet. Doch sofort wird sie in meinem Kopf von Blythe verdrängt.

Heimat war für mich immer schon Blythe.

***

Innerhalb der nächsten zwei Stunden lassen Onkel Richard und Tante Phyliss mehr Menschen in ihr Haus, als ich je für möglich gehalten hätte. Ich stehe am Rand ihres größten Salons, nippe an meinem Drink und beobachte die Gäste. Sabrina wirkt glücklich. Sie hat sich extra ein neues Kleid für diesen Anlass anfertigen lassen und erklärte mir, sie wolle damit bei meiner Familie Eindruck schinden. Sie begrüßt die Gäste, als wäre sie bald Herrin dieses

Hauses, nicht von Mistlethrush, und ist dabei ganz in ihrem Element.

Ich lege im Geiste eine Liste mit ihren Vorzügen an. Sie ist hübsch. Auf eine recht konventionelle, wenig überraschende Art, aber trotzdem. Hübsch. Sie gibt eine gute Figur in der Öffentlichkeit ab. Kann schlagfertig sein, wenn sie will. Vielleicht ein bisschen zu sehr. Manchmal hinterlässt sie einen Scherbenhaufen, aber trotzdem. Sie ist nicht ganz auf den Kopf gefallen. So weit, so gut. Sie hat gute Verbindungen und wird meinen Namen nie durch den Dreck ziehen. Anders als mein Vater.

Ich leere mein Glas in einem Zug und beschließe, dass jetzt der Zeitpunkt gekommen ist. Die Liste ihrer Vorzüge ist annehmbar, und ich habe genug getrunken, um meine schlimmsten Ängste bis morgen in Schach zu halten. Also los. Jetzt oder nie. Auf in die Schlacht.

»Mr Goswick!«

Eine attraktive ältere Dame hält mich auf, sie kommt mir bekannt vor, lächelt mich an und kennt meinen Namen, also müssen wir uns schon einmal begegnet sein. Als ich sie näher in Augenschein nehme, fällt es mir ein. »Lady Tisdale«, sage ich und verbeuge mich. »Ich wusste nicht, dass ich Sie heute Abend hier antreffen würde.«

Sie schenkt mir ein breites Lächeln. »Ich bin eine gute Freundin Ihrer Tante. Wir sind zusammen in Hampshire aufgewachsen.«

»Ah, verstehe.«

»Wo ist Ihre reizende Freundin, die ich bei meinem letzten Besuch in London kennenlernte? Miss Rowley.« Sie nippt an ihrem Glas und wartet auf eine Antwort. Mein Herz zieht sich zusammen, und ich sehe, wie mir Julian von der anderen Seite des Raums ermutigend zunickt.

»Ich fürchte, dass Miss Rowley nach Awendown House zurückgekehrt ist.«

»Ach, wie schade«, sagt Lady Tisdale, und ich nehme erstaunt den Ton in ihrer Stimme wahr. Es scheint ihr tatsächlich leidzutun, sie will nicht nur höflich sein – und ich entspanne mich ein wenig.

»In der Tat«, stimme ich zu. »Sie fehlt schmerzlich.«

Lady Tisdale lächelt mich wissend an und legt den Kopf schief. »Ich hatte gehofft, Geschäftliches mit ihr besprechen zu können. Ich war noch nie so beeindruckt von einer jungen Dame. Ihre Selbstsicherheit, ihr Verstand. Eine wahre Schönheit.«

Lieber Gott, bitte nicht jetzt. Ich habe mir eben erst mit einer halben Flasche Wein Mut angetrunken. Ein weiteres Kompliment für Blythe Rowley, und Lady Tisdale hat ein Häufchen Elend vor sich liegen.

»Das ist sie«, sage ich, und es kostet mich sehr viel Kraft, nicht die Beherrschung zu verlieren. »Ich kenne niemanden, der ihr gleichkommt.«

Lady Tisdales Blick gleitet über mich hinweg zu Sabrina, die sich bestens gelaunt mit zwei anderen jungen Damen unterhält. »Das sollten Sie nicht vergessen«, sagt sie.

Ich nicke knapp, und mir wird heiß, ich muss ihr entfliehen. Ich muss diesem Gefühl entfliehen, dass niemand außer Blythe meine Gedanken beherrschen und meine Träume bestimmen sollte, für den Rest meines Lebens. »Würden Sie mich bitte entschuldigen, Mylady?«, frage ich mit einer Verbeugung. »Ich muss mich um eine unaufschiebbare Angelegenheit kümmern.«

»Natürlich«, sagt sie nachsichtig. »Ich möchte Sie nicht aufhalten.«

»Danke.« Ich stelle mein Glas ab und gehe zu Sabrina.

Sie spricht immer noch mit den anderen Damen, doch als

ich ihr sage, ich müsse etwas Wichtiges mit ihr besprechen, lächelt sie wissend, was mich aus irgendeinem Grund zum Kochen bringt.

»Was um alles in der Welt könnten Sie mir mitteilen wollen, dass auf einem solchen Fest eines Gesprächs unter vier Augen bedarf?«, sagt sie laut genug, um von anderen gehört zu werden, als ich sie durch den Saal in die nun leere Halle führe.

Mehrere Fackeln setzen sich gegen die Dunkelheit der anbrechenden Nacht zur Wehr, und obwohl ich weiß, dass das schwache Licht ausreicht, um Miss Dixon gut sehen zu können, bringe ich es nicht über mich, sie anzusehen. »Miss Dixon, dürfte ich Sie in das Arbeitszimmer meines Onkels bitten?«

»So formell«, sagt sie und schnalzt missbilligend mit der Zunge, als ich die Tür schließen will. »In einem Arbeitszimmer werden Geschäfte gemacht. Sollten Sie mir Ihre ewige Liebe gestehen wollen, ist dies sicherlich nicht der richtige Ort dafür. Auch wenn ich gestehen muss, dass ich eine leichte Ahnung habe, was jetzt kommt, Goswick.«

Ich möchte protestieren, als sie meinen Nachnamen so nonchalant verwendet, verbeiße es mir aber. Nur allzu bald wird sie mich beim Vornamen nennen, was noch viel schlimmer ist. »Ich denke, Sie wissen, was ich Sie fragen werde.«

Sie wedelt mit der Hand, als wäre ich eine lästige Fliege. »Halten wir uns nicht länger mit den Formalitäten auf. Natürlich weiß ich es. Halb London weiß es.«

Ich zögere und sehe sie fragend an. »Was meinen Sie damit?«

Sabrina lässt sich auf einen reich verzierten Lehnsessel draußen in der Halle fallen. Sie legt die Hände sauber und ordentlich in den Schoß und blickt aus wässrig blauen Augen zu mir auf. »Jeder weiß, dass Sie um meine Hand anhalten wollen, Mr Goswick. Dass Sie es müssen.«

»Wieso müssen?« Ich zwinge mich, einige Schritte auf sie zuzugehen, meine Hände fest hinter dem Rücken verschränkt.

»Sie waren leichtsinnig und haben das gesamte Vermögen Ihrer Familie verspielt, und nun stehen Sie vor einem Scherbenhaufen. Kein vernünftiges Mädchen aus guter Familie würde Sie je heiraten wollen.« Sie überlegt kurz. »Außer Miss Rowley, natürlich, aber das war ja zu erwarten.«

Ich will ihr etwas entgegnen, doch sie redet weiter.

»Welch ein Glück, dass Sie genau das haben, was mir fehlt.«

»Und das wäre, Miss Dixon?«

Sie hat ihre Augen fest auf mich gerichtet. »Ein angesehener Familienname. Mein Geld ist der Gesellschaft egal. Eine so große Mitgift für ein Mädchen wie mich findet man sogar obszön. Doch Sie. Sie brauchen diese Mitgift.« Sie schnellt raubtierartig nach vorne. »Sie haben sie sogar bitter nötig. So betrachtet sind wir also das ideale Paar. Und deswegen werde ich mich natürlich von Ihnen heiraten lassen.«

»Sie werden sich von mir heiraten lassen«, wiederhole ich laut, als könnte ich dadurch die Bedeutung dieser Worte begreifen. Ich atme zitternd aus und versuche, meinen Ekel in Schach zu halten.

»Sie sind natürlich nicht meine erste Wahl, aber Sie sind gut genug«, fügt sie hinzu.

Ich wende mich kopfschüttelnd von ihr ab und starre aus dem Fenster auf die schwach beleuchteten Straßen Londons.

»Ich wusste schon lange, was Sie wollten. Sie beauftragten sogar Miss Rowley, Ihnen dabei zu helfen, und zuerst war ich kein bisschen interessiert, muss ich zugeben. Doch als Sie mich auf dem Sommerfest retteten …«

»Aus dem Meer?«, frage ich. »Als Sie in die Strömung geraten waren?«

Sie verzieht den Mund und schüttelt den Kopf. »Natürlich

nicht. Beim Ball, als niemand mit mir tanzen wollte. Da merkte ich, dass Sie etwas haben, das ich brauche. Also bin ich bereit, dieses notwendige Opfer zu bringen.«

»Mich zu heiraten, wäre für Sie ein Opfer?«

Sie zieht mit einem abfälligen Gesichtsausdruck ihre Handschuhe zurecht. »Wir müssen alle Opfer bringen. Sie bringen doch auch eines, und ich erwarte nicht, dass Sie mir etwas vorspielen.«

»Ich werde Ihnen nichts vorspielen. Und Sie haben recht, Miss Dixon.«

Erstaunt setzt sie sich in ihrem Stuhl zurecht. »Gut«, sagt sie kurz angebunden.

Und dann sprudelt es aus mir heraus. Alles, was ich fühle, alles, was ich den ganzen Sommer über unterdrückt habe. Ich bin ein pflichtbewusster Sohn gewesen, ein pflichtbewusster Bruder, ein pflichtbewusster Gutsherr. Ich habe mich krummgelegt auf der Suche nach Möglichkeiten, meine Familie und mein Zuhause und meine Pächter zu retten. Ich habe meine Zeit, meine Gesundheit, meinen Namen geopfert, und jetzt? Jetzt bin ich am Ende.

Mein Herz kann ich nicht opfern.

»Im Grunde genommen kann ich überhaupt niemandem mehr etwas vorspielen, glaube ich«, sage ich.

Sabrina runzelt die Stirn. »Ich verstehe nicht ganz.«

»Nein«, pflichte ich ihr bei, »das tun Sie nicht. Doch wichtiger ist vielleicht, dass wir niemals heiraten können, Miss Dixon.«

»Ich bin immer noch verwirrt.« Sie kichert gezwungen und schaut sich in der Halle um, als würde sie dort Erleuchtung finden. »Sie müssen mich heiraten.«

»Nein. Ich muss gar nichts. Vor allem nicht gegen mich und meine Gefühle angehen. Wie Sie richtig sagten, habe ich den ganzen Sommer damit verbracht, Sie zu hofieren. Und ich war fest entschlossen, auf meine Vernunft zu hören – wie viel auch immer davon überhaupt existiert – statt auf mein Herz. Ich habe in den letzten fünf Jahren viel zu viel Zeit damit verbracht, mich zu vergnügen und mich auszuleben, und ich dachte, das wird sich ändern, wenn ich Sie zur Frau nehme.«

Sie sieht immer noch so aus, als verstehe sie nichts, also fahre ich fort.

»Doch ich kann meine Gefühle nicht länger unterdrücken, und ich kann es nicht zulassen, dass Sie so missgünstig über Miss Rowley sprechen. Das hat sie nicht verdient, und sie ist mir zu wichtig, als dass ich Ihre Bemerkungen unkommentiert stehen lassen kann.«

»Sagen Sie mir bitte, dass Sie scherzen«, sagt Sabrina mit großen Augen, in denen ich Verzweiflung zu erkennen meine. »Wenn Sie Blythe Rowley heiraten, sind Sie genau der Narr, für den alle Sie halten.«

»Dann nennen Sie mich einen Narr!« Ich werfe die Hände in die Luft. »Dann bin ich eben einer. Es ist mir egal. Meine Selbstachtung ist mir wichtiger, und meine Achtung Miss Rowley gegenüber. Warum sollte ich Ihnen einen Antrag machen? Ich bin mir ziemlich sicher, dass Sie keine Gefühle für mich hegen, und ich bin mir sehr sicher, dass ich keine für Sie hege. Wir lieben uns nicht, Miss Dixon. Wir mögen uns nicht einmal. Warum also sollte ich uns beide dieses Theater spielen lassen? Nein, das kann ich nicht. Das werde ich nicht.«

Sabrina springt auf und klammert sich an meinen Arm. »Bitte«, sagt sie. »So können Sie mich nicht hier sitzen lassen. Jeder glaubt, Sie machen mir gerade einen Antrag, und wenn Sie das nicht tun …«

»Dann was?«, frage ich.

Tränen steigen ihr in die Augen, und ihr Mund zittert. »Dann werde ich eine noch größere Schande mit mir herumtragen als damals, als ich zum ersten Mal in Mistlethrush war.«

Ich weiß nicht, was Sabrina meint, doch sie zittert am ganzen Leib, und ich führe sie behutsam zurück zu ihrem Sessel. »Miss Dixon, ich weiß nicht, wovon Sie sprechen«, sage ich und helfe ihr sanft, Platz zu nehmen. Plötzlich tut sie mir sogar ein wenig leid. »Welche Schande meinen Sie?«

Sie weint jetzt bitterlich und schluchzt immer wieder auf, während sie versucht, einen Satz herauszubekommen. »Ich war verliebt«, sagt sie. »Ich war in einen Advokaten verliebt, doch mein Vater verbot unsere Eheschließung.« Sie vergräbt das Gesicht in den Händen, Tränen strömen ihr über die Wangen. »Also versuchten wir zu fliehen. Doch mein Vater bekam Wind von unseren Plänen und verhinderte alles.«

Ich reiche ihr ein Taschentuch aus meiner Westentasche, das sie dankbar annimmt, sie schnäuzt sich und versucht, zu Atem zu kommen.

»Was passierte dann?« Ich knie mich neben sie und nehme ihre Hand in meine.

»Mein Vater schickte mich weg, zu einer Tante in Surrey, und ich gab mir Mühe, Mr Goswick. Ich gab mir große Mühe, ihn zu vergessen, doch jedes Mal, wenn ich die Augen schloss, war er da. Wissen Sie, wie sich so etwas anfühlt? Wenn Sie verzweifelt versuchen, jemanden zu vergessen, doch alles um Sie herum erinnert Sie an diese Person?«

Ich lächle sanft. »Solche Gefühle sind mir durchaus nicht unbekannt.«

»Nach Papas Tod kam ich zurück nach London, um der Hochzeit meiner Mutter mit Mr Parkers Vater beizuwohnen, und suchte nach ihm, doch sein Büro war geschlossen, die Fenster waren vernagelt, und ich schämte mich so sehr, dass ich mich nicht traute, jemanden nach seinem Verbleib zu fragen. Kurz darauf zogen wir nach Brompton Place, und ich dachte, ich könnte neu anfangen, die Geschichte meiner verhinderten Flucht hinter mir lassen. Doch auch dort wussten genug Menschen davon, Sir Simon etwa, und ich wurde aus der Gesellschaft ausgeschlossen. Niemand tanzte auf Bällen mit mir, niemand wollte mit mir sprechen, es war, als hätte ich einen Mord begangen und nicht versucht, den Mann, den ich liebe, zu heiraten. Also begann ich herumzuerzählen, dass ich niemals heiraten wolle, doch ich glaube, das war nur eine Finte, auch mir gegenüber. Selbstschutz. Denn wenn ich geradeheraus sagte, nicht heiraten zu wollen, würde sich vielleicht niemand mehr wundern, warum mir keiner der Gentlemen den Hof machte.«

Ich runzele die Augenbrauen und streiche mit meinem Daumen über ihren Handrücken. Das ruhige Mauerblümchen, das ich diesen Sommer erlebte, litt die ganze Zeit über an einem gebrochenen Herzen – hatte nicht nur den Mann, den es liebte, verloren, sondern auch sein Ansehen. In meinem Inneren breitet sich Ärger aus, Ärger darüber, dass sie dafür bestraft wurde, nichts anderes getan zu haben, als sich in einen Mann zu verlieben.

»Doch als Sie, ein Gentleman aus einer alten, angesehenen Familie, auf dem Sommerfest mit mir tanzten … Da … da dachte ich, dass ich mein gebrochenes Herz vielleicht vergessen könnte, wenn ich mich gut anpasste.« Sie schnieft jetzt herzzerreißend.

»Und«, frage ich leise, »hat es funktioniert?«

Sabrina blinzelt mich mit ihren großen blauen Augen an. »Nein.« Sie lacht gequält. »Es tut mir so leid, Mr Goswick. Ich weiß, dass Sie in Miss Rowley verliebt sind. Und sie ist verrückt nach Ihnen, das sieht jeder. Ich hätte weder zu ihr noch zu Ihnen so abscheulich sein sollen. Ich muss zugeben, dass es vielleicht auch aus Eifersucht auf Ihrer beider Glück geschah.« Sabrina presst die Lippen zusammen und holt tief Luft. »Vielleicht ist Ihnen das gute Ende vergönnt, das mir und meinem Mr Lambert verwehrt wurde.«

»Ihrem Mr …« Mir schwirrt der Kopf, als ich die Puzzleteile zusammenfüge. »Sagten Sie gerade Mr Lambert?«

Sabrina nickt und schnäuzt sich wieder.

»Und er war Advokat?«

»Ja«, sie sieht mich verwirrt an. »Wieso?«

Ich stehe auf und fahre mir durch das Haar. »Mr Sebastian Lambert?«

Sabrina springt auf. »Sie kennen ihn?«, fragt sie, und ihre Nägel vergraben sich in meinem Arm.

Ich grinse. »Ich kenne ihn nicht nur, Miss Dixon, er ist einer meiner engsten Freunde. Erlauben Sie mir, Sie beide erneut miteinander bekannt zu machen?«

Sie bricht in Tränen aus, weint hemmungslos und umarmt mich stürmisch. »Oh, Mr Goswick. Ist das wirklich Ihr Ernst?«, schluchzt sie an meiner Schulter. »I-ich wäre Ihnen so dankbar.«

»Es wäre mir eine Freude, Miss Dixon.«

Kurz darauf lasse ich ihr Zeit, in der Halle zu sich zu kommen, und schleiche mich aus der Hintertür, die in einen kleinen Garten führt. Mein Herz rast, doch ich fühle mich leicht wie seit Monaten nicht mehr.

Ich atme gierig die kühle Nachtluft ein. Und dann breche ich in Lachen aus. Ich biege mich vor Lachen, bin fast schon hysterisch. Endlich lastet nicht mehr dieses Gewicht auf meinen Schultern, und wenn ich auch nicht mit Blythe ins Reine kommen kann, so schwebt wenigstens nicht mehr das Damoklesschwert über mir, mit Sabrina Dixon zusammen sein zu müssen, bis dass der Tod uns scheidet. Ich weiß, dass ich Mistlethrush vielleicht verlieren werde, und es wird mir das Herz brechen, all die hart arbeitenden Menschen dort im Stich zu lassen, doch wenigstens wird ihr nächster Herr besser für sie sorgen können als ich. Wenigstens in dieser Hinsicht behalte ich meine Selbstachtung.

So euphorisch habe ich mich die ganze Woche nicht gefühlt. Den ganzen Sommer nicht … außer, als ich Blythe küsste.

Jemand tritt aus dem Schatten und räuspert sich, um sich bemerkbar zu machen.

»Oh«, sage ich und höre auf zu lachen, doch ich weiß, dass ich immer noch ein breites, dümmliches Grinsen im Gesicht habe. Lady Tisdale steht neben der Steinbank, auf der sie eben noch gesessen hat. »Ich sah Sie nicht, Mylady. Bitte entschuldigen Sie.«

»Nicht doch, bitte«, antwortet sie. »Ich wollte frische Luft schnappen und Sie in diesem offensichtlichen Moment der Freude nicht stören.« Sie geht zur Tür, doch dann bleibt sie stehen und starrt auf den Türgriff vor sich. »Ich habe nicht gelauscht, bitte glauben Sie mir das«, sagt sie und schaut mir in die Augen. »Doch als ich hinausging, kam ich nicht umhin, Teile Ihres Gesprächs mit Miss Dixon mitzubekommen. Und auch wenn es mich womöglich nichts angeht, möchte ich Ihnen aber sagen, wie erleichtert ich bin, dass Sie beide Ihr Glück finden werden, wenn auch nicht gemeinsam.«

Ich nicke lächelnd, verschränke die Hände hinter dem Rücken und gehe zu ihr. »Ich auch, Mylady.«

Sie berührt mich am Arm. »Es ist eine Schande, dass die gesellschaftlichen Umstände uns so oft zwingen, unser Glück dem Anstand zu opfern, nicht wahr?«

»Da stimme ich Ihnen zu«, sage ich, will jedoch nicht allzu offen über meine Gefühle sprechen. Ich kenne diese Frau ja kaum. Glaube ich.

Sie holt tief Luft. »Sie sind auf dem Weg, ein guter Mann zu werden, Briggs Goswick. Ihr Vater wäre stolz auf Sie.«

Ich öffne ihr die Tür, schaue ihr hinterher, wie sie zurück in den Salon zu den anderen Gästen geht, und frage mich, ob sie es ist. Ob sie die Frau ist, die mein Vater liebte. Es fühlt sich seltsam an, jemandem ein Gesicht zu geben, von dem ich schon so lange ein schlechtes Bild habe, und festzustellen, dass das Bild nicht stimmt.

Ich schüttele den Gedanken ab und gehe zurück zu meinen Freunden.

Kapitel 34

Briggs

Es ist herbstlich an meinem letzten Morgen in London. Der Himmel ist grau und bedeckt, und ein kühler Wind weht durch die Straßen und treibt uns an. Endlich stehen wir vor Sebastians Club, Miss Dixon neben mir in einem hübschen lila Kleid mit goldenen Blättern und einem passenden goldfarbenen Spenzer. Sie verschränkt die Hände fest vor der Brust und sieht mich mit großen Augen an, als ich die Tür öffnen will.

»Sind Sie bereit?«, frage ich.

Sie atmet tief durch die Nase ein. »Ich bin bereit«, sagt sie nickend. »Aber, Mr Goswick, können Sie bitte vorgehen?«

»Wenn es Ihnen dann leichter fällt.«

Sie schüttelt den Kopf und lacht gezwungen. »Ich fürchte, dass mir heute nichts leichtfällt, Mr Goswick, also sollten wir jetzt wohl hineingehen.«

Ich öffne die Tür und trete in den dunklen Gang, der nach hinten führt, von wo aus Männerstimmen und das Geräusch von Fäusten, die auf Körperteile treffen, zu uns dringen. Miss Dixon folgt mir, und ich versichere mich mit einem Blick über die Schulter, dass sie noch da ist. Sie zuckt bei jedem Treffer, den sie hört, zusammen.

»Es klingt schlimmer, als es ist«, beruhige ich sie leise.

Ein kurzes Lächeln huscht über ihr Gesicht.

Der Gang führt in den großen Trainingsraum mit seiner Fensterwand, die das graue Licht der Straße hereinlässt. Sebastian steht an der Seite des Rings und sieht zu, wie sich zwei Gentlemen ducken, belauern, umkreisen. Er hat die Arme vor der Brust verschränkt und ruft ihnen aufmunternde Worte oder konstruktive Anweisungen zu.

Ich nehme meinen Hut ab, trete ein und lasse Miss Dixon im dunklen Flur zurück. Sebastian wirft mir einen kurzen Blick zu, dann lächelt er breit.

»Goswick«, ruft er, kommt mit großen Schritten auf mich zu und klopft mir auf die Schulter. »Das ist ja eine Überraschung. Hattest du nicht gesagt, dass du heute nach Mistlethrush zurückkehrst?«

Ich bin nervös, absurderweise, schließlich bin nicht ich derjenige, der Sebastian seine Liebe gestehen will. »Ja, das wollte ich zunächst auch, doch mir kamen ein paar geschäftliche Angelegenheiten dazwischen.«

»Nun, schön, dass sie dich hierhergeführt haben.« Immer noch lächelnd, stemmt er die Hände in die Hüfte. »Was kann ich für dich tun?«

»Nun ja«, sage ich und drehe den Hut in den Händen hin und her. »Ich glaube, ich kann heute eher etwas für dich tun. Es ist nämlich so, Bash, dass ich jemanden mitgebracht habe, der dich gerne sehen würde.«

»Sehr schön, Goswick.« Sebastian schenkt sich ein Glas Wasser ein. »Neue Kunden sind mir immer recht.«

»Ah, nun, weißt du … Es handelt sich hierbei nicht direkt um Kundschaft.« Ich trete zur Seite, sodass der Blick auf den Flur frei wird, und Miss Dixon tritt aus dem Schatten. »Ich würde euch ja einander vorstellen, doch ich glaube, das ist nicht mehr nötig.«

Sabrina geht, eine Mischung aus Euphorie und purer Angst im Gesicht, ein, zwei zögerliche Schritte auf Sebastian zu. Sebastians

Lächeln verschwindet langsam, er blickt zwischen Sabrina und mir hin und her, als wollte er sichergehen, dass es sich hier nicht um einen Scherz handelt.

»Wie hast du …?« Er fährt sich über das Gesicht und muss sich abstützen und tief Luft holen, bevor er sich wieder aufrichtet. Dann ist er mit drei großen Schritten bei ihr und sie in seinen Armen, und sie klammert sich an ihn, als er sie herumwirbelt. Irgendwann stellt er sie wieder ab, und sie stecken die Köpfe flüsternd zusammen. Sabrina hält sich am Revers seiner Weste fest, als würde sie sonst den Halt verlieren.

Ich bin unglaublich erleichtert. Erleichtert, dass ich zwei Menschen zusammengebracht habe, die es verdient haben, glücklich zu sein. Erleichtert, dass diese ganze Geschichte doch noch ein glückliches Ende nimmt, auch wenn es nicht das von Blythe und mir ist. Ich setze meinen Hut auf und will gehen.

»Goswick«, ruft Sebastian hinter mir her. Er legt die rechte Hand auf sein Herz, mit der anderen hält er Sabrina umschlungen. »Danke. Ich bin dir unendlich dankbar.«

Ich verbeuge mich. »Es war mir eine Ehre, Bash.«

Ich trete hinaus auf die Straße und mache mich schnellen Schrittes auf den Weg zu meinem Onkel, sodass ich es noch vor Sonnenuntergang nach Mistlethrush schaffe. Heute Abend, wenn wir alle im Salon versammelt sind, werde ich August und Mutter alles erzählen. Sie verdienen es, die Wahrheit zu wissen, und ich verdiene es, nicht alle Last alleine zu tragen.

Kapitel 35

Blythe

September 1812
Awendown House
Es gibt viel zu tun in Awendown House.

Mama pflegt Papa, sodass ich mich, so gut es geht, um alles andere kümmere. So ist es einfacher, ich kann mich mit körperlicher Arbeit ablenken und laufe nicht Gefahr, in einem ruhigen Moment von den Gefühlen, die ich zu unterdrücken versuche, übermannt zu werden. Anfangs verspürte ich einen stechenden Hass auf Briggs, dass er diese unvorstellbare Entscheidung für uns getroffen hat, doch inzwischen ist daraus ein Schmerz geworden, der meinen ganzen Körper gefangen hält. Ein Verlangen nach ihm, das niemals gestillt werden kann. Er ist in London und hält bestimmt gerade um Sabrina Dixons Hand an, und ich bin hier. Also helfe ich wenigstens, wo ich kann. Mache weiter.

Ich laufe durch die Eingangshalle, nachdem ich Vorhänge, die dringend ausgeklopft werden mussten, wieder aufgehängt habe, und werfe einen Blick in Vaters Arbeitszimmer. Alles scheint so zu sein wie immer. Mein Vater sitzt, die Brille auf der Nase, an seinem Schreibtisch in der Nachmittagssonne und hat sich in eines seiner Bücher vertieft. Alles ist so wie zu Beginn des Sommers: meine Bienen, meine Familie, mein Haus, Julian. Alles ist so wie immer.

Außer mir. Ich bin nicht mehr das Mädchen, das ich war, als

ich Awendown im Juni verließ, und meine Welt ist plötzlich so klein, so farblos geworden.

Ich hole tief Luft und klopfe an der Tür.

Papa lächelt. »Komm herein, mein Kind, komm herein.« Er bemerkt, dass sich auf dem Stuhl, der normalerweise für Gäste bestimmt ist, Bücher und Unterlagen stapeln, und verstaut sie ordentlich neben dem Bücherregal auf dem Boden. »Was hast du heute gemacht, Liebes?«

Ich zucke die Achseln. »Ich möchte dich nicht mit Haushaltstätigkeiten langweilen.« Ich lache, gefolgt von einem Seufzer.

»Und deine Bienen? Sind die Stöcke winterfest?«

Ich zucke wieder die Achseln, dann verspüre ich den Drang, ihn etwas zu fragen. »Mama teilte mir Anfang des Sommers mit, dass ihr beide sie im Herbst abbauen würdet.«

Papa nickt. »Dein Glück, dass wir in letzter Zeit mit anderen Dingen beschäftigt waren.«

Das Herz sinkt mir in die Hose. Nicht nur seine Gesundheit beschäftigte ihn in letzter Zeit sehr, da bin ich mir sicher.

»Du brauchst dir keine Sorgen zu machen«, fügt er schnell hinzu. »Wir haben weniger verloren, als du denkst.«

»Jede verlorene Münze ist eine zu viel«, murmele ich.

»Wir schaffen es. Wir haben es schon durch schlechtere Zeiten geschafft. Lass das mal meine Sorge sein. Außerdem: Wann warst du das letzte Mal mit Julian im Ort, um Honig zu verkaufen? Das ist schon ziemlich lange her, oder? In jedem Fall noch vor deinem Aufenthalt in Wrexford.«

»Ja, da hast du wohl recht.«

»Nun, morgen ist Markttag! Wird er gehen? Dann solltest du ihn begleiten.«

Ich lehne mich zurück, stütze das Kinn auf und starre aus dem Fenster. »Ich kann nicht weg von hier«, sage ich.

Er schnaubt. »Als Herr von Awendown House«, sagt er in spielerisch strengem Ton, »sage ich, dass du das sehr wohl kannst.«

Ich versuche zu lachen, doch neuerdings ist nichts mehr lustig. Papa merkt das.

»Oder vielleicht kannst du etwas für dein Bienengeschäft tun? Irgendwelche neuen Investoren in Sicht?«

Ich bin sprachlos. »Woher weißt du davon?«

Papa lächelt sanft. »Unser Julian ist keiner, der ein Geheimnis lange für sich behalten kann.«

Ich schließe die Augen. »Ich hatte ihn nur um eine Sache gebeten: dir nicht von unseren Geschäften zu erzählen.«

Papa seufzt und setzt die Brille ab. »Vielleicht hatten deine Mutter und ich unrecht, als wir dir sagten, du sollest das Geschäft nicht weiterverfolgen, Blythe.«

Ich starre ihn an, meinen Vater, den meine hochfliegenden Träume, eines Tages mein eigenes Unternehmen zu führen, bisher kaltließen. »Das hattet ihr«, sage ich selbstbewusst. Ich stehe auf und tigere nervös im Zimmer herum. »Ihr hattet in der Tat unrecht. Ich wollte nicht, dass Julian euch davon erzählt, doch eigentlich solltet ihr es wissen. Ihr solltet wissen, dass ich bereits einige Investoren gewinnen konnte. Dass ich Pläne habe, Bienenhäuser auf verschiedenen Anwesen zu errichten, mit meinen neu konstruierten Bienenstöcken. Ich habe klare Vorstellungen davon, wie es mit meinem Geschäft weitergehen soll, und es läuft recht gut. Ich wollte es euch schon den ganzen Sommer über sagen! Aber ich hatte zu viel Angst, dass ihr euch für eine Tochter, die nicht das tut, was junge Damen tun sollten, schämen würdet.«

Die Worte sprudeln aus mir heraus, und die Anspannung, die mir im Nacken saß, löst sich. Erleichtert stelle ich fest, dass Briggs Goswick nicht der einzige Grund für meine Traurigkeit war.

»Blythe, Liebes«, sagt mein Vater leise. »Ich habe dich enttäuscht. Und mehr als einmal, fürchte ich, und ich schäme mich dafür, und das sollte ich auch. Ich bin nicht perfekt, du auch nicht, wobei ich sagen muss, dass ich niemanden kenne, der der Perfektion so nahe kommt wie du.«

Ich schaffe es zu lachen, obwohl mir die Tränen in die Augen treten.

»Und ich bin sehr stolz darauf, dass meine Tochter unabhängig und einfallsreich ist und für etwas brennt. Dass sie weiß, was sie will, und sich von nichts aufhalten lässt. Ich möchte, dass du dein Geschäft weiter ausbaust. Und ich möchte, dass du mit dem Geld, das du bekommst, machst, was immer du willst. Du hast es dir verdient.«

Ich presse meine Hände zusammen, und die Knöchel treten weiß hervor, so sehr versuche ich, nicht zu weinen. Papa steht langsam auf, wischt mir eine verirrte Träne von der Wange und schließt mich in die Arme. Ich weine leise an seiner Brust, und meine Tränen sind Tränen der Freude, dass ich mein Geschäft wieder aufnehmen kann, und Tränen des Kummers angesichts dessen, was ich in diesem Sommer trotzdem verloren habe. Als die Tränen endlich versiegt sind, reibe ich mir die Augen, lächele und gebe meinem Vater einen Kuss auf die Wange. Dann gehe ich zur Tür.

»Wohin willst du?«, fragt er mich.

»Zu meinen Bienen«, sage ich lächelnd.

Im Gehen höre ich ihn leise lachen. »Mein liebes Mädchen«, murmelt er seufzend.

Als ich an der Küche vorbeigehe, sehe ich, wie Amy sich in Zimt und Zucker gewendete Apfelschnitze klaut, die unsere Köchin in einem Kuchen verarbeiten will. Sie blickt auf und kneift die Augen zusammen. »Wohin gehst du?«

»Zu meinen Bienen. Möchtest du mitkommen?«

Sie hüpft zu mir, bietet mir einen Schnitz an, ich beiße genüsslich hinein und lasse mir den Geschmack der Gewürze auf der Zunge zergehen. »Was machen wir dort?«, fragt sie.

»Ich denke, wir sollten Honig für den Marktbesuch morgen ernten.«

Nachdem wir meine Hilfsmittel aus dem Schuppen geholt haben, laufen wir den Hügel hinauf zu meinen Bienenstöcken, wo ich Amy ihren Imkerhut gebe. Sie nimmt ihn mir langsam ab und zeigt auf die Hauptstraße, die man gerade so zwischen dem gold leuchtenden Laub der Bäume erkennen kann.

»Schau mal«, sagt sie. Ein Windstoß fegt ihr mehrere braune Haarsträhnen ins Gesicht. »Diese Kutsche ist noch prachtvoller als Onkel Henrys.«

Ich schirme die Augen ab und versuche zu erkennen, wem sie gehört. »Komm, lass uns schauen, wer das ist, ja?« Wir gehen den Hügel hinab und um das Haus herum, scheuchen dabei unsere Gänse auf.

Die Kutsche folgt einer Kurve und ist nun von den letzten Blättern der Bäume halb verdeckt und in gold geflecktes Spätnachmittagslicht getaucht. Hinter uns treten Mama und Papa aus dem Haus, und Mama wischt sich die Hände an ihrer Schürze ab.

Papa legt mir seine Hand auf die Schulter. »Erwartest du Gäste, Blythe?«

»Ganz und gar nicht.«

Als die Kutsche vor dem Haus hält, springt einer der Dienstboten vom Bock, öffnet die Kutschtür und reicht jemandem seine Hand.

»Lady Tisdale«, sage ich, und mir bleibt vor Überraschung der Mund offen stehen.

Mama, Amy und ich knicksen, Papa verbeugt sich.

»Miss Rowley, Miss Amy. Wie schön, Sie wiederzusehen.« Lady

Tisdale trägt einen leuchtend grünen Umhang und schenkt mir ein breites Lächeln. »Und das müssen Ihre Eltern sein.«

»S-so ist es, mein Vater, Sir Anthony Rowley, und meine Mutter, Lady Lucinda Rowley«, stammele ich. Fast hätte ich ihre Namen vergessen.

»Freut mich«, sagt Lady Tisdale.

»Wollen Sie nicht hereinkommen, Mylady?«, bietet Mama ihr an. »Wir könnten im vorderen Salon einen Tee zu uns nehmen.« Sie bittet Amy mit einem wortlosen Seitenblick, ins Haus zu laufen und Sorge zu tragen, dass das Zimmer vorzeigbar ist.

Amy saust los, während Lady Tisdale antwortet: »Das wäre wunderbar. Und ich bitte, meinen unangekündigten Besuch zu entschuldigen. Ich befinde mich gerade auf der Rückreise aus London, wo ich die Freude hatte, Mr Briggs Goswick zu treffen, der mir mitteilte, dass Sie nach Awendown House zurückgekehrt seien.«

Seit wir wieder hier sind, hat niemand Briggs' Namen in den Mund genommen. Absichtlich, nehme ich an. Meine Familie weiß nicht genau, was passiert ist, doch alle wissen, dass wir einander plötzlich mieden und ich seitdem nicht mehr die Alte bin. Ich vermisse ihn wahnsinnig, merke ich jetzt. Ich habe mich mit allen Mitteln zu überzeugen versucht, dass es das Beste ist, mich nicht mehr mit ihm zu beschäftigen. Um nicht dauernd daran denken müssen, wie er um die Hand einer anderen statt meiner anhält. Eine andere statt meiner küsst, eine andere statt meiner nach Mistlethrush mitbringt. Mit einer anderen statt meiner den Rest seines Lebens verbringt.

»Als ich merkte, dass Sie direkt auf meinem Weg liegen, musste ich einfach vorbeikommen«, fährt Lady Tisdale fort.

»Wie überaus freundlich von Ihnen, Mylady«, sagt Papa.

»Miss Rowley«, wendet sie sich an mich. »Wären Sie so gut, mir vor dem Tee mit Ihrer Familie Ihre Bienenstöcke zu zeigen? Ich bin mir sicher, dass Sie nächsten Frühling ein Bienenhaus auf meinem Anwesen aufstellen werden.«

Ich quietsche überrascht auf und muss mich am Arm meines Vaters festhalten, um nicht umzukippen. Ein Bienenhaus für Lady Tisdale zu errichten, würde alles, was auf Lady Cliffords Ball in London passierte, wiedergutmachen. »Oh, Mylady. Es wäre mir eine Ehre. Bitte, folgen Sie mir.«

Überraschenderweise hakt sie sich bei mir ein, als wir den Hügel hinaufgehen. »Es tut mir wirklich leid, dass ich Sie so überfalle, Miss Rowley, doch ich hatte das Gefühl, dass das, was ich mit Ihnen besprechen möchte, keinen Aufschub duldet.«

Ihre Worte machen mich nervös, und ich hoffe, dass sie mir nichts mitteilen möchte, das mit Briggs Goswick zu tun hat. Ich weiß, dass er Sabrina Dixon inzwischen einen Antrag gemacht haben muss. Ich weiß es, doch ich würde es nicht über die Lippen bringen. Ich will nichts davon hören, und ich will nicht, dass sie mich fragt, was passiert ist oder warum es passiert ist. Ich will für den Rest meines Lebens so tun, als existiere Briggs Goswick nicht, und als sei diese Leere, die er in meinem Herzen hinterlassen hat, nicht meine. Ich will damit nichts zu tun haben.

Es quält und stärkt mich zugleich, dass Sabrina nie die Nähe mit ihm teilen wird, die wir hatten. Ich presse die Lippen zusammen und versuche, meinen Atem zu beruhigen.

Lady Tisdale jedoch scheint meine Beklommenheit nicht zu bemerken. »Bei Ihrem letzten Aufenthalt in London erzählten Sie einer Gruppe von uns auf Lady Cliffords Ball von Ihren Bienenhäusern und wurden aufs Schlimmste verleumdet, bevor ich die Gelegenheit hatte, Ihnen weitere Fragen zu stellen.«

Wir bleiben oben auf dem Hügel in einiger Entfernung zu den Bienenstöcken stehen, damit mein Gast nicht von herumfliegenden Bienen erschreckt wird, und ich blicke in die Ferne. »Ja«, stimme ich ihr zu, »so war es.«

»Sie hatten Miss Dixons giftige Bemerkungen nicht verdient. Es tut mir leid, dass Sie so etwas erleben mussten, und es tut mir leid, dass Sie keine Fürsprecher hatten. Vor allem«, sie nimmt meine Hände in ihre, »tut es mir unendlich leid, dass *ich* keine Fürsprecherin war, Miss Rowley. Als Dame mit einem gewissen Ansehen und als jemand, der Sie respektiert, hätte ich etwas sagen sollen. Ich bitte Sie um Entschuldigung und möchte es wiedergutmachen.«

»Mylady, bitte grämen Sie sich nicht. Niemand hat daran schuld, was bei Lady Clifford passierte.«

»Ich bestehe darauf, meinen Fehler wiedergutzumachen«, wiederholt sie und drückt meine Hände mit ihren behandschuhten Fingern. Ich habe noch nie so weiche Handschuhe besessen. »Ich möchte, dass Sie die Augen schließen.«

Eine seltsame Bitte, doch ich komme ihr nach. Ich schließe die Augen, und ihre Hände sind alles, woran ich mich festhalte.

»An diesem Abend sprachen Sie davon, dass es schön wäre, einen Ort zu haben, an dem Sie potenzielle Kunden empfangen könnten. Stellen Sie sich diesen Ort jetzt vor. Einen Ort, an dem Sie Interessenten zeigen könnten, was ein Bienenhaus ist. Und warum es wichtig ist. Sehen Sie diesen Ort?«

Ich habe plötzlich einen Kloß im Hals, und eine der Tränen, die ich mit aller Macht zurückzuhalten versuchte, entreißt sich meiner Kontrolle und kullert meine Wange hinab, doch ich kann nicht anders, als mir den Garten in Mistlethrush vorzustellen, die Glyzinien, die Obstbäume voller Früchte, die Bienen und Schmetterlinge und Briggs, der im Licht der goldenen Sonne in der Wohnzimmertür steht. Er hatte mir diesen Ort versprochen.

Zu Beginn des Sommers hatte mir meine Mutter erzählt, dass

sie sich niemals hätte vorstellen können, einen Ort so zu lieben wie Wrexford Park, wo sie aufgewachsen war. Bis sie Papa kennenlernte, bis er sie nach Awendown House brachte. Ich wusste damals, dass sie damit sagen wollte, dass auch ich einmal einen anderen Ort als Awendown Heimat nennen würde, und der Gedanke erschien mir absurd. Doch jetzt? Ist Mistlethrush der einzige Ort, den ich mir vorstellen kann.

»Ja«, sage ich. »Ja, ich sehe den Ort.«

»Was braucht es, damit dieser Ort Ihnen gehört?«

Ich reiße die Augen auf. »Wie bitte?«

Sie berührt sanft meine Wange. »Sagen Sie mir, was es kostet, Miss Rowley, und ich gebe es Ihnen. Ich möchte investieren, doch ich nehme meine Rolle ernst, das werden Sie verstehen. Ich möchte ein Wort mitreden können und Ihnen helfen. Mein verstorbener Ehemann hat mir mehr hinterlassen, als ich jemals brauchen werde, und wir wurden nicht mit Kindern gesegnet.«

Ich stolpere nach hinten und kann nicht glauben, was ich da gerade gehört habe. Das kann nicht ihr Ernst sein. Sie kann mir nicht Geld geben wollen, um Mistlethrush Hall zu kaufen. »Mylady«, sage ich mit rauer Stimme. »Das ist zu viel. Das könnte ich niemals von Ihnen verlangen.«

»Ich sehe viel von mir in Ihnen. Und deshalb traue ich Ihren Instinkten«, sagt Lady Tisdale sanft. »Ich vertraue Ihnen. Ich möchte eine aufmerksame, freundliche, beeindruckende junge Frau fördern – und das sind Sie. Sagen Sie mir, wie ich Ihnen helfen kann.«

Doch da macht sich in meinem tobenden Herzen eine Erkenntnis breit. »Es ist zu spät«, sage ich. »Der Ort, den ich sehe, er gehört jetzt jemand anderem. Einer anderen.«

Lady Tisdale schmunzelt und bittet mich, mit ihr zurück zum Haus zu gehen. »Wissen Sie, dass ich in London der Geburtstagsfeier einer Mrs Phyliss Goswick beiwohnte, einer guten Freundin von mir aus Kindheitstagen? Kennen Sie sie?«

Ich folge ihr verwirrt. Erst Bienen, dann Geldgeschäfte, dann Klatsch – ich komme nicht ganz mit. »Ich bin ihr nie persönlich begegnet, Mylady.«

»Nun, auf dieser Feier war sich jeder sicher, dass ihr Neffe, Mr Briggs Goswick, sein Verlöbnis mit Miss Sabrina Dixon bekannt geben würde.«

Mein Herz zieht sich zusammen, als ich die Namen der beiden in einem Atemzug höre. Ich will Lady Tisdale sagen, dass sie aufhören soll, dass ich diesen ganzen Klatsch nicht hören möchte, doch ich will nicht unhöflich sein. Mein Schweigen wirkt anscheinend einladend.

»Doch es gab keine Verlobung. Der Abend endete, ohne dass die zwei sich einander versprachen.«

Ich bleibe wie angewurzelt stehen. Das kann nicht sein. Sie kann damit nicht allen Ernstes sagen wollen, dass Briggs Sabrina nie einen Antrag gemacht hat.

»Und nur einige Tage später erreichte uns alle die Nachricht, dass Miss Sabrina Dixon kurz danach mit einem anderen Mann durchgebrannt war! Mit einem Gentleman namens Sebastian Lambert. Sie sind nach Gretna Green gereist und sind nun Mann und Frau. Solchen Klatsch hört man nicht alle Tage, nicht wahr?«

Es gibt keine Worte für das, was in meinem Kopf vorgeht. Euphorie, Erleichterung, Hoffnung wollen sich in mir breitmachen, doch ich bin so vor den Kopf gestoßen, dass ich die Nachricht nicht verarbeiten kann.

»Miss Rowley?«, fragt Lady Tisdale. »Kommen Sie zum Tee? Oder brauchen Sie noch einen Moment, um Ihre Gedanken zu ordnen?«

»I-ich brauche einen Moment.«

»Das dachte ich mir. Nun, ich hebe einen Keks für Sie auf, wenn Sie dann so weit sind.«

Sie geht gemächlich weiter, während ich meine zitternden Hände unter Kontrolle zu bringen versuche.

Briggs Goswick hat Sabrina Dixon nie einen Antrag gemacht.

Kapitel 36

Briggs

Oktober 1812
Mistlethrush Hall

August und meine Mutter sitzen im Wohnzimmer, Mutter mit ihrer Handarbeit, August mit einem seiner Bücher, sie haben es warm und gemütlich, das Feuer prasselt im Kamin, und eine Kanne mit heißem Tee steht für sie bereit.

Doch hier draußen ist der Himmel grau und unruhig, und es sieht nach Regen aus. Ich drehe mit Vaters Pferd Cleo um, will lieber zurückreiten, um rechtzeitig ein Dach über dem Kopf zu haben. Der Oktober ist da, windig und kalt, und wenn ich eines nicht will, dann, in einen Regenschauer geraten.

Uns bleiben noch zwei Wochen in Mistlethrush, was ein Witz ist. Es ist ein Witz, dass ich dem Ort, den ich mein ganzes Leben lang mein Zuhause nannte, dem Ort, den meine Familie seit Jahrhunderten ihr Zuhause nennt, den Rücken kehren muss, und alles nur, weil mein Vater auf Abwege geraten war.

Doch in den nächsten zwei Wochen müssen wir unser Hab und Gut deutlich reduzieren, um Platz in einem kleineren Haus zu finden. Ich habe zwei Häuser im Auge, die ordentlich aussehen und nur eine halbe Tagesreise von hier entfernt sind, möchte aber noch die Meinung von August und meiner Mutter einholen. Vielleicht wäre es ihnen lieber, wenn ich ohne sie entschiede. Vielleicht ist das jetzt meine neue Rolle – zum Wohle meiner Familie schwierige Entscheidungen alleine zu treffen. Zumindest bin ich jetzt bereit dafür.

Gestern Nachmittag teilte mir unser Verwalter mit, dass der neue Besitzer heute eintreffen würde, um einen Blick auf sein Anwesen und die Pächter zu werfen. Ich bin dankbar, dass ich meine Pächter an jemanden übergeben kann, auf den sie sich – anders als auf mich – anscheinend verlassen können, doch ich hoffe trotzdem, dass ich lange genug ausgeritten bin, um ihn verpasst zu haben. Ich kann es nicht über mich bringen, danebenzustehen, während ein anderer den Grund und Boden meiner Familie taxiert.

Ich werde mich von dieser Schande nie befreien können, obwohl ich weiß, dass wir Mistlethrush nicht meinetwegen verlieren. Trotzdem frage ich mich, ob ich genug getan habe. Ob ich nicht doch zu selbstbezogen gehandelt habe.

Aber nun ist es zu spät. Was passiert ist, ist passiert. Statt nur *mein* Leben zu ruinieren, habe ich das Leben vieler anderer ebenfalls ruiniert. Wenigstens habe ich Blythe aus alledem rausgehalten. Ich könnte es nicht ertragen, wenn sie meinetwegen noch mehr Sorgen als ohnehin schon hätte. Es ist besser für sie, nicht involviert zu sein.

Cleo trabt beruhigend gleichmäßig zurück zu den Ställen. Die Stute meines Vaters ist trotz ihres hohen Alters noch gesund, und ich versuche, so oft wie möglich mit ihr auszureiten. Cleo wird mit uns umziehen, zusammen mit Apollo und Augusts Pferd, doch ich fand, sie habe einen letzten Ausritt auf vertrautem Boden verdient.

Eine Windböe wirbelt trockenes Laub auf und weht den Geruch von Holzfeuer heran. Als ich in Sichtweite der Stallungen bin, kommt mein Verwalter Mr Morris aus dem Haus geeilt. Er ist groß gewachsen und erinnert an eine Vogelscheuche, jetzt winkt er wild.

»Sehen Sie die Kutsche?«, fragt er, sobald ich in Hörweite bin, und deutet auf etwas hinter mir.

Ich beuge mich vor, streichle Cleos langen Hals und drehe mich zur Straße um. Eine einfache, von vier braunen Pferden gezogene Kutsche kommt herangefahren.

Mr Morris verschränkt die Hände. »Das wird der neue Eigentümer sein. Wollen Sie ihn willkommen heißen?«

Ich schüttele den Kopf und steige ab. »Nein, eher nicht.«

»Ich bin gleich wieder da«, sagt Mr Morris. »Will nur sichergehen, dass ich ordentlich aussehe.«

»Ordentlich aussehen?«, rufe ich ihm nach. »Wir haben den Vertrag bereits unterschrieben, es gibt also keinen Grund, den Kerl beeindrucken zu wollen.« Doch er scheint mich nicht mehr gehört zu haben. Kopfschüttelnd führe ich Cleo zum Stall. »Komm, mein Mädchen. Auf geht's.«

Hinter mir rollt die Kutsche in die Einfahrt, der Kutscher zügelt die Pferde, und mit jedem Schritt juckt es mich mehr, mich umzudrehen und mit eigenen Augen zu sehen, wer die Ländereien meiner Familie übernehmen wird. Ländereien, die jahrhundertelang den Goswicks gehörten. Ihre Heimat waren.

Aber nein, ich laufe weiter. Langsam. Doch als ich höre, wie jemand vom Bock springt, gebe ich meinem Drang nach und bleibe stehen. Ich drehe mich um.

Der Kutscher öffnet die Tür und reicht dem Passagier die Hand, um ihm beim Aussteigen behilflich zu sein. Eine schwarz behandschuhte Frauenhand kommt zum Vorschein, dann duckt sich die Dame, um beim Aussteigen nirgends mit ihrem eleganten Hut anzustoßen, den eine lange gesprenkelte Feder ziert. Mein Atem geht schnell, und ich blicke mich nach Mr Morris um, um ihm sagen zu können, dass der neue Eigentümer doch noch nicht da ist. Dann schaue ich wieder zu ihr.

»Blythe«, flüstere ich, und mein Herz bleibt fast stehen.

Sie kommt mit bangen braunen Augen fast schon vorsichtig auf mich zu.

»Was machst du hier?« Ich klammere mich an Cleos Zügel, brauche etwas, woran ich mich festhalten kann, ganz egal, was.

Sie strafft die Schultern und holt tief Luft. »Ich schaue mir das Anwesen an.«

Ich schüttle den Kopf und blicke zum Haus, dessen Garten, durch den ich sie einst führte, jetzt grau und schlafend daliegt. »Das verstehe ich nicht.«

»Mr Morris schrieb mir«, sagt sie förmlich und reicht mir einen gefalteten Brief. »Er bot mir an, mir das Anwesen anzuschauen, das ich erworben habe. Vielleicht könntest du mir die Teile, die ich noch nicht kenne, zeigen?«

»Du?«, frage ich und kann mich kaum noch auf den Beinen halten. »Du hast Mistlethrush gekauft? Wie, Blythe?«

Sie kommt näher, ihr Mund ist leicht geöffnet, und als sie nah genug ist, steigt mir der Apfelduft ihres Haares in die Nase. »Ich habe eine begeisterte Investorin gefunden«, antwortet sie. »Und diese Investorin wollte, dass ich einen Ort erwerbe, an dem ich das Bienenhaus meiner Träume errichten kann. Und dies«, sie zeigt um sich, »dies ist der Ort, den ich wollte. Dies ist der Ort, der mir am meisten bedeutet.«

Ich nicke, als sei jetzt alles klar, doch mein Herz schlägt mir bis zum Halse und ich bin einer Ohnmacht nah. Blythe steht so nah vor mir, dass ich ihre Wärme spüren kann. Plötzlich wagemutig, streiche ich ihr ein paar verirrte Haarsträhnen aus dem Gesicht, die sich dem Diktat des Hutes verwehren. »Und ist das Anwesen alles, was du willst?«

Sie schüttelt den Kopf und schmiegt ihre Wange in meine Hand. »Ich hörte, dass ihr, du und Miss Dixon, getrennte Wege geht.«

»Ja«, sage ich und will, dass alles gut wird, will, dass sie mich versteht. »Ich konnte es nicht, Blythe. Ich konnte niemanden in dem Wissen heiraten, dass ich bei jedem Blick, bei jeder Berührung immer nur dich vor Augen hätte. Ich konnte nicht um ihre Hand anhalten.«

»Als ich das hörte, wusste ich, was ich tun muss.« Sie hält sich an meinem Revers fest. »Dir zeigen, was du mir bedeutest. Was dieser Ort mir bedeutet. Dass alles, was dir wichtig ist, auch mir wichtig ist, immer. Ich kann gar nicht anders.«

Ich nicke, trete einen Schritt zurück und wische mir mit dem Handgelenk die Tränen aus dem Gesicht. »Blythe«, wiederhole ich. Ich will von ihr hören, dass ich unrecht hatte, dass ich nicht der Versager bin, für den ich mich halte, dass ich noch eine Chance bei ihr habe. »Ich dachte, ich hätte dich verloren. Ich dachte, ich hätte den einen Menschen vertrieben, der mir das Gefühl gab, ich selbst zu sein. Die denkbar beste Version meiner selbst.«

»Nein«, sagt sie kaum hörbar und nimmt mein Gesicht in beide Hände. »Nein, das könntest du nie.«

Ich wiege ihre Wange in meiner rechten Hand, wandere weiter zum Nacken und vergrabe die Finger in ihrem Haar. »Suchen Sie womöglich jemanden, der Sie bei Ihrem Geschäft unterstützt und auch noch das Anwesen kennt, Miss Rowley?«

Sie lächelt. »Kennen Sie wen?«

»Ich glaube schon«, sage ich, meine Lippen nah an ihren. »Und ich habe gehört, dass er seine Aufgaben äußerst zufriedenstellend erledigt.«

Sie grinst. »Das klingt gut. Muss man ihn noch einlernen?«

»Er wäre Ihr eifrigster Schüler.«

Sie schlingt lachend die Arme um mich, und ich streife ihre Lippen vorsichtig fragend mit meinen. Sie drückt sich seufzend an mich und öffnet einladend den Mund, und ich klammere mich an ihren Kuss wie ein Ertrinkender. Seit unserer letzten Begegnung im Regen tat ich mich schwer, mir diesen Moment vorzustellen, und ich kann es immer noch nicht recht glauben, dass ich sie jetzt wieder in den Armen halte. Dass das Schicksal sie mir wiederbrachte.

»Blythe«, ich küsse ihren Nacken. »Heißt das, dass du nach Mistlethrush ziehst?«

»Nein«, antwortet sie und fährt mir durch das Haar. »Nein, das heißt es nicht.«

Ich trete einen Schritt zurück, um sie ansehen zu können. Sie hat die Augen zusammengekniffen, als wäre da noch etwas. »Sag es mir«, fordere ich sie auf. »Sag mir, was du denkst.«

»Mistlethrush ist dein Zuhause«, sagt sie und nimmt meine Hände in ihre. »Deines, nicht meines. Und obwohl ich nichts lieber will, als das Bienenhaus meiner Träume hier zu errichten, möchte ich nicht, dass du mich jemals für einen Eindringling hältst.«

»Das tue ich auch nicht«, sage ich. »Blythe, ich möchte, dass Mistlethrush nicht dir oder mir gehört, sondern uns. Gemeinsam. Oder habe ich da etwas falsch verstanden?«

»Nein«, beeilt sie sich zu sagen. »Ich will, was du willst. Doch Briggs …«

»Sag es mir«, fordere ich sie wieder auf, diesmal strenger.

»Ich möchte diesen Erfolg haben, bevor wir heiraten«, platzt es aus ihr heraus. »Das brauche ich für mich. Es hat nichts mit dir zu tun.«

Ich muss grinsen. Das ist meine Blythe. »Ist das alles?«

»Ja?«, sagt sie kleinlaut.

»Dann sei es so, wenn du das willst. Und wenn du auch mich willst, kann ich warten. Werde ich warten.«

Sie schweigt.

»Du sagst mir, wenn du so weit bist, und sollte dieser Tag jemals kommen, bin ich da.«

Sie stellt sich auf die Zehenspitzen, berührt meine Wange, sieht mich forschend an. »Du bist alles, von dem ich dachte, dass ich es niemals will«, sagt sie. »Du bist eine Offenbarung.«

»Und ich bin dein.« Ich küsse ihre Handfläche.

Ich drehe mich um und will zu Cleo gehen, die zufrieden das wenige Gras futtert, das noch vorhanden ist, doch Blythe legt mir die Hand auf die Schulter und dreht mich zu sich, und bevor ich weiß, wie mir geschieht, hat sie mich umschlungen und küsst mich. Ihr Mund ist warm und einladend, und ich vergrabe meine Hände in ihrem wunderschönen wilden Haar.

»Ich liebe dich, Briggs Goswick«, sagt sie, lehnt ihre Stirn an meine und beißt sich auf die Unterlippe.

»Das trifft sich gut«, sage ich mit einem absurd breiten Grinsen. Ich küsse sie wieder. »Sehr sogar, denn ich habe noch nie jemanden auf der ganzen weiten Welt so sehr geliebt wie dich.«

Kapitel 37

Blythe

Frühling 1813
Mistlethrush Hall

»Meine Damen und Herren«, übertönt Julian das allgemeine Geschnatter der Versammelten. »Es ist mir eine Ehre und eine große Freude, Ihnen zusammen mit meiner bezaubernden Partnerin Miss Rowley das allererste Bienenhaus in Mistlethrush Hall zu präsentieren. Das Geschäft ist hiermit eröffnet!«

Er tritt zur Seite und gibt den Blick auf unsere kleine Produktpalette an Zargen und Rahmen frei. Alle haben sich heute in Mistlethrush versammelt: Mama und Papa, Amy, Onkel Henry, Charlotte, Mr Parker, August, Mrs Goswick und natürlich Julian und ich.

»Oh, wenn Briggs doch nur hier wäre«, sagt seine Mutter. »Er wird eine solche Freude haben, Mistlethrush für Besuch zu öffnen.«

»Wo ist er denn?«, fragt Onkel Henry. »Es ist so schade, diesen denkwürdigen Augenblick zu verpassen.«

»Er hilft den Walkers, eine Feldsteinmauer auf ihren Feldern zu errichten«, antworte ich. »Er sagte, er sei unabkömmlich, gab den Bienen aber seinen Segen.«

»Und er hat versprochen, da zu sein, wenn das Bienenhaus in Brompton eröffnet wird«, ergänzt Westley. »Mr Browning und ich werden morgen hinfahren, um alles vorzubereiten.«

Ich werfe Julian einen heimlichen Blick zu, er steht mit hinter dem Rücken verschränkten Händen da und ist die Ruhe selbst. »Ich freue mich darauf, ein so schönes Anwesen wiederzusehen.« Er zwinkert mir zu.

»Lasst uns hineingehen und uns bei einem Glas Limonade erfrischen«, schlägt Briggs' Mutter vor.

»Wie recht Sie doch haben, Mrs Goswick.« Onkel Henry folgt ihr ins Haus. »Es ist viel zu hell hier draußen. Da macht man sich ja die Augen kaputt.«

Charlotte wartet auf mich. »Kommst du auch, Blythe?«

»Gleich«, antworte ich und schnappe mir einen Korb mit Honiggläsern. Sie hakt sich bei mir ein, und wir gehen ein Stück zusammen. »Erst bringe ich den Honig zu den Männern aufs Feld. Aber lasst mir ein Glas übrig.«

»Natürlich«, sagt sie und drückt meine Hand, als sich unsere Wege trennen.

Der Bauernhof der Walkers ist nicht sonderlich weit weg, und der Spaziergang tut gut. Die großen schattigen Bäume und die Wildblumen am Wegrand nehmen mir etwas von meiner Unruhe. Ein paar Schafe blicken auf, als ich an ihnen vorbeigehe, und ich wünsche ihnen einen Guten Morgen.

Erst als ich um die Kurve biege und die Männer auf dem Feld arbeiten sehe, beginnt mein Herz zu rasen. Ich suche nach Briggs, doch er hebt sich nicht von den anderen ab. Endlich sehe ich ihn, wie er einen Feldstein zur Mauer trägt. Er trägt die gleiche einfache Kleidung wie die anderen, braune Hosen und eine passende Weste, darunter ein weißes Leinenhemd. Als er den Stein abgesetzt hat, macht er eine kurze Pause und nimmt mit einer Schöpfkelle einen großen Schluck Wasser aus dem Eimer. Erst da bemerkt er mich.

»Blythe!«, ruft er und winkt.

Ich winke zurück, und die anderen Männer unterbrechen ihre Arbeit und ziehen die Hüte.

»Guten Morgen«, begrüße ich sie.

Briggs umrundet den Zaun und springt über einen Graben, um mich auf der Straße zu begrüßen. »Stattest du uns einen Besuch ab?«, fragt er. »Wie war die Bienenhauseröffnung?«

Ich lächele und nehme den Korb in beide Hände. Briggs bemerkt das sofort und nimmt ihn mir ab. »Ich glaube, es lief gut. Dein Bruder ist gleich dortgeblieben, er macht sich Notizen und zeichnet die Bienen.«

»Das wundert mich nicht.« Briggs macht eine Pause und legt den Kopf schief. »Du siehst heute sehr frühlingshaft aus«, sagt er und zeigt auf mein Kleid.

Amy arbeitet hart an ihren Nähkünsten und hat dieses Kleid aus einem weichen pinken Stoff mit einer cremefarbenen Schärpe um die Taille eigens für mich geschneidert. Dazu trage ich einen Strohhut mit farblich passenden Blumen.

»Ich nehme an, das soll ein Kompliment sein, insofern vielen Dank.«

»Dir zu sagen, dass ich dich wunderschön finde, wäre verlorene Liebesmüh«, sagt er leise. »Denn das weißt du.«

Ich würde ihn gerne küssen, doch die Männer beobachten uns. »Ich habe deinen Pächtern Honig mitgebracht«, sage ich und deute mit dem Kinn auf den Korb in seinen Händen. »Der letzte Herbsthonig aus Awendown.«

»Wie aufmerksam von Ihnen, Miss Rowley.« Er wendet sich um, springt wieder über den Graben und stellt den Korb auf den Boden. »Miss Rowley war so freundlich, Honig aus ihrem Bienenhaus in Awendown für Sie mitzubringen.«

»Vielen Dank, Miss«, höre ich aus allen Richtungen.

Briggs kehrt zu mir zurück, wischt sich die erdverkrusteten

Hände an seiner Hose ab und deutet auf einen Platz im Halbschatten am Wegesrand unter einem großen Baum. »Hattest du letzte Woche eine gute Zeit mit Charlotte in London?«, fragt er mich, als wir uns in den Schatten begeben.

»Ja«, antworte ich.

»Und Amy hat sich auch vergnügt?«

Ich nicke. »Ja.«

»Seid ihr im Hyde Park spazieren gegangen?«

»Ja.«

Er nickt und blickt zum Himmel. »Und das Wetter war auch gut?«

»Oh ja.«

Briggs kichert. »Das scheint heute deine Lieblingsantwort zu sein.«

»Ja«, sage ich, als wir unter dem Baum in der Nähe der Scheune der Walkers zu stehen kommen. »Eine gute Antwort, nicht wahr?« Meine Hände sind feucht, und ich versuche, sie unauffällig an meinem Kleid abzuwischen. »Ich glaube, ich würde heute jede deiner Fragen mit Ja beantworten, Briggs.«

»Hm.« Er hat die Hände in die Hüfte gestemmt, nickt und blickt gedankenverloren die Straße entlang, wo zwei Schwalben gerade anmutig zwischen den Bäumen verschwinden. »Jede Frage«, wiederholt er. Dann hält er plötzlich wie vom Donner gerührt inne und richtet seinen Blick wieder auf mich. »Jede Frage?«

»Ja«, sage ich und mache große Augen. »Jede Frage.«

Er schaut zu den Männern, die jetzt auf der Straße stehen, eine Pause machen und sich unterhalten. »Jede Frage«, sagt er erneut. Dann macht er einen Schritt zurück, fährt sich durch das Haar und atmet zitternd ein. »So hatte ich das nicht geplant, Blythe.«

»Dann sei spontan«, ermuntere ich ihn.

»Ja, spontan.«

»Ja.«

Er wendet sich ab, geht ein paar Schritte im Kreis, kommt wieder zurück, die Augen geschlossen. Als er sie öffnet, holt er tief Luft. »Hier geht es einfach nicht.«

Inzwischen haben die Feldarbeiter ihre Gespräche eingestellt, und alle Augen sind auf uns gerichtet.

»Wie bitte?« Mir wird schwummerig.

»Das ist nicht der richtige Ort. Ich habe mir das ganz anders vorgestellt. Nicht so.« Er nimmt mich an der Hand und zieht mich zur Scheune. Eine an der Wand lehnende Leiter führt auf den Heuboden.

»Briggs«, sage ich leise, »das kann nicht dein Ernst sein.«

»Und wie das mein Ernst ist«, sagt er und grinst. »Folge mir.« Er klettert die Leiter hoch, hält auf halbem Wege inne und versichert sich mit einem Blick über die Schulter, dass ich ihm folge.

Und natürlich folge ich ihm, wie damals mit dreizehn. Ich folge ihm die Leiter hinauf auf den Heuboden. Als wir oben sind, reicht er mir die Hand, zieht mich hinauf und blickt mit in die Hüfte gestemmten Händen in die Landschaft.

»Erinnerst du dich an diesen Ort?«

»Ja«, sage ich und sehe mich um. »Als ich das letzte Mal hier war, wurde ich ziemlich traumatisiert.«

»Diesmal«, sagt er schwer atmend und nimmt meine Hand, »diesmal ist es anders. Diesmal bin *ich* anders. Wegen dir. Diesmal möchte ich dir eine Frage stellen.«

Ich hole tief Luft. »Dann stell sie.«

Er nickt, blickt zu Boden und dann in meine Augen. »Blythe Rowley«, sagt er. »Würden Sie mir die Ehre erweisen, meine Frau zu werden?« Er zögert kurz, bevor er weiterspricht. »Meine Bienenkönigin.«

Ich versuche, ernst zu bleiben. Doch trotz aller Bemühungen

entfährt mir ein Kichern, und ich lege mir die Hand auf den Mund.

»Du lachst mich aus«, sagt er. »Das ist nicht die Reaktion, die mir versprochen wurde.«

»Du hast mich gerade gefragt, ob ich deine Bienenkönigin werden will!«, rufe ich und kriege keine Luft vor Lachen.

»Du hast versprochen, zu allem, was ich sage, Ja zu sagen!«

»Aber Briggs, ich kann ja nicht ahnen, dass du *so etwas* sagst.«

Jetzt muss auch er lachen. Er geht einen Schritt zurück, kratzt sich am Kopf.

Doch jedes Mal, wenn ich ihn ansehe, muss ich noch mehr lachen. Ich schlinge meine Arme um ihn, und er schiebt mich an der Taille leicht von sich weg, um mich besser ansehen zu können.

»Heiratest du mich, Blythe Rowley?«, flüstert er in mein Ohr, damit nur ich ihn hören kann. »Versprochen?«

Ich hole tief Luft, lasse meine Finger durch sein Haar gleiten und lege die verirrte Strähne ein einziges Mal dorthin, wo sie eigentlich hingehört. Dann nehme ich sein hübsches Gesicht in beide Hände. »Ja«, sage ich, »ich glaube schon.«

Er lächelt, dann küsst er mich, hebt mich hoch und wirbelt mich mehrfach herum.

»Bringst du mich nach Hause nach Mistlethrush Hall?«, frage ich ihn.

Er lässt das, was ich gerade gesagt habe, auf sich wirken, dann küsst er meine Hand. »Es wäre mir eine Ehre.« Er schaut sich um und fährt sich durch das Haar. »Wollen wir die Abkürzung nehmen?«

»Die Abkürzung?«, frage ich verwundert.

Er zeigt mit dem Finger auf eine bestimmte Stelle. »Es gibt da eine Klappe direkt über dem Schweinestall, und wir könnten einfach …«

»Ich hasse dich«, sage ich, knuffe ihn in die Schulter und gehe zur Leiter.

»Aber ich liebe dich!«, ruft er mir nach.

»Nein danke.«

»Zu spät«, sagt er und lehnt sich über den Rand des Heubodens. »Du hast schon Ja gesagt.«

»Ich habe gelogen.« Ich springe von der letzten Sprosse und gehe raschen Schrittes los, als Briggs neben mir landet.

»Nicht so schnell, Miss Rowley.« Er zieht mich an der Taille in seine Arme und legt seine Stirn an meine. »Nicht ohne mich.«

Ich schüttele den Kopf, erwidere seinen Kuss und lächle. »Nie ohne dich.«